Nigel McCrery

Kaltes Gift

Nigel McCrery

Kaltes Gift

Kriminalroman

Aus dem Englischen von
Ilse Bezzenberger

Droemer

Originaltitel: Still Waters
Originalverlag: Quercus, London

Besuchen Sie uns im Internet:
www.droemer-knaur.de

Die Folie des Schutzumschlags sowie die Einschweißfolie
sind PE-Folien und biologisch abbaubar.
Dieses Buch wurde auf chlor- und säurefreiem Papier gedruckt.

Redaktion: Marie-Luise Bezzenberger
Umschlaggestaltung: ZERO Werbeagentur, München
Umschlagabbildung: FinePic®, München
Satz: Adobe InDesign im Verlag
Druck und Bindung: CPI – Ebner & Spiegel, Ulm
Printed in Germany
ISBN 978-3-426-19791-2

2 4 5 3 1

Für Nelly,
mit all meiner Liebe

Prolog

Sommer 1944

Oma, was ist das hier?«, rief Kate.

Iris Poel seufzte. Die Sonne war ein weißglühendes Auge im Zentrum eines hellblauen Himmels, das ihr in den Nacken starrte. Ihr Kopf war wie aus Blei, und er schmerzte, wenn sie sich bewegte. Schweiß prickelte ihr auf Armen und Rücken; es fühlte sich an, als krabbelten überall Ameisen auf ihrer Haut.

»Was ist was, Liebling?«, fragte sie zum hundertsten Mal an diesem Morgen. Sie legte die Gartenschere hin, wandte sich von dem Rosenstrauch ab, den sie gerade beschnitt, und blickte dorthin, wo ihre Enkelin eigentlich mit ihren Brüdern und Schwestern spielen sollte.

»Diese Dinger hier.« Das Kind stand drüben an der anderen Seite des Gartens neben einem Busch voller glänzender Blätter und kleiner roter Beeren. Kate hielt ein Büschel der Beeren in der Hand.

»Finger weg von den Beeren!«, sagte Iris scharf. »Die sind giftig.«

»Das weiß ich. Aber was ist das?«, beharrte Kate.

»Das nennt man einen Seidelbast«, zischte Iris, und bei jedem Wort fuhr ihr der Schmerz wie Nadeln in die Schläfen. »Jetzt lass die Beeren und geh wieder spielen.«

»Das Spiel ist langweilig«, maulte Kate mit einer Leidensmiene, wie sie nur ein sechsjähriges Kind zustande bringt, machte kehrt und rannte durch den Garten zu einem niedrigen Tisch, den Iris für die Kinder auf-

gestellt hatte, bedeckt mit einem weißen Tischtuch. Das ganze Spielzeuggeschirr war darauf arrangiert, dazu Teller mit Kuchen und Keksen.
Doch niemand saß am Tisch. Drei von ihnen knieten im Gras und spielten mit Kates Puppen. Zwei andere rannten um einen kleinen Baum herum, den Iris im vorigen Frühjahr mitten in den Garten gepflanzt hatte. Die Übrigen waren wahrscheinlich im Haus – im Haus von Iris' Schwiegertochter. Eigentlich ja das Haus ihres Sohnes, aber Frank war in Afrika, kämpfte für seinen König und sein Land, und Judith ging jeden Tag in die Fabrik und stellte Flugzeugteile her. Und Iris blieb es überlassen, die Kinder zu hüten. Jeden Tag. Jeden einzelnen Tag, den Gott ihr als Heimsuchung schickte.
Iris seufzte und wandte sich wieder dem Rosenstrauch zu. Auf ein paar Blättern waren dunkle Flecken. Die knipste sie ab. Das sah nach Sternrußtau aus, und man sollte es lieber nicht darauf ankommen lassen.
»Sind das hier Brombeeren?«
Iris' Kopf fuhr herum. »Kate, ich dachte, du wolltest eine Teegesellschaft mit deinen Freunden veranstalten?«
»Der Tee schmeckt komisch«, meinte Kate. »Sind das hier Brombeeren, Oma?« Sie stand jetzt dicht neben Iris und schaute zu einer kleinen Eibe auf, die ein wenig Schatten über den Rasen warf.
»Nein, das sind keine, lass das.« Der Schmerz in ihrem Kopf wurde schlimmer. »Und der Tee, wie du ihn nennst, ist Sarsaparille. Du *magst* doch Sarsaparille.«
»Aber *diesen* Sarsaparille mag ich nicht.«
Iris' Hand, die die Gartenschere hielt, zuckte. Sie schloss die Augen. Den ganzen Morgen hatte sie damit

zugebracht, diese Kuchen und Kekse zu backen. Und das beste Tischtuch hatte sie aufgelegt, damit es hübsch aussah, und jetzt verdarb das Mädchen alles.
Iris blickte zu dem Tisch mit all dem verschwendeten Essen hinüber. Auf den Marmeladentörtchen krochen Wespen herum.
Wieder schloss Iris die Augen, aber trotzdem spürte sie, wie die Sonne gleißend auf sie herunterbrannte. Von dem Pochen in ihrem Kopf wurde ihr übel. Es war, als winde sich etwas in ihren Eingeweiden. Sie konnte nicht stillhalten; ihre Finger zuckten, und ihr Kopf zuckte immer wieder nach links oder rechts, als habe sie plötzlich aus den Augenwinkeln etwas gesehen.
Sie atmete tief durch und schlug die Augen wieder auf. Der Garten war einfach zu hell; der erbarmungslos grelle Sonnenschein schmerzte in ihren Augen.
Sie reckte die Gartenschere nach einem weiteren Blatt, auf dem sich Anzeichen von Rußtau zeigten.
»Oma!«, kreischte Kate.
Iris' Hand zuckte, und die Gartenschere durchschnitt den Stamm des Rosenstrauchs. Die Pflanze kippte Iris ins Gesicht. Ein Dorn fuhr ihr in die Wange, als sie den Kopf wandte, hakte sich dicht unter dem Auge in die Haut und hinterließ einen langen Riss.
Der Schmerz schnitt ihr förmlich durch die Seele.
»Du dummes Kind!«, schrie Iris. Kate trat verdattert zurück. »Schau, was du angerichtet hast!«
Iris' Hand schnellte vor, packte Kates Schulter und zerrte sie näher. »Weißt du, wie lange ich gebraucht habe, um all die Kuchen da zu backen, du undankbares kleines Biest? Ich werde dich lehren, hier im Garten rumzustrolchen und verbotenes Zeug anzufassen,

wo du doch eine Teegesellschaft mit deinen Geschwistern veranstalten solltest.«
Unkontrolliert quollen ihr die Worte aus dem Mund wie ein Strom Erbrochenes, und sie konnte nicht aufhören. Sie wusste selbst nicht, woher das alles kam. All die Jungen und Mädchen starrten sie entgeistert an. Ihr Kopf hämmerte, und von der flirrenden Hitze im Garten wurde ihr schwindlig und übel.
»Du willst mir nicht gehorchen, wie? Ich werd dir zeigen, was passiert, wenn du mir nicht gehorchst!«
Und bevor sie begriff, was geschah, hatte Iris die geöffnete Gartenschere um den Daumen von Kates rechter Hand geschlossen. Das Kind schrie, die Augen schreckgeweitet. Sie versuchte, sich loszureißen, doch Iris' Griff war eisern.
Die Klingen der Schere wurden durch eine kraftvolle Feder auseinandergehalten, und Iris musste alle Kraft aufwenden, sie zusammenzuzwingen. Die Schneiden glitten durch Kates Daumen wie zuvor durch den Rosenstamm. Der Daumen fiel herab. Helles Blut spritzte über die leuchtend grünen Blätter.
Kates Schreie wurden immer höher und durchdringender. Sie verdrehte die Augen und begann krampfhaft zu zucken.
Iris fasste mit der Gartenschere den Zeigefinger des Mädchens und presste die scharfen Klingen zusammen. Der Finger kippte abwärts, aber ein Stück Haut hielt ihn noch an der Hand. Iris schnitt noch einmal, und der Finger verschwand.
Die nächsten drei Finger gingen leichter. Kates Hand sah so klein aus, als sie fertig war.
Iris wandte sich um. Die anderen Kinder standen wie angewurzelt da. Ihre starren Blicke waren auf Iris ge-

heftet, als könnten sie nicht glauben, was sie gesehen hatten, und warteten darauf, dahinterzukommen, wie der Trick funktioniert hatte.

Iris richtete sich auf und konzentrierte sich auf das Mädchen, das ihr am nächsten stand. Ihr Name war Madeline.

»Komm her, Madeline«, sagte sie ruhig, obwohl im Innern ihres Kopfes ein rasender Sturm verworrener Gedanken tobte. »Los, komm her, oder ich komme und hole dich …«

I

Der Himmel über den Dächern war ein diesiges Graublau, ein gleichförmiger Farbanstrich von einem Ende der Straße zum anderen. Versteckt hinter dem milchigen Dunst, war die Sonne nur ein hellerer Fleck in dem ohnehin lichten Himmel. Keinerlei Schatten verdunkelten den Gehsteig oder die Straße. Irgendwie ließ das diffuse Licht Autos, Häuser und Laternen aussehen, als seien sie ausgeschnitten und auf ein genaues Abbild der Straße aufgesetzt worden, ohne Bezug zur Realität und jederzeit beliebig anders zu arrangieren.

Die zarte, fast durchsichtige Färbung des Himmels erinnerte Violet an die Enteneier, die sie als Kind gesammelt hatte: eine Farbe, so ungewöhnlich, so strukturiert, dass sie eher wie das Resultat einer wohlerwogenen Absicht wirkte, und nicht wie eine Laune der Natur.

Doch wie kam sie jetzt auf diesen Gedanken? Sie erinnerte sich sehr genau an die Enteneier – das Gewicht in ihrer Hand, schwerer als Hühnereier, und sie erinnerte sich auch an die winzigen Flaumfedern, die manchmal noch an den Schalen klebten –, aber wann und wo das gewesen war, das wusste sie nicht mehr genau. Die Details waren da, doch der Hintergrund fehlte.

Sie schob den Gedanken beiseite. Es gab Wichtigeres, um das sie sich heute kümmern musste. Sie hatte eine Aufgabe.

Von dort, wo sie ihr Auto geparkt hatte, schlenderte sie die Straße entlang, schob ihren Einkaufstrolley vor sich her und blickte immer wieder in den Himmel hinauf. Keine Flugzeuge, keine Hubschrauber – bloß ein tiefes, durchscheinendes Blau. Einen Moment lang war die Welt zeitlos. Es bedurfte kaum einer Anstrengung, sich wieder zu fühlen, als sei sie sechs oder sechzehn, aber nicht sechzig.

Doch diese Anstrengung wäre zu viel gewesen. So war das eben, wenn man alt wurde. Dinge, die leicht waren, wurden plötzlich schwer. Energie, die einmal grenzenlos erschienen war, musste jetzt kleinlich gehortet werden.

Erleichtert stellte sie fest, dass sie vor dem Haus Nummer 26 angekommen war. Sie hielt einen Moment inne, um wieder zu Atem zu kommen. Kühle lag in der Luft, aber nach dem langen Weg von ihrem Wagen bis hierher war sie erhitzt und nervös.

Sie betrachtete flüchtig die Fassade. In der oberen Hälfte der Tür hatte die Farbe gitterförmige Risse bekommen, durch die Sonne, die allmorgendlich darauf schien. Kratzspuren umgaben das Schlüsselloch. Der Briefkasten war mehr als einmal mit Klebestreifen repariert worden. Die Ziegel – ein verblasstes Rot, übersät mit kleinen Löchern und schorfigen Stellen – und der Mörtel, der sie zusammenhielt, bröckelten.

Ihr Blick wanderte zu dem kleinen Vorgarten, kaum groß genug, um eine Mülltonne und ein paar Töpfe mit müden Geranien zu beherbergen. Unkraut hatte sich zwischen den Pflastersteinen seinen Weg gebahnt, und auch um die runde Metallabdeckung herum, die zum Kohlenkeller hinabführte. Die Sockelsteine der Gartenmauer waren halb unter staubigen Spinnen-

weben und alten Schneckenhäusern verborgen, übereinander gelagert wie wuchernde Geschwüre.
Es war wirklich Zeit, weiterzuziehen.
An die Küste vielleicht. Ein bisschen frische Luft und eine neue Umgebung würden ihr guttun.
Eine der Geranien war übermäßig gewuchert und halb verdorrt. Etliche ihrer Blätter waren braun und welk, hatten ihr Leben geopfert, damit andere weiterleben konnten. Violet kramte in ihrer Einkaufstasche und zog eine kleine Gartenschere heraus, die sie immer bei sich trug. Sie nahm eins der sterbenden, papiertrockenen Blätter in die Hand, schnitt es dicht am Stengel ab und tat dasselbe bei den anderen. Na bitte, war das nicht besser so?
Sie nahm sich vor, später einen Krug Wasser hinauszubringen, um die Erde zu befeuchten, dann rollte sie die Einkaufstasche zur Haustür und grub in ihrer Handtasche nach dem Schlüssel. Sie schob ihn ins Schloss, bezwang mühsam den klemmenden Mechanismus und stieß die Tür auf.
Dunkelheit und der Geruch nach abgestandenem Lavendel und gekochtem Gemüse hüllten sie augenblicklich ein.
»Ich bin wieder da, meine Liebe!«, rief sie.
Keine Antwort. Sie trat ins Haus und schloss die Tür hinter sich. »Daisy? Ich hab gesagt, ich bin wieder da!«
Die kleine Diele hatte einen Fußbodenbelag aus Linoleum mit kleinem Rautenmuster. Die Treppe zur Linken führte zum Bad und zu den Schlafzimmern hinauf, und das Blumenmuster der Tapete an den Wänden sah fast ebenso welk aus wie die Geranien draußen. Ein Barometer hing gegenüber der Treppe, massiv und pendelförmig. Sein Zeiger stand auf *Veränderlich.*

Das Haus hatte ein Fluidum der Vernachlässigung, wie etwas, das langsam zu Staub und Moder zerfiel. Schon als sie das erste Mal hereingekommen war, hatte sie gewusst, dass hier niemand mehr zu Besuch kam. Dass niemand sich mehr kümmerte.
Sie rollte die Einkaufstasche vor sich her, vorüber an Wohn- und Esszimmer, und stieß die Tür zur Küche auf. Schränke mit Schiebetüren entlang der Wände und mit Melanin beschichtete Arbeitsplatten ließen sie eher wie eine Erweiterung der Diele aussehen als wie einen separaten Raum. Dicht beim Herd, direkt neben einer Porzellanteekanne, stand das einzige Zugeständnis an moderne Zeiten – ein schnurloser elektrischer Wasserkocher. In der Ecke neben der Tür, die in den Wintergarten führte, röchelte ein kleiner Kühlschrank asthmatisch vor sich hin. Er sah aus, als könne er jeden Moment umkippen und verenden, doch er hatte während der neun Monate, die sie nun schon hier ins Haus kam, wacker durchgehalten, und gewiss schon viele Jahre zuvor. Mit an Sicherheit grenzender Wahrscheinlichkeit würde er Daisy Wilson überleben.
Sie stellte ihre Handtasche auf der Ecke des Küchentresens ab, dann klappte sie den Griff des Einkaufswägelchens herunter und zog den Reißverschluss auf. Viel hatte sie nicht eingekauft – die wichtigsten Sachen hatte sie heute Morgen in ihrer eigenen Wohnung zusammengepackt –, doch Daisy brauchte anscheinend auch nicht viel zum Leben. Ihrer Erfahrung nach kamen ältere Menschen mit einer gelegentlichen Tasse Tee, einer Scheibe Brot, gekochten Möhren und hin und wieder einem Keks bestens aus.
Sie zog die dünnen Baumwollhandschuhe über, die sie immer in ihrer Manteltasche hatte, und packte die

Tasche aus. Brot, Butter, Bleichmittel, Gummihandschuhe, Papierservietten und eine Dose mit Teeblättern, die raschelten, als sie sie auf den Tresen stellte. Dann reckte sie sich, um den Kessel anzuschalten, und drückte den Knopf herunter, um das Wasser zum Kochen zu bringen. Das anfängliche Zischen beruhigte sich zu einem stetigen Murmeln, während das Wasser heiß wurde. Violet öffnete den Deckel der Teedose und ließ sich den Geruch der Blätter in die Nase steigen. Sie schloss Augen und Mund und atmete tief ein. Trocken, ein wenig würzig-scharf, und überlagert vom zarten Blumenaroma der Christrosenblüten und -blätter, die sie mit dem Darjeeling gemischt hatte. Perfekt.

Der Duft war geradezu hypnotisierend. Für eine Weile war sie nicht mehr in dieser Küche. Sie stand in ihrem eigenen Garten – ihrem privaten, geheimen Garten, nicht in dem, den sie mit ihrer Erdgeschosswohnung gemietet hatte – und sog die Düfte von Fingerhut, Rittersporn und Kornrade ein.

Nein. Dieser Gedanke musste ebenfalls beiseitegeschoben werden. Sie hatte etwas zu erledigen. Wenn dieser Tag überstanden war, konnte sie eine Weile ausruhen. Fortgehen. Wegziehen. An die See. Veränderung sei genauso gut wie Erholung, sagte man ja.

Während der Kessel vor sich hinflüsterte, ging sie in die Diele zurück und zog den Mantel aus. Ehe sie ihn an einen der Haken gleich hinter der Tür hängte – die, wie sie immer fand, einer Reihe von Fleischerhaken ähnelten, die darauf warteten, dass Schlachtfleisch an ihnen aufgehängt wurde –, blickte sie sich in der Diele um, bemüht, sie sich einzuprägen: das Linoleum. Die Tapete. Die Treppe. Dies ganze Ambiente war so sehr in den fünfziger Jahren verwurzelt, als die Straße gebaut worden war, um eine von denen zu ersetzen, die Hitlers Bomben zum Opfer gefallen waren, dass man geradezu die lachenden Stimmen von *Children's Hour* zu hören meinte, die auf einer Wolke aus Knistern und Rauschen aus dem Lautsprecher eines Bakelit-Radios drangen.

Sie schüttelte sich. Bleib in der Gegenwart, Violet, ermahnte sie sich. Konzentriere dich.

Sie öffnete die Tür zum Wohnzimmer. Die Vorhänge waren halb zugezogen, und in dem türkisfarbenen Licht dieses sonderbaren Himmels hätte das Zimmer auch unter Wasser sein können. Die eine Seite wurde von einem Kamin eingenommen: Kalt, wie schon seit etlichen Jahren, und flankiert von zwei metallenen Kaminböcken. Ein massiver Schreibschrank dominierte die andere Seite des Raumes, die Intarsien kaum sichtbar in der trüben, wässrigen Beleuchtung. Drüben in der Fensternische stand ein Fernseher – stumm.

Daisy saß in dem Ohrensessel mit den geschwungenen Armlehnen, das graue Haar noch gewellt vom letzten Friseurbesuch. Die Augen, in gedunsenes, knittriges Fleisch gebettet, waren geschlossen. Sie schien nicht zu atmen.

»Daisy?« Violet streckte den Arm aus, um ihre Pergamenthand zu schütteln. »Daisy?«

Daisy fuhr mit einem Schrei in die Höhe. Sie schreckte vor Daisy zurück wie ein Hund, der Prügel erwartet.

»Ich bin's bloß. Ich bin vom Einkaufen zurück.«

Daisy hockte noch immer verkrümmt in ihrem Sessel. Misstrauisch blickte sie zu Violet auf. Langsam schwand der Argwohn, und sie lächelte. »Hab bloß meine Augen ein bisschen ausgeruht«, murmelte sie.

»Eingeschlafen sind Sie«, erklärte Violet, ging zum Fenster neben dem Fernseher und zog die Vorhänge zurück.
»Ich habe nachgedacht. Hab an früher gedacht.«
»Ich mach Ihnen eine Tasse Tee.« Violet wandte sich um und lächelte Daisy an. »Ich habe auch an früher gedacht, als ich eben die Straße entlanggegangen bin. An Enteneier. Erinnern Sie sich noch an Enteneier?«
Daisy lachte. »Enteneier, die hab ich schon 'ne Ewigkeit nicht mehr gegessen. Seit dem Krieg nicht mehr. Damals gab's die dauernd. Blau waren sie. Und lecker.«
»Jetzt gibt's sie wieder in den Geschäften«, sagte Violet. »Spezialitäten nennt man sie jetzt. Möchten Sie eine Tasse Tee?«
»Spezialitäten!«, wiederholte Daisy abfällig. »Typisch Supermarkt. Die lassen sich mehr bezahlen für Sachen, die bloß so schmecken, wie sie sowieso schmecken sollen. Ich weiß noch, früher, da waren Eier nicht einfach Eier, das waren Norfolk Greys oder German Longshanks oder Dorkings. Hatten alle verschiedene Größen und Farben. Manche waren gesprenkelt, manche nicht, manche waren rauh, die anderen glatt. Nicht wie heute. Heut sind sie alle glatt und braun und gleich groß.« Plötzlich ging ihr auf, was Violet gefragt hatte. »Ja, Tee wäre nett.«
Violet ging in die Küche. Der Kessel hatte gerade gekocht, und die Luft war tropisch. Sie goss ein bisschen Wasser in die Teekanne und schwenkte es herum, um das Porzellan anzuwärmen, dann goss sie es in den Ausguss und schaufelte zwei gehäufte Teelöffel aus der Dose in die Kanne. Vorsichtig goss sie Wasser aus dem Kessel darauf, sah, wie es aufschäumte, als es auf

die Blätter traf. Wieder stieg ihr der Geruch in die Nase: dieses wundervolle Aroma von Alter und Gewürz und Rosen. Sie schloss die Augen und badete förmlich darin, spürte, wie der Dampf ihre Wangen und ihre Stirn mit Feuchtigkeit benetzte.

»Ich erzähle Ihnen noch was, woran ich mich erinnert habe«, rief Daisy aus dem Wohnzimmer. »Der Kohlenmann, der beim Anliefern immer diese Kappe mit dem Lederlappen hintendran getragen hat, der ihm bis über den Nacken gefallen ist. Ganz schwarz vom Kohlenstaub war der immer. Drei Säcke Anthrazit alle vierzehn Tage dienstags, gleich in den Keller runtergekippt.« Sie dachte nach. »Hatte immer ein Lächeln für mich, der Bursche. Hat mich seine kleine Blume genannt.«

Violet schob die Tür eines Hängeschranks auf und nahm zwei Tassen und Untertassen heraus. Sie stellte sie auf dem Küchentresen ab, trat an den wimmernden Kühlschrank und holte die Milch aus dem Türregal. Einen Schluck in jede Tasse, dann stellte sie die Flasche an ihren Platz zurück.

»Ist bei Ihnen auch immer der Scherenschleifer vorbeigekommen?«, rief sie zurück.

»Der Scherenschleifer? Mit seinem Fahrrad und dem Schleifstein hinten draufgeschnallt?« Daisy gluckste in sich hinein. »Hab lange nicht mehr an den gedacht. Was ist wohl aus dem Scherenschleifer geworden? Müssen Scheren und Messer heutzutage denn nicht mehr geschliffen werden?«

»Ich glaube, heutzutage kaufen die Leute einfach neue«, meinte Violet beiläufig, während sie die Tassen nacheinander mit Tee füllte.

»Verschwendung«, brummte Daisy. »Deshalb gibt's

auch so viel Abfall. ’s wird viel zu viel Zeugs hergestellt, und viel zu wenig wird behalten.«
Violet griff nach dem Tablett, das aufrecht an der Seite des Kühlschranks lehnte. Sorgfältig hob sie Tassen und Unterteller auf das Tablett und trug es ins Wohnzimmer.
»Hier ist Ihr Tee«, sagte sie und stellte das Tablett vorsichtig auf das Tischchen neben Daisy. Die alte Frau betrachtete es, dann schaute sie zu Violet auf.
»Vielen Dank, meine Liebe«, sagte sie mit einem plötzlichen Zögern.
Violet trat wieder ans Fenster und blickte hinaus. Die Haut auf ihren Wangen und ihrer Stirn prickelte noch immer von dem Wasserdampf, und in der Kehle verspürte sie einen leichten Druck. Und wenn schon. Jede Straße hat ihre Schlaglöcher. Hatte ihr das nicht mal jemand gesagt?
Die Straße draußen war friedlich. Die meisten der Häuser waren während des Tages menschenleer. Die Männer arbeiteten, und die Ehefrauen arbeiteten auch: Violet fand das ein wenig befremdlich, aber die Welt veränderte sich wohl, und die Menschen veränderten sich mit ihr. Verheiratete Frauen blieben heutzutage so selten zu Hause. Außerdem war noch Unterrichtszeit, und dic Kinder waren in der Schule sicher aufgehoben. Das Beste an der Straße, soweit es Violet betraf, war, dass sie nirgends hinführte. Niemals passierten Menschen oder Autos sie, um irgendwo anders hinzukommen. Wer in die Straße kam, der suchte eines der Häuser auf, und das war während der Wochentage selten.
Hinter sich hörte sie ein Schlürfen, als Daisy ihren Tee trank. Sie lächelte.

»Ich habe übrigens Ihre Rente von der Bank geholt«, sagte sie, denn der Gedanke war ihr zufällig gerade gekommen. Als Daisy nicht antwortete, drehte sie sich um. Daisy starrte sie abwehrend an, die Teetasse in der Hand.

»Das brauchen Sie nicht für mich zu tun«, sagte Daisy. »Als ich noch mein Pensionsbuch hatte, war ich sehr wohl imstande, selber zur Post runterzuflitzen. Und die Bank ist auch nicht viel weiter.« Sie hielt inne, um Violets Reaktion abzuschätzen. »Wirklich, ich glaube, ein kleiner Spaziergang würde mir nicht schaden. Wäre ganz schön, mal wieder an die frische Luft zu kommen …«

Violet ließ Daisys Worte in der Luft hängen und setzte eine ausdruckslose Miene auf. Diese Diskussion hatten sie seit zwei Monaten ungefähr einmal die Woche, es gab also keinen Grund, ärgerlich zu werden. Die Entscheidung war gefallen, und der Fluss, welcher Leben hieß, strömte bereits weiter, nur dass Daisy das noch nicht ganz begriffen hatte. Oder vielleicht noch ein bisschen Hoffnung hegte, den Flusslauf umzukehren und ein klein wenig Unabhängigkeit zurückzugewinnen.

»Nicht mit Ihrem Bein«, erwiderte Violet. Sie wusste, dass Daisy ihren Gesichtsausdruck nicht erkennen konnte, da das Licht durch das Fenster hinter ihr fiel, aber sie behielt eine neutrale Miene bei. »Die Geschwüre müssen jeden Tag neu verbunden werden. Sie wollen doch nicht, dass sie schlimmer werden.«

»Vielleicht sollte ich mir doch lieber mal einen Termin beim Arzt geben lassen«, meinte Daisy einschmeichelnd. »Die Geschwüre werden anscheinend gar nicht besser, und Doktor Ganz hat mir früher immer so gut geholfen.« Sie seufzte. »Ich war schließlich mal Tänzerin, wissen Sie? Und sehen Sie mich jetzt mal an. Kann nicht mal allein zum Einkaufen gehen.«

»Ich hab's Ihnen doch gesagt«, unterbrach Violet sie, »ich hab mit dem Apotheker gesprochen. Von der Salbe werden die Geschwüre verschwinden, wenn wir sie weiter benutzen. Was Sie brauchen, ist Ruhe. Ich kann doch all Ihre Einkäufe erledigen und Ihre Rezepte einlösen, und nachdem Sie jetzt an die Bank geschrieben haben, kann ich auch dafür sorgen, dass Ihre Rente pünktlich ausgezahlt wird. So, und nun lassen Sie Ihren Tee nicht kalt werden.«

»Ich bin Ihnen ja auch sehr dankbar, meine Liebe.« Daisy trank geräuschvoll einen Schluck Tee, wobei ein wenig in die Untertasse schwappte. »Sie sorgen so zuverlässig für mich. Ich wüsste gar nicht, was ich ohne Sie machen sollte.«

»Jeder sollte sich um seine Freunde und Nachbarn kümmern.« Violet zog eine Grimasse. Die Haut auf ihrer Stirn fühlte sich gespannt und warm an. »Aber so was gibt's heutzutage eben nicht mehr genug.«

»Wissen Sie, was ich wirklich vermisse?«

Violet wusste nicht, ob Daisy weiter über ihre verlorene Unabhängigkeit reden oder wieder von den Enteneiern und dem Anthrazit anfangen wollte, also fragte sie bloß: »Na, was denn?«

»Die Whistrunden unten im Gemeindesaal. Einmal die Woche, am Freitagvormittag. Da hab ich alle meine Freundinnen getroffen, hatte Unterhaltung, und dazu eine Tasse Tee und ein paar Kekse. Darauf hab ich mich immer gefreut, wirklich.«

»Ich weiß gar nicht, ob es diese Whistrunden überhaupt noch gibt.«

»Aber ja, da bin ich ganz sicher. Ich hab's im Stadtanzeiger gesehen.«
»Na ja, aber Sie wollen doch Ihre Augen nicht überanstrengen. In Ihrem Alter muss man vorsichtig sein.«
»Ich kann doch auch die Zeitung noch einwandfrei lesen.«
»Daisy!« Violet verlieh ihrer Stimme einen scharfen Unterton. Sie hatte dieses Gezänk allmählich satt. »Ich versuche doch bloß, Ihnen zu helfen. Wenn Sie nicht möchten, dass ich alles Mögliche für Sie erledige – wenn Sie nicht wollen, dass ich für Sie einkaufe, Ihre Rezepte und was sonst noch alles besorge –, dann sagen Sie es doch einfach, und ich überlasse es wieder Ihnen. Bestimmt gibt es genügend Damen Ihres Alters, die für Hilfe dankbar wären.«
»Tut mir leid, Violet, ich wollte nicht …«
»Ist ja schon gut«, besänftigte Violet, »Schwamm drüber. Na, wie wär's mit noch einer Tasse?«
Daisy blickte auf die Rückstände in ihrer Tasse hinunter. »Hätte nichts dagegen«, sagte sie, »war gut, der Tee.« Sie schwenkte die Tasse in der Hand und betrachtete eingehend die Teeblätter, als wolle sie in ihnen ihre Zukunft lesen. »Was sind denn das für weiße Krümel da drin?« Violet nahm ihr die Tasse aus der Hand und ging damit in die Küche. »Ich hab ein paar Christrosenblätter aus meinem Garten unter den Tee gemischt«, erwiderte sie, während sie den Teerest in den Ausguss goss. »Ich finde immer, das gibt so ein schönes, blumiges Aroma. Und es wird Ihnen guttun.« Sie schwieg einen Moment. »Wer weiß – wenn Sie genug davon trinken, dann werden Sie vielleicht noch zum Einkaufen und zur Bank *rennen* können!«

Daisy lachte, und Violet war ein wenig erleichtert. Krise überstanden!
Sie goss eine neue Tasse für Daisy ein, trug sie ins Wohnzimmer hinüber und stellte sie behutsam auf das Tablett neben ihre eigene Tasse. Daisy war wieder eingedöst, und Violet saß still dabei, beobachtete, wie sie atmete, und dachte an ihren Garten. An ihren schönen, üppigen Garten, voll von den wunderbarsten Blumen. Sie war nicht so oft dort, wie sie sollte, doch sie wusste, schon sehr bald würde sie wieder einen Ausflug dorthin machen.
Nach einer Weile rührte sich Daisy. Sie blinzelte ein paar Mal, dann lächelte sie Violet zögernd an.
»Ihr Tee ist noch warm«, bemerkte Violet.
Daisy lächelte zustimmend und griff nach der Tasse. Als sie hinunterblickte, um zu sehen, wo sie stand, bemerkte sie Violets volle Tasse neben ihrer. »Wollen Sie denn Ihren Tee gar nicht, meine Liebe?«
»Ich warte noch eine Weile. Bin noch ganz außer Atem vom Einkaufen. Aber die Teekanne ist noch heiß; ich kann mir ja eine neue Tasse holen, wenn diese hier kalt wird.«
Daisy nickte und nippte an ihrem Tee.
»Können Sie Whist spielen?«, fragte sie beiläufig. »Ich hätte richtig Lust auf ein Spiel, gleich jetzt. Wär mal was anderes als Fernsehen oder das Tageblatt.«
Die Frage überraschte Violet einigermaßen. »Ich – ich weiß nicht recht«, meinte sie gedehnt. »Ja, ich glaube, ich kann es.« Sie grub in ihrem Gedächtnis … Erinnerungsfetzen tauchten auf wie Ausschnitte aus Fotografien – von ihren Händen, die Karten hielten –, aber es gab keinen Zusammenhang, keinen Hintergrund. Die Erinnerungen waren isoliert, kaum verknüpft mit

der Realität, und sie ließen sich in dem wenigen, was sie von ihrem Leben noch wusste, beliebig umherschieben.

Und da war noch eine andere Erinnerung, ein anderes Bild.

Ein Tisch. Eine lange Tafel, zum Tee gedeckt, in einem verdunkelten Raum.

Verscheuche das Bild. Verscheuche es *schnell!*

»Bestimmt ist hier irgendwo ein Satz Spielkarten«, sagte Daisy und deutete vage zum Schreibschrank hinüber. »Vielleicht könnten wir nachher ein Spiel machen. Bloß ein kurzes.« Sie lächelte zögernd.

»Ja, vielleicht«, meinte Violet, noch immer irritiert durch jene plötzliche, unwillkommene Erinnerung.

»Und dann könnte ich …«

Daisy stockte, ihre gurgelnden Worte verwirrten sich. Speichel flog von ihren Lippen, sprühte durch die Luft. Plötzlich glänzte ihre Unterlippe, als ihr Speichel über das Gebiss lief und das Kinn hinunter troff. »Violet …!« Wieder eine Speichelexplosion, als sie hustete. »Was ist mit mir?«

Violet fuhr zurück, ihr Herz pochte leicht, aber rasend schnell. Die Welt war plötzlich hell und glasklar. Sie konnte rote Streifen in dem Speichel sehen, der jetzt als dickes glänzendes Rinnsal aus Daisys Mund lief.

»Kein Grund zur Aufregung«, hörte sie sich sagen, »das ist bald vorbei.«

Daisys Hände krümmten sich um ihre Kehle, krallten sich in die schlaffe Pergamenthaut. Ihre Lippen waren dunkelrot und geschwollen. Tiefes Rot breitete sich auf dem Hals aus, und gutturale Laute entfuhren mit jedem Speichelschwall ihrem Mund. »Gra … geh … hil …!«

»Wissen Sie, ich bin verblüfft, wie schnell sich die Blasen gebildet haben«, meinte Violet und atmete tief durch, um sich zu beruhigen. Sie wandte sich von Daisy ab und hockte sich auf den Rand des Sofas. »Ich hatte erwartet, dass das viel länger dauert. Ich war mir natürlich nicht sicher, wie hoch die Dosis sein muss, und da habe ich mich dann wohl zur Verschwendung hinreißen lassen.«

Sie beugte sich vor und schaute in Daisys Augen. Normalerweise war das Weiße gelblich und die Iris von verblichenem Porzellanblau, jetzt jedoch waren sie blutunterlaufen und trieften heftig. Tränen rollten ihr die Wangen hinab und vermischten sich mit dem roten Speichelstrom, der aus der aufgerissenen Höhle ihres Mundes floss.

»Ich weiß, das muss erschreckend sein«, murmelte Violet, als Daisy in ihren Lehnstuhl zurückfiel und ihre Augen sich verdrehten, »aber bald ist alles vorbei, das verspreche ich Ihnen.« Sie beugte sich vor und tätschelte Daisys Hand, die die Armlehne des Sessels umklammerte. Das eine von Daisys Augen war starr vor Verzweiflung auf Violet gerichtet, das andere schien ein Eigenleben angenommen zu haben und schaute zur Decke. Blähungen entfuhren ihr: ein lang anhaltender, feuchter Laut, der gar nicht aufhören wollte.

»Sie fragen sich sicher, wodurch das ausgelöst worden ist«, schwatzte Violet weiter, um ihre Reaktion auf das, was hier passierte, auszublenden. »Christrose, das klingt so reizend, nicht wahr? Oder auch Winterrose, wie sie in manchen Gartenbüchern genannt wird. Schwarze Nieswurz klingt sehr viel bedrohlicher, und ich glaube nicht, dass Sie so viel von dem Tee getrunken hätten, wenn ich Ihnen gesagt hätte, dass Schwarze Nieswurz drin ist. Nicht nur die Blüten, auch die zerstoßenen Wurzeln und die Rinde. Komisch, was für verschiedene Namen die Leute ein und derselben Sache geben.«

Der übliche Geruch im Hause, nach Lavendel und gekochtem Gemüse, wurde jetzt von einem weitaus schlimmeren, widerwärtigen Gestank überlagert. Von einem Geruch nach Fäkalien und Erbrochenem. Violet wandte sich angeekelt auf dem Sofa ab. Bald ist alles vorbei, sagte sie sich. Alles bald vorbei.

Daisy saß in einer immer größer werdenden Lache ihres eigenen wässrig-blutgetränkten Kotes, krümmte sich darin, verkrampfte sich darin, rieb ihn in ihr Kleid und den Bezugsstoff des Sessels. Den Sessel würde Violet später hinten im Garten verbrennen müssen, zusammen mit Daisys Kleidung und einem Haufen Gartenabfällen, um den Gestank zu überdecken. Und die übriggebliebenen Teeblätter natürlich. Die konnte sie nicht einfach herumliegen lassen. Wenn sie es jetzt vergaß und sich dann womöglich eine Tasse Tee aufbrühte, während sie sauber machte!

Violet kicherte in sich hinein und hielt sich dabei wohlerzogen eine Hand vor den Mund. Trotz der ganzen Schweinerei, diesen Teil der Partie genoss sie wirklich sehr.

»In der Christrose stecken nämlich alle möglichen entsetzlichen Sachen«, redete sie weiter und schaute hin, ob Daisy sie noch hören konnte. »Nieswurz und Sumpfwurz sind beide wie Fingerhut, den habe ich früher auch schon benutzt, und dann ist auch noch Saporin und Protoanemonin darin. Ein sehr hässlicher Cocktail.«

Daisys Hände umklammerten jetzt beide die Armlehnen des Sessels und stemmten ihren Körper nach vorn, als wollte sie sich taumelnd aufrichten und zu Violet hinübertorkeln. Violet hob schon eine Hand, um sie abzuwehren, aber Daisy brach zusammen, sackte wieder in den Sessel zurück, während ein dünner Wasserfall aus trübem Erbrochenen sich aus ihrem Mund in ihren Schoß ergoss. Ein Teil davon kleckerte auf den Boden. Das würde schwer rauszukriegen sein, dachte Violet besorgt.

Sie beschloss, die Christrose nicht wieder zu verwenden. Gewiss, sie wirkte schnell und war höchst einfach zuzubereiten, aber für ihre Zwecke war sie einfach zu eklig. Schon im günstigsten Fall war das Saubermachen schlimm genug, ohne all diese Körperflüssigkeiten, die es einem erschwerten. Fingerhut vielleicht, oder Zaunrübenwurzel. Oder vielleicht Oleander. Sie liebte den Duft von Oleander.

Daisys Arme wedelten jetzt ziellos umher. Das Ende war sehr nahe. Wirklich sehr nahe.

»Mittlerweile ist Ihre Kehle bestimmt vollständig zugeschwollen«, sagte Violet leise, »und Ihr Herzschlag hat sich sicher dramatisch verlangsamt. Ich weiß nicht, ob Sie ersticken, bevor Ihr Herz von selbst zu schlagen aufhört, jedenfalls werden Sie in einer oder zwei Minuten tot sein. Ich weiß nicht mal, ob Sie mich noch hören können, aber wenn, dann möchte ich Ihnen sagen, dass Sie ein selbstsüchtiges, dummes altes Weib sind, und mir war jeder einzelne Moment der Zeit zuwider, die ich mit Ihnen zugebracht habe. Abgesehen natürlich von den letzten paar Minuten. Die habe ich sehr genossen.«

Daisy war still und bewegungslos. Ihre Augen waren

trübe und eingesunken, und der Speichel rann nur noch langsam aus ihrem schlaffen Mund.
Violet beugte sich vor und versuchte festzustellen, ob ihr Herz noch in der Brust flatterte, ob ihr Blut noch träge durch die Venen gepumpt wurde, doch sie konnte es nicht erkennen. Sie beschloss, später wiederzukommen und Daisys Puls zu fühlen. Nachdem sie Ordnung gemacht hatte. Und wenn Daisy jetzt noch nicht tot war – in einer Stunde bestimmt.
Es würde ein langer Nachmittag werden, und Violet stellte fest, dass sie nicht die Energie aufbrachte, sofort vom Sofa aufzustehen. Das Licht, das durchs Fenster fiel, schien ein eigenes Gewicht zu haben. Es drückte sie nieder, saugte ihre Kräfte auf und überflutete ihren Körper mit Wellen der Trägheit. Von ihrem Platz aus sah sie einen Streifen des rauchgrauen Himmels, eingekeilt zwischen dem oberen Teil des Fensterrahmens und den Dächern der Reihenhäuser an der gegenüberliegenden Straßenseite. Die Aussicht ließ in ihrem Kopf zwar nicht gerade das Traumbild eines schiefergrauen Meeres auftauchen, das unablässig gegen eine Steinmole schwappte, aber sie öffnete doch einen Zugang, durch den das Bild in ihre Gedanken schlüpfen konnte. Welle auf Welle auf Welle schlug gegen den Stein und trug jedes Mal eine Winzigkeit davon ab.
Violet schüttelte sich. Wenn sie nicht aufpasste, schlief sie hier noch ein und vergeudete den halben Nachmittag. Die See konnte warten. Zuerst war das Saubermachen dran.
Trotz der Tatsache, dass sie schon seit Monaten regelmäßig in diesem Haus gewesen war – oft täglich –, hatte Violet ziemlich präzise im Gedächtnis, was sie im Laufe dieser Zeit angefasst hatte. Küche und Bad

mussten natürlich mit Desinfektionsmittel gereinigt werden, um sämtliche Fingerabdrücke und alles, was ihre Präsenz verraten konnte, zu entfernen. Wohn- und Esszimmer waren weniger problematisch: Violet hatte sehr penibel darauf geachtet, was sie berührte, und oft hatte sie einen Griff oder eine Oberfläche abgewischt, wenn Daisy es nicht merkte. Und wenn schon – sie hätte höchstens gemeint, Violet wolle helfen, das Haus in Ordnung zu halten. In Daisys Schlafzimmer und dem Gästezimmer – das seit über dreißig Jahren als Abstellkammer diente – gab es keinerlei Spuren von Violet. Nein, die Spuren ihrer Anwesenheit im Hause zu beseitigen, das würde einfach sein.

Das Saubermachen nach Daisys widerlichem Tod dagegen würde länger dauern und war auch viel unangenehmer, doch dabei brauchte sie auch nicht perfekt zu sein. Alte Leute waren ihrer Erfahrung nach oft inkontinent, und wenn die auffälligen Spuren von Durchfall und Erbrechen erst mal getilgt waren, dann würden eventuelle verbleibende Flecken und der hartnäckige Geruch nicht allzu verräterisch sein. Außerdem war die moderne Reinigungstechnologie einfach wundervoll.

Violet stand auf und ging in die Diele. Ihre Beine waren unsicher – wahrscheinlich die Erleichterung, dass sie Daisys Tod hinter sich gebracht hatte –, und sie lehnte sich einen Augenblick lang gegen die Wand, ehe sie die Tür zum Esszimmer aufstieß.

Daisy hatte das Esszimmer stets peinlich sauber gehalten für den Fall, dass sie Gäste bewirten müsste. Das bedeutete, dass es in den letzten zehn Jahren vielleicht zwei Mal benutzt worden war. In der Mitte des Raumes stand ein schwerer Mahagonitisch mit spiralför-

mig gedrechselten Beinen. Drei silberne Kerzenleuchter standen auf dem Tisch, und Drucke mit Jagdszenen waren ringsum an den Wänden verteilt.
Ein zusammengeklappter Rollstuhl lehnte hinten am Kaminvorsprung und wirkte völlig fehl am Platze, und dahinter lag eine große graue Plastikplane zusammengefaltet auf dem Teppich.
Den Rollstuhl und die Plastikplane hatte Violet vor ein paar Tagen ins Haus gebracht, während Daisy im Schlaf vor sich hinschniefte und -murmelte. Jetzt trug sie die Plane ins Wohnzimmer hinüber und blickte sich um. Nicht auf den Fußboden – an dem hatte sie noch genug zu schrubben und zu staubsaugen. Vielleicht das Sofa.
Jawohl. Sie faltete die Plastikbahn auseinander und drapierte sie über das Sofa, bis es aussah wie ein grauer Hügel, wie ein schimmernder Felsbrocken. Sie konnte Daisys Leiche – leicht, wie sie war – auf das Sofa hinüberheben, dann den Lehnstuhl in den Garten hinaustragen und den Teppich gründlich reinigen. Wenn sie das geschafft hatte, würde sie Daisy ausziehen, sie von oben bis unten mit Lappen und Handtüchern waschen, die sie danach ebenfalls in den Garten schaffen konnte, und dann Daisy wieder ankleiden, in ein paar ihrer anderen Sachen von oben. Danach konnte Daisy, in den Rollstuhl gesetzt und mit einer Decke zugedeckt, aus dem Haus und die Straße hinuntergeschoben werden: nur eine ganz gewöhnliche alte Dame, zum Luftschnappen nach draußen gebracht, die fest schlief und von der Vergangenheit träumte.
Violet schaute zu Daisy hinüber. Seit sie zuletzt hingeschaut hatte, war etwas Mysteriöses und Unwiderrufliches mit der Frau geschehen, die sie einmal ›Meine

Liebe‹ genannt hatte. Was einmal schlaffes Fleisch und Hängebacken gewesen war, war jetzt nur noch eine Hülle, über einen alten Totenschädel gezogen. Was einmal Augen gewesen waren, die auf über achtzig Jahre Geschichte zurückgeblickt hatten, waren jetzt nur noch blinde Kapseln, auf denen sich bereits Staub niederzulassen begann. Es war nichts mehr da. Wieder hatte sich das Mirakel ereignet: Was einmal eine Frau namens Daisy gewesen war, die geliebt und verloren und gelebt hatte, jetzt war es einfach ein … ein Nichts. Haut und Knochen und ein Büschel Haare. Und alles, was sie besessen hatte, gehörte jetzt Violet. Bald würde es einfach nur noch Geld sein.

Natürlich musste dabei vorsichtig vorgegangen werden. Immer ein Schritt nach dem anderen. Nichts, was Verdacht erregen konnte. Aber in ein paar Monaten würde dann alles ihr gehören.

Nachdem sie das Haus sauber gemacht hatte.

Denn jede Reise begann schließlich mit einem ersten Schritt.

2

Als Mark Lapslies Handy piepte, schmeckte der Ton nach Schokolade. Dunkle Schokolade, bitter auf der Zunge, körnig zwischen den Zähnen und an den Innenseiten der Wangen.

Draußen vor seinem Schlafzimmerfenster war es noch dunkel, aber die Vögel fingen schon an zu zwitschern, und es lag eine Frische in der Luft, die ihm verriet, dass die Dämmerung nahe war. Eine ganze Weile hatte er seine Gedanken schweifen lassen, hatte von den Tagen geträumt, als sein Haus voller Leben und Lachen gewesen war, deshalb hatte ihn der Schock des plötzlichen Geräuschs – und der plötzliche Geschmacksschwall in seinem Mund – nicht übermäßig verstört. Irgendwie war er auf einen Anruf gefasst gewesen. Den ganzen Tag schon hatte er einen leisen Erdbeergeschmack verspürt – ein Zeichen, dass etwas Ungeplantes passieren würde.

Das Piepen sagte ihm, dass er eine SMS bekommen hatte, keinen Anruf. Das Signal für einen Anruf war eine Tonfolge aus Bruchs erstem Violinkonzert und schmeckte mehr nach Mokka. Er ließ sich ein paar Minuten Zeit, um vollständig wach zu werden, dann reckte er den Arm und nahm das Handy vom Nachttisch.

Bitte DS Bradbury anrufen, stand da, und dahinter eine Handynummer.

Bevor er diesen Detective Sergeant Bradbury anrief,

wer immer das war, schlurfte Lapslie ins Badezimmer und drehte die Dusche voll auf. Als er sich im Spiegel über dem Waschbecken erblickte, schauderte er. In seiner Vorstellung war er fünfundzwanzig Jahre jünger, sein Haar war nicht grau, und sein Bauch wölbte sich nicht vor. Immer wieder erschreckte ihn sein Spiegelbild. Der einzige Grund, warum er nicht zum Schraubenzieher griff und den Spiegel ein für alle Mal abnahm, war, dass das Rasieren dann schier unmöglich wäre.

»Hallo?« Die Stimme war weiblich und schmeckte zart nach Zitrone und Limone, der Akzent war pures Ostengland.

»DS Bradbury? Hier spricht DCI Lapslie.« Er ging ins Schlafzimmer zurück, damit der zischende Blumenkohldampf der Dusche nicht ihre Stimme ertränkte. »Was kann ich für Sie tun?«

»Autounfall, Sir«, erwiderte sie knapp.

»Autounfall?« Er atmete tief durch. »Sergeant, ich bin krankheitshalber auf unbestimmte Zeit beurlaubt. Ich werde nicht mehr zu Ermittlungen hinzugezogen.«

Die Stimme zögerte ein wenig. »Weiß ich, Sir, aber irgendwas an diesem Unfall hat den Computer, als er gemeldet wurde, Ihren Namen ausspucken lassen. Als ich dann versucht habe, Ihre Durchwahl zu bekommen, hat man mir gesagt, Sie sind krankgeschrieben, aber nicht, warum. Und als ich Chief Superintendent Rouse angerufen habe, hat der mir die Erlaubnis gegeben, Sie anzurufen.«

»Okay, also was ist an dem Autounfall dran, dass der Computer meinen Namen ausgespuckt hat?«

»Das möchte ich lieber nicht sagen, Sir. Es ist … einfach was sehr Spezielles.«

»Geben Sie mir wenigstens einen Hinweis.«
»Es saß nur eine Person in dem Wagen, Sir – der Fahrer –, und ein anderes Fahrzeug war nicht beteiligt, aber als die ersten Helfer am Unfallort eingetroffen sind, da haben sie zwei Leichen gefunden. Eine davon war der Fahrer. Die andere hatte schon eine ganze Weile dort gelegen.«
Interessant. Das war's beinahe wert, geweckt zu werden. »Und?«
»Und was den Zustand der zweiten Leiche angeht, da gibt es anscheinend einen Zusammenhang mit einem alten Fall, den Sie bearbeitet haben.«
»Ein alter Fall von mir?« Er durchforstete hastig sein Gedächtnis, suchte nach irgendetwas Ungewöhnlichem, Ausgefallenem in seiner Karriere, doch ihm fiel partout nichts ein. Kein noch immer flüchtiger Serienkiller, kein bizarrer Kult, nichts. »Was war denn so ungewöhnlich?«
»Sir, das möchte ich wirklich lieber nicht sagen. Es wäre einfacher, wenn Sie herkommen könnten.«
»Wo sind Sie?«
Es entstand eine Pause. Dampf quoll aus dem Badezimmer, und Lapslie malte sich aus, wie die Kollegin sich im Dunkeln umblickte und sich bemühte, ihren Standort zu bestimmen.
»An der B1018, von Witham aus Richtung Braintree, da zweigt eine Seitenstraße ab, die führt weiter nach Faulkbourne – kennen Sie die?«
»Über den Fluss?« Er rief sich ins Gedächtnis, wie er das letzte Mal die Strecke gefahren war, zu einem Abendessen, das mit einem Streit geendet hatte und mit einer weiteren Nacht, die er allein geschlafen hatte – und das alles war so lange her, dass die Erinnerung

daran nicht lohnte. »Ganz in der Nähe von dem Pub von Morphen?«
»Genau. Wir sind ungefähr sechs Kilometer von dem Pub entfernt, die Straße runter.«
»Ich bin in einer Stunde da«, sagte er.
»Sie werden kein Problem haben, uns zu finden«, meinte sie. »Halten Sie Ausschau nach einem Klumpen Metall, der mal ein Porsche gewesen ist.« Und in ihrer Stimme, fand Lapslie, lag echte Traurigkeit bei dem Gedanken an ein dahingeschiedenes Hochleistungsauto.
Er duschte rasch; sein Verstand stocherte im Knochengerüst seiner Karriere herum, ohne jedoch auf irgendetwas Relevantes zu stoßen. Als er fertig angezogen war, hatte sich der Himmel bereits rosa verfärbt, und die Vögel hatten an Zuversicht gewonnen. Knappe fünfundzwanzig Minuten nachdem er die Nachricht bekommen hatte, saß er in seinem Wagen und fuhr aus der Ausfahrt.
Fast geräuschlos glitt der Wagen durch die schmalen Zufahrtswege, die von seinem einsam gelegenen Haus nahe Saffron Walden wegführten, von seinem Navigationssystem in Richtung Witham und zu einem Ereignis geleitet, das bereits geschehen war, abgesehen von den unvermeidlichen Aufräumungsarbeiten. Er machte sich nicht die Mühe, das Radio einzuschalten oder eine CD einzulegen. Wenn er fuhr, konnte er keine Musik hören: Man konnte nie wissen, was für ein Geschmack – oder gelegentlich auch ein Geruch – ihn plötzlich ablenken konnte, wenn eine bestimmte Melodie gespielt wurde. Bevor seine Krankheit diagnostiziert worden war, damals, als er noch geglaubt hatte, *jeder* könne Geräusche schmecken, nicht bloß er und

eine Handvoll anderer Menschen auf der Welt, war er einmal beim Fahren auf beinahe fatale Weise abgelenkt worden, als ein Beatles-Song seinen Mund plötzlich mit dem Geschmack nach fauligem Fleisch überflutete.
Das Leben war einfach eine Achterbahn unvorhergesehener Sinneswahrnehmungen, wenn man an Synästhesie litt.
Die Sonne schob sich über den Horizont und warf lange Schatten über die Felder. Er fuhr zügig, aber aufmerksam, drosselte seine Geschwindigkeit auf den langen Strecken durch das Stadtgebiet so, dass die Ampeln jeweils grün waren, wenn er sie erreichte, und beschleunigte dann wieder auf den Ring- oder Umgehungsstraßen, um Zeit herauszuholen. Die Minuten rannen dahin, eine nach der anderen, während die Häuser hinter ihm zurückblieben und von Wäldern abgelöst wurden. Er ließ sich in eine gewisse Apathie gleiten, während er fuhr, und bemühte sich ganz bewusst, keine Spekulationen über das anzustellen, was ihn am Unfallort erwartete.
Die Tatsache, dass er überhaupt zu diesem Fall hinzugezogen wurde, war merkwürdig. Lapslie war schon seit sechs Monaten aus medizinischen Gründen vom Dienst bei der Essex-Police beurlaubt – seit sich seine Synästhesie plötzlich drastisch verschlimmert hatte und seine Frau und seine Kinder gezwungen gewesen waren, aus dem Haus auszuziehen, weil der dauernde Geräuschpegel ihn verrückt machte. Sie hielten zwar weiterhin Kontakt, doch Lapslie gewöhnte sich langsam an die Gewissheit, dass sie nie wieder eine normale Familie sein würden. Er lebte in einer Zwischenwelt, hing quasi in der Luft; er las Berichte, hielt sich in der

sich ständig wandelnden Welt der Polizeiarbeit auf dem Laufenden, schrieb gelegentliche Gutachten oder Denkanstöße für die Polizeihierarchie und ließ sich immer mal wieder spontan im Präsidium in Chelmsford blicken, ohne jedoch an Tatorten anwesend zu sein oder Ermittlungen zu leiten. Bis jetzt.

Dieser Fall – um was immer es dabei auch ging – hatte offenbar etwas mit seiner früheren Tätigkeit zu tun, doch was, das war ihm schleierhaft. Er hatte schließlich nie an besonders hochkarätigen Fällen gearbeitet. Als er nach seinem Psychologiestudium bei der Polizei angefangen hatte, war er eine Weile bei der Metropolitan Police in Nordlondon gewesen, ehe er befördert und nach Liverpool und später dann wieder nach Essex versetzt worden war. Ein paar Jahre hatte er in der Association of Chief Police Officers verbracht, wo er seine psychologischen Kenntnisse dafür einsetzte, bessere Profiling-Techniken zu entwickeln, um die Persönlichkeitsstruktur von Schwerverbrechern zu erfassen. Dann hatte er sich zwei Jahre freigenommen, um seinen Master in Kriminalpsychologie zu machen. Wenn er zurückdachte, dann stieß er auf nichts besonders Außergewöhnliches. Nichts, das ihn mit irgendeinem ungelösten Fall in Verbindung bringen konnte, der gravierender war als tätliche Beleidigung oder geringfügiger Diebstahl.

Kurz nachdem er den Brain überquert, und etwa eine Stunde nachdem er sein Haus verlassen hatte, bog Lapslie in die Straße ein, auf der sich der Unfall anscheinend ereignet hatte. Bäume flochten ihre Finger über dem Wagen ineinander, und die aufgehende Sonne hinter ihm warf einen dunklen Schatten die Straße entlang.

Gestreifte Absperrgitter blockierten den Weg etwa hundert Meter vor einer sanften Kurve. Grell weißes Licht flackerte durch die Bäume. Ein Streifenpolizist mit einem Klemmbrett in der Hand richtete sich verlegen auf und marschierte wie eine Silhouette vor dem künstlichen Morgenlicht auf ihn zu, wobei er bereits abwehrend den Kopf schüttelte. Lapslie hielt den Wagen an und ließ das Fenster herunter.

»DCI Lapslie«, sagte er und hielt dem Mann seinen Dienstausweis hin.

Der Polizist betrachtete die Karte und dann Lapslie. Er runzelte die Stirn. »Den sollten Sie mal erneuern lassen, Sir«, meinte er. »Das Foto ist ein bisschen … äh, überholt.«

Lapslie blickte auf den Dienstausweis in seiner Hand. Okay, sein Haar war nicht mehr braun, und auf dem Foto war es ein bisschen reichlicher als im wirklichen Leben, aber abgesehen von der Kragenweite seines Hemdes fand er sich gar nicht *so* verändert.

Aber wahrscheinlich war das Foto gemacht worden, als der Polizist, der da neben seinem Wagen stand, irgendwo vergnügt auf einem Spielplatz herumgerannt war.

»Mir gefällt es so«, erwiderte er knapp.

Der Polizist notierte seinen Namen und die Nummer des Wagens auf seinem Klemmbrett, während er sprach. »Soll ich die Absperrung für Sie öffnen?«

»Nicht nötig. Ich lasse den Wagen hier an der Straße stehen und gehe zu Fuß.«

Es war nicht schwierig, den Unfallort auszumachen, er lag gleich hinter der Kurve. Die Leute von der Spurensicherung hatten Scheinwerfer aufgestellt, die die Szene ungeachtet des anbrechenden Tages in hartes,

erbarmungsloses Licht tauchten. Lapslie blieb stehen, um sich einen Überblick zu verschaffen.
Benzindunst und der Geruch von verbranntem Gummi hingen immer noch in der Luft. Zwillingsbremsspuren verflochten sich entlang der Fahrbahn ineinander, zeigten, wie der Wagen gebremst, geschleudert und sich gedreht hatte wie ein wahnsinniger Autoscooter auf dem Rummelplatz. Er konnte sich das Entsetzen des Fahrers vorstellen, wie er das Steuer hin und her riss in der unausweichlichen Gewissheit, dass es nichts nützen und er wahrscheinlich sterben würde. Nach den Spuren zu urteilen, war das Auto die Landstraße entlanggerast, bevor der Fahrer plötzlich die Kurve vor sich gesehen hatte. Was war passiert? War er durch ein Bonbon oder durch einen Telefonanruf abgelenkt gewesen? War er mit Abblendlicht gefahren, so dass er die Kurve erst sah, als es zu spät war? Oder war er einfach betrunken gewesen? Das herauszufinden, war Sache der Gerichtsmedizin, doch Lapslie konnte nicht umhin, zu rätseln. Eben noch lebendig, im nächsten Augenblick tot. Die Fakten konnten erklärt werden, aber der Geisteszustand des Fahrers? Da konnte man nur Vermutungen anstellen.
Bei einem anderen Unfall vor längerer Zeit hatte er einmal den Fehler gemacht, zu einem Kollegen zu sagen: »Ich möchte mal wissen, was dem Fahrer als Letztes durch den Kopf gegangen ist.« Der Mann hatte ihn bloß verständnislos angesehen. »Die Windschutzscheibe«, hatte er genuschelt und war weggegangen.
Die geschmolzenen Gummispuren endeten an der Stelle, wo die Straße einen Bogen machte. Eine Bordsteinkante markierte die Grenze, wo der Asphalt in

unebenen, von Blättern, kleinen Farnen und Buschwerk bedeckten Boden überging. Der Wagen hatte den Bordstein offenbar seitlich gerammt, der Aufprall hatte ihn in die Luft geschleudert und herumgewirbelt, dieses Mal um die Längsachse, so dass er sich, als er gegen die Bäume prallte, fast vollständig gedreht hatte. Zwei Baumstämme waren gut drei Meter über dem Boden gesplittert. Der Wagen – oder was davon noch übrig war – lag an ihrem Fuß, zusammengeknüllt wie ein weggeworfenes Schokoladenpapier.

Gut fünfzig Meter weiter hatte man auf der Straße ein weiteres Sperrgitter aufgestellt. Dort parkte ein Krankenwagen, daneben ein Peugeot 406 der Polizei – in dem blaugelben Karomuster lackiert, das überall im Land bei der Polizei spaßeshalber das Battenbergfarbdesign genannt wurde –, ein staubiger Ford Mondeo und ein Lieferwagen, der vermutlich das Spurensicherungsteam zur Unfallstelle gebracht hatte. Zwei Sanitäter unterhielten sich mit einem Streifenpolizisten. Ihre lockere Haltung deutete darauf hin, dass sie ihre Arbeit erledigt hatten, wenn es überhaupt etwas für sie zu tun gegeben hatte, außer den Tod des Fahrers am Unfallort festzustellen.

Dicht neben der Straße war ein großes Plastikzelt aufgestellt worden, wenige Schritte von den Überresten des Wagens entfernt. Die Scheinwerfer dahinter ließen es förmlich strahlen. Groteske Schatten der Menschen in seinem Innern wurden an die Wand geworfen: Gebeugte Figuren mit riesigen Händen bewegten sich in einem skurrilen rituellen Tanz aufeinander zu und voneinander weg.

Es war alles so vertraut, und nach seiner Auszeit von der Arbeit doch so merkwürdig, so fremd.

Er zog sein Handy aus der Jackentasche und wählte nach kurzem Nachdenken eine Nummer, von der er einen Augenblick lang nicht glaubte, dass er sich noch an sie erinnern würde.

»Essex Police, was kann ich für Sie tun?«

»Superintendent Rouse bitte«, sagte er.

»Ich verbinde.«

Wenige Augenblicke später sagte eine neue Stimme: »Büro Detective Chief Superintendent Rouse.«

»DCI Lapslie hier. Wäre es möglich, den Superintendent zu sprechen?«

»Er ist noch nicht hier. Darf ich fragen, um was es geht?«

»Ich bin anscheinend auf Befehl des Superintendenten aus dem Urlaub abberufen worden. Ich habe mich gefragt, warum.«

Die Stimme am anderen Ende klang einen Moment gedämpft, als habe Rouses Sekretärin die Hand über den Hörer gelegt, während sie Instruktionen einholte. Nach ein paar Sekunden war sie wieder da. »Ich kann den Superintendent bitten, Sie später zurückzurufen. Hat er Ihre Nummer?«

»Das würde mich nicht wundern«, erwiderte Lapslie mürrisch und kappte die Verbindung.

Er steckte das Handy wieder in die Jacke, ging zu dem Zelt hinüber und schlug die Eingangsplane zurück. Der Innenraum war groß genug, um eine Hochzeitsgesellschaft oder einen Wochenmarkt zu beherbergen. Das Team von der Spurensicherung, in papierartige gelbe Overalls gehüllte Gestalten, bildete zwei Gruppen, fotografierte und suchte den Boden nach Spuren ab. Auch eine Frau stand dabei und redete. Ihr Haar war kurz und stachelig, ihr Make-up betonte die schar-

fen Wangenknochen. Ihr Atem fuhr wie Zigarettenqualm in die kalte Morgenluft. Als sie Lapslie sah, wandte sie sich ab und kam auf ihn zu.
»DS Bradbury?«, fragte er.
»Guten Morgen, Sir«, sagte sie. Zitrone, wie am Handy, aber jetzt mit einem Hauch Grapefruit. Sie trug einen Designeranzug, allerdings sah er aus, als habe sie darin geschlafen, als der Anruf wegen des Unfalls kam. »Tut mir leid, Sie so früh aus dem Bett zu holen.«
»Kein Problem. Bin froh, wieder was zu tun zu haben. Der Krankenstand wird mit der Zeit sehr langweilig.«
Bradbury brannte sichtlich darauf, ihn zu fragen, warum er krankgeschrieben sei – dieser wundervoll dehnbare Begriff, der bedeutete, dass jemand zu Hause herumsaß und dafür bezahlt wurde, ohne genau anzugeben, weshalb –, doch sie war zu höflich oder zu korrekt dafür. Um die entstandene Lücke in der Unterhaltung zu überbrücken und in Anspielung auf Bradburys Kommentar am Handy über das Ende des Hochleistungsautos, deutete Lapslie mit dem Kopf dorthin, wo draußen vor dem Zelt der Wagen lag. »Mein Beileid«, frotzelte er.
Sie seufzte. »Porsche. Wundervolles Auto. Verdammt, absoluter Totalschaden. So ein Stümper.«
»Anhand der Reifenspuren vermute ich, dass er die Kontrolle verloren hat, als er in die Kurve kam. Der Zusammenstoß mit der Bordsteinkante hat den Wagen in die Luft geschleudert, und der Aufprall gegen die Bäume hat ihm dann den Rest gegeben.«
»So sehe ich das auch. Kein Anhaltspunkt dafür, dass noch andere Wagen beteiligt waren. Das Wrack wird natürlich untersucht, aber es gibt noch keinen Grund, mechanisches Versagen anzunehmen.« Sie schüttelte

traurig den Kopf. »Manche Leute verdienen es einfach nicht, tolle Autos zu haben.«

Lapslie sah zu den zwei Gruppen von der Spurensicherung hinüber. »Was ist mit dem Fahrer passiert?«

»Hat sich aus dem Fenster gehievt und ist zwischen die Bäume gekrochen. Da haben wir ihn dann gefunden.«

»Tot?«

»Wie 'ne Dover-Seezunge in der Auslage beim Fischhändler.«

»Was ist passiert?«

Emma Bradbury lächelte und zeigte kleine weiße Zähne. »Der muss der größte Unglücksrabe der Geschichte sein. Selbst bei der Geschwindigkeit hätten ihm sein Sitzgurt und sein Airbag das Leben retten müssen, aber ein kurzer Ast an einem von den Bäumen ist auf der Fahrerseite durch die Scheibe gekracht und ihm direkt durch den Hals gefahren. Er ist beim Kriechen verblutet.« Sie deutete auf die linke Ermittlergruppe. »Da drüben, das ist er. Wir warten darauf, dass die Gerichtsmedizinerin auftaucht. Ist anscheinend aufgehalten worden.«

»Wissen wir, wer er war?«

Sie suchte in ihren Taschen und zog einen Plastikbeutel mit einer Brieftasche darin hervor. »Sein Name ist Sutherland. Anscheinend Geschäftsmann. Mitte vierzig, wohnt in der Nähe von Chelmsford. Sieht aus, als wäre er auf dem Heimweg gewesen, nach einem späten Meeting oder so was. Ich hab jemanden losgeschickt, um seine Frau zu benachrichtigen.«

Ein spätes Meeting. Ein hastiges Essen irgendwo in einem Restaurant oder einem Steakhaus vor der langen Heimfahrt, geblendet von entgegenkommenden Scheinwerfern.

Lapslie erinnerte sich gut daran. Früher, vor langer Zeit, hatte jemand im Morgenmantel vor dem Fernseher gekauert und darauf gewartet, dass er auftauchte. Jemand, dem es nahegegangen wäre, wenn er einen Autounfall gehabt hätte. Früher, vor langer Zeit.

Er schüttelte sich und blickte um sich. »Wenn kein anderer Wagen beteiligt war, wer hat dann die Polizei gerufen?«

Emma grinste. »Ein Pärchen, das ein Stück weiter geparkt hat und miteinander zugange war wie die Karnickel, hat das Krachen gehört und das Geräusch von zersplitterndem Glas.«

»Für die beiden hat die Erde also wirklich gebebt«, murmelte Lapslie.

»Die sind dann hingefahren – nachdem sie sich wieder angezogen hatten, natürlich –, und als sie gesehen haben, was passiert war, haben sie es gemeldet. Die Jungs von der Streife haben ihre Aussagen aufgenommen und sie dann gehen lassen – zu ihren jeweiligen Lebenspartnern.«

Lapslie richtete seine Aufmerksamkeit auf das andere Spurensicherungsteam, das sich um irgendetwas auf dem Boden drängte. »Und der eigentliche Grund, weshalb Sie mich geweckt und den ganzen Weg hierhergescheucht haben? Der Grund, weshalb mein Name im Computer aufgetaucht ist?«

»Die andere Leiche, die die Polizisten neben dem Fahrer gefunden haben, als sie überprüft haben, ob der noch lebt.«

»Am Telefon haben Sie gesagt, es ginge um deren Zustand?«

»Ich glaub fast, wir haben es hier mit *Die Nacht der lebenden Toten* zu tun.«

Er nickte. »Gut, sehen wir's uns mal an.«
Die beiden gingen auf die Gruppe zu. Kleine Zweige und Äste knackten unter ihren Füßen, und Lapslie wusste nicht recht, ob der säuerliche Geruch in seiner Nase von dem Geräusch oder von dem Unfall allgemein herrührte, oder von beidem. Aus der Dämmerung war Morgenlicht geworden, und das Stückchen Himmel, das er durch die Eingangsplane sehen konnte, war klar und blau. Ringsumher schmeckte er Vögel und Tiere in Bewegung.
Sie kamen an der ersten Ermittlergruppe vorbei, und Lapslie konnte nicht umhin, einen Blick auf die Gestalt am Boden zu werfen: ein Mann, zerquetscht wie sein Wagen, in einem dunklen Anzug, der von geronnenem Blut schmierig glänzte. Verdammter Totalschaden, um Emmas Worte zu gebrauchen.
Die zweite Gruppe drängte sich um etwas, das keine vier Meter von der ersten Leiche entfernt auf dem Boden lag. Als Lapslie näher trat, strafften sich die Männer kaum merklich, als gelte es, ihren Fund zu verteidigen.
»DCI Lapslie«, sagte er knapp. »Was haben Sie hier?«
Der Einsatzleiter stand auf und wischte sich die Handschuhe an seinem Overall ab. Lapslie hatte ihn früher schon an anderen Tatorten gesehen, vor Jahren: ein kleiner Mann, Mitte fünfzig, mit einem Bauch, der den Stoff seines Overalls wölbte, und mit einer weißen Haartolle, die ihm wirr vom Kopf abstand.
»Wir haben hier anscheinend einen Leichnam«, sagte er mit so erschreckend deftigem irischem Akzent, dass das letzte Wort für Lapslie fast wie »Lachmann« klang. Seine Stimme schmeckte so, wie Lapslie sich Brombeerwein vorstellte: schal und dünn.

»Keine Verbindung mit dem Unfall?«
»Verbindung schon, aber nicht so, wie Sie meinen. Schauen Sie mal.«
Und dort vor ihm, schräg aus einem Haufen Erde, Farnen und Blättern ragend, lag eine Leiche. *Wahrlich* ein Leichnam, mehr ein Skelett, zu dem man das eine oder andere hinzugefügt hatte, als ein Toter, dem das eine oder andere abhandengekommen war. Das Gesicht nur spitze Wangenknochen und tiefe Augenhöhlen, der Kopf zur Seite verdreht und die Kiefer aufgerissen wie in einem grausamen, stummen Todeskampf. Was an Haut noch vorhanden war, sah ebenso stumpf und grau aus wie die Haare, die rund um den Schädel ausgebreitet waren. Die Arme waren nach hinten gestreckt, dürr und trocken wie die Zweige um sie herum. Was Lapslie von den Fingern sehen konnte, krallte sich vergebens in den Lehmboden des Waldes.
Und das Bizarrste von allem: Die Leiche war umgeben von einer schmutzverkrusteten Plastikplane, an beiden Seiten so zusammengeknüllt, dass sie wie riesige Flügel aussah, an jeder Schulter einer.
Lapslie bekam die Spötteleien des Spurensicherungsteams nur halb mit, als er neben dem Leichnam niederkniete, streng darauf bedacht, nichts durcheinanderzubringen, was nicht bereits durcheinandergebracht war. Alle Leichen sehen alt aus, das hier jedoch sah aus, als sei es der Leichnam eines alten Menschen. Die untere Hälfte war noch in der Erde begraben, die Plastikhülle war eng um Hüften und Beine gewickelt, der Oberkörper jedoch ragte in einem Winkel von etwa dreißig Grad in die Höhe. Die Arme sahen aus, als stützten sie das Gewicht des Körpers ab, doch das war eine Illusion, hervorgerufen durch die Tatsache,

dass sie herunterhingen und die knochigen Fingergelenke auf dem Boden ruhten. Die Kleidung war zwar im Laufe der Zeit steif geworden und verblichen, aber anscheinend hatte die Tote eine Bluse, eine Strickjacke und eine Hose aus dunklem Stoff getragen.
Er beugte sich vor, um die Rückseite des Schädels zu begutachten. Schwer festzustellen, ohne ihn zu berühren, aber da schien es Spuren einer Verletzung zu geben. Sie konnte durch Aasfresser entstanden sein, vielleicht aber auch durch Gewalt. Was immer die Ursache sein mochte, dies waren jedenfalls verdächtige Todesumstände. Nach Lapslies Erfahrungen hüllten sich die Leute nicht in Plastik, bevor sie sich hinlegten, um friedlich zu sterben.
Ohne die Zweige oder die schmutzige Plastikplane rings um die Tote zu berühren, untersuchte Lapslie sehr genau die Stellen, wo die Hände lagen. Der Leichnam steckte halb in einer Art Furche. Und irgendetwas war mit der Furche geschehen. Der Boden ringsherum war aufgewühlt, das Farnkraut teilweise ausgerissen, und die Leiche war zur Hälfte herausgezerrt und -gestoßen worden wie ein Nachtfalter aus seiner Puppenhülle. Die Finger halb im Lehm vergraben, und ...
Moment mal. Der Boden unter den Fingern war mit einer Moderschicht bedeckt – Blätter, ebenso zu Skeletten zerfallen wie der Leichnam –, und einige davon schienen geradewegs unter den Fingern hindurchzuragen, fast als ob ...
Lapslie beugte sich dichter heran. Ein Hauch von Feuchtigkeit und Verwesung stieg ihm in die Nase, doch bizarrerweise schmeckte er im Mund etwas dekadent Köstliches, wie Litschis.

Er hatte recht. Die Finger waren nicht vollständig. Die Spitzen fehlten, etwa vom zweiten Knöchel an. Obwohl es zuerst so ausgesehen hatte, als sei der Rest der Finger in der Erde vergraben, stellte er jetzt fest, dass die Stümpfe *auf* den Blättern lagen, statt sich durch sie *hindurchzubohren*.
Irgendwo in seinem Hinterkopf rührte sich eine Erinnerung, die lange geschlafen hatte. Hatte er nicht einmal mit jemandem über einen Fall wie diesen geredet? Hatte er nicht etwas darüber geschrieben? Bestimmt kein Fall, den er als Polizist bearbeitet hatte – aber irgendetwas anderes. Etwas, das eher eine Nebenbeschäftigung gewesen war.
»Haben Sie mich deswegen hergerufen?«, fragte er DS Bradbury, die hinter ihm stand. »Die Finger? Die sehen aus, als wären sie abgeschnitten worden.«
»Ich hab's gleich bemerkt, als ich die Leiche gesehen hab. Als ich dann die Einzelheiten per Funk durchgesagt habe, hat der Beamte vom Dienst sie in das Computersystem eingegeben. Und kaum hatte er das Zeug eingetippt, da tauchte eine Meldung auf, mit Ihrem Namen. Anscheinend haben Sie so was schon mal gesehen – eine Leiche mit fehlenden Fingern.«
»Nicht, soweit ich mich erinnern kann. Jedenfalls keine Leiche …« Und doch, da war irgendetwas. Der Geschmack von Litschis und eine verschwommene Erinnerung an jemanden, der ihm von fehlenden Fingern erzählt hatte.
Entschlossen verdrängte er die Erinnerung. Damit konnte er sich später befassen. Jetzt war er erst einmal wieder an der Arbeit, zum ersten Mal seit langer Zeit, und hier und jetzt hatte er es mit einer Leiche zu tun, nicht mit irgendetwas Verschwommenem aus der Ver-

gangenheit. Ein Leichnam, der sich aus der Erde stemmte, wie von einem ruhelosen Geist besessen.
Was aber hatte seine Ruhe gestört? Was hatte die Erde gezwungen, ihre Toten preiszugeben?
Lapslie wandte den Kopf dorthin, wo draußen vor dem Zelt das Autowrack lag, noch ehe sein Verstand die naheliegende Schlussfolgerung zog.
Jäh hockte er sich auf die Fersen. »Soll das ein Witz sein?«, brummte er vor sich hin.
»Wir machen nie Witze«, sagte der Einsatzleiter und kam zu ihm herüber.
»Wollen Sie mir ernsthaft erzählen, dass diese Leiche hier wer weiß wie lange verscharrt gewesen ist, in einer Plastikplane, durch nichts gestört, bis der Wagen da draußen kam und sie einfach so aus der Erde geschaufelt hat?«
»Ich erzähle Ihnen gar nichts, weder ernsthaft noch sonst wie, bevor wir nicht alle Spuren gesichert, die gesamte Umgebung fotografiert und alles im Labor ausgewertet haben.« Er schüttelte den Kopf, die Lippen zu einer Grimasse verzogen. »Aber wenn ich Spaß am Wetten hätte, und das habe ich, dann würd' ich schon so fünfundzwanzig Pfund setzen, dass es darauf hinausläuft. So bizarr das auch scheinen mag, ich glaube, dieser Autounfall hat ein Mordopfer ans Tageslicht gebracht.«
Was die Verletzung erklären würde, die er hinten an dem Schädel entdeckt zu haben glaubte, dachte Lapslie.
Er blickte über die Schulter dorthin, wo die andere Gruppe sich abmühte, den toten Geschäftsmann in einen großen Vinyl-Leichensack zu schieben, ohne allzu viel durcheinanderzubringen. »Wir schulden

Ihnen also eine Danksagung«, sagte er an den Toten gewandt, eine Art Abschiedsgruß, während sich das »Er« in ein »Es« verwandelte, ein Mensch, der zu einem Objekt wurde, das herumgereicht, aufgeschnitten und gründlich studiert wurde. »Wenn Sie nicht gewesen wären, hätten wir sie nie gefunden. Wer immer sie ist.«

Er stand auf und wandte sich an den Einsatzleiter. »Und Sie sind ...?«

»Burrows«, sagte der. »Sean Burrows.«

»Also, Sean, ich glaube, Sic haben einen anstrengenden Tag vor sich. Ich sorge dafür, dass Sie eine Ladung Schinkenbrötchen und Kaffee kriegen.«

»Das«, meinte der Einsatzleiter mit einem herzhaften Seufzer, »wäre einfach phantastisch.«

Emma Bradbury stand gegenüber, schaute zwischen Lapslie und Burrows hin und her und lächelte. »Und was jetzt?«, fragte sie.

»Jetzt reden wir mit denjenigen, die als Erste am Unfallort waren«, antwortete Lapslie.

Die beiden verließen das Zelt und gingen schweigend zur Straße zurück. Als sie unter den Bäumen heraustraten, blickte Emma auf die Bremsspuren hinunter, die der Wagen hinterlassen hatte.

»Sehen Sie mal«, sagte sie und deutete darauf. »Sehen Sie die dunkleren und die helleren Streifen da?«

Lapslie sah genauer hin. Sie hatte recht, es waren tatsächlich Streifen, wo das Gummi geradezu in den Straßenbelag eingestanzt schien, und dazwischen Bereiche, in denen die feine Struktur der Fahrbahn sichtbar war. »Wie kommt das?«

»ABS«, meinte sie düster. »Anti-Blockiersystem – aktiviert die Bremsen automatisch in Intervallen, um die

Straßenhaftung der Reifen zu erhalten. An diesem Wagen war wirklich alles dran – und dieser Blödmann fährt ihn zu Schrott.«
Sie gingen weiter und trafen auf den Polizisten, der sich immer noch mit den Sanitätern unterhielt. »Entschuldigen Sie, Sir«, sagte er, während die Rettungshelfer sich zurückzogen, »aber können wir den Wagen wegräumen und die Straße wieder freigeben? Hier ist zwar um diese Tageszeit nicht besonders viel los, aber es gibt kaum Umfahrungsmöglichkeiten.«
Lapslie überlegte einen Augenblick. Was ihn anging, war der Autounfall eine irrelevante Spur. Die Leiche der alten Frau faszinierte ihn weit mehr. »Schaffen Sie den Wagen hier weg, und bringen Sie ihn in die Werkstatt, damit die dort die Bremsen und was weiß ich noch untersuchen können. Und wenn er weg ist, lassen Sie die Leute vom hiesigen Revier hier neben den Bäumen etwa zwanzig Meter der halben Fahrbahnbreite absperren und an jeder Seite eine temporäre Verkehrsampel aufstellen.«
»Sind Sie sicher, dass das nötig ist, Sir?«, fragte Emma neben ihm.
»Nein«, erwiderte er prompt. »Aber wie mein alter Superintendent immer gesagt hat – im Zweifelsfall absichern.« Er wandte sich wieder an den Streifenpolizisten: ein junger Mann mit einer Dienstmütze, die ihm nach vorn über den Kopf zu rutschen drohte. »Und Sie sind …?«
»Henson«, flüsterte Emma ihm zu. »Ich hab schon mit ihm geredet.«
»Waren Sie als Erster hier am Unfallort, Henson?«, fragte er, ohne Emma zu beachten.
»Ja, das war ich«, erwiderte er. »Ich und PC Rhodes.

Der steht an der anderen Absperrung, die, durch die Sie reingekommen sind.«
»Wie ist denn diese Straße so? Gibt's hier viele Unfälle?«
Henson zuckte die Schultern. »Nicht gerade ein Unfallschwerpunkt, aber die Kurve hier kann einen kalt erwischen, wenn man nicht aufpasst. Ein paar Mal im Jahr werden wir schon hier rausgerufen.« Er dachte einen Moment nach. »Das letzte Mal war vor Weihnachten, glaub ich – vielleicht vor fünf oder sechs Monaten. Vielleicht war's auch ein bisschen länger her.«
»Als Sie das letzte Mal hier waren, haben Sie da irgendwo aufgewühlte Erde gesehen? Irgendwas, das aussah, als ob da etwas vergraben wäre?«
Henson schüttelte den Kopf. »Nichts, bestimmt nicht.«
»Danke«, sagte Lapslie. »Wir melden uns vielleicht noch mal.«
Der PC wandte sich ab und gesellte sich wieder zu den Sanitätern. Lapslie schaute die Straße hinauf und hinunter. Von dort, wo er stand, in der Mitte der Kurve, konnte er in beide Richtungen sehen: endlose Baumreihen zu beiden Seiten, die mit ihren ineinander verflochtenen Zweigen einen Tunnel bildeten.
Kein hässlicher Anblick, wenn es dein letzter ist.
Emma blickte die Straße hinunter, dorthin, wo sie ihren Wagen abgestellt hatte. »Also, wenn das alles ist, Boss …«
»Wir müssen feststellen, wer sie ist, das ist das Vordringlichste«, überlegte Lapslie laut, ohne ihr recht zuzuhören. »Dabei können wir von zwei Seiten vorgehen. Die Untersuchung der Leiche könnte eine Geldbörse zutage fördern, ein Rezept, ein Stück Pa-

pier, eine Monatskarte oder sonst was, wo ihr Name und ihre Adresse draufstehen. Ich hab nirgends eine Handtasche gesehen, aber vielleicht taucht sie ja noch irgendwo im hohen Gras auf. Ich bleibe mit den Leuten von der Spurensicherung und dem Pathologen in Verbindung, aber Sie können die andere Seite übernehmen. Wenn wir erst mal das ungefähre Alter und eine ungefähre Zeitspanne für das Todesdatum wissen, dann möchte ich, dass Sie die Vermisstenanzeigen durchgehen und alles rausfiltern, was irgendwie passt. Mit einigem Glück können wir die Anzahl der Möglichkeiten so begrenzen. Und dann, wenn wir wissen, wie sie gestorben ist, dann können wir anfangen, alles zusammenzufassen.«

»Na, wär das nicht schön«, murmelte Emma. »Hören Sie, Sir, ich würde gern in die Gänge kommen, wenn Sie nichts dagegen haben. Ich bin seit drei Uhr früh hier, und ich könnte 'ne Dusche und frische Klamotten gebrauchen.«

»Okay«, meinte Lapslie zustimmend, »hauen Sie ab. Ich bleibe noch hier und warte auf den Gerichtsmediziner. Der hätte eigentlich inzwischen schon hier sein müssen.«

»›Sie‹, Sir. Anscheinend heißt der zuständige Pathologe Doktor Jane Catherall. Ich hab sie zweimal angerufen, jedes Mal ohne Erfolg. Die vom CSI sagen, sie erscheint immer spät am Tatort.«

»Ich lasse mir von denen die Nummer geben und versuche es noch mal. Sie können gehen. Melden Sie sich später bei mir.«

Emma nickte dankbar und ging davon. Lapslie blickte ihr nach, sah, wie sich der Stoff ihrer Designerhose beim Gehen diagonal über ihr Hinterteil spannte, erst in die eine Richtung, dann in die andere. Frauen im Polizeidienst hatten es schon schwer. Die meiste Zeit waren sie gezwungen, sich maskuliner zu geben als die Männer – ein Schutzverhalten im verschworenen Männerklub der Polizei. Emma war keine Ausnahme, aber Lapslie vermutete, dass sich darunter die Verletzlichkeit eines Schulmädchens verbarg. Vielleicht sollte er ihr entgegenkommen, ihr begreiflich machen, dass er sie nicht nach dem bloßen Schein beurteilte. Und wahrscheinlich schuldete er ihr eine Erklärung für seine Auszeit vom Polizeidienst, einer Pause, die durch ihren Anruf so abrupt geendet hatte.

Er folgte Emma bereits, noch ehe er sich bewusst dazu entschlossen hatte. Vielleicht war dies ein guter Zeitpunkt, um Brücken zu bauen.

Sie erreichte ihren Mondeo ein paar Sekunden vor ihm. Als er näher kam und im Geiste Lobesworte formulierte, hörte er sie sprechen. Einen Moment lang dachte er, sie telefoniere mit ihrem Handy, aber da trat sie zur Seite, und er stellte fest, dass sie mit jemandem auf dem Beifahrersitz des Wagens redete, mit jemandem, der sich die Augen rieb, als sei er soeben aufgewacht.

»Ich kann dich zurückbringen, bis …«, sagte sie, und dann sah sie Lapslie. Die Haut um ihre Augen spannte sich, und ihr Blick flackerte von einer Seite zur anderen, als suche sie automatisch nach einem Ausweg.

»Sir – ist noch was?«, fragte sie und schob sich seitwärts, um Lapslie den Blick auf ihren Mitfahrer zu verstellen.

Lapslie trat ebenfalls zur Seite, doch Emmas Begleiter hatte den Kopf weggedreht, und alles, was Lapslie durch das offene Beifahrerfenster sehen konnte, war ein Ohr mit einem kleinen goldenen Ohrring und eine wirre Haarmähne.

»Kann ich Sie kurz sprechen?«, sagte Lapslie knapp, und alle Lobeswörter, die er hatte sagen wollen, rannen aus seinem Gedächtnis wie Regen von einer Fensterscheibe.

Emma trat von ihrem Auto weg und ging um Lapslie herum, so dass ihm nichts anderes übrigblieb, als sich ebenfalls von dem Wagen abzuwenden.

»Sie haben heute Nacht jemanden mitgebracht«, konstatierte er mehr, als dass er fragte.

»Sir.« Sie mauerte.

»Das hier ist der Schauplatz eines Verbrechens. Wir sind Profis, wir haben einen Job zu erledigen. Da kann man nicht einfach Zuschauer mitbringen. Was ist hier los?«

»Schwer zu erklären, Sir.« Ihr Blick glitt von ihm fort. »Allerdings nicht so schwer, wie es seiner Frau zu erklären«, sagte sie kaum hörbar. »Tut mir leid, Sir. Es wird nicht wieder vorkommen.«

»Emma ...« Er nannte sie beim Vornamen, versuchte, die Barriere zu durchbrechen, die sie errichtet hatte. »Reden Sie mit mir. Sagen Sie mir, was los ist.«

Sie seufzte und schaute weg. »Ich war ... ich war mit einem Freund zusammen, als der Anruf wegen der Leiche kam – wegen der anderen Leiche. Wir waren in einem Hotel. Sein Wagen stand noch auf dem Parkplatz von dem Club, wo wir uns getroffen haben. Ich wollte, dass er ein Taxi nimmt, aber er wollte ..., also, er wollte unbedingt mitkommen. Ich habe echt gedacht, da würde nicht viel zu sehen sein, einfach bloß ein Haufen Klamotten oder ein Landstreicher, der einen Herzinfarkt gehabt hat. Ich dachte, wir wären innerhalb einer Stunde fertig. Hab nicht damit gerechnet, dass das hier zu einem Tatort wird.« Sie richtete den Blick wieder auf Lapslie. »Er ist nicht aus dem Wagen ausgestiegen, Sir. Das versichere ich Ihnen.«

Lapslie atmete tief durch. Solche Sachen passierten. Manchmal war es schwierig, Privatleben und Beruf zu entwirren. Er hatte weiß Gott im Laufe der Jahre genügend eigene Erfahrungen damit gemacht.

»Okay. Belassen wir es dabei. Bringen Sie Ihren Freund nach Hause, besorgen Sie sich ein Schinkensandwich und einen Kaffee, und ich sehe Sie dann später im Büro.«

»Danke, Boss.« Sie nickte, wartete, bis Lapslie sich in Bewegung setzte, ehe sie zu ihrem Wagen zurückging. Lapslie ging noch ein paar Schritte, bis er das Zuschlagen ihrer Autotür hörte, dann drehte er sich um und sah zu, wie sie den Motor anließ und davonfuhr. Er blieb noch ein paar Sekunden stehen, schaute ihr nach und überlegte, ob er die Angelegenheit weiterverfolgen oder sie einfach vergessen sollte.

Und gerade, als er begriff, dass dort noch ein anderer Wagen war, ein schwarzer Lexus mit getönter Windschutzscheibe, etwa vierzig Meter die Straße runter unter den Bäumen geparkt, ließ auch dieser seinen Motor an, rollte langsam zwischen den Bäumen hervor und fuhr davon, hinter DS Bradbury her.

3

Es war dunkel, als Violet zu dem Haus zurückkehrte, das einmal Daisys gewesen war und jetzt ihr gehörte. Der dünne Wolkenschleier, der dem Himmel während des Tages Struktur und Tiefe gegeben hatte, verlieh dem Abend jetzt eine bedrückende Enge, wie Laken aus Sackleinwand, die an beiden Seiten der Straße aufgehängt waren und in der Mitte unter ihrem eigenen Gewicht durchsackten.

Sie drehte den Zündschlüssel und ließ den Motor ihres Volvos absterben. Ein paar Sekunden lang schwirrte es noch unter der Motorhaube, dann herrschte einzig die Stille des Abends. Violet blieb sitzen, sank gegen die Lehne und ließ die nervöse Anspannung ihres Körpers abebben.

Überall entlang der Straße brannte Licht. Hinter all diesen erleuchteten Fenstern kochten Familien Spaghetti, wärmten Soßen, sahen fern, erzählten gespannt lauschenden Kindern Geschichten oder saßen ruhig beisammen und lasen ein Buch. Das Leben ging weiter. Wenn es denn das Leben war, Abend für Abend immer dieselbe alte Routine zu wiederholen.

Erschöpfung hatte sich Violet in sämtliche Gelenke gefressen. Jedes Mal, wenn sie den Kopf leicht drehte, spürte sie, wie die Muskeln und Sehnen in ihrem Genick spannten. Manchmal, wenn sie sich so fühlte, beschlich sie der scheußliche Gedanke, dass sie bloß den Kopf immer weiter zu drehen brauchte, und die

Sehnen würden reißen, eine nach der anderen, wie Pferdehaare auf einem alten Violinbogen.
Sie schüttelte sich. *Komm schon, Violet,* dachte sie, *nimm dich zusammen. Du hast noch was zu erledigen. Dies war nur der erste Schritt.*
Sie stieg aus dem Wagen, schloss die Tür ab und blickte sich um. Niemand beobachtete sie. Kein Vorhang bewegte sich. Es drohte keine Gefahr.
Natürlich hatte Violet ihren Wagen ein paar hundert Meter von ihrem neuen Haus entfernt an der Straße geparkt – gegenüber von einem unbebauten Grundstück, auf dem Kinder am Wochenende Fußball spielten –, und jetzt ging sie gemächlich auf dem Bürgersteig zu der vertrauten Haustür mit dem mosaikartig gerissenen Anstrich und dem mit Klebestreifen verpflasterten Briefkasten. Sie blieb kurz stehen, betrachtete die schlapp herabhängenden Geranien. Die müssen weg, dachte sie. Zu trist. Zu langweilig. Zu ausdruckslos.
Vielleicht sollte sie dort eine hübsche Christrose pflanzen, bevor sie auszog. Zum Andenken an Daisy.
Lächelnd schob sie *ihren* Schlüssel in *ihr* Schloss und trat in *ihr* Haus.
Gleich beim Eintreten schlug ihr der Geruch entgegen. Abgestandener inzwischen, und scheußlicher, unterlegt mit dem Chlor des Desinfektionsmittels, überlagert von Daisys geliebtem Lavendelparfüm, aber immer noch lauerte er im Untergrund wie ein alter räudiger Köter. Luftreiniger und Potpourri konnten da nicht viel ausrichten, es war also noch weiteres Reinemachen nötig. Rasch ging Violet den Flur entlang – zog dabei ihre dünnen Baumwollhandschuhe an –, dann durch die winzige Küche in den Winter-

garten. Sie schob die Riegel der Hintertür auf, Ober- und Unterteil, und öffnete sie so weit wie möglich.
Die plötzliche frische Luft war eine Erlösung. Sie holte ein paar Mal tief Atem und blickte in den dunklen, verschatteten Garten. Von dem Waschbetonboden der Veranda aus, überzogen von einem Zickzack silbriger Schneckenspuren, kämpfte sich ein Plattenweg zwischen dichten, wildwachsenden Büschen aller Art hindurch. Hohe Zäune trennten zu beiden Seiten das Haus von seinen Nachbarn, und am hinteren Ende des Gartens ragte, kaum sichtbar in dem Gestrüpp, eine drei Meter hohe Ziegelmauer auf. Daisy war sich nicht sicher gewesen, was sich hinter der Mauer befand, dabei hatte sie doch über fünfzig Jahre hier gewohnt.
Mitten auf der Betonterrasse stand eine Mülltonne aus Eisenblech, die Seiten streifig von roten Rostrinnsalen aus den schadhaften Nieten und Schweißstellen. Darin lag Daisys verschmutzte Kleidung, dazu das Kissen, auf dem sie gesessen hatte, und die Zierdeckchen, die über den Sessellehnen gehangen hatten. Der Sessel selbst stand neben der Tonne und sah hier im Freien viel kleiner aus als in dem dunklen Wohnzimmer.
Morgen würde sie das Zeug in der Mülltonne verbrennen, beschleunigt durch einen Schuss Feuerzeugbenzin. Für den Sessel musste sie sich noch etwas einfallen lassen. Entweder sie verbrannte ihn dort, wo er stand, und riskierte, dass er Brandspuren auf dem Beton hinterließ, oder sie konnte versuchen, ihn mit einem Schraubenzieher und einer kleinen Säge so zu zerteilen, dass sie die einzelnen Teile in die Tonne bekam. Das könnte klappen.
Die köstlich kühle, frische Luft erinnerte sie daran, dass ein kräftiger Durchzug nötig war, um das Haus in

einen Zustand zu versetzen, dass sie darin arbeiten konnte. Also machte sie kehrt und ging durchs Haus zurück ins Wohnzimmer. Dort war der Gestank noch schlimmer, und Violet hielt die Luft an, bis sie die Verriegelung des Schiebefensters gelöst und es etwa fünfzehn Zentimeter in die Höhe geschoben hatte. Die plötzliche Zugluft, die von hinten nach vorn durchs Haus fuhr, klärte die Luft rasch, und einen Augenblick lang hatte Violet den überdeutlichen Eindruck, als sacke das Haus vor Erleichterung in sich zusammen, als es den abgestandenen, ekligen Dunst ausatmete und wieder reine Luft einsog.

Als sie sich vom Fenster abwandte, wurde Violets Blick – wie so oft, während sie Daisys endlos weitschweifigen Erzählungen zugehört hatte – von dem Schreibschrank gegenüber dem Kamin angezogen. Seit Monaten schon trug sie das Bild dieses Möbels im Geist mit sich herum. Wann immer sie die Gelegenheit hatte, stöberte sie in der öffentlichen Bibliothek in Büchern über Antiquitäten oder blätterte sie durch, wenn sie an den Regalen der nahen Buchhandlung stand. Sie war ziemlich sicher, dass der Schreibschrank um die Mitte des 18. Jahrhunderts geschreinert worden war, und er war in sehr gutem Zustand. Wenn sie behutsam zu Werke ging, konnte er bei einer Auktion vielleicht zehntausend Pfund bringen. Das Barometer in der Diele war mit hoher Wahrscheinlichkeit französischer Herkunft und datierte vom Anfang des 19. Jahrhunderts. Das konnte so an die zweitausend Pfund erreichen. Die Kaminböcke zu beiden Seiten des Kamins konnten zwischen drei- und fünftausend Pfund erbringen, es kam darauf an, ob es Originale oder nur gute Reproduktionen waren. Und es gab ja auch noch anderes Zeugs im Haus, etwa den Esszimmertisch, die silbernen Kerzenleuchter und ein komplettes altes Service aus Spode-Porzellan, das Daisy ihr einmal gezeigt hatte, eingewickelt in Zeitungspapier und oben in einer Truhe verstaut; »für besondere Anlässe«, wie Daisy es ausgedrückt hatte.

Alles in allem, glaubte Violet, beherbergte dieses Haus Möbel und Schnickschnack im Wert von etwa fünfundzwanzigtausend Pfund. Das alles war schon in der Familie gewesen, bevor Daisy geboren worden war, angekauft von ihrem Vater, ihrem Großvater, dessen Vater und so fort, als es noch keine Antiquitäten, sondern bloß gewöhnliche Gegenstände gewesen waren. Daisy war jung verwitwet, hatte keine Kinder, also gab es niemanden, der sie übernehmen konnte. Also waren sie hier geblieben. Für Daisy gehörte das alles einfach nur zum Haus, für Violet aber war es etwas gänzlich anderes. Diese Dinge waren Vermögenswerte, die so schnell wie möglich zu Geld gemacht werden mussten.

Und das, bevor sie Daisys Nachlass um die schmale Summe ihrer Rente erleichterte, die über die Jahre aufgelaufen war, um die verschiedenen Wertpapiere und Aktien, die sie womöglich angesammelt hatte, und um das Wichtigste von allem, das Haus. Dieses wundervolle, unbelastete Haus aus den fünfziger Jahren in einem ruhigen Teil der Stadt, ideal für Pendler: nicht weit zur Arbeit und doch davon abgeschottet. Laut einem Grundstücksmakler, mit dem Violet einmal eine interessante Unterhaltung gehabt hatte, lag sein Wert bei mehr als einer Viertelmillion Pfund.

Nicht dass sie sofort verkaufen würde. Nein, das könnte zu viele Fragen aufwerfen. Obwohl bloß ein paar Gläser Kognak nötig gewesen waren, um Daisy zu überreden, die Vollmachtsurkunde für sie zu unterschreiben, damals, vor ein paar Monaten, scheute Violet doch davor zurück, zu schnell zu viel Eigenmächtigkeit geltend zu machen. Eile mit Weile, wie es so schön hieß. Lieber warten, bis sich der Staub ein bisschen gelegt hatte.

Obgleich es schon spät war, hatte sie noch etwas Wichtiges zu erledigen, ehe sie in ihr Bett schlüpfen und erleichtert an die Decke blicken konnte – mit der stillen Zufriedenheit nach wohlgetaner Arbeit. Sie musste das Wohnzimmer sauber machen.

Violet ging in die Küche und nahm die Plastiktüte mit den Reinigungsutensilien vom Tresen. Als sie in dem Laden die Regale entlanggeblickt hatte, war sie völlig perplex gewesen angesichts des Riesensortiments von Dingen, die die Leute benutzten, um ihre Häuser sauber zu machen. Wie konnte jemand derartig viele Produkte verwenden? Und wie kam es dann, dass die Häuser heutzutage so viel schmutziger und staubiger waren als in Violets Kindertagen, als man nichts weiter gehabt hatte als Bienenwachs, Speckstein und Teerseife?

Und natürlich Soda.

Stolz zog sie die blaue, ziemlich schmucklose Packung aus dem Beutel. Wenigstens stellte noch jemand Sodakristalle her.

Mit heißem Wasser aus dem Hahn mischte sie in einem Eimer aus dem Wintergarten eine starke Waschsodalauge und machte sich mit Gummihandschuhen und einer Bürste an die Arbeit. Sie schrubbte die Lauge in den Wohnzimmerteppich ein und nahm die braune Brühe – Rückstände von Daisys Blut und Kot – mit einem Packen Geschirrtücher auf. Der Bereich, wo der Sessel gestanden hatte, war nahezu unberührt, abgesehen von Spritzern und Tropfen, die ihren Weg nach unten durch die Polsterung gefunden hatten. Nach einer halben Stunde unterschied sich der Teppich um diese Stelle herum kaum noch von dem im Zentrum, und der Gestank war auf die Geschirrtücher übergegangen. Vorsichtig trug sie die Tücher in den Garten hinaus, warf sie in die Mülltonne und goss noch ein wenig Bleichmittel darüber. Dann schmiss sie die Gummihandschuhe hinterher. Sehr wahrscheinlich würden die im Feuer nicht gänzlich schmelzen, aber wenigstens würde jegliche Spur von Daisy daran verbrennen.

Die Uhr im Wohnzimmer – Goldbronze, leider eine Reproduktion aus den fünfziger Jahren und keine zehn Pfund wert – zeigte fast Mitternacht. Die gedämpften Laute des Fernsehers im Nebenhaus waren schon vor einer Weile verstummt. Nirgends mehr ein Geräusch, abgesehen von dem gelegentlichen dumpfen Knarren, das es in jedem alten Haus gibt, wenn es sich nachts zur Ruhe begibt. Violet sehnte sich verzweifelt nach Schlaf, aber eines blieb noch zu tun, ehe sie sich der Dunkelheit überlassen konnte. Ein letzter Akt, um das Haus zu dem ihren zu machen.

Systematisch ging sie von Zimmer zu Zimmer und sammelte alle Fotografien von Daisy ein. Im Esszimmer stand eins in einem Rahmen hoch oben auf einem Bücherregal. Eine alte, an den Ecken knittrige Schwarzweißaufnahme von einer jungen Frau mit hochtoupierter Frisur, die an einem Promenadengitter lehnte, mit einem Strand dahinter. Auf der Rückseite stand in brauner Spinnenschrift »Camber Sands, Juli 1953«. Sie hatte keine große Ähnlichkeit mit der eingeschrumpften Frau mit den Armen voller Leberflecken und den ausgebeulten Stützstrümpfen, zu der sie geworden war, aber noch viel weniger sah sie aus wie Violet, also konnte es nicht stehen bleiben.

Violet hielt es eine Weile in der Hand, zögerte, es loszulassen. Camber Sands, Juli 1953. Das Foto war von dem jungen Mann aufgenommen worden, mit dem Daisy damals gegangen war. Er hatte in einer Bank gearbeitet. Sie kannten sich seit zwei Jahren – »gingen zusammen aus«, hatte Daisy es genannt –, bis er zum Militär einberufen wurde. Er hatte versprochen, zu schreiben, aber er tat es nie.

Ein anderes Foto stand auf einem Tischchen in der Diele: ein Farbfoto von einer Gruppe aus vier Damen mittleren Alters, lachend vor einem Hoteleingang. Es war irgendwann in den achtziger Jahren auf Mallorca aufgenommen worden; Daisy wusste das Jahr nicht mehr genau. Susan, Janice und Patricia. Sie hatten eine Weile gemeinsam an den Kassen eines Supermarktes am Rande der Stadt gearbeitet und beschlossen, zusammen Urlaub zu machen. Patricia hatte einen Witwer kennengelernt und fortan den Großteil ihrer Tage und alle ihre Nächte mit ihm geteilt. Daisy war rasend neidisch gewesen.

Und dann war da das Hochzeitsfoto auf dem weißen Melanin-Nachttisch, wo es bestimmt das Erste war, das Daisy beim Aufwachen sah, und das Letzte beim Einschlafen. Auch in Schwarzweiß, zwei Menschen in feierlicher Pose. Daisy in einem ausladenden weißen Kleid, schäumend vor Spitze, mit einem breitrandigen Hut auf dem Kopf, und neben ihr ein hochgewachsener Mann mit kurzem Haar und Schnurrbart, steif in einem formellen Cutaway. Sein Name war Peter gewesen, und Daisy hatte nie ohne Tremolo in der Stimme und Tränen in ihren wässrigen Augen von ihm sprechen können. Er war ihre große Liebe gewesen, und er war nach einundzwanzig Jahren Ehe 1979 an einem Aneurysma gestorben.

Die Fotos waren alles, was von Daisys Leben übrig geblieben war, und trotz der Erinnerungen, die Violet stets beim Betrachten kamen – Erinnerungen, die nicht die ihren waren, aber zu den ihren *wurden* –, wanderten die Fotos in die Mülltonne im Hintergarten. Zum Verbrennen.

Die Rahmen behielt sie natürlich. Die könnten ein paar Pfund extra einbringen.

Nach einem schnellen Bad, um die Schlacken des Tages abzuwaschen, bezog Violet Daisys Bett mit frischer Wäsche und schlüpfte nackt zwischen die Laken. Sie lag da, starrte an die Decke und gab den Kissen und der Matratze Gelegenheit, sich allmählich den Formen ihres Körpers anzugleichen. Oder vielleicht ihrem Körper zu erlauben, sich, nachdem Daisy Wilson wer weiß wie viele Jahre hier geschlafen hatte, an die Mulde zu gewöhnen, die sie im Bett hinterlassen hatte.

Die Straßenlaterne draußen warf ein orangefarbenes Glühen an die Zimmerdecke. Das Ticktack des Weckers auf dem Nachttisch tönte laut und regelmäßig. Irgendwo draußen jaulte eine Katze, dann war es still bis auf das normale Hintergrundsgrummeln des fernen Verkehrs, dem niemand in der Stadt entgehen konnte.

Violet spürte, wie ihr Körper nach und nach schlaff wurde, und während sie Bild auf Bild durch ihre Gedanken huschen ließ, ohne lange bei ihnen zu verweilen, merkte sie, dass sie das leise Rauschen ihres Blutes in den Ohren hören konnte, ein Rascheln wie von Wellen, die sanft auf einen Kieselstrand spülten. Wieder jaulte die Katze, doch diesmal klang es mehr wie der Schrei einer Möwe, der über den Wellen dahintrieb, so wie sie *auf* den Wellen dahintrieb. Der Raum um sie herum wurde dämmerig, und das kalte orangefarbene Leuchten der Straßenlaterne wurde zum warmen Licht der untergehenden Sonne vor dem Meereshorizont. Es malte einen glitzernden Pfad über das Wasser bis zu ihrem dahintreibenden Körper. Dort trieb sie, allein und ohne Angst, ließ sich von der Strömung weiter und weiter ins Meer hinaustragen und sich reinwaschen von allem, was sie getan hatte, ließ sich von ihren Sünden lossprechen, so, wie das Meer ihr den Schmutz vom Körper wusch. Das Licht verdämmerte, als die Sonne tiefer und tiefer unter den Horizont tauchte. Finsternis breitete sich von den Rändern ihres Gesichtsfeldes her aus, und sie schlief ein, ohne es zu wissen.

Die nächsten paar Stunden lang blieb Violet in einem langsamen Kaleidoskop aus Träumen verirrt, tauchte gelegentlich so weit auf, dass ihr bewusst war, wo sie sich befand, versank dann wieder in all den Momentaufnahmen und Erinnerungen und suchte in dem bruchstückhaften Chaos nach einem Sinn.

Sie tauchte aus den Abgründen des Schlafes, in denen sie einsam durch eine Kunstgalerie voller Porträts von Leuten gewankt war, die sie nicht kannte, und befand sich nun auf einem Strand aus Kieselsteinen in allen erdenklichen Schattierungen von Grau und Ocker. Irgendwo draußen in der Dunkelheit brandeten Wogen auf die Kiesel, flossen rasselnd zurück, brandeten erneut heran, unermüdlich, gedankenlos, immer und immer wieder.

Tack.

Verstört fuhr sie herum. Nichts rührte sich. Rings um sie her erstreckte sich der Kieselstrand. Irgendwo zu ihrer Linken der skizzenhafte Umriss eines Wellenbrechers, aber das war das Einzige, was sich an diesem konturlosen Ort abzeichnete.

Tack.

Wieder drehte sie sich einmal um sich selbst. Nichts zu sehen außer Kieseln und Dunkelheit, nichts zu hören außer den Wellen.

Tack.

Das war vom Boden gekommen, bei ihren Füßen. Sie starrte nach unten und sah entsetzt, wie sich ein Kiesel bewegte. Rund geschliffen vom Meer, von dunklem Rot, torkelte er plötzlich auf winzigen Füßen auf sie zu. Violet wich hastig zurück, schneller, als der Kiesel sich bewegen konnte. Er hatte winzige Scheren, mit denen er ihr zuwinkte, und sie hätte schwören können, dass zwischen den Scheren ein winziges Gesicht saß, ein verhutzeltes kleines Gesicht mit zwei Augen, eingegraben zwischen gedunsener, runzliger Haut.

Tack. Tack. Tack.

Jetzt hinter ihr. Sie drehte sich erneut, ihre Fersen bohrten sich in den Kies. Zwei weitere kleine Steine trippelten auf sie zu, winkten mit ihren winzigen Scheren. Einem hing eine kleine Strähne grauer Haare zwischen den Augen.

Fassungslos wich sie nach hinten aus.

Etwas bewegte sich unter ihren Fersen.

Tack-Tack. Tack.

Der Kies unter ihr hob und senkte sich. Sie taumelte, schrie auf, als sie zwischen ihre Scheren fiel, ihre winzigen, winzigen Scheren …

Violet fuhr aus dem Schlaf, ihr Herz raste, der Atem rasselte in ihrer Kehle. Das Schlafzimmer war schwarz, bernsteinfarben getönt von der Straßenlaterne. *Tack, tack, tack* machte der Wecker, jeweils ein *Tack* für zwei Herzschläge. Sie legte sich wieder hin, entspannte sich nach und nach, bis der Schlaf sie wieder überwältigte. Ein tiefer, traumloser, anonymer Schlaf.

Wie gewöhnlich wachte sie um halb acht auf. Auf der Straße draußen war es lebhaft, wie sie es noch nie erlebt hatte. Alle paar Minuten schloss sich eine Haustür hinter jemandem im Anzug oder im adretten Kostüm, der zur Bushaltestelle oder zum Bahnhof strebte. Violet stand am Fenster, in einen von Daisys Morgenmänteln gehüllt. Sie liebte es, Leute zu beobachten. Ihre unwillkürlichen Grimassen oder ihre verstohlenen Seitenblicke, wenn sie dachten, keiner sähe es, das faszinierte sie. Schon immer war das so gewesen, schon seit sie ein Kind gewesen war.

Ein Mann, noch halb verschlafen, gähnte, als er die Haustür hinter sich abschloss, hielt sich den Rücken der linken Hand vor den Mund, während er mit der rechten den Schlüssel drehte. Violet hob selbst den linken Handrücken an den Mund, berührte mit den Lippen die Haut, genau so, wie er es tat, zählte stumm die Sekunden, spürte, wie ihr Atem die feinen Härchen ihrer Haut kitzelte, bis der Mann seine Hand sinken ließ und sich zum Gehen wandte. Eine Frau auf der einen Seite der Straße, die eine schmale Aktentasche an einem Riemen über der Schulter trug, warf verstohlene Blicke auf eine Tür an der anderen Seite, als hoffe sie, jemand würde herauskommen. Und Violet ahmte diese Blicke unter halb geschlossenen Lidern nach, ohne es recht zu merken.

Oh ja, sie liebte es, andere Menschen zu beobachten. Noch mehr aber liebte sie es, sie *zu sein.*

Ihr Frühstück bestand aus einer Scheibe Toast mit Butter und einem Klacks Marmelade, dazu eine Tasse Tee – mit Daisys Teebeuteln gebrüht, nicht mit den Teeblättern, die sie gestern mitgebracht hatte. Nach dem Frühstück hielt sie ein Streichholz an die Sachen in der Mülltonne im Hintergarten und machte sich, während sie brannten, daran, das Haus zu durchsuchen.

Von Grund auf – im wahrsten Sinne des Wortes. Der Keller hatte seit vielen Jahren kein Licht gesehen. Spinnenweben hingen von den hölzernen Stützbalken und waren so überladen mit Staub, dass sie wie graue Chiffonschals aussahen. Außer der Patina aus Kohlenstaub, die im Licht der nackten Glühbirne glitzerte, gab es für Violet in der dunklen toten Höhle weiter nichts zu entdecken. Sie stieg nicht einmal ganz die Treppe hinunter, denn in ihrem Unterbewusstsein lauerte die Furcht, sie könnte bis an die Knöchel im Kohlenstaub versinken und nichts anderes hören als das trockene Knacken Tausender von Insektenkadavern, die sie mit den Sohlen zertrat.

Das Wohnzimmer war altvertrautes Territorium, doch sie durchsuchte es trotzdem, für den Fall, dass sie während all der Zeit etwas übersehen hatte. Der Schreibschrank war vollgepackt mit einfachem Geschirr, Besteck, Gläsern, alten Notenblättern und Zeitungsausschnitten, die zwanzig Jahre und älter waren. Die Zeitungsausschnitte warf sie draußen ins Feuer;

alles Übrige sah wertlos aus, konnte jedoch vielleicht irgendwo ein paar Pfund einbringen. Wenn nicht, konnte sie es immer noch der Wohlfahrt spenden. Man musste doch das Seine tun, aber zuerst kam das Eigeninteresse.

Die Küche hatte nichts Unerwartetes zu bieten. Violet hatte so viele Stunden darin zugebracht – hatte den Wasserkessel für Daisys endlose Tassen Tee eingeschaltet, hatte Kekse aus dem Schrank geholt (»Pfeilwurz, meine Liebe, das hilft meiner Verdauung«), hatte gelegentlich Fischstäbchen gebraten oder bei besonderen Gelegenheiten mal ein Stück Kabeljau –, sie kannte den Inhalt jedes Schrankes und jeder Schublade wie die Sommersprossen auf ihrem Arm. Es gab da ein paar Teelöffel, die es genauer zu untersuchen galt, aber sonst nichts. Nichts, was ihr einen Zugriff auf Daisys Bankkonto oder sonstigen finanziellen Nachlass ermöglicht hätte.

Das Esszimmer war nichts anderes als ein Esszimmer: Da stand der Esstisch und eine Vitrine aus Rosenholz, in der das gute Porzellan und das feine Silberbesteck verwahrt wurde. Zum Aufbewahren für Papierkram gab es hier nirgends Platz, trotzdem zögerte Violet an der Tür, wollte gehen und konnte nicht. Der Esstisch zog sie magisch an. Der schwarze Esstisch.

Krampfhaft schüttelte Violet den Kopf. Keine Zeit vertrödeln – die Gelegenheit beim Schopfe packen, wie das alte Sprichwort besagte.

Rasch ging sie die Treppe hinauf und unterzog das Badezimmer und das vordere Schlafzimmer – *ihr* Schlafzimmer – einer gründlichen Inspektion. Beim Badezimmer dauerte es nicht lange, doch die Nachtschränkchen enthielten stapelweise Briefe und Postkarten, die Daisy anscheinend im Bett gelesen hatte. Die legte Violet beiseite. Sie wusste ja schon alles, was darin stand, dank der endlosen Monologe, die sie mit Kognak und gelegentlichen schwachen Aufgüssen von Blumen aus ihrem Garten beflügelt hatte – Namen und Adressen alter Freunde, Details aus Daisys früherem Leben, die man in eine Unterhaltung einfließen lassen oder mit denen man von Fragen ablenken konnte –, doch es lohnte sich, sie durchzublättern, bloß für alle Fälle. Man konnte nicht vorsichtig genug sein.

Schließlich machte sich Violet an das hintere Zimmer, eine Art Abstellraum. Früher, als Daisy noch lebte, hatte sie lediglich in der Tür stehen und sich umblicken können, doch sie war ziemlich sicher, dass das meiste von Daisys Papierkram hier verwahrt war. Das bisschen an Papierkram, was Daisy wohl überhaupt besaß. Deshalb hatte sie sich dieses Zimmer auch bis zum Schluss aufgehoben.

An der Wand stand ein niedriges Rollbett, und Bücherregale flankierten die Tür, aber Violets Augenmerk galt sofort dem Schreibtisch, der vor dem Fenster stand. Der Stuhl davor war komischerweise ein typischer Sekretärinnen-Drehstuhl aus den siebziger Jahren, das Muster der Polsterung ein psychedelischer Wirbel aus Grün und Blau. Der Himmel mochte wissen, woher Daisy den hatte – und vor allem, warum. Mit einigem Widerstreben setzte Violet sich auf den Stuhl und durchforstete systematisch die Schreibtischschubladen.

Und es war alles da. Unterlagen der Bausparkasse, aus denen hervorging, dass sich Daisy in der Gewinnzone bewegte, im Bereich von etlichen Tausend Pfund.

Details über Hypotheken – und es erwies sich als Tatsache, was Violet stark vermutet hatte und hier bestätigt wurde – dass die Hypothek gelöscht und schon vor Jahren abbezahlt war. Die Besitzurkunden für das Haus. Die Versicherungspolice – auf dickem Pergament – war im Jahre 1930 abgeschlossen worden und würde jetzt vermutlich ein hübsches Sümmchen abwerfen, wenn Violet es nicht vorzog, Daisy am Leben zu erhalten – zumindest was den Rest der Welt betraf. Ein paar Prämienobligationen, die man noch genauer untersuchen, vielleicht veräußern sollte. Ein paar Aktienzertifikate, höchstwahrscheinlich geerbt oder von Daisys verstorbenem Ehemann erworben, verschafften Daisy Kapitaleinlagen bei Gesellschaften, die jedoch, nach ihren Namen zu urteilen (Amalgamated Nickel Engineering, Imperial Celluloid), wohl schon vor Jahren Konkurs gemacht hatten. Dennoch legte sie sie zur Seite. Man konnte nie wissen. Es war immerhin möglich, dass Amalgated-Engineering seinen Namen in British Steel geändert hatte und die Aktien jetzt Millionen wert waren.

Sie lehnte sich auf dem Stuhl zurück und sah nachdenklich aus dem Fenster. Von hier aus konnte sie die ganze Länge des Gartens überblicken. Ungepflegt, verwildert, aber im Grunde ganz attraktiv. Später könnte sie sich vielleicht ein bisschen Zeit nehmen, um mit ihrer Gartenschere die Büsche zurückzuschneiden. Vielleicht auch an den Rändern ein paar hübsche Blumen pflanzen. Und da sie schon mal dabei war – sie konnte ja auch Leute kommen und dem Haus einen echten Frühjahrsputz verpassen lassen. Die Tapeten, die Anstriche waren altmodisch, das war mal sicher, und der Küche täte es gut, das 21. Jahrhundert

Einzug halten zu lassen, in Form eines neuen Herdes, eines Kühlschranks, neuer Schränke und Arbeitsplatten. Doch das wäre ein Riesenaufwand, der sorgfältiger Planung bedurfte. Und vielleicht war es ja auch gar nicht notwendig.

Als sie ihre Hausdurchsuchung beendet hatte – und plötzlich fiel ihr ein, dass sie auch einen raschen Blick in den Dachboden werfen sollte, bloß um absolut sicher zu sein, dass sie nicht irgendwas übersehen hatte –, beschloss Violet, einen Spaziergang zur High Street hinunter zu machen. Dort würde sie sich in einem der Kaufhäuser eine Tasse Tee, eine Fleischpastete und ein paar junge Kartoffeln leisten, und dann würde sie gemächlich bei diversen Häusermaklern die Runde machen. Was sie brauchte, war einer, der ein bisschen auf den Hund gekommen war, einer, der eher auf Vermietungen und Untervermietungen spezialisiert war als auf effektive Verkäufe. Und – obwohl das womöglich eine genaue Beobachtung von einem Cafétisch aus erforderte – einen, der mehr mit dem zu tun hatte, was Violet insgeheim das untere Ende des sozialen Spektrums nannte. Immigranten. Studenten vielleicht. Wenn die Miete niedrig genug angesetzt war – und Violet war nicht knauserig, beileibe nicht –, dann würden die Mieter sich bestimmt nicht an einer altmodischen Küche oder an verblassten Tapeten stören. Wahrscheinlich war es immer noch besser als das, was sie gewohnt waren.

Am besten wäre es, wenn die Makler sich um alles kümmerten, die Mieter auswählten, die Miete kassierten und sie dorthin überwiesen, wo sie sie haben wollte; natürlich, nachdem sie ihren Anteil abgezogen hatten. Diesen Anteil missgönnte sie ihnen nicht, wenn

man bedachte, welche Last sie ihr von den Schultern nahmen.
Rauchfetzen zogen am Fenster vorbei. Da unten auf der Waschbeton-Terrasse verbrannten Daisys Kleider zu Asche. Violet benutzte das Wort »Beweisstücke« nicht gern – das klang so harsch –, doch sie fand den Gedanken tröstlich, dass sich die Ereignisse des vergangenen Tages bald in Luft aufgelöst haben würden.
Und bald, nachdem im Haus alles aussortiert war und alle Wertgegenstände zu Geld gemacht worden waren, würde Violet genau dasselbe tun.
Der dahintreibende Rauch lenkte Daisys Blick zum Himmel: ein tiefes Azurblau, das schier nicht vergehen wollte. Sie wünschte sich, sie würde, wenn sie den Blick wieder senkte, statt wuchernder Büsche und dürrer Bäume eine herrliche Weite türkisfarbenen Wassers vor sich sehen, von dessen Wellenkämmen der Wind den Schaum hochwirbelte, und in der Ferne Frachtschiffe, die die Linie des Horizontes durchbrachen.

Und sie entschied auf der Stelle, dass sie genug hatte von den Kleinstädten, in denen sie sich so lange versteckt hatte. Sie sehnte sich nach der Küste, und genau dort würde sie auch demnächst hinziehen.
Als sie die Treppe hinunterging, klingelte das Telefon. Ohne auch nur nachzudenken, nahm sie am Tischchen in der Diele den Hörer ab und sagte munter: »Hallo. Hier Daisy Wilson.«

4

Die Leichenhalle lag zwischen einem Park und einer Feuerwache in den Außenbezirken von Braintree: ein unscheinbares zweistöckiges Gebäude, das aussah, als sei es ursprünglich als Ausweichquartier geplant gewesen, aber jetzt eben dastand, von der Straße zurückgesetzt, und im Bewusstsein der Menschen mehr und mehr verblasste. Selten, fand Detective Chief Inspector Lapslie, als er von der Straße abbog und auf einem der ausgewiesenen Stellplätze parkte, traf die Bezeichnung »architektonischer blinder Fleck« so genau zu wie hier.

Er war nicht gerade in bester Stimmung. Nachdem Emma Bradbury gestern davongefahren war, hatte Lapslie den ganzen Vormittag lang in dem Waldstück herumgehangen, wo die Leiche entdeckt worden war, und darauf gewartet, dass die Gerichtsmedizinerin endlich aufkreuzte.

Am frühen Nachmittag waren Zeitungsleute aufgetaucht, ganz kurz vor Jane Catherall, vermutlich auf den Tipp eines der Sanitäter hin. Und als er die abgefertigt und eine halbe Stunde mit dem Einsatzleiter telefoniert hatte, da war sie mit den Leichen bereits abgefahren, und er war stinksauer. Irgendein Irrtum in der Verwaltung hatte dann noch dazu geführt, dass die meisten Streifenpolizisten vom Tatort abgezogen wurden, um ein Fußballspiel in der Nähe zu sichern. Und Superintendent Rouse hatte auch nicht zurückgeru-

fen. Alles in allem war es ein frustrierender Tag gewesen.
Emmas Mondeo stand zwei Parkplätze weiter. Diesmal war er leer. Kein fremder Mann auf dem Beifahrersitz, der darauf wartete, dass sie zurückkam und ihn hinwegbeförderte.
Die Eingangstür hatte ein Tasten-Kombinationsschloss. Er hatte die Zahlenkombination mal gewusst, sie im Laufe der Jahre jedoch immer wieder vergessen, und so tat er, was er gewöhnlich tat: Er drückte auf den Knopf der Gegensprechanlage. Es dauerte eine gute Minute, ehe jemand antwortete.
»Detective Chief Inspector Lapslie«, sagte er und beugte sich zu der Sprechanlage herunter. Warum wurden diese Dinger immer von Zwergen installiert? Oder erwarteten die Installateure vielleicht haufenweise Schulklassen, die ohne Begleitung Erwachsener die Leichenhalle besuchten?
Die Tür summte, und er drückte sie auf.
Trotz der Sommersonne draußen war das Gebäude angenehm kühl. Der Boden des Eingangsbereichs war mit Steinplatten ausgelegt, die im Laufe der Jahre so viele Kaffeeflecken abgekriegt hatten, dass sie wild gescheckt waren. Die verputzten Wände waren stumpfblau gestrichen. Ein junger Mann, der über T-Shirt und Jeans einen weißen Kittel trug, wartete auf ihn.
»DCI Lapslie?«
Er reichte ihm seinen Dienstausweis. Der Mann prüfte ihn eingehend, dabei war sich Lapslie ziemlich sicher, dass der nicht fähig wäre, den Unterschied zwischen einem ordentlichen Dienstausweis und einer Mitgliedskarte des Fitnessclubs von Scotland Yard zu erkennen.

»Hier entlang, bitte.«
Er führte Lapslie einen Korridor entlang und bedeutete ihm, durch eine Doppeltür weiterzugehen. Die Temperatur sank beträchtlich, als Lapslie die Türen aufstieß, und er bemerkte einen strengen Geruch, wie Bleichmittel, das in einen verstopften Abfluss gegossen worden war und nun vor sich hingärte. Der Geruch war so stark, so widerlich, dass er ihn hinten in der Kehle schmeckte. Einen Augenblick lang legte seine Synästhesie den Rückwärtsgang ein: Der Geschmack des Desinfektions- oder Reinigungsmittels, oder was es sonst war, der den Verwesungsgeruch überlagerte, erfüllte seinen Kopf mit sonorem Glockenläuten. Das passierte nicht oft, und er taumelte ein wenig, die Hand an der Stirn, desorientiert.
»Alles in Ordnung?«, fragte eine unbekannte Stimme.
»Doch, doch. Bloß der Geruch hat mich einen Moment umgehauen.« Er blinzelte ein paar Mal und drängte das Kirchengeläut in den Hinterkopf.
Der Raum, den er betrat, war weitläufig und von unten bis oben weiß gefliest. Mehrere große Ventilatoren waren an der Decke installiert, genau über den Stahltischen, die in der Mitte des Raumes standen, aufgereiht und massiv wie antike Obelisken. Jeder Tisch hatte eine umlaufende erhöhte Kante und an einem Ende einen Wasserhahn mit angeschlossener Rohrleitung samt Duschkopf, alles ebenfalls aus Stahl. Auf zweien der Tische lagen verhüllte Leichen; eine viel größer und formloser als die andere.
Die Frau, die zwischen den Tischen stand, war kleiner als er, mit einem so runden, vorgewölbten Bauch, dass es fast aussah, als habe sie einen Basketball unter ihren weißen Kittel geschoben, und mit runden blauen

Augen, die Lapslie mit geradezu beunruhigender Milde anblickten. Sie lächelte, und Lapslie dachte bei sich, dass er noch nie ein so reizendes Lächeln bei einer Frau gesehen hatte.
»Polio«, sagte sie, und ihre Stimme schmeckte wie Kognak mit Soda.
»Wie bitte?«
»Ich habe gestern bemerkt, wie Sie zu mir rübergeschaut haben, als ich endlich am Tatort erschienen bin. Sie haben sich wohl gewundert, weshalb ich so aussehe. Die Antwort ist Polio. Habe ich mir als Kind eingefangen. Wahrscheinlich war ich eins der letzten Kinder in England, die sich angesteckt haben.«
»Das … tut mir leid.« Er wusste nicht recht, was für eine Antwort sie von ihm erwartete.
»Sechs Monate flach ausgestreckt in einem Krankenhausbett und mehrere Operationen, um meine Wirbelsäule zu verblocken. Es hätte schlimmer sein können. Natürlich, wenn ich ein oder zwei Jahre später geboren wäre, dann hätte es auch sehr viel besser sein können. Das sind halt die Ungewissheiten des Lebens.« Sie streckte eine Hand aus. »Wir haben uns noch nicht bekannt gemacht. Doktor Jane Catherall. Freut mich, Sie kennenzulernen.«
Mit ruckartigen Schritten trat sie auf Lapslie zu und reichte ihm die Hand. Er schüttelte sie und bemerkte dabei, dass die Umschlagmanschetten ihrer Bluse mit feinen Goldkettchen zusammengehalten wurden. Eine Frau, die auf ihre Erscheinung achtete. »DCI Lapslie«, sagte er.
»Ich habe Sie schon erwartet. Ihre Kollegin ist bereits hier.« Sie behielt seine Hand in der ihren, und Lapslie hatte den absurden Eindruck, sie erwarte, dass er sich

verbeugte und sie küsste. »Ich möchte nicht, dass Sie denken, ich begrüße jeden mit meiner unglücklichen Krankengeschichte«, fügte sie hinzu. »Ich wollte nur klarstellen, dass unsere Körper das fortlaufende Register all dessen sind, was uns zustößt. Gebrochene Knochen, Leiden und Krankheiten … alles da, konserviert in Fleisch und Blut. Und wenn alles, womit wir arbeiten können, der Körper ist, dann können wir uns rückwärtstasten und aus dem Register dessen, was ihm passiert ist, die Person wieder erstehen lassen.«

»Vielen Dank für die Vorlesung.« Er spürte förmlich, wie ihr Charme ihn umgarnte, doch das würde er nicht zulassen. »Wir hatten gestern keine Gelegenheit, uns zu unterhalten«, sagte er knapp. »Ich war zu sehr damit beschäftigt, die Presseleute abzufertigen, die da plötzlich auftauchten, um mich Ihnen zu widmen, als *Sie* endlich aufgekreuzt sind.«

Dr. Catherall wandte den Blick ab. »Ich entschuldige mich für meine Verspätung. Leider ist eine Begleiterscheinung der Polio die Schwächung der Rippenmuskulatur. Ich muss beim Schlafen eine Atemmaske tragen, die mit einem Beatmungsgerät verbunden ist. Das sorgt für einen gleichbleibenden Druck, um sicherzustellen, dass ich regelmäßig atme, aber es führt zu einem sehr gestörten Nachtschlaf, und es fällt mir schwer, morgens wach zu werden. Ich habe die ersten vier Anrufe auf meinem Handy verpasst.«

»Dann kaufen Sie sich ein lauteres Handy«, versetzte Lapslie unfreundlich.

Dr. Catherall blickte mit diesen beunruhigend milden Augen zu ihm auf. »Das Opfer hat dort bereits viele Monate gelegen«, sagte sie, »und zwei Stunden mehr konnten den relevanten Spuren an der Leiche nichts anhaben. Und diese zwei Stunden stellen sicher, dass ich nicht aus Schlafmangel irgendwelche Fehler gemacht habe. Lassen Sie mich meinen Job machen, Detective Chief Inspector, und ich liefere Ihnen alles, was Sie brauchen, um Ihren zu machen.«

Das lange Schweigen, das sich zwischen ihnen breitmachte, wurde durch die sich öffnende Tür der Leichenhalle unterbrochen, als Emma Bradbury den Raum betrat.

»Boss«, grüßte sie.

»Sergeant. Sind Sie schon lange hier?«

»So etwa 'ne halbe Stunde. Dr. Catherall hat mir erlaubt, ihr Büro zu benutzen, um ein paar Telefonate zu erledigen.«

Lapslie nickte. »Also gut. Machen wir weiter?«

Dr. Catherall führte Lapslie und Emma an den ersten Tisch und deutete auf die verhüllte Leiche. »Ihr Unfallopfer«, sagte sie. »Ich habe mir die Freiheit genommen, die Autopsie heute Morgen durchzuführen, bevor Sie gekommen sind.« Sie warf Lapslie einen Seitenblick zu. »Soviel ich weiß, war er das Opfer eines Autounfalls, nicht eines vermuteten Mordes. Ich dachte mir, Sie würden wohl nicht gern danebenstehen und warten, während ich in seinen Eingeweiden herumwühle.«

»Sehr richtig. Gab es irgendwas Ungewöhnliches bei der Leiche?«

»Nichts, was mir Kopfzerbrechen gemacht hat. Quetschungen und Hautabschürfungen, verursacht durch den Aufprall, Brandwunden durch den Airbag und eine massive Verletzung am Hals, die die Schlagader durchtrennte. Stimmt alles mit dem überein, was vor

Ort festgestellt wurde. Natürlich habe ich Blutproben ins Labor geschickt. Vielleicht finden wir Spuren von Alkohol oder Drogen. Zufrieden?«

»Begeistert. Was ist mit der anderen?«

Schwungvoll zog sie das weiße Tuch von der formlosen, sperrigen Gestalt auf dem zweiten Tisch. *»Et voilà!«*

Die Leiche auf dem Waldboden zu sehen, etwas Natürliches, eingebettet in andere natürliche Dinge, war ihm fast normal vorgekommen. Sie hier zu sehen, nackt auf hartem Metall ausgestreckt, umgeben von der Plastikplane, die man mit ihr ausgegraben hatte, und das alles schmutzverkrustet, dabei überkam Lapslie ein Gefühl der Unrechtmäßigkeit. Kein Mensch verdient es, so zu enden. Eine gewisse Würde sollte der Tod doch haben.

Was von ihr übrig war, war grau gesprenkelt und trocken. Ihre Hüften und Schultern bildeten Zelte unter der Haut, ihr Bauch war weggefault, vielleicht auch weggefressen, und ließ den knotigen Umriss ihrer Wirbelsäule erkennen. Ihr Gesicht wurde von der weit aufgerissenen Grimasse des Mundes beherrscht, wo die Haut zurückgewichen war und schwarzes Zahnfleisch freigab.

Umrahmt von der Plastikfolie wirkte sie kleiner als auf dem Waldboden.

»Also«, sagte Dr. Catherall ruhig, während ihr Assistent ein Gestell mit einem Tablett voll chirurgischer Instrumente neben sie rollte, »fangen wir ohne weitere Umstände an.«

Während der nächsten Stunde sahen Lapslie und DS Bradbury vom Spielfeldrand aus zu, wie Dr. Catherall äußerst sorgfältig die Plastikplane löste und sich mit dem Skalpell ihren Weg durch den Leichnam der alten Frau bahnte, wie sie Proben entnahm und dabei ruhig in ein kleines Diktiergerät sprach, während ihr Assistent gelegentlich Fotos machte. Ihre Arbeitsweise war akribisch und umsichtig, doch ihr Verhalten war eher das einer Frau, die ein schwieriges Kreuzworträtsel löst, als das einer Medizinexpertin, die eine Leiche zerstückelte.

Lapslie merkte, wie er beim Zusehen in einen fast hypnotischen Trancezustand verfiel, gebannt von Dr. Catheralls müheloser Technik. Angesichts ihrer Gestalt und ihrer Krankengeschichte hatte er angenommen, ihre Hände würden unbeholfen sein, doch ihre Bewegungen waren auf beinahe minimalistische Weise präzise. Jede Geste war genau das, was nötig war, nicht mehr, nicht weniger.

Emma Bradbury dagegen zappelte unaufhörlich herum. Nach ein paar Minuten fand sie einen Laborstuhl und hockte sich darauf, doch sie kam nicht zur Ruhe. Dauernd veränderte sie ihre Position, kratzte sich am Kopf, zog sich am Ohr oder suchte in ihren Taschen nach etwas, das sie anscheinend niemals fand. Sie war sichtlich gelangweilt und wusste das nicht sonderlich gut zu verbergen.

Nach gut zwanzig Minuten war Dr. Catherall bis zur letzten Lage der Plastikumhüllung vorgedrungen, und plötzlich stutzte sie.

»Großer Gott«, murmelte sie. Sie beugte sich vor, um etwas innerhalb der Folie zu begutachten. »Großer Gott«, sagte sie noch einmal und winkte ihrem Assistenten, näher heranzukommen. Er begann Fotos zu machen, während Dr. Catherall vorsichtig mehrere Objekte zwischen Plastikfolie und Leichnam hervor-

holte und sie zum dritten Obduktionstisch hinübertrug.
»Vielleicht wollen Sie sich das hier mal ansehen«, wandte sie sich an Lapslie. Er wollte neben sie treten, doch noch ehe er den Tisch erreichte, klingelte sein Handy. Dr. Catherall warf ihm einen finsteren Blick zu.
»DCI Lapslie«, meldete er sich.
»Lapslie?« Die Stimme klang bekannt: trocken, wie gemähtes Gras, ein wenig blechern, was wahrscheinlich hieß, dass er das Gespräch auf Lautsprecher geschaltet hatte. »Alan Rouse. Sie haben gestern angerufen.«
Dr. Catherall deutete abrupt zur Tür.
»Verzeihung, Sir – können Sie einen Moment dranbleiben. Ich bin hier mitten in einer Autopsie.« Er eilte zur Tür und in den Korridor. »So ist es besser«, sagte er, als die Tür hinter ihm zufiel. »Sir – es ist lange her.«
»Viel zu lange.« Lapslie sah förmlich, wie Rouse sich in seinem weißen, von Fenstern gesäumten Büro im Sessel zurücklehnte. »Wie geht es Sonia?«
Ein Stich unerwarteten Schmerzes, ein eisiges Messer in seinem Herzen. Lapslie stockte der Atem in der Kehle. »Sie ... ja, gut.«
»Und die Kinder?«
»Auch gut. Danke der Nachfrage.«
»Und was ist mit Ihrem ... äh, medizinischen Befund?«
»Unverändert. Deshalb war ich auch so verblüfft, als ich einen Anruf von einer jungen Polizistin bekam, die einen Autounfall untersucht.«
»Ach ja. Die hat mich angerufen, als Ihr Name im Computer auftauchte.«

»Das ist eines der Dinge, die ich Sie fragen wollte. Wieso ist mein Name überhaupt im Computer aufgetaucht?«

Am anderen Ende der Leitung entstand eine Pause, das hörbare Äquivalent eines Achselzuckens. »Ich weiß auch nicht so genau«, sagte Rouse schließlich. Lapslie spürte, wie seine Zunge ein wenig kribbelte, als hätte er sie in etwas leicht Pikantes getaucht, doch er wusste nicht, was das bedeutete. »Vermutlich weist irgendetwas bei dem Fall auf frühere Ermittlungen hin, mit denen Sie zu tun hatten. Ein unaufgeklärter Mordfall oder so was.«

»Ich kann nicht behaupten, dass ich ein Glöcklein läuten höre.«

»Vielleicht auch bloß eine technische Panne. Computer sind heutzutage der Fluch im Leben eines Polizisten.«

Wiederum eine Pause, aber diesmal hatte Lapslie den Eindruck, als warte Superintendent Rouse darauf, dass er seinen Kommentar abgab. »Ich war der Meinung, ich sei krankheitshalber auf unbestimmte Zeit beurlaubt«, sagte er schließlich. »Sie wissen, dass meine Synästhesie es mir schwermacht, im Umfeld eines Büros zu arbeiten.«

»Ich weiß, darüber haben wir ja gesprochen, Mark, aber Sie werden verstehen, wir können Sie nicht ewig beurlauben. Wir haben uns nach irgendwelchen Jobs umgesehen, die Sie machen können, ohne in einem Büro zu arbeiten, aber das ist nicht so einfach. Ich weiß, Sie haben mehrere Berichte für den Polizeipräsidenten geschrieben, aber wir kriegen Druck vom Innenministerium, so viele Leute wieder in die Arbeit zurückzuholen, wie wir kriegen können. Als also Ihr

Name aufgetaucht ist, als jemand, der womöglich zu diesem Fall etwas beisteuern könnte, na ja, da hab ich das als ein Zeichen aufgefasst. Als Zeichen dafür, dass es an der Zeit wäre, dass Sie zurückkommen. Ich habe hier in Chelmsford einen Schreibtisch für Sie bereitstellen lassen, und Sie haben Zutritt zu einem Ruheraum, wenn Sie es nötig haben. Wir lassen uns was für Sie einfallen, wenn dieser Fall erst mal ausgestanden ist.«

»Und bis dahin leite ich die Ermittlungen?«

»Richtig.«

»Als DCI? Ist das nicht ein bisschen übertrieben?«

»Betrachten Sie es als Möglichkeit, sich allmählich wieder ins Geschirr zu legen.«

»War nett, mit Ihnen zu reden, Sir.«

»Schauen Sie mal rein, wenn Sie im Büro sind. Auf ein Schwätzchen.«

Lapslie schob das Handy in die Tasche zurück und atmete tief durch. Es sah so aus, als sei er wieder im Dienst. Nicht gänzlich unerwartet – er hatte darauf gewartet, dass so etwas passierte –, aber auch nicht gänzlich willkommen.

Seufzend trat er wieder in die Leichenhalle.

Auf dem Stahltisch lagen die Objekte ausgebreitet, die Dr. Catherall aus dem Bauch der Toten gezogen hatte: vier ausgedörrte Kadaver, entweder von Feld- oder von Wühlmäusen, dazu zwei Ratten und etwas Größeres, das Lapslie für einen Iltis oder ein Frettchen oder sonst was in der Art hielt. Die kleineren Tiere kamen Lapslie vor wie gebündelte Streichholzknochen, umhüllt von zerdrücktem Fell.

»Anscheinend suchen wir nach einem Serienmörder, Sir«, bemerkte DS Bradbury trocken.

Catherall bedachte sie mit einem kühlen Blick. »Diese Tiere haben es geschafft, sich durch Löcher in der Folie an den Leichnam der alten Frau heranzumachen«, erklärte sie. »Ich habe sie alle im Bauchbereich gefunden, wo sie sich allmählich hineingefressen haben. Aber sie sind alle verendet, bevor sie viel Schaden anrichten konnten.«

»Wie verendet?«, fragte Lapslie.

»Das«, erwiderte Dr. Catherall, »werden wir zu gegebener Zeit feststellen. Zunächst muss ich diese Autopsie beenden. Das ist etwas, worauf man nicht später zurückkommen kann.«

Sie arbeitete in strikt logischer Abfolge, begann bei der Schädeldecke des Leichnams und endete bei den Fußsohlen. Während der Prozedur klaffte der Kadaver weit offen, und Dr. Catherall steckte bis zu den Handgelenken in den verdorrten Innereien, um festzustellen, was von den Organen darin noch übrig war. Doch als sie fertig war, befand sich die Leiche nahezu in demselben Zustand wie vor der Autopsie, wenn auch durch einen langen, Y-förmigen Schnitt verunziert, mit dickem schwarzen Faden vernäht, der sich von der Leiste bis zur Brust zog und sich dann oberhalb der Hautsäcke der Brüste teilte und bis zu beiden Schultern verlief.

Als Dr. Catherall mit dem Leichnam fertig war, fand Lapslie, dass sie kleiner aussah – ausgelaugt durch die Prozedur. Für ihn hatte es den Anschein, als stecke in dem zerbrechlichen Körper dieser Frau nicht allzu viel an Durchhaltevermögen.

»Was können Sie mir über sie erzählen?«, fragte Lapslie, während Dr. Catherall sich erschöpft und gründlich die Hände wusch.

»Fangen wir mit dem Grad der Verwesung an«, erwiderte sie. »Der Leichnam ist in bemerkenswert gutem Zustand, wenn man bedenkt, wo er gefunden wurde. Die Plastikfolie, in die er eingewickelt war, hat so etwas wie ein sauerstofffreies Umfeld erzeugt, das die Verwesung verlangsamt und fast alle Aasfresser ferngehalten hat, bis auf die aggressivsten oder« – sie deutete auf die kleinen Kadaver auf dem nächsten Tisch – »die kleinsten. Wenn man den Zustand der Haut und des Fleisches und die Auswirkungen der Umgebung in Betracht zieht, würde ich schätzen, dass sie etwa seit sieben bis zehn Monaten tot ist.«

»Ungefähr das hatten wir auch gedacht«, meldete sich Emma zu Wort.

Dr. Catherall rümpfte die Nase. »Manchmal bestätigt die Pathologie eben eher das Offensichtliche, als dass sie Kaninchen aus dem Hut zaubert. Was die Dichte und die Porosität der Knochen betrifft, so würde ich sie in der Nähe ihres Lebensendes einordnen, irgendwo zwischen siebzig und achtzig. Das wird auch durch die fortgeschrittene Arthritis in ihren Gelenken bestätigt. Ihre Lunge ist durch Rheuma im Kindesalter geschädigt, und sie hat im Laufe ihres Lebens an verschiedenen Krankheiten gelitten – Rachitis, ein paar kleine Hautmelanome und so weiter –, aber keine davon hat sie umgebracht. Außerdem war sie meiner Einschätzung nach etliche Jahre lang leicht unterernährt, aber auch das hat nicht zum Tod geführt.«

»Was war es dann?«, fragte Lapslie.

»Darauf komme ich gleich.« Sie beugte sich vor und zeigte auf eine runzlige Narbe am Hals der Leiche, in der Kuhle über dem Brustbein. »Diese Narbe deutet auf die Einführung einer Atemkanüle hin, irgendwann in einem frühen Stadium ihres Lebens. Ohne ihre Krankenakte einsehen zu können, ist es schwer zu beurteilen, aber ich möchte wetten, dass das die Folge von Diphtherie im Kindesalter ist.« Sie schwieg eine Weile und betrachtete den Leichnam. »Die Hüftgelenke sind verschlissen, es sind aber ihre eigenen Gelenke, keine künstlichen. Abgesehen von normalen Verschleißerscheinungen des hohen Alters gibt es keine altersbedingten Befunde, die den Tod verursacht haben könnten – kein Tumor, kein Anzeichen eines Schlaganfalls. Und soweit ich das so spät nach ihrem Tod sagen kann: Sie hatte ein Herz wie ein Pferd. Überhaupt, wenn ich ihre Ärztin wäre, und sie wäre noch am Leben, dann würde ich sagen, die hat noch ein paar Jahre. Jedenfalls ist sie nicht an den Symptomen gestorben, die wir unter dem Sammelbegriff ›Altersschwäche‹ bündeln.«

»An was …«

»Dazu komme ich jetzt.« Dr. Catherall rieb sich nachdenklich mit einer Hand das Kinn. »Entkräftung kann nicht vollständig ausgeschlossen werden. Der Gewebeverfall schließt den genauen Nachweis eines Schocks oder Kreislaufkollapses aus, aber aus Gründen, die ich gleich erklären werde, glaube ich nicht, dass Entkräftung wahrscheinlich ist – jedenfalls nicht als primäre Todesursache. Natürlich kann sie dazu beigetragen haben.«

»Natürlich«, brummte Lapslie. Dr. Catherall machte den Eindruck, als habe sie ihre kleine Rede entweder schon während der gesamten Obduktion eingeübt oder strukturiere ihre Gedanken noch während des Sprechens penibel bis in jeden Nebensatz und jeden Konjunktiv.

»Der langen Rede kurzer Sinn«, sagte sie, als sie Lapslies Blick sah, »Sie selbst haben wahrscheinlich bemerkt, als Sie gestern die Leiche inspiziert haben, dass hinten am Schädel eine Verletzung vorliegt. Die ist nicht unfallbedingt. Ich würde sagen, dass ihr kurz vor ihrem Tod ein oder zwei Schläge mit einem stumpfen Gegenstand versetzt worden sind.«

»Am Tatort ist nichts gefunden worden«, murmelte Emma neben Lapslie.

»Sonst noch irgendwelche Verletzungen an der Leiche?«, wollte Lapslie wissen.

»Keine Stichwunden, keine Frakturen, wenn Sie das meinen.«

Lapslie runzelte die Stirn. »Ich dachte mehr an die Finger.«

Dr. Catherall nickte bedächtig. »Merkwürdige Sache, das. Die Finger der rechten Hand scheinen mit einem scharfen Gegenstand abgetrennt worden zu sein. Ich muss noch weitere Tests machen, um zu bestimmen, ob sie abgesägt, abgeschnitten oder abgebissen worden sind, auf jeden Fall fehlen sie, und ich bin mir ziemlich sicher, dass das nach dem Tode geschehen ist. Chirurgisch wurden sie bestimmt nicht entfernt – es wurde keinerlei Versuch gemacht, die Wunden zu schließen.«

»Und die linke Hand?«

»Intakt«, sagte Dr. Catherall. »Was natürlich ein bisschen merkwürdig ist.«

»Erinnert Sie das inzwischen an irgendetwas?«, fragte DS Bradbury.

Lapslie überlegte einen Moment. Außer diesem lästigen leisen Geschmack nach Litschis – wohl eher durch die Erinnerung an ein Geräusch hervorgerufen als durch das Geräusch selbst – war da nichts weiter als eine nagende Vertrautheit. Er hatte schon einmal mit jemandem über fehlende Finger gesprochen. Aber wo? Und wann?

Schweigen füllte den Raum. Schließlich brach Lapslie es, indem er mit der Hand auf den Metallrand des Obduktionstisches klopfte. »Haben Sie eine Ahnung, ob der Platz, wo wir sie gefunden haben, auch der Tatort war? Ist sie dort gestorben, oder ist sie anderswo gestorben und hinterher dorthin gebracht worden?«

»Das ist eher eine Frage für die Spurensicherung«, entgegnete Dr. Catherall wohlbedacht.

»Doktor Catherall – Jane –, ich hab so das Gefühl, Sie schrecken nie davor zurück, eine Vermutung zu äußern, besonders, wenn Sie Beweise haben, um sie zu untermauern.«

»Oh, wie gut Sie mich schon kennen, nach einer so kurzen Bekanntschaft. Also, unter den Fingernägeln der linken Hand waren Spuren von Erde und Pflanzen, was für mich darauf hinweist, dass sie noch gelebt hat, als sie im Wald ankam. Aber mehr als das kann ich nicht sagen.«

»Wir müssen noch die Identität des Opfers feststellen. Haben Sie am Körper oder in der Kleidung irgendwelche Hinweise gefunden?«

»Ihre Kleider waren ziemlich hinüber durch die lange Zeit, die sie im Wald gelegen hat«, sagte Dr. Catherall. »Ich schicke sie natürlich ins Labor, aber es sollte mich wundern, wenn da noch brauchbare Hinweise zu finden wären. Den Etiketten nach stammen sie aus allen möglichen Kaufhäusern, obwohl der Stil, die Farben, die Verschleißerscheinungen und die Ausbesserungen darauf schließen lassen, dass sie alle etliche

Jahre getragen worden sind.« Sie schwieg eine Weile. »Ich weiß, das ist nicht mein Fach, trotzdem, mir sind Baumwollfäden aufgefallen, die hier und da an einem Knopf oder Reißverschluss hängen. Möglicherweise werden Sie herausfinden, dass manche der Sachen in Secondhand-Läden gekauft worden sind, vielleicht auch bei Wohlfahrtseinrichtungen, und die Fäden sind Reste der Preisschilder. Aber das ist bloß eine Vermutung von mir. Die Leute vom Labor werden mehr zu sagen haben.«

»Doktor Catherall, ich kann mir nicht vorstellen, dass *irgendjemand* mehr zu sagen hätte als Sie«, sagte Lapslie lächelnd.

»Zu gütig«, murmelte sie.

»Also sind wir nicht weitergekommen, was ihre Identität betrifft.«

»Das stimmt nicht ganz.« Sie wandte sich um. »Dan, könnten Sie mal den Kasten mit dem Beweismaterial dort aus dem Abzugsschacht rüberbringen?«

Lapslie blickte über die Schulter. Der junge Gehilfe war gerade dabei, die Instrumente in den Sterilisator zu legen. Auf Dr. Catheralls Bitte ging er hinüber zur anderen Seite des Raumes und holte eine Plastikbox aus einem großen Kasten mit einer Glasfront.

»Werfen Sie mal einen Blick in den Mund des Opfers«, forderte Dr. Catherall Lapslie auf. »Was sehen Sie da? Oder vielmehr, was sehen Sie *nicht?*«

Lapslie beugte sich tiefer zu dem Totenschädel hinunter und wurde von einem unangenehmen Hauch gestreift. »Ich sehe keine Zähne«, stellte er fest.

»Allerdings.« Dr. Catherall öffnete schwungvoll die Plastikbox. »Sie hat all ihre Zähne irgendwo auf ihrem Lebensweg verloren und sie durch diese hier ersetzt.«

In der Box sah Lapslie eine Zahnprothese liegen: hell und glänzend. Es war bizarr, aber er hätte am liebsten gelacht. Das Gebiss sah eher aus wie Scherzartikel als wie etwas, das ein Mensch sich in den Mund stecken würde.

»Und wie soll uns das helfen?«

Sorgsam nahm Dr. Catherall das Gebiss aus der Box und drehte es um. »Weil es eine Seriennummer hat«, sagte sie und deutete auf etwas, das für Lapslie eher wie kleine Kratzer aussah als wie irgendetwas Bedeutsames. »Und diese Seriennummer, die für diese Prothesen einzigartig ist, wird es uns ermöglichen, den Zahntechniker ausfindig zu machen, der es hergestellt hat. Und das wird es uns ermöglichen, den Leichnam zu identifizieren.« Sie bedachte ihn mit ihrem liebreizenden Lächeln. »Und wenn ich sage ›wird‹, dann meine ich ›hat bereits‹. Dan hat vorhin ein paar Telefongespräche geführt, und wir wissen jetzt, wer die Dame ist.«

»Doktor Catherall, ich bin verblüfft. Wahrhaftig verblüfft. Alles, was Sie jetzt noch tun müssen, ist, uns zu sagen, wer sie getötet hat, und wir haben den gesamten Fall gelöst, ohne den Raum zu verlassen.«

»In echter Nero-Wolfe-Manier, was?«, meinte sie und errötete unter Lapslies Lob. »Leider kann ich beim Identifizieren des Mörders nicht helfen, aber wenigstens kann ich Ihnen ein paar der Informationen liefern, die Sie brauchen. Ihr Name war Violet Chambers. Sie war neunundsiebzig Jahre alt, und sie hat in Ipswich gewohnt. Das ist alles, was ich an Informationen habe. Ich wollte mich nicht zu sehr in Ihr sicherlich ausgewiesenes Spezialgebiet einmischen.«

»Doktor Catherall, Sie sind wirklich erstaunlich.«

»Bitte nennen Sie mich Jane.«
»Noch erstaunlicher ist die Tatsache, dass Sie bereits wussten, wer sie war und was sie umgebracht hat, ehe ich den Raum betreten hatte, und trotzdem haben Sie die ganze Vorstellung ablaufen lassen.«
Sie zuckte die Achseln: eine verzerrte Bewegung ihrer Schultern. »Es kommt so selten vor, dass ich dankbares Publikum habe. Das muss ich ausnutzen.«
»Jane, es war ein Privileg, von Ihnen ausgenutzt zu werden.«
»Dann könnte ich Sie womöglich in mein Büro locken, wo ich Ihnen eine Tasse Kaffee anbieten und Ihnen das bisschen zeigen könnte, was Dan an Informationen über Violet Chambers hat zutage fördern können?«
»Soll das ein Antrag sein, Doktor Catherall?«
»Oh, man hat mich gelehrt, niemals ein Urteil mit einem Antrag zu beenden«, sagte sie lächelnd.
Lapslie wandte sich zur Seite, wo DS Bradbury saß. »Emma, fahren Sie ins Labor, und stellen Sie fest, ob die von der Spurensicherung am Unfallort irgendwelche Tierskelette gefunden haben.«
Emma nickte und verschwand, offensichtlich froh über die Gelegenheit, etwas tun zu können, statt einfach dazusitzen und zuzusehen, wie jemand anders etwas tat.
»Dan«, sagte Dr. Catherall zu ihrem Assistenten, »könnten Sie mir zwei Tassen Kaffee organisieren? Mit Milch und Zucker. Wir sind in meinem Büro.«
Sie bedeutete Lapslie, voranzugehen. Einen Moment lang dachte Lapslie, sie wolle, dass er ihren Arm nähme. Ihm war immer noch nicht ganz klar, wie ernst Dr. Catherall sich selbst nahm, doch er vermutete, es könnte ihren Stolz verletzen, wenn er lachte.

Er stieß die Doppeltür auf und verließ den Obduktionsraum. Instinktiv bog er nach rechts in einen Seitengang, der vom Hauptkorridor des Gebäudes abzweigte. Als Dr. Catherall die Tür leise hinter sich zufallen ließ, ging er langsam voraus, so dass sie mit ihm Schritt halten konnte.

Die Türen, an denen er vorüberkam, waren geschlossen und trugen Schilder wie »Labor«, »Lager« und »Asservatenkammer«. Ganz hinten führte eine Brandschutztür mit einem Schubriegel davor anscheinend in den hinteren Teil des Gebäudes. Kurz davor war zu seiner Linken eine Tür zu sehen, die einen Spaltbreit offen stand. »Dr. J. Catherall, Leitende Pathologin« stand darauf. Er wartete, bis sie herankam, und als sie ihm bedeutete, einzutreten, schob er die Tür auf und ging hinein.

Aufgrund der kurzen Erfahrung mit Dr. Catherall hatte Lapslie Papiere und Bücher erwartet, ringsum über Schreibtisch, Bücherborde, Aktenregale und Fußboden verstreut. Daher war er angenehm überrascht, den Raum stattdessen nahezu kahl vorzufinden. Ein Bücherregal enthielt medizinische Fachzeitschriften und ein paar Nachschlagewerke, aber abgesehen davon gab es hier nur leere Arbeitsflächen und einen Dell-Computer auf dem Schreibtisch, dessen Bildschirmschoner lief.

Nein, das war noch nicht alles. Auf dem Bücherregal, neben dem Drucker, stand das gerahmte Foto eines jungen Mannes mit schwarzem Haar. Er lächelte den Fotografen an, wer immer das gewesen war. Quer über den unteren Rand stand etwas geschrieben, aber Lapslie wollte nicht zu genau hinsehen. Das wäre bei einer so kurzen Bekanntschaft zu aufdringlich gewesen.

Dr. Catherall deutete auf einen Stuhl und sagte: »Bitte nehmen Sie Platz. Ich bin gleich so weit.«
Er setzte sich. Dr. Catherall zog eine Schublade auf und kramte darin herum, und Lapslie wurde unwiderstehlich daran erinnert, wie sie vor kaum einer Stunde fast genauso in einem menschlichen Leichnam gewühlt hatte. Schließlich zog sie einen dünnen Aktenordner hervor.
»Hier – das ist, was Dan über ihre Identität herausgefunden hat, dazu eine Liste der Kleidungsstücke und anderer Besitztümer, die wir gefunden haben«, erklärte sie und reichte ihm den Ordner. »Ich drucke Ihnen eine Kopie aus.«
Lapslie schlug den Ordner auf und blätterte die Seiten durch. Einige waren offensichtlich getippt – wahrscheinlich von Dan, Dr. Catheralls Assistenten –, andere dagegen waren ausgedruckte E-Mails. Er begann zu lesen, dann blickte er auf, weil er spürte, dass sich die Atmosphäre im Raum unmerklich verändert hatte.
Dr. Catherall starrte den Computer an.
»Stimmt irgendwas nicht?«
»Ich habe den Computer heute Vormittag gar nicht benutzt«, sagte sie. »Ich habe ihn nicht mal eingeschaltet, als ich gekommen bin.« Sie stupste die Maus an, und der Bildschirm erwachte flackernd zum Leben.
Auf dem Bildschirm war ein Textprogramm zu sehen, und die Datei, die Lapslie soeben las, war an prominenter Stelle geöffnet.
»Jemand hat an meinem Computer rumgespielt«, fauchte Dr. Catherall, und ihre milde Güte schlug plötzlich in etwas sehr viel Finstereres um. »Dan!«
Schritte auf dem Gang, und der Gehilfe trat ein. Er trug ein Tablett mit zwei Tassen nebst Untertassen,

daneben eine Zuckerdose und ein Sahnekännchen. »Ja, Doktor?«
»Haben Sie heute meinen Computer angeschaltet?«
Dan schüttelte den Kopf. »Ganz bestimmt nicht.«
»Wissen Sie, wer es getan hat?«
»Heute Morgen sind nur Sie und ich hier drin gewesen. Und die Polizeibeamtin natürlich, aber die hat hier die meiste Zeit mit Zeitunglesen zugebracht, soweit ich weiß. Der Computer war aus, als ich ihn zuletzt gesehen habe.«
»Gut, aber jetzt ist er an.« Sie richtete den Blick auf das Bücherregal. »Und der Drucker ist auch eingeschaltet worden. Irgendjemand war hier drin und hat die Informationen ausgedruckt, die wir über Violet Chambers haben!«
»Das ist unmöglich«, stieß Dan hervor und stellte das Tablett auf den Schreibtisch. »Wozu sollte jemand das tun?«
»Und warum lässt er den Computer an?«, fragte Lapslie stirnrunzelnd. »Warum lässt er die Datei auf dem Bildschirm?«
»Vielleicht wurden die Betreffenden gestört, als Dan Ihre Mitarbeiterin hier hereingebracht hat«, meinte Dr. Catherall. »Vielleicht mussten sie schnell verschwinden und hatten keine Zeit mehr, den Computer herunterzufahren. Die könnten draußen durch die Brandschutztür entkommen sein. Wenn sie ihren Wagen auf dem Parkplatz abgestellt hatten, konnten sie in ein paar Sekunden wieder dort sein.«
Lapslie blickte von dem Computer zum Drucker und dann auf die Akte, die er in der Hand hielt. Das ergab doch alles keinen Sinn. Ein älteres Mordopfer, vergraben im Wald, *das* konnte er noch verstehen. Solche

Sachen waren auch früher schon passiert. Ein Einbruch in ein Pathologielabor, um eine Akte zu kopieren, auch das konnte er noch verstehen, wenngleich mit einiger Mühe. Es hatte Fälle gegeben – für gewöhnlich Bandenmorde –, bei denen auf höchst einfallsreiche Weise versucht worden war, Beweise zu fälschen; einmal war, wie er sich erinnerte, sogar das Labor in Brand gesteckt worden, in dem die Obduktion stattfand. Nein, es war die Kombination aus beidem, die ihn aus dem Konzept brachte. Warum sollte der Mord an einer alten Dame so wichtig sein, dass sich jemand Zugang zum Büro der Pathologin verschaffte, um ihre Akten einzusehen? Das war wie eine Kollision zweier Fälle, die absolut nichts miteinander zu tun hatten.

Er blickte Dr. Catherall an, deren Gesicht zu einer finsteren Miene verzogen war. »Es fällt mir verdammt schwer, das hier zu glauben«, sagte er. »Sind Sie ganz sicher, dass Sie Ihren Computer nicht angelassen haben, als Sie gestern Abend gegangen sind?«

Dr. Catherall gab eine ätzende Antwort, doch Lapslie verstand sie nicht. Etwas, das sie vorhin gesagt hatte, bohrte in seinem Hinterkopf: dass derjenige, der sich Zutritt zu dem Büro verschafft und den Computer hochgefahren hatte – wenn sie tatsächlich nicht vergessen hatte, ihn gestern Abend auszumachen, oder wenn Emma Bradbury ihn nicht aus unbekanntem Grund eingeschaltet hatte –, dass derjenige seinen Wagen draußen auf dem Parkplatz abgestellt haben könnte …

Und da wurde ihm klar, was es war. Als er sich diesen mysteriösen Wagen bildlich vorstellte, war es ein schwarzer Lexus mit getönter Windschutzscheibe.

Geradeso wie der, der in der Nähe der Stelle geparkt hatte, wo Violet Chambers' Leiche entdeckt worden war.

Der davongefahren war, ehe er feststellen konnte, wer darin saß.

5

Daisy Wilson ließ ihren Wagen – oder *Violets* Wagen, wie sie bereits mit einer Mischung aus Nostalgie und Abscheu dachte – in einer Seitenstraße in Colchester stehen. Sie hätte natürlich die ganze Strecke damit fahren können, aber irgendetwas bewog sie, rund fünfundzwanzig Kilometer von ihrem potenziellen Bestimmungsort entfernt anzuhalten und ihre Reise mit dem Zug fortzusetzen. Zum Teil war es ihre übliche Vorsicht, die sich so lange so gut bewährt hatte. Den Wagen irgendwo abzustellen, wo er mit ihr in Verbindung gebracht werden konnte, das machte sie kribbelig und unruhig, trotz der Anonymität, die ihre neue Identität ihr verschaffte. Vor allem aber war es die Tatsache, dass Autofahren sie nervös machte, während Bahnfahrten sie beruhigten. Und wenn sie eine Weile in dieser Gegend leben wollte, dann sollten ihre ersten Eindrücke glückliche sein.

Also verließ sie die relative Anonymität der Schnellstraße A12 und fuhr vorsichtig durch die Außenbezirke der Stadt, auf der Suche nach dem nächsten Bahnhof. Sie war sich ziemlich sicher, dass die Züge nach Leyston-by-Naze unterwegs in Colchester hielten, obwohl ihr nicht ganz klar war, woher sie das eigentlich wusste. Das Problem war, in Colchester gab es anscheinend drei verschiedene Bahnhöfe, und sie wollte nicht zu weit von dem richtigen parken. Schließlich, nachdem sie am Bahnhof Colchester und am Nordbahnhof vorbeigefahren und durch die schlichte Architektur des Holländischen Viertels gekurvt war, vorüber an der schroff kontrastierenden, überladenen Monstrosität des gotischen Abbeygate Arch, landete sie schließlich am Stadtbahnhof Colchester, und den wählte sie aus dem einfachen Grunde, dass er den Verkehrsschildern, die Richtung Leyston-by-Naze zeigten, am nächsten lag.

Sie stellte ihren Wagen auf einem Behindertenparkplatz am Ende einer ruhigen Straße mit kleinen Läden und Mietwohnungen darüber ab und nahm lediglich einen kleinen Koffer und ihre Handtasche mit. Sie hatte einen Behinderten-Ausweis für den Wagen – obwohl sie nicht eigentlich behindert war –, den ließ sie auf dem Armaturenbrett liegen. Dann rieb sie alle Stellen, die sie berührt hatte, mit einem feuchten Tuch ab, das sie in Zuckerseifenlösung getränkt hatte, und schloss den Wagen ab. Sie blickte sich um, als suche sie eine bestimmte Ladenfront: Blumenhandlung, Antiquarische Bücher, Wäscherei, Wettbüro, kleiner Supermarkt. Niemand beachtete sie. Niemand würde später imstande sein, sie zu beschreiben. Trotz der Nähe zum Bahnhof war dies eine ruhige Gegend, abseits der Hauptverkehrsströme. Der Wagen müsste dort für ein paar Tage sicher sein, bevor jemand misstrauisch wurde, und sie hatte durchaus die Absicht, vorher wiederzukommen und ihn abzuholen.

Geistesabwesend tätschelte Daisy das Dach des Wagens mit der behandschuhten Hand. Ein Volvo 740 Serie F in einem stumpfen Bronzeton – »Champagner« nannte man diese Farbe wohl –; sie hatte ihn sich irgendwann auf ihrer Lebensreise angeschafft und ihn behalten, weil er so vollkommen unauffällig war.

Niemand würde einen zweiten Blick darauf werfen. Und wahrscheinlich würde niemand ihn stehlen. Schon weil er nicht einmal ein funktionierendes Radio hatte, geschweige denn irgendetwas Moderneres.
Andererseits wäre es geradezu eine Wohltat, wenn jemand den Wagen tatsächlich stahl. So ungern sie auch daran dachte, sich einen neuen beschaffen zu müssen, es wurde Daisy immer deutlicher bewusst, dass der Volvo eine Verbindung zu Violet Chambers darstellte. Eine Verbindung, die zu kappen sie wirklich erwägen sollte. Nicht dass sie emotional an dem Wagen hing – Daisy wusste ohne große Herzensaufwallungen, dass sie emotional an nichts so hing, wie es bei anderen Menschen wohl der Fall war. Es war einfach so: Der Wagen war der Inbegriff von Unscheinbarkeit und Zuverlässigkeit. Außerdem hatte er ein Automatikgetriebe, wodurch sie sich beim Fahren viel wohler fühlte.
Sie schloss den Wagen ab und ging rasch in Richtung Bahnhof davon, schwang den Koffer in der linken Hand. Zeit und Gezeiten warteten auf niemanden, und sie konnte es kaum erwarten, das Meer zu sehen.
Laut der Anzeigentafel in dem anonym-modernen Bahnhof – überall Stahlträger, Säulen und Glas – musste sie eine halbe Stunde auf den nächsten Zug warten. Also kaufte sie sich mit Bargeld eine Fahrkarte und trank eine Tasse labbrig-milchigen Tee im Bahnhofscafé. Dort roch es nach starkem Kaffee und warmem Gebäck. Niemand nahm von ihr Notiz: Eine kleine Frau in Tweedjacke und Hut, allein an einem Tisch, die an ihrer Tasse nippte. Sie war sich des Eindrucks durchaus bewusst, den sie vermittelte – oder nicht vermittelte. Das war etwas, das sie sorgfältig kultivierte.
Aus irgendeinem Grund hatte Daisy eine alte Diesel-

Lok aus den fünfziger Jahren erwartet, die vier staubige blaue Waggons hinter sich herzog; der Zug jedoch, den sie bestieg, war modern, angenehm hell, mit elektrischen Türen, von Graffiti übersät. Dennoch hatte der Anblick des in der Kurve herannahenden Zuges Daisy mit nostalgischer Sehnsucht erfüllt, wobei sie befremdet feststellte, dass sie nicht einmal genau wusste, wonach sie Sehnsucht hatte. Vielleicht einfach nach der Vergangenheit selbst.

Daisy setzte sich in ein leeres Zweite-Klasse-Abteil. Ein leichter Staubschleier stieg aus dem Polster auf, als sie Platz nahm, und der seltsam vertraute Geruch weckte in ihr plötzlich die Erinnerung an … ja, an was? An sie selbst, wie sie in einem Zug saß und auf ein Meer aus roten Mohnblumen hinausblickte. Wie alt war sie da? Und *wo* war sie gewesen?

Sie schüttelte den Kopf. Keine Zeit jetzt für Erinnerungen.

Der Zug fuhr mit einem Ruck an, und Daisy spürte, wie ihr Atem vor freudiger Erwartung schneller ging, als ihr Waggon aus dem Schatten des Bahnhofs heraus und gemächlich durch die Außenbezirke der Stadt glitt, ehe er in der freien Landschaft beschleunigte. Die nächste halbe Stunde lang betrachtete sie wie verzaubert vorüberrollende Felder und Hügel, Heumieten und Scheunen und kleine Städte mit sinnträchtigen, typisch britischen Namen wie Wivenhoe, Alresford, Great Bentley, Weely und Kirby Cross.

Ihre ersten Möwen sah sie, als die Bahnlinie sich teilte. Der rechte Abzweig führte weiter nach Clacton, der linke in Richtung Frinton-on-Sea, Walton und Leyston-by-Naze. Die Möwen saßen in Schwärmen auf Hausdächern oder segelten bedächtig über den Marschen von Essex dahin, große, grau-weiße Vögel mit winzigen schwarzen Perlen als Augen und mit grausamen, wie Fischmesser gebogenen Schnäbeln.

Als der Zug dann in Frinton hielt, spürte sie den prickelnden Meeresgeruch in der Nase, salzig und kühl, ein Geruch wie sonst nichts auf der Welt. Ein Geruch, der sich seit Urzeiten nicht verändert hatte, lange vor Häusern, Gehöften und Menschen, vor Autos und Traktoren und Zügen. Vielleicht der einzige originale Geruch, der auf dem Angesicht des Planeten überdauert hatte.

Die Tür des Waggons öffnete sich, und eine ältere Frau stieg ein. Trotz der Magerkeit ihrer Arme sackte die Haut an den Knochen herunter, und die Venen auf ihren Handrücken waren knotig und verschlungen wie die Wurzeln eines sturmgepeitschten Baumes. Unter der selbstgestrickten Mütze, die ihr Haar verdeckte, schienen ihre Augen und ihr Gesicht zu einem permanenten Lächeln gemeißelt zu sein.

»Guten Tag«, sagte sie. »Darf ich mich zu Ihnen setzen?«

»Ja, bitte«, erwiderte Daisy automatisch, obwohl sie spürte, wie Enttäuschung durch ihren Körper sickerte und ihr die Laune verdarb. »Ich hab mich hier schon ganz einsam gefühlt.«

Die Frau lächelte und ließ sich Daisy gegenüber nieder. Ohne darüber nachzudenken, arrangierte Daisy ihre Hände im Schoß genau so wie ihre neue Reisegefährtin.

Irgendwo auf dem Bahnsteig ertönte ein Pfiff, und der Zug setzte sich in Bewegung.

»Auf Urlaub?«, erkundigte sich die Frau und blickte auf Daisys Koffer.

»Meine Cousine ist krank geworden«, antwortete Daisy. Das war ihre Standardausrede. Sie tappte sich vage an die Brust. »Es ist ... Sie wissen schon. Immer ins Krankenhaus rein und wieder raus, da dachte ich mir, ich schau mal vorbei und vergewissere mich, ob es ihr gutgeht.«

Die Frau nickte. »Entsetzlich«, sagte sie beifällig. »Immerhin ist es ja verblüffend, was die Ärzte heute tun können.« Sie beugte sich vor und streckte eine ihrer knorrigen Hände aus. »Mein Name ist Eve«, sagte sie. »Eve Baker.«

»Daisy Wilson – nett, Sie kennenzulernen.« Daisy schüttelte die dargebotene Hand und spürte, wie die papierene Haut sich an den Knochen bewegte. Sie könnte Eves Handgelenk in die linke Hand nehmen und diese Finger rückwärtsbiegen, bis sie brachen, einer nach dem anderen, und Eve in atemlosen Schock und Schmerz versetzen. Wenn sie wollte. Das Gefühl erregte sie.

»Und was ist mit Ihnen?«, fragte sie stattdessen. »Sind Sie auch auf Urlaub?«

Wenn dem so war, hatte Daisy keine Verwendung für sie. Obgleich sie gewöhnlich wartete, bis sie sich neu orientiert und irgendwo eine Unterkunft gefunden hatte, bevor sie nach dem nächsten Opfer Ausschau hielt, gab es keinen Grund, sich eine gute Gelegenheit entgehen zu lassen, wenn sie sich bot. Alle Fische landen im Netz, wie man so sagte.

»Oh, nein«, lachte Eve. »Ich wohne in Leyston. Ich lebe dort seit meiner Kindheit.«

»Ach, wirklich?« Daisy gestattete sich einen interessierten Gesichtsausdruck.

»Oh ja.« Eve beugte sich vertraulich vor. »Ich bin

während des Krieges evakuiert worden, wissen Sie, und während ich hier war, wurde mein Zuhause in London bei einem Luftangriff zerbombt. Meine Familie kam dabei ums Leben, und so bin ich bei der Familie geblieben, in die man mich gesteckt hatte.«

»Das tut mir leid.«

»Oh, das ist jetzt alles schon so lange her. Ich bin hier aufgewachsen, habe hier geheiratet und hier auch drei Kinder großgezogen.«

Der kleine Hoffnungsfunke, der in Daisys Brust aufgeflackert war, zerstob in einem entmutigenden Windstoß. »Sie haben drei Kinder?«

»Oh ja. Sie sind zwar alle weggezogen, aber sie kommen immer noch so etwa einmal die Woche zu Besuch. Einer arbeitet in einer Bank, einer mit Computern, und eine ist Schulsekretärin. Und sie haben mir so viele entzückende Enkelkinder geschenkt.«

»Das ist ja wundervoll«, murmelte Daisy und ließ den Blick von ihrer Reisegefährtin fort wieder zu der flachen grünen Landschaft gleiten, die am Fenster vorüberhuschte. Kinder und Enkel. Familie. Menschen, die es merken würden, wenn sie verschwände. Menschen, die sich kümmerten.

»Wo wohnt Ihre Cousine?«, fragte Eve freundlich.

Daisy schwieg eine Weile, ehe sie antwortete, gerade lange genug, um den Eindruck zu vermitteln, sie habe die Unterhaltung für beendet gehalten. »In der Nähe der Kirche«, erwiderte sie leichthin. Leyston würde ja wohl eine Kirche haben.

»Welcher Kirche?«

»Der Methodistenkirche, glaube ich.« Das müsste eigentlich immer noch unverfänglich sein, denn wie viele Methodistenkirchen gab es schließlich dort wohl?

»Ah, ich verstehe.« Eve ließ sich in ihren Sitz zurücksinken und sah enttäuscht aus, dass ihre neue Freundin die Unterhaltung nicht fortsetzen mochte.

Der Zug wurde langsamer, und Daisys Herz begann schneller zu schlagen. Das war immer so, wenn sie zum ersten Mal in eine neue Stadt, eine neue Heimat kam, doch da war auch noch etwas anderes – ein Gefühl, als käme sie dieses Mal wirklich *nach Hause*. Das hatte etwas mit dem salzigen Geruch des Meeres zu tun, mit dem klagenden Schrei der Seemöwen, mit der unendlichen Weite gleich hinter den Büschen, die den Bahndamm säumten. Und dann fuhren sie in den winzigen Bahnhof ein, gerade einmal zwei Gleise, getrennt durch einen Bahnsteig dazwischen.

Der Zug kam mit einem Ruck zum Stehen, und als Daisy vom Fenster wegblickte, war sie beinahe erstaunt, dass die kleine alte Dame ihr immer noch gegenübersaß. Sie hatte sie fast aus ihrem Bewusstsein verbannt. »War nett, Sie kennenzulernen«, sagte sie.

»Sie auch. Ich hoffe, Ihre Cousine … Sie wissen schon.«

»Danke.«

Daisy ließ die alte Frau zuerst aussteigen, und während diese auf die Schaltersperre aus Glas und Metall zueilte – so anders als das solide rote Backsteingebäude, das sie erwartet hatte –, hantierte sie noch eine Weile mit ihrem Koffer herum, um einigen Abstand entstehen zu lassen, bevor sie ihr folgte.

Daisy trat hinaus in den Sonnenschein und blieb stehen, um den Anblick einzusaugen. Zu ihrer Linken wand sich eine Reihe dreistöckiger Häuser mit großen Fenstern gemächlich in einer Kurve außer Sicht. Zu ihrer Rechten ein Gasthaus, natürlich mit dem Namen

Bahnhofshotel. Und vor ihr, hinter einer von Büschen gesäumten dreieckigen Grünfläche, lag die Nordsee, wogend und sich bauschend wir ein graublaues Laken, das zwischen den Gebäuden zu beiden Seiten befestigt war, damit es im Wind flattern konnte. Hingerissen ging sie auf das Ufer zu. Wie lange war es her, seit sie das Meer gesehen hatte? Sie konnte sich nicht einmal mehr erinnern. All die Orte, all die Namen und Gesichter waren in ihrem Gedächtnis miteinander verschmolzen. Sie wusste, irgendwann in ihrem Leben war sie an der See gewesen, doch wann, das wusste sie nicht mehr.

Daisy warf einen Blick über die Schulter zurück, einen Abschiedsblick auf das Leben, das sie hinter sich ließ, und fand ihr Blickfeld ausgefüllt von einem Mietshaus im viktorianischen Baustil: roter Backstein, hohe Fenster und eine schwere Haustür. Sie war achtlos daran vorübergegangen, um von den modernen gläsernen Fahrkartenschaltern zu der Grünfläche zu gelangen, aber das da sah so sehr wie die alte Schalterhalle aus, die sie erwartet hatte, dass sie blinzeln und von neuem hinschauen musste, um festzustellen, ob sie sich womöglich etwas vorgaukelte. Und dann, als sie die Anordnung der Wohnungen in Beziehung zu dem Gebäude näher betrachtete, da wurde ihr klar, was passiert sein musste. Das dort war tatsächlich einmal eine Schalterhalle gewesen, doch sie war geschlossen und in Wohnungen umgewandelt worden. Wahrscheinlich war das Gebäude auf diese Weise mehr wert. Jetzt führte der Weg in den Bahnhof durch einen anonymen Vorbau aus Fertigteilen, und die Menschen, die jetzt in der alten Schalterhalle wohnten, hatten keine Ahnung von der Geschichte, durch die sie trotteten.

Der kurze Fußweg vom Bahnhof brachte sie auf die Strandpromenade. Direkt vor ihr lag die Landungsbrücke: ein langer hölzerner Pfad, der ins Meer hinausführte, getragen von einem kunstvollen Fachwerk aus Pfählen und Streben. Links davon erstreckte sich eine Reihe von Hotels und Gasthäusern, die sich in der Ferne verlor. Und rechts war etwas, was auf den ersten Blick aussah wie ein Haufen Kinderbauklötze in hellen Farben, wie Kraut und Rüben übereinandergehäuft. Daisy brauchte ein paar Augenblicke, ehe sie begriff, dass es Strandhütten waren: einfache Holzhäuschen, in allen erdenklichen Rot-, Grün- und Gelbtönen gestrichen, entlang des abfallenden Hangs gebaut und durch gepflasterte Gehwege voneinander getrennt.

Doch es war das Meer, das ihre Aufmerksamkeit anzog. Das ruhelose Meer – tausend Schattierungen von Blau und Grau, alle ineinander verschwimmend, wenn die Wellen auf den Sand schlugen und wieder zurückrannen, nur um ihre Kräfte für einen neuen Angriff zu sammeln. Sie spürte die Gischt in der Luft, sie prickelte auf ihrer Haut. So chaotisch, so unbarmherzig, und so unendlich faszinierend! Stundenlang konnte sie zuschauen.

Doch sie musste noch eine Unterkunft finden. Die Fahrt von den Vorstädten Londons bis Colchester und dann die Bahnfahrt hatten sie erschöpft, und nach nichts sehnte sie sich mehr als nach einem langen, heißen Bad und einem langen, traumlosen Schlaf.

Das Beste, was sie tun konnte, beschloss sie, war, sich für ein paar Nächte ein nettes Hotel zu suchen. So konnte sie sich Zeit nehmen, um sich nach etwas Dauerhafterem umzusehen – einer Wohnung zum Beispiel, im Erdgeschoss eines alten Hauses irgendwo in Fußmarschnähe zum Strand. Solange sie eine Küche hatte, wo sie kochen, und ein Bett, in dem sie schlafen konnte, so würde sie zufrieden sein. Eine Höhle, von der aus sie auf Beutezug gehen konnte. Nicht das Fell verkaufen, ehe man den Bären hat, wie das alte Sprichwort sagte.

Ein Garten wäre schön, aber nicht unerlässlich. Schließlich war der Kofferraum ihres Wagens in Colchester angefüllt mit all den Zweigen, Blättern, Blüten und Wurzeln, die sie in ihrem *echten* Garten, ihrem *richtigen* Garten geerntet hatte. Damit wäre sie ausreichend versorgt.

Langsam und mit wachsender Müdigkeit machte Daisy kehrt und wanderte an den Hotels und Gasthäusern entlang. Die ersten sahen aus, als seien sie dazu gemacht, die erstbesten Passagiere aus dem Zug einzufangen: öde Plastikschuppen ohne Charakter und Reiz, außer ihrer Nähe zum Bahnhof und zum Strand. Das Nächste war eine große Pension mit Zimmern über der Bar: zu laut, entschied sie. Und dann, ein kleines Stück weiter, entdeckte sie ein kleines Haus, dem Stil nach aus der Zeit König Edwards, vier Stockwerke hoch, das sich *Leystons Arms Hotel* nannte. Sie blieb eine Weile davor stehen und begutachtete es. Die Fenster waren sauber, die Eingangsstufen fleckenlos. Irgendjemand da drinnen war wohl mit Sodakristallen vertraut, dachte sie.

Kurzentschlossen ging sie die Stufen hinauf ins Foyer. Der Teppich war frisch gesaugt, und sie roch Möbelpolitur. Das alles waren gute Zeichen. Der Mann hinter dem Tresen war untadelig gekleidet, in schwarzer Hose, weißem Hemd und brauner Krawatte. Die

Zwillingsfalten vorn an seinem Hemd wiesen darauf hin, dass er es entweder zum ersten Mal trug oder dass er außer Haus waschen und bügeln ließ. Doch das konnte sie ihm verzeihen angesichts der Art, wie er sie anlächelte.

»Guten Tag, Madam. Kann ich Ihnen helfen?«

»Haben Sie zufällig ein Zimmer frei?«, fragte sie und lächelte ihrerseits.

»Haben wir«, sagte er. »Wie viele Nächte möchten Sie bleiben?«

Sie überlegte kurz. »Es könnte eine Woche werden. Ginge das?«

»Lassen Sie mich sehen.« Er blickte nach unten und konsultierte anscheinend einen Computer, der unterhalb des Tresens stand. Überall Computer heutzutage. Wie hatte die Welt es bloß fertiggebracht, ohne sie zu funktionieren?

»Wir haben ein Zimmer mit Blick auf den Strand oder eins im hinteren Teil des Hotels«, erklärte er schließlich. »Beide zum selben Preis.« Er warf einen schnellen Blick zur Seite, auf eine samtüberzogene Preistafel von derselben Farbe wie seine Krawatte. Darauf waren die Preise für Einzelzimmer, Doppelzimmer, Familienzimmer und für das Frühstück vermerkt. Daisy überdachte die Information einen Moment lang, sie argwöhnte, dass der Mann sich in Anbetracht ihres Alters und ihrer Kleidung bereits fragte, ob sie wohl genug Geld hatte, um das Zimmer zu bezahlen.

»Gibt es irgendeinen Unterschied zwischen den beiden?«, fragte sie.

»Das im hinteren Teil bekommt weniger Verkehrslärm ab, besonders morgens, aber es hat keine so schöne Aussicht«, erklärte er und lächelte wieder.

»Dann nehme ich das Zimmer nach vorne.«
Er nickte. »Darf ich Ihre Kreditkarte haben?«
»Oh«, sagte sie, »eine Kreditkarte habe ich nicht.« Und um seinem Erstaunen zuvorzukommen, fügte sie schnell hinzu: »Ich kann die Dinger nicht leiden. Ich habe nie eine gebraucht, und ich sehe nicht ein, weshalb ich jetzt damit anfangen soll.«
Einen Augenblick lang war er ratlos. »Wir brauchen normalerweise eine gewisse Form der … Absicherung«, meinte er dann.
»Könnte ich für zwei Tage im Voraus zahlen?«
Der Mann dachte kurz nach. »Das wäre schön«, sagte er. »Wenn Sie bitte dieses Formular ausfüllen würden …« Er langte unter den Tresen und brachte ein Klemmbrett mit vorgedruckten Formularen zum Vorschein. Er drehte es so zu ihr herum, dass sie es ordentlich sehen konnte, und fügte hinzu: »Füllen Sie einfach Ihren Namen und Ihre Adresse aus – den Rest mache ich dann.«
Ein Kugelschreiber war mit einer Kette oben an dem Klemmbord befestigt. Eifrig griff Daisy danach, setzte die Spitze auf das Papier und begann ihren Namen zu schreiben.
Und stellte mit Schrecken fest, dass sie nicht mehr wusste, welcher das war.
Wer war diese Frau, die hier im Hotelfoyer stand? Daisy Wilson? Violet Chambers? Jane Winterbottom? Alice Connell? Wie unterschrieb sie mit ihrem Namen: einfach, verschnörkelt oder in gestochener Handschrift? In ihrem Verstand wirbelte das Strand- und Treibgut zu vieler abgestreifter Leben umher. Unentschlossenheit paralysierte sie. Ihre Hand zitterte und machte kleine Muster auf das Formular.

»Alles in Ordnung, Madam?«

Sie atmete tief durch. »Es tut mir leid – es war ein langer Tag.«

Taste dich rückwärts: Von wo war sie losgefahren? Wie sah das Haus aus? Wie sah die Straße aus? *Wer war sie?*

»Daisy Wilson«, sagte sie fest und griff sich die nächste, die jüngste Erinnerung, als sie vorüberflutete. »Mein Name ist Daisy Wilson.« Rasch schrieb sie ihren Namen und – mit leisen Befürchtungen – Daisys Adresse hin. Das war in gewisser Weise eine Spur, doch das half nun nichts. Schließlich würde sie ja noch eine Weile Daisy spielen.

»Danke sehr«, sagte er, als sie das Formular zurückreichte und in ihrer Handtasche nach der Geldbörse kramte. »Ich habe mir erlaubt, Ihnen Zimmer 241 zu geben. Die Bar ist zu Ihrer Linken, das Speisezimmer zu Ihrer Rechten. Wünschen Sie für heute ein Abendessen?«

Sie dachte kurz nach. Es war eine lange Reise gewesen, und sie war nicht besonders scharf darauf, herumzulaufen und nach einem zivilisierten Restaurant zu suchen. »Ja, das wäre wundervoll. In etwa einer halben Stunde?«

»Ich sorge dafür, dass ein Tisch zu Ihrer Verfügung steht«, sagte er. »Ich hoffe, Sie genießen Ihren Aufenthalt.«

Daisy trug ihren Koffer hinauf in ihr Zimmer. Es enthielt ein Bett, einen Schreibtisch mit Stuhl und einen kleinen Sessel, alles auf engstem Raum arrangiert, ohne dass es beengt wirkte.

Wieder ein Hotel. Wieder eine andere Stadt. Eine andere Identität.

Eine Woge aus ... aus irgendetwas ... erhob sich urplötzlich und brach über sie herein. Es war nicht eigentlich Kummer oder Traurigkeit oder Bedauern oder sonst etwas Bestimmtes. Eher so, als ob gedämpfte Versionen jedes einzelnen dieser Gefühle sich vermengt hatten, um etwas Neues zu schaffen, etwas Namenloses: ein allgemeines Gefühl trauriger Verbindungslosigkeit zur Welt. Einen Augenblick lang war sie verloren und haltlos. Einen Augenblick lang.

»Reiß dich zusammen«, murmelte sie. »Konzentriere dich.«

Rasch wusch sie sich, nahm Stift, Notizbuch und einen Stapel Schreibpapier aus ihrem Koffer und eilte hinunter ins Speisezimmer.

Das Abendessen bestand aus zwei Lammkoteletts mit Spargelspitzen und Kartoffelgratin, einfach zubereitet, aber schmackhaft. Sie rundete es mit einem Biskuitdessert ab – etwas, was sie seit Jahren nicht gegessen hatte. Etwas, das sie als »Kindergartenfutter« betrachtete – einfach, aber tröstlich, und gar nicht mal so schlecht. Die Portionen waren klein, aber genug ist so gut wie ein Festessen, wie sie immer sagte.

Während sie aß, machte sie sich an die nächste Phase ihrer Aufgabe. Bevor sie das Haus in London in der Obhut der Makler zurückgelassen hatte, hatte sie Daisys Briefe sorgfältig nach Namen von Freunden durchkämmt, mit denen sie in gelegentlichem Kontakt stand. Etliche ihrer Briefpartner waren verstummt oder im Laufe der Jahre gestorben, aber Daisy bekam immer noch Weihnachtskarten oder gelegentliche Rundbriefe von sieben Leuten – alten Freundinnen oder Kolleginnen, mit denen sie Abschnitte ihres Lebens geteilt hatte. Daisy nahm etliche Bögen ihres Papiers und schrieb an jede Person oder Familie denselben Text in einer fast perfekten Kopie von Daisys krakeliger Handschrift, die sie eingeübt hatte, während sie um die alte Hexe herumscharwenzelt war.

Es tut mir leid, dass ich mich eine Weile nicht gemeldet habe, aber mein Leben ist ziemlich kompliziert gewesen. Ich weiß nicht, ob ihr euch an meine Cousine Heather erinnert, aber sie ist vor kurzem krank geworden. Sie erholt sich derzeit zu Hause und hat mich gebeten, zu kommen und für sie und ihre Katzen zu sorgen. Ich weiß nicht, wie lange ich fort sein werde, aber ich fürchte, es könnte einige Zeit dauern. Ich habe das Haus vermietet, solange ich weg bin – ich scheue mich, es leer stehen zu lassen, und so weiß ich wenigstens, dass sich jemand darum kümmert, und ich habe außerdem ein kleines (dringend notwendiges!) Nebeneinkommen.
Ich lasse es euch wissen, wenn ich mehr weiß – in der Zwischenzeit benutzt bitte, falls ihr zum Schreiben kommt, die oben genannte Adresse.

In jeden der Briefe fügte Daisy die Namen und ein paar direkte Fragen und Details ein, die sie den Briefen der Empfänger entnommen hatte, damit jeder einzelne persönlicher wirkte. Den oberen Teil der Bögen ließ sie frei. Wenn sie sich irgendwo hier in der Gegend niedergelassen hatte, würde sie die Anschrift hinzufügen. Oder, wenn sie ganz sichergehen wollte, konnte sie auch ein Postfach benutzen.
Sie las die Briefe noch einmal durch. Sie wusste nicht recht, ob sie vielleicht zu formell, zu sorgfältig formuliert waren.

Daisy war in ihrer Sprechweise sehr salopp gewesen, doch das wenige Schriftliche, das sie von ihr gesehen hatte, verriet einen schärferen Verstand und einen gewandten Schreibstil. Und als sie bei ihren Erkundungsgängen durchs Haus Daisys Bücher gesehen hatte, hatte sie ihre Meinung über die Frau geändert. Daisy, so glaubte sie, hatte ein wenig geblufft.

Nach dem Essen brachte sie die Briefe in ihr Zimmer und ging wieder in die Diele hinunter, in der Absicht, einen gemächlichen Bummel durch die Stadt zu machen. Die Sonne war untergegangen, seit sie angekommen war, und der indigoblaue Himmel des Sonnenuntergangs, der als Hintergrundkulisse für das Drama der See gedient hatte, war jetzt ein schwarzer Vorhang, vor dem die strahlenden Laternen der Strandpromenade prunkten.

Doch gleich rechts war ja die Bar, und sie fand, sie hätte einen Drink verdient, bevor sie loszog. Der Tag war wirklich gut gelaufen, alles in allem genommen.

Die Bar war mit Rohrstühlen und niedrigen Glastischen ausgestattet. Das war zwar nicht ganz ihr Fall, aber sie trat trotzdem entschlossen an den langen Tresen und bat den Barkeeper – einen schlaksigen Jungen, der wahrscheinlich höchstens ein Drittel ihrer Lebensjahre gesehen hatte – um einen kleinen trockenen Sherry.

Seine dicken Augenbrauen zogen sich zu einem durchgehenden Strich zusammen. »Glaub nicht, dass wir Sherry haben«, sagte er, ohne auch nur die Flaschen anzusehen.

Aber Daisy ließ nicht locker. »Dann möchte ich einen Dubonnet mit Zitrone, bitte.«

Er schenkte ihr mürrisch ein, und sie nahm ihren

Drink mit hinüber an einen Tisch in einer Ecke, von wo aus sie den ganzen Raum überblicken konnte. Er war ziemlich leer – die meisten Leute waren wohl ausgegangen –, doch ein oder zwei der Tische waren besetzt. An einem nippte eine Frau mittleren Alters, in einen Schal gehüllt, an ihrem Gin Tonic. Ihr Mann, ziemlich unbequem in einen korrekten Anzug gekleidet, saß an der anderen Seite des Tisches. Keiner von beiden sprach. Die Frau starrte in ihr Glas, als enthielte es die Geheimnisse des Universums, und ihr Mann, fahrig und nervös, schien immerfort etwas sagen zu wollen, um das Schweigen zu brechen, besann sich jedoch wohl im letzten Moment, wenn ihm klarwurde, wie banal es klingen würde.

Daisy ertappte sich dabei, dass sie ihren Dubonnet genau so hielt wie die Frau dort am Tisch ihren Gin, und sie zwang sich, damit aufzuhören. So hatte sie sich vorhin schon einmal gehenlassen. Sie musste die Kontrolle behalten über die, die sie war, sonst würde ihr alles entgleiten, und sie würde ohne jeden Charakter zurückbleiben. Eine gesichtslose Fremde, die beständig jede Person nachahmte, die ihr begegnete.

An einem anderen Tisch saß ein Mann mit einem großen Glas dunkler Flüssigkeit. Er war stämmig, rot im Gesicht, und hatte mehr Haare auf den Fingerknöcheln als auf dem Kopf. Eine flache Mütze lag neben ihm auf dem Tisch. Seiner Art nach einer, der etwas Altmodisches, Männliches trank, dachte Daisy, so was wie Alt- oder Braunbier. Sie überlegte kurz, ob sie ihn in eine Unterhaltung verwickeln sollte, aber sie entschied sich dagegen. Männern stellte sie nie nach: Es war fast unmöglich, eine Freundschaft zu entwickeln, ohne dass sich das sexuelle Element einschlich, und dann war da immer die drohende Sorge, dass sie stärker waren als sie, falls ihre kleinen Gifte nicht rasch genug wirkten. Außerdem war es natürlich fast unmöglich, ihre Identität direkt zu übernehmen: Sie würde Umwege ausfindig machen müssen, um an ihre Hinterlassenschaft zu kommen, wenn sie dahin waren, und das allein bedeutete ein Extrarisiko bei dem ganzen Unternehmen. Nein, lieber nicht.

Vornehm leerte sie die letzten Tropfen ihres ziemlich herben Dubonnets und griff nach Handtasche und Mantel. Ein kleiner Gang durch die Stadt und dann ins Bett, beschloss sie.

Die Luft draußen war kalt. Über die Straße hinweg sah sie das Geländer der Strandpromenade, dahinter jedoch, wo vorhin noch der Strand und das Meer und der Himmel gewesen waren, war jetzt nichts. Ein schwarzes Nichts, unendlich und leer. Es war, als ob die Welt an jenem Geländer zu Ende wäre, und ein unvorsichtiger Fußgänger konnte leicht stolpern und fallen und auf ewig durch den Weltraum wirbeln, bis ans Ende der Zeit.

Daisy schüttelte sich. Also wirklich, diese Gedanken, die ihr da in den Kopf kamen! Das ging nicht. Das ging wirklich nicht.

Sie ließ sich von ihren Füßen leiten, ohne zu planen, wohin sie gehen wollte. Eine Seitenstraße führte von der Strandpromenade weg tiefer in die Stadt hinein. Sie überquerte eine Straße, die sie für die Hauptstraße hielt – hauptsächlich von Teenagern bevölkert, die anscheinend von Pub zu Pub und wieder zurück pilgerten –, und stieß auf eine weitere Seitenstraße, die von Antiquitäten- und Raritätengeschäften gesäumt war. Irgendetwas trieb sie weiter, ein Urinstinkt, eine dunkle Anziehungskraft hin zu etwas, das sie spürte, ohne es zu sehen. Sie wankte weiter, ließ Schaufenster und Lichter ineinander verschwimmen.

Bis sie sich vor einer protzig beleuchteten Fassade wiederfand – überall blaues Neonlicht und gelbe Buchstaben. Es sah aus, als sei es einmal ein Kino gewesen, jetzt aber wurde es für eine andere Art von Unterhaltung genutzt.

Bingo.

Soeben war wohl eine Runde zu Ende gegangen, denn eine Horde Frauen kam die Stufen herab. Einige trugen Jacken, einige Mäntel, andere bloß tief ausgeschnittene, glitzernde Oberteile und Röcke. Sie lachten schrill. *Sekretärinnen*, dachte Daisy abschätzig. Hinter ihnen kam eine schnatternde Herde älterer Frauen in langen Mänteln und wollenen Mützen, einzeln oder zu zweit, und plötzlich war Daisy mit allen Sinnen hellwach. Ihr Mund wurde trocken, und jedes Detail war plötzlich gestochen scharf wie im Scheinwerferlicht. Sie *roch* geradezu das Lavendelparfüm, liebevoll aus Flaschen aufgetupft, die vor zwanzig Jahren gekauft worden waren. Sie *spürte* förmlich die rauhen, handgestrickten Wolljacken und Schals. Und sie *sah* das verräterische Durchschimmern der Kopfhaut durch das sorgfältig frisierte Haar. Als sie nach Händchenwinken, Adieus und kleinen Wangenküsschen getrennte Wege gingen, merkte sich Daisy, in welche Richtung sie strebten, wer sich auf einen Stock stützte und wer nicht, wer in Begleitung fortging und wer allein.

Das hier war ihre Beute.

Und morgen würde die Jagd wieder beginnen.

6

Einige Wochen nach der Autopsie fuhren Mark Lapslie und Emma Bradbury gemeinsam in Emmas Mondeo nach Ipswich hinauf. Rein formal lag Ipswich außerhalb ihres Zuständigkeitsbereichs und gehörte zu dem der Polizei von Suffolk, aber Lapslie hatte ein paar Telefonate geführt, bevor er losgefahren war, und sie hatten die Erlaubnis erhalten, ihre Nachforschungen fortzusetzen. Die Straßen waren stark befahren, doch Emma schaffte es, sich durch die Masse der Autos hindurchzuwinden. Sie überholte, wo es nötig, riskierte etwas, wo es möglich war, damit sie beizeiten ankamen. Lapslie ließ sich einfach mit geschlossenen Augen in den Beifahrersitz sinken; der Motorlärm setzte sich in seinem Mund pulsierend in Marmeladengeschmack um und brachte seine Speicheldrüsen in Wallung. An das Geräusch seines eigenen Wagens war er so gewöhnt, dass er es nicht mehr schmecken konnte, aber in Emmas Wagen war er noch nicht lange genug gefahren, um sich an den Klang des Motors zu gewöhnen oder ihn auszublenden. Er hatte eigentlich selbst hinauffahren wollen, doch es hatte wenig Sinn, dass sie mit zwei Wagen fuhren, und die Polizeietikette verlangte nun einmal, dass ein DS einen DCI chauffierte, und nicht umgekehrt.

Einmal streckte sie die Hand aus und schaltete das Radio ein. Entschlossen stellte er es wieder ab. Sie schaute unsicher zu ihm hinüber, sagte aber nichts.

Nach einer Serie von Abzweigungen, die immer rascher aufeinanderfolgten, machte Lapslie die Augen auf und stellte fest, dass Emma langsamer fuhr und nach einem Parkplatz suchte. Sie befanden sich auf einer breiten Straße, gesäumt von Silberbirken und Linden, und hinter den Bäumen waren Doppelhäuser, die irgendwann in den siebziger Jahren gebaut worden waren. In den meisten der Vorgärten waren Fahrräder oder Motorroller oder Kinderspielzeug – kleine Traktoren oder Laster – abgestellt. Die ganze Gegend erweckte den Eindruck behaglichen Wohlstands und guter Nachbarschaft. Nicht wie manche heruntergekommene Siedlung, die Lapslie im Laufe der Jahre zu sehen bekommen hatte. Das war das Elend, wenn man Polizist war. Man bekam allmählich einen verzerrten Blick auf die Welt.

Emma hielt auf einem Parkplatz unter einer Linde. Als sie ausstiegen, warf Lapslie einen Blick zurück. Es fuhren keine anderen Wagen die Straße entlang. Er fragte sich, wonach er eigentlich Ausschau hielt. Nach einem schwarzen Lexus vielleicht? Er schüttelte den Kopf und wandte sich wieder Emma zu. Allmählich nahm er diese Verschwörungsidee ein bisschen zu ernst.

Emma warf einen finsteren Blick auf die von oben herabhängenden Zweige. »Dieser Baum wird meinen ganzen Wagen mit seinem Saft vollkleckern«, brummelte sie. »Das weiß ich. Klebriger Lindensaft. Ist 'ne verdammte Plackerei, den wieder runterzukriegen, aber wenn man es nicht tut, bleiben Flecken.«

»Na schön«, meinte Lapslie beruhigend, »wir halten auf dem Rückweg bei 'ner Waschanlage.«

Sie zog die Stirn kraus. »Dieser Wagen hat noch nie das Innere einer Waschanlage gesehen, und ich werde

jetzt nicht damit anfangen. Wissen Sie, was diese rotierenden Bürsten Ihrem Lack antun? Genauso gut könnte man einen Topfschwamm nehmen.«
Am Torpfosten des am nächsten gelegenen Hauses war ein Schild mit der Nummer 58. Ein eisernes Klettergerüst stand auf dem frisch gemähten Rasen. Ein paar lange Grasbüschel und Gänseblümchen sprossen dort um das Gerüst herum, wo es auf dem Boden stand. »Das ist Violet Chambers letzte bekannte Adresse«, erläuterte Emma. »Sieht nicht gerade verlassen aus. Und sieht auch nicht so aus, als ob eine alte Frau dort wohnt.«
»Wenn sie mit ihrer Familie zusammengewohnt hat, dann hätte sie doch schon vor einer ganzen Weile jemand als vermisst melden müssen«, sagte Lapslie.
»Was den Akten zufolge nicht passiert ist.«
Lapslie ging auf das Haus zu. Ein Schlafzimmerfenster stand offen, und ein brauner Toyota Camry Kombi stand in der Einfahrt. Im hinteren Teil waren zwei rückwärtsgerichtete Sitze angebracht, gerade groß genug für zwei Sechsjährige.
Ein warmer Vanillegeschmack durchspülte seinen Mund, und zunächst wusste er nicht, warum. Doch dann hörte er Kinderstimmen hinter dem Haus. Von dem Geräusch, dem Geschmack und den Erinnerungen, die sie heraufbeschworen, wurde ihm plötzlich schwindlig. Er musste sich am Gerüst der Schaukel festhalten, um sein Gleichgewicht zu wahren.
»Geht's Ihnen nicht gut, Sir?«
»Doch, prima.« Er straffte sich. »Also weiter im Text.«
Emma drückte auf die Klingel, und sie warteten ein wenig. Im Innern des Hauses gab es Bewegung, dann öffnete sich die Tür. Eine Frau Mitte dreißig betrach-

tete sie neugierig. Ihr braunes Haar war zu einem Pferdeschwanz zurückgebunden, und sie trug eine geblümte Seidenbluse, die sie locker unter der Brust zusammengeknotet hatte, dazu einen Hosenrock aus Cordsamt. Ihre Füße waren nackt. »Hallo?«, sagte sie reserviert.

»Detective Chief Inspector Lapslie, Polizei Essex«, stellte er sich vor und hielt ihr seinen Dienstausweis hin. Sie sah ihn verständnislos an. »Und dies ist Detective Sergeant Bradbury. Entschuldigen Sie die Störung, aber wir suchen das Haus von Violet Chambers.«

Die Frau schüttelte den Kopf. »Ich kenne die meisten Familien hier in der Gegend«, sagte sie. »Aber von einer Violet Chambers habe ich noch nie gehört.«

»Sie war eine ältere Dame. Um die siebzig.«

»Hier wohnen größtenteils Familien. Ein älteres Ehepaar wohnt dort drüben auf der anderen Straßenseite, Nummer 67. Vielleicht kennen die sie.«

Emma trat vor, warf mit einer Kopfbewegung ihr Haar zurück.

»Wie lange wohnen Sie schon hier in der Gegend, Miss –?«

»Wetherall. Mrs. Suzy Wetherall.« Sie lächelte Emma an, und Emma lächelte zurück. »Wir sind vor sechs Monaten hergezogen. Wir wohnen zur Miete, aber es gefällt uns hier so gut, dass wir hoffen, ein Haus hier in der Straße kaufen zu können, wenn mal eins zum Verkauf steht.«

»Weshalb sind Sie hierhergezogen?«, wollte Emma wissen.

»Der Arbeitsplatz meines Freundes ist von London wegverlegt worden. Da dachten wir, wir nutzen die Chance und suchen uns was Hübscheres zum Woh-

nen.« Sie deutete mit der Hand leichthin zum Garten hinüber. »Und das haben wir auch geschafft.«
Lapslie lächelte. »Und von wem haben Sie das Haus gemietet?«, fragte er.
»Von einem Häusermakler in der Nähe vom Bahnhof. Weiß den Namen gar nicht mehr.«
»Wissen Sie, wer vor Ihnen in diesem Haus gewohnt hat?«
Sie schüttelte den Kopf. »Nein, aber die haben es pieksauber hinterlassen.«
»Und was ist mit den Eigentümern des Hauses?«
»Ich dachte, es gehört den Maklern.« Sie hob die Schultern. »Ich nehme an, die könnten es auch für jemand anderen vermieten, aber davon hat man uns nichts gesagt. Wir zahlen einfach monatlich die Miete.«
»Und Sie haben noch nie von einer Violet Chambers gehört?«, fragte Lapslie noch einmal, bloß für den Fall, dass die Unterhaltung im Gedächtnis der Frau ein belangloses Erinnerungsfragment gelöst hätte. So etwas hatte er schon erlebt.
»Nein, nie. Aber fragen Sie David und Jean drüben in Nummer 67. Möglich, dass die Ihnen weiterhelfen können.«
»Vielen Dank für Ihre Hilfe«, sagte er lächelnd.
Emma streckte Mrs. Wetherall die Hand hin. »Danke«, fügte sie hinzu und drückte die Hand der Frau.
Sie wandten sich zum Gehen. Als die Tür hinter ihnen zufiel, fragte Lapslie: »Was sagt Ihr Instinkt?«
»Sie sagt die Wahrheit. Wir können ja bei den Maklern nachfragen …«
»Und das werden wir auch tun.«
»… aber ich glaube nicht, dass die uns an der Nase rumführt. Sieht aus, als sei die Familie ein paar Monate nach

dem Tod von Violet Chambers hier eingezogen, vorausgesetzt, die Obduktionsresultate stimmen. Also – was kommt als Nächstes, Boss?«

»Wir reden mit den Nachbarn drüben in Nummer siebenundsechzig, um zu hören, ob die sich an Violet erinnern, und dann fahren wir zum nächsten Bahnhof und fragen bei den Maklern nach, um festzustellen, wer das Haus vermietet.«

Plötzlich überschwemmte explosionsartig Vanillegeschmack seine Zunge, als hätte ihm jemand ein Waffelhörnchen mit Eis in den Mund gestopft. Und auf dem Hintergrund der Explosion ertönte Geschrei aus dem Garten: ein plötzliches Gezänk, eine Prügelei oder bloß das Triumphgeheul nach einem Spiel. Der Schock ließ ihn taumeln. Er fing sich zwar rasch, doch sein Fuß verdrehte sich, und er stolperte seitlich auf das Gras, bevor er das Gleichgewicht wiederfand.

Emma war sofort an seiner Seite und hielt seinen Arm.

»Sir – alles in Ordnung?«

Er spürte, wie sein Gesicht heiß wurde, als er errötete. Er hasste es, Schwäche zu zeigen. Doch er schuldete ihr wahrscheinlich eine Erklärung, vor allem, wenn er damit die Gerüchte abwürgen konnte, er sei Alkoholiker oder psychisch labil.

»Gehen wir zum Wagen rüber.«

Er lehnte sich mit dem Rücken gegen Emmas Mondeo, spürte das von der Sonne erwärmte Metall tröstlich durch sein Jackett hindurch und holte tief Atem. Wie am besten anfangen?

»Hören Sie, Sir –«, sie stand vor ihm, die Hände auf den Hüften und blickte an ihm vorbei die Straße entlang, »– wenn Sie darüber reden möchten, gut. Wenn nicht, ist es auch gut. Egal wie, es bleibt unter uns.«

Er nickte und atmete tief durch. »Ich habe das schon, solange ich mich erinnern kann«, sagte er dann ruhig. »Ich habe lange gedacht, das sei bei jedem so, aber als die Kinder in der Schule anfingen, mich zu hänseln, und sagten, ich sei verrückt, hab ich aufgehört, darüber zu reden. ›Der hat ja ’ne Macke‹, haben sie immer gesagt, ›Mark hat ’ne Macke.‹«

»Und bei der Polizeiführung wissen sie davon?«

Er nickte. »Keine Sorge – es sind weder Depressionen noch eine Psychose oder sonst was. Ich sitze nicht plötzlich in einer Ecke und schluchze stundenlang vor mich hin. Mein Arzt weiß Bescheid, aber es gibt nichts, was er dagegen tun kann. Niemand kann was dagegen tun. Es ist nicht lebensbedrohlich, nicht mal lebensverändernd, oder sonst irgendwas, das sie zum Eingreifen zwingen würde. Es ist einfach … ein Teil von mir. Ein Teil von dem, der ich bin.«

Emma nickte, doch sie sah aus, als wolle sie eigentlich den Kopf schütteln. »Also – was ist es genau?«

»Man nennt es Synästhesie. Niemand weiß genau, wodurch es entsteht, aber es ist, als ob es bei den Nerven im Gehirn irgendwie einen Kurzschluss gegeben hat. Signale, die auf einer bestimmten Spur reinkommen, werden irgendwo anders weitergeleitet. Die beste Theorie ist, dass alles im frühen Kinderalter anfängt. Babys nehmen die Welt als einen Mischmasch aus Sinneseindrücken wahr, weil ihr Gehirn noch nicht voll entwickelt ist und sie Geruchs-, Geschmacks- und Tastsinn noch nicht auseinanderhalten können – das ist alles durcheinandergemischt. Während das Gehirn sich entwickelt, fangen die Eindrücke an, sich gegeneinander abzugrenzen. Bei Leuten wie mir findet diese Abgrenzung wahrscheinlich nicht statt, aus Gründen, die wir nicht verstehen. Manche Menschen sehen verschiedene Farben, wenn sie Musik hören. Es gab zum Beispiel mal einen russischen Komponisten namens Alexandr Skrjabin, der hat verschiedene Noten und Akkorde mit bestimmten Farbschattierungen verbunden und seine Musik nicht nur komponiert, damit sie schön klang, sondern, damit sie auch schön *aussah* – für ihn selbst wenigstens. Andere wiederum können Geschmack tatsächlich *fühlen.* Brathähnchen etwa können sich anfühlen wie scharfe Dornen in den Handballen. Orangensaft kann sich anfühlen wie weiche Bälle, die über Ihre Kopfhaut rollen.«

»Sie meinen ...« Sie hielt inne, rang nach den passenden Worten. »Sie meinen, so wie manche Leute sagen, dass sie bei dem oder jenem ›rot sehen‹? So etwa?«

»Nein, nicht so. Da benutzen die Leute einfach nur Vergleiche – ›rot sehen‹, das bedeutet Wut. Nein, das sind richtige Gefühle.«

»Halluzinationen?«, fragte Emma stirnrunzelnd. »Das können doch nur Halluzinationen sein?«

»Wenn das so ist, dann sind sie sehr konsistent. Dieselben Dinge rufen immer dieselbe Wirkung hervor.«

»Und wie ist es bei Ihnen? Lichter oder Gefühle an Ihren Händen?«

Er lachte bitter. »Das könnte ich wohl ignorieren. Nein, bei mir setzen sich bestimmte Laute in Geschmack um. Wenn ich ›Ticket To Ride‹ von den Beatles höre, dann ist es, als hätte ich gerade in ein ranziges Stück Schweinefleisch gebissen.«

Emma brachte ein Lächeln zustande. »Ich dachte immer, so reagiert jeder auf Paul McCartney.«

»Ja, aber wenn mein Handy klingelt, dann schmeckt es, als würde ich Mokka trinken.« Er nickte zu dem

Haus hinüber. »Und der Lärm spielender Kinder löst bei mir immer Vanillegeschmack aus. Manchmal trifft mich das völlig unerwartet, haut mich einfach um.«

Emma warf ihm einen Blick zu. »Und da kann man nichts machen?«

»Nichts. Es bringt mich ja nicht um, und es hindert mich auch nicht am Arbeiten. Mein Arzt hat Akupunktur vorgeschlagen, was nur zeigt, wie ratlos er ist, und das neurologische Institut im hiesigen Krankenhaus ist mehr daran interessiert, mein Gehirn zu studieren, als eine Therapie zu finden. Also mache ich eben einfach weiter. Die meiste Zeit macht es ja auch nichts. Ich kann immer noch arbeiten. Es ist bloß …, hin und wieder, da überfällt es mich wie aus dem Hinterhalt.«

»Ein Überfall durch einen Geschmack?«

Er blickte sie an. »Haben Sie je in einen Apfel gebissen und festgestellt, dass er innen verfault ist? Je ein Stück Schokolade in den Mund genommen und festgestellt, es ist Kaffee- statt Erdbeergeschmack? Manchmal können einen Geschmäcke überraschen. Manchmal können sie schockieren. Deshalb musste ich eine Auszeit vom Dienst nehmen – mich krankschreiben lassen. Bei mir zu Hause lief es nicht gut, und meine Synästhesie wurde schlimmer. Ich konnte es nicht mehr aushalten, in einem Büro zu sein und all das Geschnatter, die Hänseleien, Lügen und Falschheiten der Leute *zu schmecken*. Ich war fix und fertig. Der Chief Super hat mich für ein paar Wochen beurlaubt. Ein paar Wochen wurden zu sechs Monaten. Ich hab seitdem ein paar Gelegenheitsarbeiten für den Super gemacht – Berichte geschrieben, Untersuchungen zur Verbesserung des Polizeidienstes angestellt –, aber das hier ist seit langer Zeit das erste Mal, dass ich wieder aktiv im Einsatz bin.«

»Und Ihre Familie, Sir? Sie sagen, da lief es nicht sehr gut.«

»Es wurde immer schlimmer«, sagte er knapp. »Die Synästhesie hat einen Punkt erreicht, dass ich es nicht mehr ertragen habe, meine Kinder beim Spielen im Garten zu hören. Ich konnte ihre Stimmen nicht mehr ertragen, ohne Brechreiz zu kriegen. Es war ... schwierig.«

Eine Untertreibung. Es hatte ihn fast in den Selbstmord getrieben. Und es hatte ihn und seine Frau auseinandergetrieben.

Emma zog die Schultern hoch. »Also – danke, dass Sie es mir erzählt haben. Ich werd's niemandem gegenüber erwähnen.« Sie strich mit einem Finger über das Dach ihres Wagens, rieb dann die Finger aneinander und schnitt eine Grimasse. »Verdammter Lindenkleister. Passen Sie auf mit Ihrem Jackett – das Zeug kriegt keine Reinigung raus. Sollen wir jetzt weitermachen und mit den alten Leuten da drüben reden? Wenn's Ihnen gut genug geht, natürlich?«

»Mir geht's gut.« Er reckte sich. »Und ... Danke.«

»Kein Problem.« Sie zögerte. »Schmecke ich eigentlich nach irgendwas?« Sie errötete plötzlich. »Ich meine bloß ...«

»Ich weiß, was Sie meinen. Meistens Zitrone. Zitrone und Grapefruit, wenn Sie in guter Stimmung sind, Zitrone und Limone, wenn nicht.«

Sie blickte seltsam zufrieden drein. »Könnte schlimmer sein«, meinte sie. »Sie kennen doch den Spruch: Wenn Mädchen gemacht sind aus dem Honig der Bienen, warum schmecken Frauen dann nach ...«

»... Sardinen. Ja, kenn ich.«
Sie gingen hinüber zu Nummer siebenundsechzig. Der Rasen war so kurz geschoren, als sei er mit einer Nagelschere geschnitten worden. Keine Kinderspielsachen im Vorgarten, stattdessen thronte dort ein gusseisernes Vogelbad. Die Vorhänge zuckten, als sie näher kamen.
»Detective Chief Inspector Lapslie«, stellte er sich dem großen, weißhaarigen Mann vor, der die Tür öffnete. »Und dies ist Detective Sergeant Bradbury.«
Der Mann nickte. Er trug ordentlich gebügelte weite Hosen und ein blaues Hemd. Die Haut seines Halses war zu Falten erschlafft. »Geht es um die Überwachungskameras? Lange genug haben Sie ja gebraucht.«
»Nein, Sir, es geht nicht um die Überwachungskameras. Wir stellen Nachforschungen über Violet Chambers an. Haben Sie sie gekannt?«
»Violet?« Er blickte überrascht drein. »Ja, natürlich. Sie hat gegenüber gewohnt.« Er rief über die Schulter nach hinten: »Jean, stell den Wasserkessel an, wir haben Besuch.« Und fragte, sich wieder umwendend: »Wie wär's mit 'ner Tasse Tee? Oder Kaffee? Ich weiß, Sie sind im Dienst, also biete ich Ihnen keinen Sherry an. Mein Name ist übrigens Halloran. David Halloran.«
»Eine Tasse Tee wäre höchst willkommen.« Lapslie folgte Halloran in die Diele und fragte sich, ob wohl noch irgendjemand unter siebzig Sherry trank. Emma folgte ihnen.
Mrs. Halloran stand im Wohnzimmer, das von den Erkerfenstern an der Straßenfront bis zu einem Wintergarten an der Rückseite des Hauses reichte. Ein Regal ohne Rückenwand stand quer im Raum und unter-

teilte ihn optisch in zwei Hälften. Ein Sofa und zwei Armsessel, mit geblümtem Stoff bezogen, waren in L-Form vor einem ziemlich alten Fernseher arrangiert. Die Wände waren mit militärischen Abzeichen und Bildern von Männern in Uniform dekoriert. »Habe ich richtig gehört, Sie sagten, Sie seien von der Polizei?«, fragte sie.

»Sie fragen nach Violet«, erklärte ihr Mann. »Violet Chambers.«

»Arme Violet«, meinte Mrs. Halloran rätselhaft und verschwand in die Küche.

Mr. Halloran bedeutete ihnen, sich aufs Sofa zu setzen. Er selbst sank in einen Armsessel. »Militärzeit«, sagte er und deutete mit dem Kopf auf die Fotos. »Alles, von Korea bis Nordirland. Verbringe jetzt meine Zeit damit, mich über die kleinen Halunken zu ärgern, die in meiner Hecke Versteck spielen. Merkwürdige Sache, das Leben.«

»Also, zu Violet Chambers ...«, erinnerte Lapslie.

»Sie wohnte schon hier, als wir eingezogen sind, vor etwa zwanzig Jahren. Sie und ihr Mann – Jack. Er ist ein paar Jahre später gestorben. Herzattacke, hat der Arzt gesagt. Was immer es war, es ging sehr schnell. Eben noch hat er im Garten Unkraut gejätet, im nächsten Moment kippt er um, als ob er erschossen worden wäre.«

»Und Mrs. Chambers?«

»Hat weiter in dem Haus gewohnt. Die Hypothek war abgezahlt. Ich nehme an, sie hätte auch wegziehen können, aber sie hatten keine Kinder. Sie schien ganz gut zurechtzukommen. Ist immer einmal die Woche zum Einkaufszentrum runtergeschlurft. Wir haben angeboten, zu helfen, aber sie war ein bisschen schnip-

pisch. Legte keinen Wert auf Umgang mit anderen. Ich glaube, sie fand, sie hätte unter ihrem Niveau geheiratet, als sie Jack nahm. Wir haben das Haus nie von innen zu Gesicht gekriegt. Nicht ein einziges Mal, in zwanzig Jahren. Deshalb schien es ja auch so merkwürdig.«
Emma beugte sich vor. »Was schien merkwürdig?«
Mrs. Halloran kam mit einem Tablett aus der Küche, das sie auf einem Tischchen zwischen den Sesseln abstellte. »Na ja, eines Tages hat sie einen Zettel unter unserer Tür durchgeschoben, darauf stand, dass sie wegziehen müsste«, erzählte Mrs. Halloran. »Das war höchst ungewöhnlich, denn sie hatte sich sonst nie bequemt, uns so etwas mitzuteilen. Anscheinend war ihre Schwester krank geworden. Wir wussten nicht mal, dass sie eine Schwester hatte. Sie schrieb, sie müsse sich jetzt um sie kümmern. Wir haben sie nie wiedergesehen. Nicht, dass wir viel von ihr gesehen hätten, als sie noch hier wohnte. Das Nächste, was wir dann mitkriegten, war, dass andere Leute in das Haus gezogen sind.« Sie schaute auf und begegnete Lapslies Blick, als sie den Tee eingoss. »Wir haben gedacht, sie sei gestorben.«
»Das ist sie auch«, bestätigte Lapslie.
»Und was ist mit der Schwester?«
»Das weiß ich wirklich nicht.« Lapslie blickte zu Emma hinüber, in der Hoffnung, sie werde die Geschichte weiterspinnen. Mrs. Hallorans Gesicht so dicht an seinem, das war ein wenig unangenehm.
»Es gibt da ein paar Fragen, das Grundstück betreffend«, übernahm Emma gekonnt. »Wir stellen bloß ein paar Routinenachforschungen an. Sie sagen, sie hielt sich immer sehr für sich, und Sie haben sie sehr

selten gesehen. Sind Ihnen irgendwelche Besucher aufgefallen?«

Mrs. Halloran reichte Lapslie eine Tasse Tee. »Das kann ich wirklich nicht sagen.«

»Doch, da ist jemand gewesen«, sagte Mr. Halloran plötzlich.

Seine Frau blickte ihn an. »Ach ja?«

»Eine Frau. Ich hab sie ein paar Mal aus dem Haus kommen sehen. Dachte, sie wäre 'ne Haushaltshilfe oder so was, andererseits, wenn ich so drüber nachdenke, war sie eigentlich ein bisschen zu alt für 'ne Haushaltshilfe.«

Mrs. Halloran zog die Stirn kraus, als sie Emma ihre Teetasse reichte. Emma sah sie an, als habe sie noch nie zuvor eine Tasse gesehen. Vielleicht war es das Knochenporzellan, das sie so aus dem Konzept brachte. »Jetzt, wo du es erwähnst, ist mir, als hätte ich sie auch mal gesehen. Da hat sie etwas aus dem Haus getragen. Ich habe gedacht, sie wäre vom Sozialdienst.«

»Kannten Sie ihren Namen?«, fragte Lapslie.

»Oh nein. Wir haben nie mit ihr gesprochen.«

Lapslie trank rasch seinen Tee aus. »Vielen Dank für Ihre Hilfe. Wenn Ihnen noch irgendetwas einfällt …«

Er wollte aufstehen, doch etwas in Mr. Hallorans Augen ließ ihn sitzen bleiben.

»Haben wir nicht eine Weihnachtspostkarte gekriegt?«, fragte er seine Frau.

»Ja, du hast recht«, sagte sie. »Ich glaub, die habe ich sogar noch.« Sie eilte in den hinteren Teil des Wohnzimmers. »Einen Moment, ich finde sie gleich.«

»Sie hebt alles auf«, seufzte Mr. Halloran. »Wir haben noch Weihnachts- und Geburtstagskarten aus der Zeit, als wir geheiratet haben.«

»Und die Karte – die haben Sie *diese* Weihnachten bekommen?«, fragte Emma.
»Ja, ganz richtig.«
Emma blickte zu Lapslie hinüber. Er wusste, was sie dachte. Violet Chambers war irgendwann in einer Zeitspanne vor neun Monaten gestorben. Als die Menschen fröhlich Weihnachtslieder gesungen und Geschenke ausgetauscht hatten, als sie am Fernseher die Rede der Queen verfolgt oder die Folgen einer Truthahnvöllerei ausgeschlafen hatten, war Violet Chambers' Körper langsam verrottet, war der Stoff, aus dem er gemacht war, wieder zu Natur geworden. Kleine Tiere waren durch ihre Eingeweide gekrochen.
Wer also hatte die Karte geschickt?
Nachdem sie eine Weile in einem Pappkarton herumgekramt hatte, kam Mrs. Halloran triumphierend zurück, nicht nur mit dem Weihnachtsgruß, sondern mit noch einer weiteren Postkarte. »Die hier hatte ich ganz vergessen«, sagte sie und wedelte damit vor dem Gesicht ihres Mannes herum. »Die kam so etwa eine Woche, nachdem sie weg war.«
Lapslie sah sich zuerst die Weihnachtskarte an. Das Bild auf der Vorderseite, massenhaft produziert für irgendeine Wohlfahrtseinrichtung, war so überaus und generell weihnachtlich, dass es fast lachhaft war. Da verbrachten nun Leute Jahre mit dem Studium grafischer Kunst, überlegte er, in der hochgesteckten Hoffnung, einst in der Werbebranche oder bei einem Magazin tätig zu sein, und produzierten dann schließlich am laufenden Band Bilder von Rotkehlchen, Schneemännern und verschneiten Zweigen. Wahrscheinlich schon im Juli, damit die Karten rechtzeitig fertig wurden. Was geschah eigentlich mit diesen Menschen?

Starben sie irgendwann an gebrochenem Herzen, weil ihre Träume von einer großen Karriere zerplatzt waren, oder begingen sie schließlich Selbstmord, deprimiert von all der Fließband-Festlichkeit, die sie herstellen mussten? Er würde Dr. Catherall fragen, ob sie ein Überangebot an toten Grafikern in ihrer Leichenhalle hatte, wenn es Herbst wurde.

Bei dem Gedanken an Dr. Catherall fiel ihm ein, dass er mit ihr reden musste, wegen der Ergebnisse der Labortests, die sie für die Gewebeproben von Violet Chambers' Leiche angeordnet hatte.

Das einzig Handschriftliche im Innern der Weihnachtskarte war eine Signatur unter den gedruckten banalen Wünschen. Die Unterschrift war kursiv, gerundet, geschrieben mit einem Füllfederhalter. Die andere Postkarte war allem Anschein nach mit demselben Füllfederhalter geschrieben. Es war eine glatte weiße Karte ohne Bild darauf.

Die Adresse der Hallorans stand auf einer Seite, und die Nachricht auf der anderen Seite lautete einfach nur: »Lieber David, liebe Jean. Ich weiß nicht, wie lange ich fort sein werde, aber ich fürchte, es könnte einige Zeit dauern. Ich habe das Haus vermietet, solange ich weg bin – ich scheue mich, es leer stehen zu lassen, und so weiß ich wenigstens, dass sich jemand darum kümmert, und ich habe außerdem ein kleines (dringend notwendiges!) Nebeneinkommen. Alles Gute! Violet.« Die Briefmarke auf der Vorderseite war eine gängige Sondermarke, der Stempel darauf bis zur Unkenntlichkeit verwischt.

»Und das ist der einzige Kontakt, den Sie mit ihr hatten, seit sie fort ist?«

»Ganz richtig«, sagte Mrs. Halloran.

»Was ist mit der Handschrift. Ist das die Schrift von Violet Chambers?«

»Das kann ich wirklich nicht sagen. Ich glaube, sie hat uns nie geschrieben, solange sie hier war.«

Lapslie reichte Emma die beiden Karten. Während sie sie begutachtete, fragte Lapslie: »Sie haben wohl nicht zufällig auch den Umschlag aufbewahrt, in dem die Weihnachtskarte gekommen ist?«

»Warum sollten wir?« Mr. Halloran war sichtlich verblüfft.

»Ja, natürlich, warum auch.« Er machte Anstalten, sich zu erheben. »Nun, wir wollen Ihre Zeit nicht länger in Anspruch nehmen. Vielen Dank für den Tee.«

»Ein paar Fragen noch, wenn Sie erlauben«, sagte Emma, die noch saß. Lapslie ließ sich schwer wieder zurücksinken. »Haben Sie vielleicht irgendwelche Fotos von Violet Chambers?«

Mrs. Halloran schüttelte den Kopf. »Nein, meine Liebe. Ich wüsste auch keinen Grund, weshalb wir welche haben sollten.«

Emma nickte. »Wie sah sie eigentlich aus? Gab es etwas Auffälliges an ihr? Besondere Kennzeichen?«

Während die beiden Hallorans überlegten, nickte Lapslie Emma zu. Gute Frage.

»Sie hatte eine Narbe«, sagte Mrs. Halloran schließlich.

»Am Hals«, bestätigte Mr. Halloran. Er tippte sich an den Hals, direkt unter dem Adamsapfel. »Genau hier.«

»Danke«, sagte Lapslie. Er schaute zu Emma hinüber. »Wenn es weiter nichts gibt …?«

Sie schüttelte den Kopf, und sie gingen, auch wenn es ein wenig dauerte, sich der Gastlichkeit der Hallorans zu entwinden. Einen schaurigen Moment lang dachte

Lapslie, man werde sie einladen, zum Mittagessen zu bleiben, doch zum Glück geschah das nicht.
Während sie zu Emmas Wagen zurückgingen, sagte Lapslie: »Das war gut, dass Sie an die besonderen Kennzeichen gedacht haben. Ich hatte die Narbe am Hals der Leiche ganz vergessen. Diphtherie, nicht wahr?«
»Da ist mal eine Atemkanüle eingeführt worden, als sie jung war«, bestätigte Emma. »Laut der Pathologin jedenfalls. Das erhärtet immerhin unsere Vermutung, dass die Leiche Violet Chambers ist.«
»Hatten wir denn je Zweifel daran?«
»Na ja, alles, was wir hatten, war das Gebiss.« Sie blieb stehen, um ihren Wagen aufzuschließen. »Wohin fahren wir von hier aus?«
Lapslie blickte die Straße hinauf und hinunter und überlegte. »Die Immobilienmakler in der Nähe vom Bahnhof – die Leute, die Violets Haus an die Wetheralls vermietet haben, seit sie verschwunden ist. Wenigstens werden die uns sagen können, wohin die Miete überwiesen wird.« Er seufzte. »Ich hab das Gefühl, wir kriegen mehr und mehr Informationen, ohne eigentlich Fortschritte zu machen. Wir wissen, dass Violet Chambers mitten in einem Wald gestorben ist. Irgendjemand muss sie dort zurückgelassen haben, selbst wenn derjenige nicht für ihren Tod verantwortlich ist. Und wir wissen immer noch nicht, wie sie gestorben ist. Wir können vermuten, dass ein und dieselbe Person die Postkarte und den Weihnachtsgruß an die Hallorans geschickt hat. Möglich, dass noch weitere Karten herumschwirren, wenn sie noch andere Freunde hatte. Wie auch immer, es sieht ganz so aus, als ob jemand versucht, Violet Chambers am Leben zu

halten, wenigstens im Bewusstsein der Menschen. Warum? Was springt dabei für ihn heraus? Ich kann mir nicht vorstellen, dass die Miete, die das Haus einbringt, genug ist, um das Risiko zu rechtfertigen, so hübsch diese Gegend auch ist.«

»Also, wie gehen wir vor, Sir?«

»Das, Detective Sergeant Bradbury, hängt von zwei Dingen ab: was wir von den Maklern herausbekommen und ob die gute Dr. Catherall es schon geschafft hat, die Todesursache zu ermitteln.«

Sie fanden den nächstgelegenen Bahnhof in zehn Minuten. Er lag gleich neben einer Straßenkreuzung voller Läden, Bars und Restaurants. Es gab drei Maklerbüros, nicht weit voneinander entfernt, und Lapslie und Emma mussten alle drei abklappern, ehe sie schließlich Glück hatten. Glück, fand Lapslie, war ein sehr relativer Begriff. Nach Auskunft des Mädchens, mit dem sie sprachen, war das Haus vor weniger als einem Jahr als Mietobjekt angeboten worden. Sie hatte noch nicht dort gearbeitet, als das Haus in die Geschäftsbücher aufgenommen worden war, aber laut Computerlisten – die sie nach wiederholten Aufforderungen Lapslies ziemlich mürrisch konsultierte – hatte die Eigentümerin, eine Mrs. Violet Chambers, den Schriftverkehr hauptsächlich per Post erledigt. Die Miete – abzüglich der üblichen Maklergebühren – wurde regelmäßig auf das Konto einer Wohnungsbaugesellschaft überwiesen. Und das war's.

Schweigend verließen sie Ipswich, jeder in seine eigenen Gedanken vertieft. Als sie auf die Autobahn kamen, piepte Lapslies Handy. Der Schokoladengeschmack in seinem Mund erinnerte ihn daran, dass sie noch nicht zu Mittag gegessen hatten.

Die SMS auf dem Display des Handys lautete: *Sie sollten vielleicht noch einmal ins Institut kommen. Ich glaube, ich habe die Ursache von Violet Chambers' Tod festgestellt. Es ist nicht –*

Hier endete der Text. Es sah Dr. Catherall ähnlich, dass sie sämtliche üblichen Zusammenziehungen und Abkürzungen ignoriert und die zulässige Buchstabenzahl überschritten hatte. Ein paar Sekunden später erschien mit einem weiteren Piepsen eine zweite SMS – oder vielmehr die Fortsetzung der ersten.

– genau das, was ich erwartet hatte. Ich arbeite bis spät. Kommen Sie, wann es Ihnen passt. Jane Catherall.

»Fahren Sie nach Braintree zurück«, sagte er und löschte den Text. »Dr. Catherall hat was gefunden. Und wenn Sie unterwegs ein ordentliches Restaurant wissen, halten Sie an. Ich könnte einen Bissen vertragen.«

Nach einem schnellen Schinken-Käse-Baguette in einem weißgetünchten Pub gleich neben der A12 kamen sie gut voran. Kurz vor drei brachte Emma den Mondeo auf dem Parkplatz der Leichenhalle zum Stehen.

»Möchten Sie, dass ich mitkomme, Sir?«

Lapslie überlegte einen Moment. Emma liebte es nicht sonderlich, herumzustehen und Fachgespräche anzuhören, das war beim letzten Mal nur zu klar gewesen.

»Nein«, sagte er deshalb. »Überprüfen Sie lieber das Konto der Wohnungsbaugesellschaft, auf das die Miete gezahlt wird. Ich möchte wissen, wer das Geld ausgibt. Ich rufe einen Wagen vom Polizeirevier, der mich abholt.«

Dan, der Obduktionsassistent, ließ ihn ein, als er klingelte. Lapslie schritt zügig durch die Doppeltüren, begierig zu erfahren, was Dr. Catherall herausgefunden hatte.

Die Tische in der Leichenhalle waren leer. Dr. Catherall stand neben einem kleinen Sterilisator und blätterte ein Bündel rosafarbener Papiere durch. Ihr polioverkrümmter Körper wirkte zwergenhaft gegen das Ausmaß der Tische, der Schränke an den Wänden und den Rohren der Klimaanlage an der Decke. Der allgegenwärtige Hintergrundgeruch, fäkal und widerwärtig, schnürte ihm die Kehle zusammen. Er bezwang seine Reaktion. Wie hatte sie sich bloß daran gewöhnen können?

»Doktor Catherall?«

Sie blickte von den Papieren auf, in denen sie las. Er hatte vergessen, wie sanft und blau ihre Augen waren.

»Ah, Detective Chief Inspector.«

»Mark.«

»Also gut, Mark.«

»Sie haben mir eine SMS geschickt.«

»Hab ich. Grauenhafte Sache, diese SMS. Verleiten zu nachlässigem Ausdruck und unpräzisem Denken. Immerhin sind sie zu nützlich, um darauf zu verzichten.«

Ungeduldig durchbrach er den Strom ihrer Gedanken. »Was haben Sie noch herausgefunden?«

»Sie werden sich erinnern«, begann sie und legte die Papiere auf einem Schränkchen ab, »dass der Leichnam einer langsamen, sauerstoffarmen Verwesung ausgesetzt war, außerdem gewissen tierischen Aktivitäten. Das hat die Untersuchung, gelinde gesagt, problematisch gemacht. Immerhin gab es keine direkten Anzeichen für einen Herzinfarkt, einen Schlaganfall oder für Unterkühlung, soweit ich das beurteilen kann. Angesichts der Tatsache, dass der Leichnam mitten im Wald in einem flachen Grab gefunden wurde, ohne ein sichtbares Transportmittel weit und breit, fest eingewickelt in Plastikfolie und mit fehlenden Fingern an der rechten Hand, abgetrennt durch zwei scharfe, einander gegenüberstehende Klingen – wie die Knochenschere eines Küchenchefs –, neige ich dazu, natürliche Ursachen auszuschließen.«

Sie lächelte. Lapslie seufzte leise vor sich hin. Gott schütze ihn vor Pathologen, die gerne Vorträge hielten.

»Also, abgesehen von der Verletzung an der Rückseite des Schädels, die durch den Autounfall entstanden sein kann, der den Leichnam ans Licht befördert hat, gibt es keine Anzeichen von Gewalteinwirkungen vor dem Tod – keine Frakturen, keine Stichwunden, nichts, was einen plötzlichen Kollaps erklären würde.«

»Doktor, Sie haben die letzten paar Minuten damit zugebracht, alles Mögliche aufzulisten, das sie *nicht* getötet hat, mit Ausnahme eines zufälligen Meteoriteneinschlags oder eines Angriffs durch Krokodile. Wenn ich nicht bald erfahre, was es denn nun wirklich war, dann schnalle ich Sie auf einem dieser freien Tische fest und malträtiere Sie mit Ihren eigenen Instrumenten, bis Sie es mir sagen.«

Sie hatte genug Humor, um zu lachen. »Also gut. Sie werden sich erinnern, dass wir die Kadaver etlicher kleiner Tiere zusammengerollt in ihrem Brustkorb gefunden haben. Das hat mich ins Grübeln gebracht. Woran konnten die gestorben sein, und zwar so schnell, dass sie nicht fliehen konnten? Um auf den Punkt zu kommen, ich habe den Mageninhalt der armen Dame – wenigstens das, was davon noch übrig war – auf Toxine untersucht. Und ich habe welche gefunden.«

»*Gift!*« Das war das Letzte, was Lapslie erwartet hatte.
»Allerdings. Um präziser zu sein, ihre Magenwand, ihre Leber und ihre Nieren waren mit Kolchizin durchtränkt, einer Droge, die in kleiner Dosierung zur Behandlung von Gicht eingesetzt wird.«
Lapslie schüttelte langsam den Kopf. »Dann hat sie also selbst versehentlich ihre Medikamente überdosiert? Mitten im Wald?«
»Ich habe keine Ahnung, wie sie in den Wald gekommen ist«, erwiderte Dr. Catherall nicht ohne Schärfe. »Aber bestimmt hat nicht sie ihre Medikamente überdosiert. Erstens litt sie gar nicht an Gicht, ebenso wenig gab es irgendwelche Anzeichen, dass das je der Fall war. Zweitens bezeugt ihr Mageninhalt, dass das Gift nicht in Form von Tabletten verabreicht wurde, wie es bei Kolchizin am häufigsten der Fall ist, sondern – ich kann es nicht anders beschreiben – im Rohzustand.«
Lapslie kam sich allmählich vor wie ein Stichwortgeber für eine Doppelrolle, der Dr. Catherall zu Sätzen verhalf, mit der sie Knalleffekte erzielen konnte. »Das werden Sie mir ebenfalls erklären müssen.«
»Kolchizin wird aus den Samen einer Pflanze gewonnen, die Herbstzeitlose heißt, seltsamerweise auch bekannt als Herbstkrokus, obwohl sie nicht eigentlich ein Krokus ist. Trotz der langen Zeit sind immer noch Spuren des Samens in ihrem Magen. Meine stärkste Vermutung – und es ist wirklich nur eine Vermutung – ist, dass sie irgendwie genügend Herbstzeitlosen zu sich genommen hat, um eine tödliche Dosis Kolchizin zu erreichen.«
»Versehentlich?«
Sie schüttelte den Kopf. »Ich wüsste wirklich nicht,

wie. Zunächst einmal wachsen im Umkreis von siebzig Kilometern um ihren Fundort nirgendwo Herbstzeitlosen. Und außerdem befanden sich in ihrem Mageninhalt genügend andere Substanzen, dass ich einigermaßen sicher sagen kann, die Pflanze wurde ihr in Form von Kuchen verabreicht.«

Lapslie brauchte ein Weilchen, um vollständig zu begreifen, was ihm da erzählt wurde. Er verstand die einzelnen Worte, aber sie in die Form eines Satzes zusammenzufügen, zumal eines so gewundenen, wie Dr. Catherall sie bevorzugte, das versetzte ihn in Gefilde, in die er wirklich nicht geraten wollte. Trotz der Kälte des Raumes verspürte er eine prickelnde Hitze im Genick und in den Oberarmen. Hier handelte es sich um Vorsatz. Schlimmer noch, es war genau durchgeplant, als eine Art privater *Veranstaltung*.

»Reden wir Klartext, Doktor«, sagte er schließlich. »Wissen Sie, was Sie da sagen?«

»Ja, das weiß ich«, sagte sie. »Eine Überdosis Kolchizin in der Größenordnung, um die es, wie ich glaube, hier geht, ist außerordentlich schmerzhaft und langwierig. Vorsätzlich verabreicht, grenzt sie an Folter, würde ich sagen.«

Schweigen erfüllte den Raum.

»Das hier wird jetzt zu einem Mordfall«, sagte Lapslie.

7

Beim Erwachen aus einem tiefen Schlaf, verstört durch Träume von einem langen Esstisch, um den gesichtslose Gestalten in beängstigender Stille saßen, tauchte Daisy Wilson durch eine Serie abgelegter Identitäten empor wie ein Ballon, der durch dichte Wolkenschichten aufsteigt.

Für eine Weile war sie Alice Connell, eine ehemalige Bibliothekarin in Epping, die, abgesehen von einer weißen Katze, allein in einem kleinen Haus in der Nähe eines Kanals lebte. Sie ging nachmittags gern am Kanal spazieren, nur um andere Menschen sehen und ihnen zulächeln zu können. Manchmal spazierte auch die Katze mit. Dann verschwand Alice, und sie war Jane Winterbottom, eine versessene Sammlerin viktorianischer Haarbürsten, die ihre Kollektion in ihrer Erdgeschosswohnung in einem viktorianischen Mietshaus in Chelmsford verwahrte und niemanden hatte, dem sie sie zeigen konnte. Auch Jane verblasste in der Ferne, und sie war Violet Chambers, eine verwitwete alte Dame, die in einem Haus lebte, das zu groß war für sie, die zu stolz war, sich mit ihren Nachbarn anzufreunden, die an ihrem Wohnzimmerfenster saß und zuschaute, wie die Welt an ihr vorbeizog. Und dann war auch Violet verschwunden, und sie war Daisy Wilson, eine alte Frau mit Geschwüren an den Beinen, die von ihren glorreichen Tagen als Tänzerin in den Shows im West End träumte.

Und als Daisy aus dem Schlaf aufgetaucht war und die Kokons ihrer früheren Existenzen von ihr abfielen, da erinnerte sie sich undeutlich, dass es auch noch andere gegeben hatte, noch andere vor Alice Connell. Die Namen waren vergessen, sie konnte nur noch verschwommene Umrisse gestohlener Erinnerungen ausmachen: eine alte Straße mit Kopfsteinpflaster irgendwo im Süden Londons, mit verrosteten Straßenbahnschienen in der Mitte; ein vertrauter Platz in einem Pub, mit einem halben Glas Irish Stout auf dem Tisch; ein graues Zimmer mit einem grauen Eisenbett; eine hellblaue Eiderdaunenjacke; ein Schildpattkamm; ein Herd. Keine Gesichter, keine Namen, nur flüchtige Fetzen von Dingen, einst gesehen und halb erinnert. Fragmente aus zu vielen Leben; ein Haufen verschiedener Puzzleteilchen, zu Boden gefallen und durcheinandergemischt, die sich nie wieder ordnen ließen.
Und hinter alledem ein langer Esstisch, gedeckt mit Tassen aus chinesischem Knochenporzellan, und dann diese stummen Gestalten. Diese stummen, wartenden Gestalten.
Sie blieb noch eine Weile liegen, während das Sonnenlicht auf ihrer Zimmerdecke spielte, ließ ihren Geist müßig durch all diese Fragmente gleiten, bis sie sich wieder gefangen hatte. Daisy Wilson. Sie war Daisy Wilson, und sie richtete sich gerade ein neues Leben ein, in einer kleinen Stadt an der Ostküste, die Leyston-by-Naze hieß. Sie brauchte eine Wohnung, sie brauchte neue Freunde, und sie brauchte etwas Geld. Das waren die Prioritäten des Tages.
Schließlich stand sie auf und blickte aus dem Fenster ihres Hotelzimmers. Es war noch früh. Es war kaum eine Grenzlinie zwischen dem Wasser und den Wol-

ken auszumachen; das eine verschwamm mit dem anderen zu einem ebenmäßigen Gewebe aus Grau. Lediglich ein großes Containerschiff, das winzig klein von rechts nach links kroch, kennzeichnete den Verlauf des Horizontes.

Daisy wusch sich, zog sich an und ging hinunter in das Restaurant, wo sie am Abend zuvor gegessen hatte. Die Tische waren abgeräumt und fürs Frühstück neu eingedeckt worden, mit kleinen Töpfchen Marmelade, Tellerchen mit Butter und Stahlbesteck, das sich schwer von dem weißen Leinen abhob, auf dem schemenhaft noch immer alte Kaffeeringe sichtbar waren. Kleine Schilder zeigten an, welche Tische für welche Zimmer bestimmt waren. Sie suchte sich den Tisch für Zimmer 241 – gedeckt für eine Person – und setzte sich. Wenig später kam ein müdes junges Mädchen in schwarzem Rock und weißer Bluse auf sie zu.

»Guten Morgen, Madam. Möchten Sie Tee oder Kaffee?«

Daisy überlegte einen Moment. War sie ein Tee- oder ein Kaffeemensch? »Tee, bitte«, sagte sie schließlich.

»Und möchten Sie etwas Warmes zum Frühstück?«

Kein Zögern diesmal. »Nein, danke. Einfach nur Toast, bitte.«

»Fruchtsaft?«

»Ja bitte – Grapefruit, wenn Sie welchen haben.«

»Wenn Sie Müsli oder so was möchten, das steht auf dem Tisch drüben am Fenster.«

»Danke, meine Liebe.«

Die Kellnerin ging. Daisy wartete auf ihren Toast und betrachtete die anderen Hotelgäste. Das Paar von gestern Abend – der Mann in seinem Anzug und die Frau mit dem Schal – beendeten soeben ihr Frühstück. Sie schienen immer noch kein Gesprächsthema gefunden zu haben. Der rotgesichtige Mann mit der Mütze war nicht da, aber eine vierköpfige Familie – Mutter, Vater und zwei Kinder, beides Mädchen – veranstalteten ein Riesentheater, tauschten Messer aus, butterten Toast, schnitten Gebratenes in Häppchen, damit die Kinder es essen konnten. Die Mädchen waren völlig gleich gekleidet: weißer, mit grünen Blättern und Ranken gemusterter Stoff, wie man ihn als Vorhang verwenden würde. Daisy fragte sich, ob die Mutter die Kleider wohl selbst genäht hatte.

»Ihr Toast, Madam. Der Tee kommt gleich.«

Die Kellnerin war wieder neben Daisy erschienen. Sie stellte den Toast auf den Tisch und eilte dann hinüber, um der Familie bei dem Chaos zu helfen, das sie anrichteten.

Daisy spürte ein Prickeln im Nacken. Als sie sich beiläufig umwandte, sah sie eine ältere Frau das Restaurant betreten. Sie war elegant, in einem langen grünen Kleid, das in der Taille durch einen Gürtel gerafft war, und darüber eine lange Wolljacke. Die Halskette, die die Runzelhaut ihres Halses umschloss, das konnten Perlen sein. Daisy hätte näher herangehen müssen, um es genau festzustellen.

Daisy erwog Möglichkeiten der Annäherung quer durch den Raum. Im Grunde ihres Herzens wusste sie zwar, dass die Frau wahrscheinlich auf Urlaub war, was sie als potenzielle Jagdbeute mehr oder weniger ausschloss, doch sie konnte sich einfach nicht bremsen. Es war wie bei den Löwen, die man in Dokumentarfilmen sah: Eine Antilope schreitet vorüber, und die Löwen blicken auf, verfolgen die Bewegung des Tieres, kalkulieren den minimalsten Kraftaufwand und den günstigsten Abstand zwischen sich und der Beute. Es spielt keine Rolle, dass sie gar nicht hungrig sind, es spielt nur eine Rolle, dass sie Löwen sind, und was da vorübergeht, ist eine Antilope. Instinkt ist übermächtig.

Ihr Herz schlug ein bisschen schneller, als die Frau auf einen Tisch mit einem Gedeck zusteuerte, dann jedoch langsam daran vorbeiging, zu einem Tisch, der für zwei gedeckt war. Die Frau setzte sich, und wenige Augenblicke später betrat ein Mann in cremefarbenem Jackett mit einem Stock in der Hand den Raum und gesellte sich zu ihr.

Wahrscheinlich besser so. Man sollte nie das eigene Nest beschmutzen, hieß es nicht so?

Der Tee kam, sie goss sich eine Tasse ein und atmete den vollen, aromatischen Duft. Es war eine Mischung, halb Ceylon, halb Darjeeling, soweit Daisy feststellen konnte. Mit Tee kannte sie sich aus. Schließlich hatte sie im Laufe der Jahre genug davon aufgebrüht, einschließlich ihrer eigenen Spezialsorten.

Daisy bestrich ihren Toast dünn mit Butter und nahm einen zierlichen Bissen, während sie über ihre Vorhaben nachdachte. Demnächst würde sie einen Wohnungsmakler aufsuchen und sich hier in der Gegend eine Bleibe mieten müssen. Schließlich konnte sie nicht auf Dauer in einem Hotel wohnen. Ein Räuber braucht eine Höhle, und das Hotel war viel zu publik, zu exponiert. Das Problem war, sie wusste so wenig über die Stadt. Wo waren die bevorzugten Wohngegenden für Rentner, welches waren die lauten Kneipen, welches die ruhigeren, und dergleichen mehr. Gewöhnlich bestand ihre Taktik darin, alles an regionalen Zeitungen zu kaufen, was die Gegend zu bieten hatte, und sie ein paar Mal zu lesen, um sich ein Gespür zu verschaffen, wo sie eigentlich gelandet war. Durch lange Erfahrung hatte sie herausgefunden, dass der Anzeigenteil einem eine Menge brauchbarer Hintergrundinformationen lieferte, nicht zuletzt die Sektion der Todesanzeigen mit bevorstehenden Beerdigungen oder dem Gedenken an Todesdaten. Irgendwo musste man ja schließlich beginnen, und Witwen waren leichte Beute.

Als sie mit ihrem Toast fertig war, stand Daisy auf und ging. Niemand im Restaurant kam auf die Idee, ihr nachzuschauen, und genau so hatte sie es gern.

Draußen vor dem Hotel war das Wetter trotz des grauen, wolkigen Himmels warm. Die Flut hatte eingesetzt und kroch langsam am sandigen Ufer hinauf. Zu ihrer Rechten ragte die Landungsbrücke ins Wasser hinein, eine Brücke, die nirgendwo hinführte. Sie zog die Wolljacke fester um sich, wandte sich nach links und ging die Uferpromenade entlang. Die machte vor ihr einen Bogen nach links und verbarg dem Blick alles, bis auf die nahe gelegene Reihe der Häuser, Bars und Hotels, und es sah aus, als schwappe das Wasser direkt gegen die Häuserwände. Weit in der Ferne kurvte die Uferlinie wieder zurück in ihr Blickfeld und stieg zu einer steilen Kruppe an, die die Stadt überragte – sicherlich die Naze, so genannt nach dem französischen *nez*; das hieß Nase, und genauso sah sie auch aus.

Während sie so dahinging, fiel ihr auf, dass sie wie mit Absicht nach links gegangen war, als wolle sie an einen bestimmten Ort gelangen, doch als sie nach einem Grund dafür suchte, wurde ihr klar, dass sie eigentlich gar nicht wusste, wohin sie ging. Am Tag zuvor war sie aus der entgegengesetzten Richtung zu dem Hotel gekommen, und bei ihrem Abendspaziergang war sie nach rechts gegangen, zurück zum Bahnhof. Jetzt, da sie in eine unbekannte Richtung lief, hatte sie das deutliche Gefühl, dass es hinter der Kurve etwas Vertrautes gab, etwas, das sie sehen wollte – wenn sie nur wüsste, was es war.

Ein paar Schritte, und sie konnte weiter um die Kurve herumblicken. Da war ein öffentlicher Park: ein kleines, umzäuntes Areal im Winkel zwischen der Uferpromenade und einer Straße, wahrscheinlich der Hauptstraße. Als sie näher kam, sah sie, dass ringsum am Rand des Parks Bänke standen und dass er mit Reihen bunt blühender Blumen bepflanzt war. Eine kleine Oase der Ruhe inmitten des Seebad-Trubels. Statt außen herum zur Hauptstraße zu gehen, durchquerte Daisy den Park.

Mit kundigem Auge identifizierte sie die Pflanzen, an denen sie vorüberkam. Drüben an der Backsteinwand des nächsten Gebäudes rankte sich Poleiminze empor, die kleinen rosa und weißen Blütendolden durch reiches Blattwerk voneinander getrennt. Dicht daneben entdeckte Daisy die dunkelroten, fünfblättrigen Blüten von Ritterspornstauden, die sich ihr entgegenreckten. Beides Giftpflanzen, obwohl das wirksame Öl erst mühsam aus der Poleiminze gewonnen werden musste – ein umständlicher Prozess, den Daisy sich ungern noch einmal zumuten wollte. Es gab auch noch andere Pflanzen im Park, aber die interessierten sie weniger. Gewiss, sie sahen hübsch aus, und sie dufteten wohl auch schön, doch sie hatten keinen praktischen Wert. Man konnte sie nicht dazu benutzen, jemanden zu töten.

Dabei fiel ihr ihr eigener Garten ein. Und sie musste lächeln bei der Erinnerung an all die dunklen Düfte und die schimmernden Blüten, die sie dort zurückgelassen hatte. Als sie Daisy – nein, *sie* war ja jetzt Daisy – als sie die *Leiche* weggebracht hatte, dorthin, wo niemand sie finden würde, da hatte sie die Gelegenheit genutzt, ihren Garten ein wenig zu pflegen, das im Mulch wuchernde Unkraut auszureißen und ein paar der extravaganteren Gewächse zurückzuschneiden. Das hatte ihr Seelenfrieden verschafft. Sie hatte sich ruhig gefühlt – in sich ruhend.

Sie ließ den kleinen Park hinter sich und steuerte auf das Ende der Hauptstraße zu.

Die Straße war lang, gesäumt von allen möglichen Geschäften. Jedes zweite schien Dinge zu verkaufen, die mit dem Strand zu tun hatten: Badesachen, Zuckerstangen, aufblasbare Schwimmringe und Luftmatratzen, Handtücher – jegliches Zubehör für einen Tag am Meer. Und zwischen all diesen urlaubsspezifischen Läden waren die üblichen Geschäfte, die man in jeder kleinen Stadt fand: Zeitungsläden und Bankfilialen, Blumen- und Schuhgeschäfte, Bäckereien und Fleischer – die Art von Geschäften, die in vielen größeren Städten durch Supermärkte und Telefonbanking überflüssig geworden waren. In Orten wie diesem jedoch schafften sie es, zu überleben, wie Muscheln, die sich an den Felsen festklammern, während die Flut des Fortschritts versucht, sie fortzuspülen.

Sie trat in den ersten Zeitungsladen, an dem sie vorbeikam, und kaufte eins der drei Lokalblätter, die auf dem untersten Bord lagen. Ein paar Meter weiter die Straße entlang fand sie den nächsten Zeitungskiosk und kaufte das zweite. Drei Zeitungen in einem Laden zu kaufen, das galt zwar vermutlich nicht als auffälliges Verhalten, doch sie schätzte es nicht, Spuren zu hinterlassen, selbst wenn es sich dabei nur um Erinnerungen handelte. Daisy zog es vor, unbemerkt durch die Wahrnehmung der Leute zu schlüpfen: einfach nur eine ganz gewöhnliche alte Dame, die ihr Leben lebte, einen Tag nach dem anderen.

Etwas weiter die Straße entlang stieß sie auf eine W. H. Smith-Filiale. Dort kaufte sie die dritte Lokalzeitung und ließ sich dazu eine Plastiktüte geben. Jetzt, da sie alle drei Zeitungen besaß, musste sie sich etwas suchen, wo sie sich hinsetzen und sie lesen konnte. Zunächst war sie drauf und dran, umzukehren und zu der kleinen Parkanlage zurückzukehren, die sie entdeckt hatte, aber sie wusste, dass der berauschende Duft der Poleiminze und des Rittersporns sie dort bloß ablenken würde. Ein Café tat es auch.

Also ging sie weiter die Hauptstraße entlang, und ehe sie recht wusste, was sie tat, betrat sie links einen Hauseingang. Erst als ihr der Geruch von Karamell und Zuckerwatte in die Nase fuhr, blickte sie auf und merkte, dass sie in einen Geschenkeladen geraten war. Wieso hatte sie gedacht, das sei ein Café? Leise lächelnd machte sie kehrt, ging weiter und hielt jetzt sorgfältiger Ausschau.

Fast hätte sie das Café auf der anderen Seite der Straße übersehen. Es war Teil eines Gebäudes, das sich von einer Straßenecke bis zur nächsten erstreckte, aus rotem Backstein gebaut, mit Sandsteinornamenten an den Ecken. Das Gebäude war einmal ein großes Postamt gewesen, war es zur Hälfte auch immer noch, die andere Hälfte jedoch hatte man in ein elegantes Café umgewandelt, das in Kreideschrift auf einer Tafel an

der roten Backsteinwand Kuchen und Torten, Espresso und Cappuccino anpries.
Sie betrat das Café und blickte sich um. Es hatte denselben nostalgischen Touch wie ihr Hotel – rückwärtsgewandt statt vorwärts, mit Spitzendeckchen auf den Tischen und bräunlich verblassten Fotos an der Wand. Ein perfekter Ort, um sich hinzusetzen und zu lesen. Sie fand einen freien Tisch und nahm Platz. Der in Plastik eingeschweißten Speisekarte auf dem Tisch hatte sie entnommen, dass sie hier tatsächlich auch Tee statt Kaffee bestellen konnte. Also bat sie die Kellnerin um ein Kännchen und breitete das erste Lokalblatt, die *Tendring Gazette*, auf dem Tisch aus.
Schlagzeilen über Betrugsanklagen gegen den Stadtrat überlas sie, ebenso die Nachforschungen über den Verkauf von Schulgrundstücken in der Umgebung, und konzentrierte sich mehr auf die hinteren Seiten, die Lokalnachrichten. Auch hier natürlich kleine Artikel über letzte Neuigkeiten. Einer davon berichtete unter der Überschrift »Milch und Bier gestohlen« über Diebe, die in eine Tankstelle eingebrochen waren, dort aus dem Kühlschrank eine Flasche Bier und eine Flasche Milch gestohlen, beides ausgetrunken und dann die Milchflasche zerschmettert hatten. Für Daisy war das ein Beweis für die Engstirnigkeit, mit der Lokalblättchen das Tagesgeschehen abhandelten. Die Welt konnte auf eine ökologische Katastrophe zusteuern, Völker sich im Krieg befinden, doch solange auch nur ein Lokalreporter seinen Dienst versah, würde keine gestohlene Milchflasche unerwähnt bleiben. Ein anderer Artikel beruhigte die Leser, dass ein im Sumpf stecken gebliebenes Pferd von der Feuerwehr gerettet worden war. Erst auf Seite zweiundzwanzig

stieß sie auf die Rubrik »Veranstaltungen«, wo die Aktivitäten verschiedener lokaler Organisationen aufgelistet waren, etwa des Fuchsia-Clubs, des Bridgeclubs und – höchst interessant für sie – des Witwen-Freundschaftskreises. Wer zu diesem Club gehörte, der kannte natürlich zwangsläufig die anderen Mitglieder, doch Daisy wusste, dass sie sich leicht mit einer der Witwen anfreunden, sie nach und nach von der Herde trennen und Schritt für Schritt ihr Leben übernehmen konnte. Die anderen Witwen fragten sich dann vielleicht von Zeit zu Zeit, was aus ihrer Freundin geworden sei, doch vermutlich würden sie höchstens halbherzige Versuche unternehmen, festzustellen, ob es ihr gutginge. Und waren erst einmal ein paar Anrufe oder das Klopfen an der Tür unbeantwortet geblieben, dann würden sie es aufgeben. Das war die menschliche Natur.

Die nächste Seite listete die Kirchen des Städtchens und ihre Gottesdienste auf. Daisy merkte sich die Standorte und die Art der Aktivitäten, die sie anboten. Schließlich wollte sie ja nicht in irgendetwas Frommes hineinstolpern. Immerhin stellte sie erfreut fest, dass es viele Methodistenkirchen gab. Ihre spontane Geschichte im Zug am Tag zuvor war also abgesichert.

Es folgten drei Seiten mit Todesanzeigen, und Daisy las sie Zeile für Zeile durch. Die Worte waren sich alle ähnlich, als entstammten sie einer kleinen Anzahl von Schablonen, und sie amüsierte sich hämisch über die diversen Euphemismen, die immer wiederkehrten. »Friedlich entschlafen.« »Unerwartet verstorben.« »Von uns gegangen in der Blüte des Lebens.« Alles lächerlich. Wie viele dieser Anzeigen verheimlichten Tage des chaotischen, qualvollen und unwürdigen

Todeskampfes seitens der lieben Entschlafenen? Wie viele der liebevollen Nachrufe tarnten Vernachlässigung, Misshandlung, sogar Mord?

Ihr Tee kam, wenn auch spät, und Daisy goss sich eine Tasse ein, fügte Milch hinzu und nahm einen Schluck. Er war bitter. Das Mädchen hatte ihn anscheinend irgendwo stehen lassen und ihn vergessen. Wohin steuerte die Welt eigentlich? Wenn sie derartig nachlässig war, dann sollte Daisy vielleicht eines Tages wiederkommen und in eine oder zwei Zuckerdosen etwas hineinschmuggeln, wenn es niemand sah: ein bisschen feines weißes Pulver, das sich unbemerkt in Tee oder Kaffee auflöste, das aber Stunden später qualvolle Krämpfe auslöste.

Natürlich würde sie das nicht tun. Das würde zu viel Aufmerksamkeit erregen. Aber es war hübsch, davon zu träumen.

Im hinteren Teil der *Gazette* gab es zehn Seiten Immobilienanzeigen. Die ersten acht betrafen Eigentumshäuser und -wohnungen, aber auf den beiden letzten wurden Mietobjekte angeboten. Sie studierte sie mit derselben Sorgfalt und Erregung wie die Todesanzeigen. Die Durchschnittsmiete schien zwischen fünfhundert und siebenhundert Pfund im Monat zu liegen: ein Betrag, den sie zwar nicht auf Dauer aufbringen wollte, den sie sich aber doch leisten konnte, während sie nach einem netten Haus Ausschau hielt, in dem sie unterschlüpfen konnte. Ein bewohntes Haus. Ein Haus, das bald ihr gehören würde.

Schließlich kam Daisy zu den privaten Kleinanzeigen. Diese Rubrik las sie einfach zu gern. Es war, als werfe man einen schnellen Blick durch die Vorhänge eines fremden Lebens. Einen flüchtigen Blick nur, im Vorübergehen, der alle möglichen Interpretationen zuließ. Was hieß wohl: »Familien-Stammbaum-Historiker sucht w., um gemeinsam nach Wurzeln zu graben und eine neuen Zweig zu bilden«? Würde ihm sein Wunsch je erfüllt werden? Und ein »schlanker, mittelgroßer Postbeamter, Katzenbesitzer, sucht passende Frau« – verriet derjenige zu viel von sich? Und dann: »Fröhliche, lebhafte Dame in den Fünfzigern sucht männliche Begleitung für Trödelmärkte, Gartencenter etc.«? Na, das war doch vielversprechend. Wenn die schon in der Zeitung inserierte, dann hieß das doch, dass sie in Clubs, in der Kirche oder auf andere Art und Weise, wie sich eine reife Frau Freunde erwirbt, bereits gescheitert war. Oder aber es bedeutete, dass sie einsam war. Daisy prägte sich die Chiffre unter der Anzeige ein. Sie kannte sich mit dieser Prozedur aus, die variierte von Stadt zu Stadt kaum. Die Nummer war wahrscheinlich die Verbindung zu einer Vermittlungsagentur im Auftrag der Zeitung. Man konnte Mitteilungen mündlich eingeben oder als Text senden. Was Daisy betraf, so war eine schriftliche Antwort vorzuziehen: Wenn sie diese Frau aus der Anonymität locken und sich mit ihr anfreunden wollte, dann musste sie sie identifizieren. Und das hieß, sie musste ein Treffen an einem angemessenen Ort vereinbaren und von ferne beobachten, wenn die Frau auftauchte und vergeblich wartete, dass ihr vermeintlicher Verehrer auftauchte.

Vermeintlicher Verehrer. Bei den Worten musste sie lächeln. Sie hatte nie einen Verehrer gehabt, weder vermeintlich noch sonst wie, und sie hatte auch nicht die Absicht, sich einen zuzulegen, doch sie kannte sich gut genug aus in der Beziehungswelt zwischen Män-

nern und Frauen, um eine überzeugende Antwort zu schreiben.
Die beiden übrigen Zeitungen – der *Leyston Recorder* und die *Walton and Leyston Post* unterschieden sich alles in allem kaum von der *Tendring Gazette*. Die Geschichte von dem im Schlamm stecken gebliebenen Pferd stand in beiden, während die über die gestohlenen Milch- und Bierflaschen nur im *Recorder* stand, nicht aber in der *Post*. Von allen dreien, befand Daisy, hatte die *Tendring Gazette* wohl am meisten zu bieten. Die hatte ihr bereits einige Hinweise gegeben.
Sie hinterließ genügend Geld auf dem Tisch, um den Tee zu bezahlen, allerdings nicht mehr als ein paar Pence Trinkgeld. Bedienung von so schlechter Qualität verdiente keine Belohnung.
Daisy verließ das Café und ging weiter die Hauptstraße entlang, sowohl um die Gegend insgesamt auszukundschaften als auch aus einem anderen Grund. Auf der anderen Seite sah sie in der Ferne die Bingo-Halle, wo sie gestern Abend die erste Beute gewittert hatte. Die Geschäfte zwischen ihr und der Bingo-Halle verlagerten sich mehr und mehr von Bedarf der Urlauber fort zum Alltäglicheren: ein Friseur, eine Eisenwarenhandlung und so fort. An einer Ecke mit einem Blumenladen an der einen und einem Informationskiosk an der anderen Seite blieb sie stehen. Die Straße rechts führte weg von der Hauptstraße, weg vom Strand und von Daisys Hotel, doch einer plötzlichen Laune folgend, entschloss sie sich zu einem Schlenker, um zu sehen, was es da unten so alles gab.
Die Hauptstraße verlief in einer Kurve nach rechts, und alles, was Daisy während der ersten Minuten ihrer Wanderung sehen konnte, waren verwitterte, einzeln

stehende Häuser auf beiden Seiten. Die Spalten zwischen den Pflastersteinen waren voller Sand, wahrscheinlich durch Wind und Sturm vom Strand hereingeweht.
Nach ein paar hundert Metern wurden die Häuser auf der rechten Seite von einem Erdwall abgelöst, höher als sie selbst, bedeckt von Gras und noch mehr Sand. In Abständen führten Betonstufen den Hang hinauf und verschwanden oben geheimnisvoll im Nirgendwo.
Weiter vorne endete die Straße abrupt an einem Gittertor. Auf einem Schild, das daran hing, stand in großen Buchstaben »Leyston Jachtclub«, und in kleinerer Schrift darunter »Zutritt nur für Mitglieder«.
Daisy ging noch ein paar Schritte weiter auf das Tor zu. Sich in einem Jachtclub auszukennen, das könnte ganz nützlich sein. Zumindest konnte es ihr auf Anhieb gesellschaftliches Ansehen verschaffen. Sie wusste wenig über Boote, doch das konnte sie bestimmt lernen. Ein paar Stunden in der Gesellschaft einer Seglerin oder auch nur ein paar Stunden im selben Raum mit einer, und sie würde so auftreten und so reden, als hätte sie ihr ganzes Leben auf Booten zugebracht.
Daisy wandte sich von dem Jachtclub ab und betrachtete nachdenklich den Graswall zu ihrer Rechten. Da lag er, und das sanfte Wiegen des windbewegten Grases an seinem Hang war wie das langsame, tiefe Atmen eines ruhenden Ungeheuers. Irgendwo hinter dem Wall hörte sie das Kreischen der Möwen, wie Kindergeschrei.
Das Geräusch machte sie auf unerklärliche Weise nervös: Sie hatte nie Kinder gehabt, nie die Berührung durch die Hand eines Mannes verspürt, doch irgend-

etwas an diesem Ton setzte ihr so zu, dass sie hätte schreien können.
Die nächste Treppe war nur ein paar Meter entfernt, und mit wachsender Nervosität stieg sie mit kleinen Trippelschritten hinauf.
Als ihr Kopf über den Wall hinausragte, war das Erste, was sie sah, eine Reihe von Häusern, weit in der Ferne, und dann, als sie oben angekommen war, flatterte ihr plötzlich der Atem in der Brust angesichts der weiten, stillen Wasserfläche zwischen ihr und den Häusern. Der Abhang auf der anderen Seite endete auf einem steinernen Kai, und das Wasser erstreckte sich von dem Kai bis weithin zum anderen Ende, eine dunstiggraublaue Fläche, ein Spülicht aus Farbe.
Es war ein Jachthafen, ein Liegeplatz für Boote, und da lagen Hunderte, mit weißgestrichenem Rumpf und spitz zulaufendem Bug, geradezu furchterregend in Daisys Augen. Irgendwo in der Nähe musste es einen Kanal oder einen Zufluss geben, der in die Nordsee mündete und den Booten als Einfahrt diente. Jetzt lagen sie still da, lauernd, warteten auf ihre Eigner, die sie losbinden und in die rauhe See hinaussegeln würden.
Daisy ging die Treppe an der anderen Seite hinunter und trat an den Rand des Kais – mit langsamen, zögernden Schritten, als ob etwas sie gegen ihren Willen vorantrieb oder als ob etwas sie von einem lang gesuchten Ziel zurückdrängte.
Als sie sich niederkauerte, sah sie ihr Spiegelbild im Wasser: eine Gestalt, die sich vor dem blauen Himmel abzeichnete, eine Hand auf dem Kai, die andere ausgestreckt, um das Wasser zu berühren.
Aber das war gar nicht sie.
Die Gestalt, die sie da aus dem Wasser des Jachthafens

anblickte, war ein Mädchen mit rotem Haar, zu einem Pferdeschwanz zurückgebunden. Sie trug ein kariertes Kleid. Und irgendetwas zog sich über die Vorderseite des Kleides: ein Fleck, wie von Marmelade oder Fruchtsaft.

Oder Blut.

Daisy fuhr taumelnd in die Höhe und stolperte rückwärts, fort vom Rand des Kais. Was sie da im Wasser gesehen hatte, war falsch. Ganz und gar unwahr. Und es hatte auch alles um sie herum entstellt. Sie hatte es vorher nicht bemerkt, aber jetzt sah Daisy, dass der Beton stellenweise zerbröckelt war, an anderen Stellen Risse hatte, und die verschiedenen in den Beton eingelassenen Ketten und Ringe trieften nur so vor orangefarbenem Rost. Und die Boote selbst sahen so traurig aus. Hinter den grausam spitzen Bugspriets waren die Rümpfe schmutzig, und das Tauwerk hing schlaff herab.

Über und zwischen den Booten hingen die Möwen entweder bedenklich schwankend im Wind, oder sie schaukelten auf dem Wasser in der Hoffnung, dass ein Futterbissen vorübertrieb. Ihre Schreie versetzten Daisy in Panik, sie machte kehrt und rannte die Steinstufen am Hang hinauf, so schnell sie konnte.

Auf der anderen Seite hatte sie Mühe, wieder zu Atem zu kommen. Sie raffte sich zusammen und ging die hundert Meter zur Hauptstraße zurück. Irgendwie kam es ihr vor, als habe sie sich zwischen zwei Welten bewegt.

Daisy hielt Ausschau nach einer Bibliothek, und ein Stück weiter die Straße hinunter fand sie tatsächlich eine. Es war ein einstöckiges Haus aus körnigem Sandstein. Als ihr Atem wieder normal ging, trat sie ein.

Die Bibliothek war hell und luftig, sie bestand aus zwei Ebenen mit einer Rampe dazwischen. Daisy brachte gute zehn Minuten damit zu, herumzuwandern und sich mit den Beständen vertraut zu machen. Belletristik an einem Ende, Sachbücher am anderen, mit genügend Raum in der Mitte für die traurigerweise allgegenwärtigen Internet-Terminals und DVDs. Bücher schienen heutzutage für Bibliotheken von zweitrangiger Bedeutung zu sein.

Durch eine Tür, die aus der Bibliothek hinausführte, gelangte man nicht, wie sie erwartet hatte, wieder auf die Straße, sondern in einen Hof, eingeklemmt zwischen der Bibliothek und dem Gebäude dahinter. Dort hatte man Rosen in Kübel gepflanzt und kunstvoll Bänke drum herum arrangiert. Ein paar Leute saßen dort draußen und lasen in Büchern, die sie sich von drinnen mitgebracht hatten.

Innerhalb weniger Augenblicke hatte Daisy drei Frauen über sechzig ausgemacht, die jeweils allein dort saßen und lasen.

Mit geübter Gleichgültigkeit ging sie in die Bibliothek zurück, wanderte an den Regalen entlang, bis sie ein Buch mit dem Titel *Leyston-by-Naze – Eine persönliche Geschichte* fand. Es war immer gut, etwas über den Ort zu wissen, in dem man sich niederlassen wollte. Daisy hatte im Laufe ihres Lebens in etlichen anonymen Städten gewohnt, und sie freute sich richtig auf einen Ort, der wirklich eine Geschichte hatte. Sie nahm das Buch mit nach draußen, fand eine Bank, auf der niemand saß, und begann zu lesen. Dabei achtete sie darauf, sich so weit ans Ende der Bank zu hocken, dass bequem noch jemand auf der anderen Seite sitzen konnte. Wenn sie Glück hatte, konnte sie eine Unterhaltung anfangen. Und wenn sie großes Glück hatte, dann war die andere Person eine ältere Witwe ohne jegliche Freunde oder gesellschaftlichen Umgang.

Die ersten zehn Minuten lang widmete Daisy dem Buch wenig Aufmerksamkeit. Sie konzentrierte sich mehr auf das Kommen und Gehen im Hof; auf die kleinen Höflichkeiten, auf die kleinen Gewohnheiten, die zwischen den regulären Besuchern üblich geworden waren. Nach einer Weile jedoch, als niemand kam, um sich zu ihr zu setzen, begann sie sich in das Buch zu vertiefen.

Es war von einem ortsansässigen Historiker geschrieben, und soweit sie es beurteilen konnte, ein Privatdruck. Gewiss, es gab da allerlei nicht sonderlich Professionelles, was das Schriftbild und den Seitenumbruch betraf. Aber der Autor kannte sein Thema, und er konnte sich gut ausdrücken. Daisy verspürte mehr und mehr Interesse an den Details: wie die Küste von Leyston zur Hauptbezugsquelle von Rohmaterial für die Baustoffindustrie geworden war und wie der kleine Bahnhof sich zum Umschlagplatz für den Transport der Felsbrocken nach London gemausert hatte. Wer hätte das gedacht?

Andere Kapitel handelten von Leyston während des Krieges und von Leystons Ausdehnung als Teil des Gebietes der Tendring Hundreds. Die Geschichte schien das Städtchen lange Zeit übergangen zu haben. Da wurden dann kleine Vorkommnisse bedeutungsvoller, einfach nur, weil sonst so wenig passierte. Das wusste Daisy ja bereits – jede Stadt, wo der Diebstahl einer Milch- und einer Bierflasche in der Lokalzeitung Schlagzeilen machte, hinterließ halt sonst keine Spuren in der Geschichte –, und der Autor des Buches

hatte tief schürfen müssen, um interessante Geschichten zutage zu fördern.
Das jedenfalls dachte Daisy, bis sie eine Seite umblätterte und auf ein Kapitel über sensationelle Verbrechen in der Tendring Hundreds Area stieß. Zur Illustration war die Titelseite einer Zeitung aus den vierziger Jahren abgelichtet. Die Schlagzeile lautete kurz und bündig »Einheimische Frau in Mordtragödie verwickelt«. Und unter der Schlagzeile war das Schwarzweißfoto des Mädchens, dessen Spiegelbild sie im Wasser des Jachthafens gesehen hatte.

8

Früher, bevor er zum Detective Chief Inspector befördert worden war, war Mark Lapslies Büro ein kleiner, rechteckiger Raum in einem monolithischen Gebäude aus den fünfziger Jahren gewesen, in den Außenbezirken von Chelmsford, mit einer hässlichen Aussicht auf den Parkplatz der Polizeidienststelle und mit Rigipswänden, denen man ansah, dass sie immer wieder mit einer Vielzahl von Farben überpinselt worden waren. Selbstklebende Fotoecken, vergilbt durchs Alter, hatten die Wände geziert, obgleich die Poster und Fotos, die sie einmal gehalten hatten, längst entfernt worden waren. Eckige metallene Kabelkanäle waren irgendwann in der Vergangenheit an den Scheuerleisten entlang verlegt worden, um Elektroleitungen und Anschlüsse aufzunehmen. Zu einem späteren Zeitpunkt waren dann in Hüfthöhe weitere Kabelkanäle installiert worden, um das Computernetzwerk zu verkabeln. Das Gebäude hatte keine Klimaanlage, aber die Polizisten und die Frauen, die dort arbeiteten, hatten rasch gelernt, welche Fenster man öffnen konnte und welche man besser geschlossen ließ, um einen ständigen kühlen Luftzug durch die Korridore zu gewährleisten. Im Winter hatte Lapslie Milchtüten draußen auf dem Fenstersims verwahrt. Regelmäßig war eine Frau mit einem Rollwagen vorbeigekommen, einmal um elf, dann wieder um drei Uhr, und hatte pappige Sandwiches und abgestandenen Tee verkauft.

Eine andere Frau mit einem Rollwagen kam jeweils eine halbe Stunde später, um die Ablagekörbe für ausgehende Post auf den Schreibtischen zu leeren und neu eingegangene Post zu bringen.
Jetzt hatte Lapslie einen Schreibtisch in einem Großraumbüro im elften Stock des mit einem Architekturpreis ausgezeichneten Bürogebäudes, das erst vor ein paar Jahren im neu entwickelten Stadtzentrum erbaut worden war. Eingehende Post wurde jetzt eingescannt und elektronisch an die Computer auf jedem Schreibtisch übertragen. Der Postausgang war durch E-Mails ersetzt worden. Die Fenster waren zur Sicherheit und zum Energiesparen mit einem metallischen Film beschichtet und ließen sich nicht öffnen. Niemandem war gestattet, irgendetwas an die Wände zu kleben, und die Anschlagtafeln wurden einmal im Monat von anstößigen oder überholten Aushängen gesäubert. Die gesamte Elektro- und Computernetzwerkverkabelung verlief unter dem erhöhten Fußboden. Ebenso die Ventilation: Alle paar Meter sorgten kleine runde Luftlöcher für eine kaum spürbare Frischluftzufuhr. Die Stühle waren hochmodern, wie schwarze Skulpturen: Plastikgewebe auf Metallrahmen, bequem und cool. Eine Cafeteria im Kellergeschoss bot *venti lattes* und Mandelcroissants zu stark überhöhten Preisen an. An einer Wandtafel standen Vergleiche dieser stark überhöhten Preise mit denen anderer Kaffeebars im Umkreis, und man kam zu dem Schluss, dass der Kaffee hier gerade billig genug sei, dass es sinnlos wurde, ihn anderswo zu trinken, es sei denn, man wollte einen Spaziergang machen. Auch eine Sporthalle, eine chemische Reinigung und ein Friseur befanden sich direkt im Gebäude.

Und Lapslie hasste es. Er hasste es über alle Maßen. Der Lärm von etwa dreißig Beamten und Angestellten verschiedenen Ranges, die miteinander sprachen, mit sich selbst redeten oder ins Telefon plapperten, das war unglaublich störend. Für Lapslie war es gewesen, als habe er den ganzen Arbeitstag über den Geschmack von Blut im Mund gehabt. Auf einen Brief seines Arztes an den Assistant Chief Constable hin hatte man Lapslie ermöglicht, einen der Ruheräume – gewöhnlich für vertrauliche Diskussionen vorgesehen – als Ersatzbüro zu nutzen, wenn er eine Pause brauchte. Während der übrigen Zeit benutzte er Ohrstöpsel.

Immerhin hatte es auch Tröstliches gegeben. Kurz nachdem die Polizei eingezogen war, hatten ein paar rangniedere Beamte etwas entdeckt: Wenn sie eine ganze Reihe der Ventilationsöffnungen am Boden gleichzeitig abdeckten bis auf eine, dann konnte der so erzeugte Luftstrom aus diesem Loch ohne weiteres den Rock einer vorübergehenden Frau bis über die Taille hochpusten. Damit hatten sie sich eine ganze Weile amüsiert, bis ein Rundschreiben dieses Treiben untersagte.

Jetzt saß er im Ruheraum und las Dr. Catheralls Autopsiebericht. Wochenlang hatte er sie gedrängt, ihn endlich fertigzustellen, und schließlich hatte sie sich unwirsch gefügt.

Es gab keinen Zweifel – Violet Chambers war ermordet worden. Die Todesursache war nicht eindeutig. Gewiss, sie war vergiftet worden, doch es sah ganz danach aus, als habe sie außerdem einen Schlag auf den Hinterkopf bekommen. Beides konnte den Tod zur Folge gehabt haben, obgleich der Schmutz unter ihren Fingernägeln mit dem Erdboden der Umgebung über-

einstimmte, was bedeutete, dass sie noch gelebt hatte, als sie in den Wald gebracht worden war. Die Finger der rechten Hand waren durch die scharfen Klingen eines Schneidewerkzeuges, etwa einer Schere, abgetrennt worden, jedoch erst einige Zeit, nachdem Violet Chambers gestorben war, so dass Blutverlust als Todesursache ausgeschlossen werden konnte.
Lapslie legte den Autopsiebericht nieder und griff nach dem Bericht über den Fundort der Leiche. Die Testergebnisse der Plastikfolie, in die sie eingehüllt war, ließen keine Schlussfolgerungen zu: Standardmaterial, in jedem Heimwerkermarkt zu bekommen, und sowohl Zeit- als auch Wettereinfluss hatte alle Fingerabdrücke beseitigt, die vielleicht einmal darauf gewesen waren. Und basierend auf komplizierten Berechnungen, bei denen Insektenpuppen und Mooswachstum eine Rolle spielten, hatte man eindeutig festgestellt, dass der Leichnam dort mehr als acht, aber weniger als zehn Monate gelegen hatte, ehe er durch ein verunglückendes Auto so unsanft exhumiert worden war.
Blieben also zwei große Fragen: Wer hatte sie getötet, und warum?
Irgendetwas bewegte sich in seinem peripheren Umfeld, und er drehte sich hastig um. Emma Bradbury stand draußen vor der Glastür des Ruheraumes und winkte ihm zu. Sie trug einen Hosenanzug mit Nadelstreifen und hatte als Kontrast dazu einen orangefarbenen Schal um die Taille gewunden. Er bedeutete ihr, einzutreten. Sie stieß die Tür auf, und sofort schmeckte er Blut, als das Stimmengewirr aus dem Großraumbüro über ihn hinwegschwappte, so, als ob er sich gerade auf die Zunge gebissen hätte.

»Was gibt's, Emma?«
»Nachricht vom Superintendent, Sir. Ob Sie ihn über den Fall auf den neuesten Stand bringen können? Anscheinend hat seine Sekretärin versucht, Sie zu erreichen, aber Sie waren nicht an Ihrem Schreibtisch.«
Der salzige Blutgeschmack verminderte sich, wurde von Zitrone und Grapefruit überlagert; einen kurzen Moment waren sie in seinem Mund vermischt: etwas Exotisches, wie Zitronengras, nur tiefgreifender, intensiver. Emma schloss die Tür hinter sich.
»Auf den neuesten Stand – über diesen Fall? Den Fall Violet Chambers?«
»Ja, Sir.«
»Der ist doch wohl ein bisschen unterhalb seines Interessenpegels, oder?«
Emma hob die Schultern. »Kann ich nicht beurteilen. Oh, Sie haben mich doch gebeten, nachzuprüfen, wohin die Miete von Violets Haus geht, Sir. Wie sich rausgestellt hat, fließt die auf ein Konto, das vor ein paar Jahren auf den Namen J. Chambers eröffnet wurde.«
»Jack Chambers?« Er erinnerte sich, der Name war bei dem Gespräch mit dem älteren Ehepaar gegenüber von Violets ehemaligem Haus gefallen. »Violet Chambers' Mann?«
»Richtig. Laut Auskunft der Bank hat sie das Konto auf sich überschreiben lassen, als er 1984 gestorben ist. Sie hat es mit Unterbrechungen genutzt, bis zum Zeitpunkt ihres Todes, soweit wir den kennen. Und verrückterweise hat sie es auch danach noch weiter benutzt.«
»Hat jemand Geld von dem Konto abgehoben? Das könnte immerhin Diebstahl als Motiv bedeuten, aber

ich kann mir nicht vorstellen, dass es da um einen großen Haufen Geld geht. Wie viel ist es denn – ein paar hundert Pfund die Woche?«

Emma nickte. »So ungefähr, Sir. Aber ich hab schon Morde erlebt, wo es um weniger ging.«

»In der Hitze des Gefechts, ja, aber das hier sieht nach etwas Langfristigem aus. Nach etwas Vorsätzlichem. Ich kann mir nicht vorstellen, dass jemand für ein paar hundert Pfund pro Woche ein derartiges Risiko eingeht. Wie ist das Geld abgehoben worden? Bargeld, Lastschrift oder Scheck?«

Emma konsultierte ein Blatt Papier in ihrer Hand. »Alle ausgezahlten Summen waren Bargeldabhebungen an verschiedenen Bankautomaten in London, Essex, Norfolk und Hertfordshire. Und kein Bankautomat ist mehr als einmal benutzt worden, soweit ich das sehen kann.«

Lapslie lehnte sich in seinem Stuhl zurück und fuhr sich mit der Hand durchs Haar. »Okay, fassen wir also mal zusammen, wie weit wir gekommen sind. Der Unfallort, wo wir die Leiche gefunden haben, ist eine einzige Pleite – sämtliche Spuren sind im Laufe der letzten zehn Monate weggewaschen oder -geweht worden. Der Leichnam ist auch eine Pleite – wir können nicht mit Sicherheit sagen, woran sie gestorben ist, und es gibt nicht die Spur eines Beweises. Der Hintergrund des Opfers: ebenfalls eine Pleite. Da gibt es nichts, was Anlass zu einem Mord geben könnte, abgesehen von diesem bisschen Miete. Das Einzige, was wir haben, ist diese Frau, die angeblich in Violet Chambers' Haus ein und aus gegangen ist, bevor sie starb, und das könnte vollkommen harmlos sein. Wenn wir nicht aufpassen, verbringen wir die nächsten paar

Monate damit, eine Fußpflegerin zu suchen. Also, was bleibt uns? Wie machen wir weiter?«

»Mit der Art des Verbrechens als solcher. Gift ist im Allgemeinen die Waffe einer Frau, und die Tatsache, dass es vielleicht in Form von Nahrung verabreicht wurde, deutet auf ein häusliches Umfeld hin, etwas Unauffälliges. Die Mörderin war mit dem Opfer bekannt, und die alte Frau hat ihr genug vertraut, um ein Stück Kuchen oder so etwas anzunehmen, den die Mörderin gebacken hatte.«

»Okay – das ist was, wo wir ansetzen können. Veranlassen Sie eine Befragung von Haus zu Haus in der Nachbarschaft von Violet Chambers. Fragen Sie alle, ob sich jemand daran erinnert, dass Violet regelmäßig Besuch hatte, etwa während des letzten Monats, ehe sie verschwunden ist. Fragen Sie in den Läden der Umgebung nach, ob man sich an eine Frau erinnert, die während dieser Zeit aufgetaucht und dann wieder verschwunden ist. Apotheken und Schnapsläden könnten eine gute Ausgangsbasis sein. Überprüfen Sie auch die Arztpraxen in der Nähe. Wer immer diese Frau war – wenn es sie überhaupt gegeben hat –, vielleicht hat sie Violet irgendwann zu einem Termin begleitet. Oder hat selbst einen vereinbart.«

»Gut, mach ich. Sonst noch was?«

Lapslie überlegte einen Moment. »Ja – suchen Sie doch mal ungelöste Giftmordfälle raus. Schauen Sie mal, ob dieses … Kolchizin … früher schon mal benutzt worden ist. Ist ein Schuss ins Blaue, aber womöglich haben wir Glück. Alles in allem kann ich mir nicht vorstellen, dass das ein gängiges Gift ist.«

Emma nickte und ging. Die Tür schloss sich hinter ihr, und Lapslie war vom Bürolärm abgeschottet. Abgeschottet von allen Geräuschen, außer vom Geräusch seines eigenen Atems und dem Rascheln seiner Kleidung, wenn er sich bewegte. Und wenn er sich sehr ruhig verhielt, dann verstummte selbst das fast bis zu absoluter Stille.

Stille. Ein gesegneter Zustand, den er vor allem anderen ersehnte und den er so selten erreichte.

Wenn Lapslie anderen Leuten seine Synästhesie erklärte, glaubten sie ihm meistens entweder nicht, oder sie waren fasziniert. Dann stellten sie ihm Fragen, wie sich das anfühlte, und sie bemitleideten ihn, so gut sie konnten, wirklich verstehen jedoch taten sie es nicht. Nicht einmal die Ärzte und Psychiater, die ihre Zeit damit zubrachten, Fachbücher zu lesen und Experimente auszutüfteln, um zu verstehen, was Synästhesie in den Funktionen des Gehirns anrichtete. Niemals konnten sie erfassen, wie es war, andauernd mit Empfindungen bombardiert zu werden, die man nicht erwartet hatte. Andauernd aus dem Hinterhalt von ungewollten Geschmacksfluten überfallen zu werden, manche angenehm, andere widerwärtig, aber alle unwillkommen.

Wie sollte man erklären, dass man niemals Radio hören konnte? Niemals fernsehen? Niemals einem Sportereignis oder einem Konzert beiwohnen, aus Angst, dass man sich infolge eines plötzlichen üblen Geschmacks, ausgelöst durch einen unerwarteten Ton, übergeben musste? Wie konnte er ihnen erklären, dass er die Abende nicht mit den Kumpels im Pub verbringen konnte, weil die dröhnende Atmosphäre dort einen Schwall ranzigen Fetts in seinem Mund auslöste, der jeden Bier- oder Whiskygeschmack überlagerte, alles, womit er versuchte, ihn zu überspielen. Bei der

Polizei hatte er den Ruf, unnahbar, reserviert und zurückhaltend zu sein. Die Wahrheit war, er konnte nicht anders. Er konnte nicht gesellig sein. Ihm war, als würde er langsam verrückt.

Selbst auswärts zu essen war schwierig. Am Anfang ihrer Beziehung hatten Sonia und er versucht, gelegentlich essen zu gehen, doch sie mussten Restaurants ohne Hintergrundmusik finden. Und selbst dann verdarb das Gemurmel der Unterhaltungen der anderen Gäste ihm die ganze Mahlzeit, von der Vorspeise bis zum Kaffee, durch einen unterschwelligen Blutgeschmack. Egal, was er als Hauptgericht bestellte, immer schmeckte das Fleisch roh. Nach einer Weile gaben sie das Ausgehen vollständig auf, außer an Sonias Geburtstag, dann wappnete sich Lapslie für einen unerfreulichen Abend. Und das war, offen gesagt, ihr gegenüber nicht fair.

Doch es war nicht nur das. Im Laufe der Jahre hatte Lapslie angefangen, immer reizloseres Essen zu sich zu nehmen, allein deshalb, weil sein ganzes Arbeitsleben ein Morast aus unvereinbaren Geschmäcken war. In einem stillen Haus zu sitzen und Reis oder Pasta zu essen, war für ihn der ultimative Luxus.

Ein stilles Haus. Ein Haus ohne Frau, ohne Kinder.

Sonia hatte versucht, ihn zu verstehen. Ihr lag selbst nicht viel am Ausgehen – ihre Arbeit als Krankenschwester verschlang das meiste ihrer Zeit und Ausruhen den größten Teil dessen, was übrig blieb –, sie schätzte ihr friedvolles Miteinander. Sie machten lange Spaziergänge im Wald. Er saß behaglich in einem Sessel und las, während sie stickte oder Kreuzworträtsel löste.

Eine kleine Insel der Ruhe und Zufriedenheit, die

genau bis zu dem Moment Bestand hatte, als Sonia unerwartet schwanger wurde. Mit Zwillingen.

Lapslie liebte seine Kinder verzweifelt. Und er hasste sie auch; oder vielmehr, er hasste den fortwährenden Krach – das Gebrüll, als sie klein waren, das Geschrei und Gezänk, als sie älter wurden. Ohrstöpsel halfen; bis spätabends im Büro zu arbeiten und allein lange Spaziergänge zu unternehmen, half noch mehr, doch das bürdete Sonia noch mehr auf, weil sie sich ganz allein um die Kinder und das Haus kümmern musste. Und er spürte, wie er allmählich die Verbindung zu ihnen verlor. Dass er aus der Ferne zusah, wie sie ihr Leben ohne ihn führten.

Er konnte sich nicht mehr erinnern, wer es gewesen war, er oder Sonia, der die Trennung vorschlug. Wahrscheinlich hatten sie beide schon geraume Zeit darüber nachgedacht, und als einer von ihnen fast beiläufig das Thema anschnitt, ergriff der andere die Gelegenheit beim Schopfe. Eine »Trennung auf Probe« hatten sie es genannt. Und wie so viele der Proben, denen Lapslie im Laufe der Jahre ausgesetzt gewesen war, machte sich immer mehr Bitterkeit darin breit, und es war nicht abzusehen, dass sie jemals enden würde. Sie hielten noch Kontakt, aber sie drifteten immer weiter auseinander. Durch kein Verschulden seinerseits und kein Verschulden ihrerseits trieben sie einfach auseinander.

Lapslie seufzte. Er sollte lieber gehen und sich anhören, was der Superintendent von ihm wollte.

Er wählte einen Weg zum Büro seines Vorgesetzten – einem der wenigen Einzelbüros im ganzen Gebäude –, der die Anzahl der Menschen, denen er unterwegs begegnen konnte, auf ein Minimum reduzierte. »Büro« war eigentlich eine etwas falsche Bezeichnung – es war mehr ein Teil des sogenannten Büro-Grundrisses, abgegrenzt durch Mattglasscheiben –, aber es war immerhin etwas. Als er draußen ankam, schaute die Sekretärin des Superintendent von ihrem Schreibtisch auf. Sie krauste die Stirn. »Ich habe versucht, Sie zu erreichen«, sagte sie.

»Tut mir leid«, brummelte er. »Ich bin aufgehalten worden.«

»Er hat jetzt jemanden bei sich, aber er wird gleich frei sein.«

Lapslie trat von ihrem Schreibtisch zu einer Anschlagtafel in der Nähe. Während er wartete, überflog er Gewerkschaftsmitteilungen, Feueralarmbestimmungen und Anzeigen, die Zimmer zur Miete oder Wäschedienste anboten. So viel Information heutzutage, dachte er. Überall so viele Anzeigen zum Lesen. Wie konnte ein gewöhnlicher Mensch all diese Informationen im Kopf behalten, ohne verrückt zu werden?

Ein plötzlicher Anstieg des Geräuschpegels ließ ihn den Kopf wenden. Superintendent Rouse stand in der Tür seines Büros und verabschiedete zwei Männer. Beide waren Ende dreißig, hatten kurzes Haar und trugen schwarze Anzüge mit feinen Nadelstreifen. Der Superintendent war wie üblich in voller Uniform.

Die beiden Männer gingen, und Rouse beugte sich zu einer kurzen Unterredung zu seiner Sekretärin hinunter. Als die beiden Männer an Lapslie vorübergingen, drehte einer von ihnen kurz den Kopf. Lapslie blickte ebenfalls zur Seite, und ihre Blicke trafen sich mit einem merklichen Ruck. Der Mann hob unwillkürlich leicht die Augenbrauen, als ob er Lapslie erkannte. Dann war er fort, und Lapslie blieb zurück, während

sein Interesse in die eine Richtung strebte und sein Körper in die andere.
Als er sich dorthin wandte, wohin sein Körper wollte, war der Superintendent bereits wieder in seinem Büro. Seine Sekretärin winkte Lapslie hinein: »Zehn Minuten, dann muss er los, zu einer anderen Besprechung.«
Er klopfte und trat ein. Superintendent Rouse hatte sich an seinen Schreibtisch gesetzt und ordnete einen Stoß Papiere. Der Schreibtisch stand so, dass das Bürofenster rechts von ihm war, und das Licht tauchte eine Seite seines Gesichts in ein schmeichelndes Leuchten, zeichnete die andere als hartes, schroffes Relief. Sein Gesicht war früher einmal eindrucksvoll, wenn auch unfreundlich gewesen; ein junger DS hatte einmal gesagt, es sähe aus wie eine Werkzeugtasche voller Schraubenschlüssel. Er war ein paar Jahre älter als Lapslie, ein schlachterprobter Veteran der Polizeipolitik und der internen Winkelzüge, der sich ungeachtet aller Vorurteile oder Vetternwirtschaft in der Hierarchie auf eine ziemlich einflussreiche Position hochgearbeitet hatte. Obwohl er sein Chef war und offensichtlich auch schon ein Auge auf die nächste Sprosse der Karriereleiter gerichtet hatte, mochte Lapslie ihn.
»Mark, danke, dass Sie vorbeischauen.«
»Ich höre, Sie wollen in Sachen Violet Chambers auf den neuesten Stand gebracht werden, Sir?«
Rouse blickte auf den Stapel Notizen hinunter, die vor ihm lagen. Sie waren handgeschrieben. Lapslie hatte oft gesehen, wie Rouse sich bei Sitzungen solche Notizen machte, ein stichwortartiges Mitschreiben dessen, was gesagt wurde, um sich später besser erinnern zu können, eine Kreuzung aus persönlichem Memorandum und innerem Monolog. Hatte er diese Noti-

zen während der Unterredung gemacht, die soeben zu Ende gegangen war? Und wenn ja, warum griff er jetzt darauf zurück?

»Das ist die Frau, deren Leiche im Wald gefunden worden ist? Ziemlich verwest?«

»Ja, das ist sie.«

»Hat die Gerichtsmedizin die Todesursache feststellen können?«

»Das ist ungewiss«, erwiderte Lapslie, trat ans Fenster und schaute hinaus, auf die eng stehenden Bürogebäude ringsum und seitlich davon in der Ferne auf ein erhöhtes Stück Straße zwischen zwei Gebäuden. »Sie wurde vergiftet, hat aber auch einen Schlag auf den Hinterkopf bekommen. Es wird sich unmöglich genau feststellen lassen, welches davon die Todesursache war.«

»Aber Mord war es?«

»Entweder das oder der aufwendigste Selbstmord, den ich je gesehen habe.«

Sein Blick fiel auf den Parkplatz unter ihm. Er sah seinen eigenen Wagen, abgestellt an der einen Seite. Dort unten standen zu viele Mondeos, er konnte nicht sagen, wo Emma ihren geparkt hatte. Er konnte hören, wie sich der Superintendent während des Gesprächs Notizen machte.

»Irgendwelche Verdächtigen?«

»Bisher nicht. Wir sind gerade mit der Untersuchung des Tatorts fertig – jedenfalls der Stelle, wo die Leiche gefunden wurde. Wir müssen noch feststellen, ob sie auch dort getötet worden ist. Zurzeit untersuchen wir Violet Chambers' Hintergrund, für den Fall, dass es in ihrer Vergangenheit etwas gibt, das den Mord erklären würde.«

Eben hatten zwei Gestalten tief unter ihm das Gebäude verlassen. Sie strebten auf die für Besucher reservierten Parkflächen zu.

»Glauben Sie, es gibt eine reelle Chance, dass Sie den Schuldigen erwischen?«

Er zuckte die Schultern. »Ist noch zu früh, um das sagen zu können, Sir. An Hinweisen fehlt es uns nicht, wenn es das ist, was Sie meinen.«

Die beiden Gestalten dort unten hatten sich jetzt getrennt und traten von beiden Seiten an einen schwarzen Wagen heran. Von dort aus, wo Lapslie stand, war es schwer zu erkennen, aber es konnte ein Lexus sein.

Das Kratzen des Stiftes verstummte kurz. »Ich überlege, ob die relativ geringen Erfolgsaussichten in diesem speziellen Fall es nicht nahelegen, die Ermittlung herunterzustufen. Konzentrieren Sie sich auf etwas anderes, wo Sie bessere Aussichten auf eine Festnahme haben.«

Als der Wagen unten startete und aus dem Parkplatz fuhr, drehte sich Lapslie um und begegnete Superintendent Rouses Blick. »Empfehlen Sie mir, die Ermittlungen einzustellen, Sir?«

»Ich würde niemals empfehlen, dass wir Ermittlungen einstellen, Mark. Ich frage mich bloß, ob unsere Prioritäten richtig gesetzt sind.«

»Ich denke, es ist zu früh, um das zu sagen«, erwiderte er, wohl wissend, dass er Ausflüchte machte. Er hatte einen merkwürdigen Geschmack im Mund: etwas wie Muskatnuss, obwohl er es nicht ganz einordnen konnte. Er hatte das schon früher geschmeckt. Meistens während eines Verhörs, wenn irgendein Penner ihm etwas über seinen Aufenthaltsort zur Tatzeit vorschwindelte oder ihn überzeugen wollte, dass er den hochkarätigen BMW, in den er nachts um drei hatte einsteigen wollen, von einem Freund geliehen bekommen hatte, dessen Name ihm vorübergehend entfallen war. Es war der Geschmack der Lügen; oder, sehr gelinde ausgedrückt, das Aroma der Ausrede. Der Geschmack von jemandem, der etwas sagte, um etwas anderes nicht sagen zu müssen. Aber warum sollte Superintendent Rouse seiner Frage ausweichen?

»In ein paar Tagen kann ich Sie wissen lassen, ob eine reelle Aussicht besteht, dass der Fall gelöst wird«, sagte er.

Rouse nickte. »Ich denke, wir verschwenden vielleicht zu viel Zeit und Personal für dieses Problem«, meinte er und kräuselte die Lippen. »Es ist ein alter Fall, und es gibt herzlich wenig Indizien. Vielleicht sollten wir das Team verkleinern.«

»Das *Team*«, erwiderte Lapslie ruhig, »ist ein Detective Chief Inspector, den man aus dem Krankenstand zurückgeholt hat, und ein Detective Sergeant namens Emma Bradbury, die Probleme mit der richtigen Einstellung hat. Solange Sie nicht Emma Bradbury durch Marie aus der Kantine ersetzen wollen, ist schwer vorstellbar, wie man die Effizienz des Teams noch reduzieren kann.«

»Na schön«, sagte Rouse und wich Lapslies Blick aus. »Lassen wir die Dinge, wie sie sind. Fürs Erste.« Er legte seinen Stift hin, lehnte sich in seinem Designerstuhl zurück und betrachtete Lapslie mit einem leisen Lächeln. »Wir haben's beide ganz schön weit gebracht, was, Mark?«

»Seit damals, in den Achtzigern in Kilburn? Seit all den Nächten, die wir damit zugebracht haben, Crackdealer und Gangbrüder festzunehmen und Drei-Tage-

Raves zu beenden? Jetzt ist das wie eine andere Welt.«

»Ich staune, dass Sie immer noch weitermachen – vor allem mit Ihren Problemen. Haben Sie schon mal daran gedacht, in Frührente zu gehen?«

Lapslie zuckte die Achseln. »Wer hätte das nicht in unserem Alter? Wenn man zum zehnten Mal innerhalb eines Monats von seinem Schreibtisch aus die Sonne aufgehen sieht? Wenn einem klarwird, dass Mehrarbeitssperre heißt, dass man für sämtliche Überstunden, die man reingebuttert hat, keinen Penny kriegt? Und wenn ich ganz genau weiß, dass meine speziellen ... Probleme nicht ausreichen, mich zu pensionieren, wohl aber, eine weitere Beförderung zu verhindern? Dieser Gedanke ist mir mehr als einmal gekommen.«

»Warum bleiben Sie dann?«

Seufzend wandte Lapslie sich wieder zum Fenster und schaute hinaus, diesmal nicht auf den Parkplatz, sondern weit hinüber, zu dem ansteigenden Stück Straße in der Ferne, dem einzig Horizontähnlichen, was man von diesem Büro aus sehen konnte. »Wo sollte ich denn hin?«, fragte er mehr sich selbst als Rouse. »Und was genau sollte ich tun? Ich wäre doch nur ein pensionierter Polizist mehr in einem Land, in dem es davon nur so wimmelt. Ich habe einfach nicht die Energie, mich als Sicherheitsberater selbständig zu machen oder die Ermittlungsabteilung einer großen Bank zu leiten. Ich bin Polizist, Sir. Das kann ich. Das ist alles, was ich kann.«

»Was ist mit ...«

»Sonia? Sie kommt nicht wieder zurück. Und die Kinder auch nicht.«

Und diesmal war es nicht das Geräusch, sondern die Erinnerung an Geräusche, die seinen Mund mit Vanillegeschmack füllte. Die Erinnerung an seine Kinder, wie sie hinten im Garten spielten, sich gegenseitig alberne Namen an den Kopf warfen, einander kreischend um das Auto herumjagten. Die Erinnerung daran, wie sie durch den Wald rannten und nach ihm riefen, wie ihre Stimmen richtungslos im Wind trieben. Die Erinnerung an sie, wie sie weinten, wenn sie hinfielen und sich das Knie aufschlugen, wie sie lachten, wenn sie versuchten, die Vögel auf dem Rasen zu fangen. Seltsam, wie die Zeit um gewisse Momente herum gefror, sie durch sein Erinnern rückwärts und vorwärts projizierte. Für Lapslie waren seine Kinder immer noch im selben Alter wie zu der Zeit, als sie ausgezogen waren. Er konnte sich eigentlich gar nicht erinnern, wie sie bei ihrer Geburt ausgesehen hatten oder als sie im Haus herumgekrabbelt waren. Und trotz der gelegentlichen Besuche und der Fotos, die Sonia schickte, fiel es ihm schwer, sich zu merken, wie sie jetzt aussahen. Es waren ihre Gesichter jener letzten Tage, wie sie im Garten spielten, an die er sich immer erinnern würde.
»Das ist eine Schande.«
»Das stimmt«, sagte er mit schwerer Stimme. »Das stimmt wirklich.«
»Wenn es irgendwas gibt, wie ich helfen kann …«
Er nickte. »Danke für das Angebot«, sagte er. »Aber was ist mit Ihnen? Ist Ihr Stern immer noch im Aufsteigen begriffen? Und haben Sie immer noch genug Energie für den Gipfelsturm?«
Rouse lächelte, und einen Moment lang fielen die Jahre von ihm ab; er sah fast wieder so aus wie damals in

Kilburn, vor vielen Jahren. »Ich wäge meine Optionen ab«, erwiderte er nachdenklich. »Ich habe ein Angebot von der Abteilung Organisiertes Verbrechen auf dem Tisch, ihre Terrorabwehr-Sektion zu übernehmen. Und dann habe ich gehört, es wird ein Team zusammengestellt, das sich mit den Sicherheitsvorkehrungen für die Olympischen Spiele in London befasst. Eins von beiden wäre schon interessant.«

»Verbunden mit einer Beförderung, natürlich.«

»Natürlich. Beim Gipfelsturm gibt es doch nur zwei Richtungen – rauf oder runter. Stillstand ist auch keine Option.« Rouse blickte zu ihm auf, und um seine Augen kräuselten sich Fältchen, die der Anfang eines Lächelns, aber auch der Anfang eines besorgten Stirnrunzelns sein konnten. »Lassen Sie uns bald mal zusammen Mittag essen. Wir sollten uns über die Zukunft unterhalten. Über *Ihre* Zukunft. Meine Sekretärin wird das arrangieren.«

Seine Augen wandten sich wieder den vor ihm liegenden Papieren zu, und er begann zu schreiben. Es war eine Aufforderung zum Wegtreten. Lapslie schaute noch einmal aus dem Fenster, dann verließ er das Büro und zog die Tür hinter sich zu. Er fühlte sich irgendwie losgelöst, abgekoppelt von der Welt.

Draußen blieb er am Schreibtisch der Sekretärin stehen.

»Diese beiden Männer, die da gerade weggegangen sind, als ich reinging«, sagte er. »Ich hätte schwören können, dass ich einen von denen kannte. Ich glaube, wir waren zusammen auf einem Kurs in Sandridge. Wer waren die?«

Die Sekretärin konsultierte ihren Computer. »Das waren Besucher vom Justizministerium«, berichtete sie,

»Mr. Geherty und Mr. Wilmington. Welcher war denn Ihr Freund?«

»Oh, ich habe nicht gesagt, dass er mein Freund war«, entgegnete Lapslie ruhig. »Danke für Ihre Hilfe.«

Geherty. Es konnte im Justizministerium nicht allzu viele Leute mit einem solchen Namen geben – vorausgesetzt, sie kamen tatsächlich von dort.

Er kehrte an seinen Schreibtisch zurück und schnitt eine Grimasse wegen des salzigen Blutgeschmacks, mit dem das Stimmengewirr im Großraumbüro seinen Mund überschwemmte, dann suchte er in seinem Computer die Nummer der neuen Büros des Justizministeriums in London heraus und wählte.

»Guten Morgen«, sagte er, als sich jemand meldete. »Könnten Sie mich bitte mit Mr. Geherty verbinden?«

Eine Weile war es still, während die Sekretärin in ihrem Computer nach der Durchwahl suchte. Lapslie fragte sich gereizt, ob sie wirklich im Justizministerium tätig war oder tatsächlich in einem Callcenter saß, etwa in Mumbai oder Neu-Delhi, wo sie ihre Mittagspause damit verbrachte, sich über die komischen Namen der Leute in England kaputtzulachen.

»Tut mir leid, es meldet sich niemand«, sagte die Stimme der Sekretärin. »Soll ich Sie auf Mr. Gehertys Voicemail durchstellen, oder möchten Sie mit jemand anderem sprechen?«

»Genaugenommen«, sagte Lapslie, »muss ich ihm etwas per Post zukommen lassen. Können Sie mir seinen Titel und seine Abteilung sagen?«

»Ja, natürlich. Also – Martin Geherty, stellvertretender Direktor, PRU. Benötigen Sie seine volle Adresse?«

»Ist schon okay«, wehrte Lapslie ab, »dann weiß ich, wo er ist.«

PRU? Was hieß das?
Angenommen, der schwarze Lexus auf dem Parkplatz und der schwarze Lexus, den er da draußen gesehen hatte, wo man Violet Chambers' Leiche entdeckt hatte, waren ein und derselbe – eine Annahme, die es noch zu verifizieren galt –, und angenommen, die beiden Männer, die aus Rouses Büro gekommen waren, waren auch diejenigen, die dann in den Lexus auf dem Parkplatz eingestiegen waren – wieder zunächst nur eine Vermutung, die einer Bestätigung bedurfte –, dann sah es doch ganz so aus, als liefe da so etwas wie eine parallele Ermittlung. Aber welches Interesse konnte das Justizministerium – und insbesondere das PRU, was immer das war – an dem Mord an einer alten Dame haben? Und warum hatte Superintendent Rouse versucht, ihn sachte aus dem Fall herauszumanövrieren, zuerst, indem er anfragte, ob er nicht zu überlastet sei, um die Ermittlung ordentlich durchzuführen, dann, indem er ihm vorgeschlagen hatte, in Frührente zu gehen, und versucht hatte, Emma anderweitig einzusetzen? Wenn Rouse die Ermittlung stoppen wollte, warum berief er ihn dann nicht einfach ab?
Wahrscheinlich, weil er das hätte erklären müssen.
Und das konnte er nicht.
Das Stimmengewirr wurde ihm zu viel, und Lapslie machte sich wieder auf den Weg in den Ruheraum in der Hoffnung, dass sich dort niemand zu einem raschen Nickerchen eingeschlichen hatte, während er weg gewesen war. Freitagnachmittags war es immer besonders schlimm: Einmal hatte er dort drei Kollegen vorgefunden, die ihren Mittagspausenrausch ausschliefen – einer im Bürosessel, einer flach auf dem

Rücken auf dem Schreibtisch und einer zusammengerollt darunter.
Doch er hatte Glück. Der Raum war noch leer.
Er schloss die Tür, lehnte sich im Sessel zurück und ließ die Stille auf sich wirken. Sein Atem, von dem er nicht einmal bemerkt hatte, wie angespannt er war, beruhigte sich langsam.
Seine Gedanken wanderten zurück in die Leichenhalle und zu der Frage, ob dort ein Eindringling Dr. Catheralls Dateien durchforstet hatte. Er hatte es Emma Bradbury gegenüber nicht erwähnt. Denn obwohl sie eine Weile allein in Catheralls Büro gewesen war und gemäß der theoretischen Analyse der Situation als Verdächtige in Frage kam, hatte Lapslie sie sofort ausgeschlossen, weil sie Polizistin war, weil er sie kannte und weil sie kein einleuchtendes Motiv hatte. Jetzt, da er den Verdacht hatte, dass sein direkter Vorgesetzter mehr über den Fall wusste, als er sollte, und sehr wohl seine Mitarbeiterin hatte veranlassen können, ein bisschen Untergrundarbeit für ihn zu leisten, vertraute Lapslie Emma paradoxerweise sogar noch mehr. Wenn nämlich Superintendent Rouse in den Fall verwickelt war, dann waren es auch die beiden Fremden vom Justizministerium, und dann war es plausibler, dass die beiden in den Daten spioniert hatten und nicht sie. Schließlich sah es ja auch ganz so aus, als seien die beiden am Fundort der Leiche präsent gewesen.
Ihm kam ein beunruhigender Gedanke: Waren sie dort gewesen, *als* die Leiche entdeckt wurde? Doch das war eigentlich unmöglich. Wahrscheinlicher war, dass sie die Meldung irgendwie vom zuständigen Polizeirevier oder von den Reportern am Unfallort aufgeschnappt hatten. Aber was genau hatte dann ihr Erscheinen aus-

gelöst? Tauchten sie bei jedem Autounfall auf, der sich in dieser Gegend ereignete?
Oder tauchten sie nur jedes Mal auf, wenn der Leichnam einer alten Frau entdeckt wurde?
Er dachte daran, Emma in das einzuweihen, was passiert war, auf der Basis, dass sie vielleicht etwas über diese mysteriösen Fremden ausfindig machen konnte, aber irgendetwas hielt ihn davon ab. Zuerst brauchte er mehr Informationen, doch er hatte das deutliche Gefühl, dass das außerhalb der normalen Kanäle bewerkstelligt werden musste. Er holte sein Handy aus der Tasche und ließ die Adressenliste durchlaufen, bis er auf einen Namen und eine Nummer stieß, von denen er geglaubt hatte, er würde sie nie wieder benutzen müssen, obgleich er sie – für alle Fälle – nicht gelöscht hatte.
»Dom McGinley«, sagte eine Stimme, die einen unmöglichen, aber vertrauten Geschmack auf seiner Zunge auslöste wie Kaugummi mit Lachsgeschmack.
»McGinley? Mark Lapslie.«
»Mr. Lapslie. Ist lange her.«
»Fünfzehn Jahre. Und ich sehe jetzt wahrscheinlich so aus wie Sie damals.«
McGinley lachte; ein Dröhnen, das früher eine Bar hätte leer fegen können. »Normalerweise nehme ich Anrufe von Bullen nur entgegen, wenn ich was gegen sie in der Hand habe«, sagte er. »Mir ist, als wären wir beide quitt gewesen, als wir uns getrennt haben.«
»Dann ist heute Ihr Glückstag«, sagte Lapslie. »Ich brauche einen Gefallen. Können wir uns treffen?«
»Mann, ich dachte, dieser Tag würde niemals kommen. Mittwoch, die übliche Kneipe an der Themse. Sie erinnern sich.«

»Ich versuch's zu vergessen, aber es geht nicht. Also gut – bis Mittwoch.«

Das Handy verstummte, und Lapslie starrte es eine Weile an. Eine Stimme aus der Vergangenheit, wirklich. Dominic McGinley war damals, in den Siebzigern, im Norden Londons eine Legende gewesen. Er beherrschte den größten Teil des Drogenhandels, der Schutzgelderpressung und die gesamte Prostitution zwischen dem Nordring und Westminster, zur Linken durch die A5 und zur Rechten durch die A10 begrenzt. Lapslie war nur einer von vielen Polizisten gewesen, die sich bemüht hatten, ihm irgendetwas nachzuweisen, doch McGinley hielt immer ein paar Schritte Abstand zu den Verbrechen. Etwas bis zu ihm zurückzuverfolgen, war schier unmöglich.

Und jetzt brauchte Lapslie seine Hilfe. Merkwürdig, wie die Dinge manchmal liefen.

9

Etwas, das Daisy beim Durchlesen der Lokalzeitungen, die den Bereich der Tendring Hundreds abdeckten, vermisst hatte, war die Rubrik Kunst. Erst später an jenem Nachmittag, als sie auf der Strandpromenade saß, über die grauen Wellen blickte und nachgrübelte, wo sie das Gesicht dieses Mädchens aus dem Bibliotheksbuch schon einmal gesehen hatte, fiel es ihr wieder ein: Sie kramte in ihrer Tasche, zog die *Gazette* heraus und blätterte die Seiten durch, bis sie gefunden hatte, was sie suchte. Ja! Außer den üblichen Allerwelts-Shows mit den abgehalfterten Fernseh-Entertainern, die das völlig falsche Publikum anzogen, gab es im nahe gelegenen Clacton ein Theater, das anscheinend richtige Schauspiele aufführte. Kultivierte Unterhaltung. Wenn ihre früheren Erfahrungen, die zugegebenermaßen schon ein paar Opfer zurücklagen, sie nicht trogen, dann musste die Auswahl in einem Theater ziemlich gut sein. Selbst wenn sie die Paare und die Reisegesellschaften mied, sollte durchaus noch ein reichliches Angebot an Frauen übrig bleiben, die zwar genug Geld hatten, sich eine Theaterkarte zu leisten, aber niemanden, der die Abende mit ihnen teilte. Perfekt!

Laut Fahrplan, den sie am Kiosk der Touristen-Information mitgenommen hatte, gab es einen Bus, der um sechs Uhr abends in Leyston abfuhr und sie rechtzeitig zu Aufführungsbeginn nach Clacton brachte. Und

zum Glück hatte sie ein paar Kleider eingepackt, die förmlich genug waren, um damit ins Theater zu gehen, aber leger genug, dass es kein Problem sein sollte, in einem Seebad spätabends in einen Bus zu steigen.
Sie ging ins Hotel zurück, duschte und legte ein wenig Make-up auf. Nicht genug, um aufdringlich zu wirken, aber gerade genug, um den Eindruck, den sie hervorrufen wollte, glaubhaft zu machen: dass sie kultiviert war, aber nicht »vornehm«, dass sie Geld hatte, aber keine Freunde. Genau das Spiegelbild der Person, nach der sie suchte. Menschen wurden, wie sie beobachtet hatte, oft von ihren eigenen Spiegelbildern angezogen.
Das Kleid, das sie aus dem Koffer zog, war schwarz, aber nicht beerdigungsschwarz. Mit einem Gürtel, einer Strumpfhose und einem Mantel darüber würde es völlig akzeptabel aussehen. Sie dachte zurück, versuchte sich zu entsinnen, woher sie es hatte. Gekauft hatte sie es bestimmt nicht – Daisy bemühte sich, niemals etwas zu kaufen, wenn sie es irgendwie vermeiden konnte. Hatte es einmal Alice Connell gehört? Jane Winterbottom? Daisy versuchte, sich ihre Gesichter ins Gedächtnis zu rufen, doch alles, woran sie sich erinnern konnte, waren die Kleidungsstücke der Frauen, mit ihrem eigenen Gesicht darüber, das ihr aus dem Spiegel entgegenblickte. Nein, Alice war größer gewesen als sie, und Jane erheblich dicker. War es jemand vor Alice gewesen? Vage entsann sie sich einer Frau in Leeds, die langsam gestorben war, nachdem Daisy ihr über einen Zeitraum von mehreren Wochen Eibenrinde ins Essen geraspelt hatte. Da es ihr aber trotzdem gutzugehen schien, war Daisy bereits drauf und dran gewesen, auf eine andere Pflanze umzuwech-

seln. Und dann war sie plötzlich tot umgekippt, anscheinend durch einen Herzanfall. Doch Daisy hoffte trotzdem, ihr Herz sei durch die Eibenrinde geschwächt worden. Es wäre doch Verschwendung von Zeit und Mühe gewesen, wenn sie eines natürlichen Todes gestorben wäre.

Wie war doch gleich der Name dieser Frau gewesen? Hatte sie auch Jane geheißen? Sie wusste es einfach nicht mehr.

Einerlei. Passend zum Kleid wählte Daisy eine sehr hübsche Halskette, die, wie sie sich entsann, Violet Chambers gehört hatte – früher. Die Kette verlieh dem Kleid Eleganz. Als sie mit Ankleiden fertig war, war es fast Zeit, zu gehen.

Es war schon beinahe dunkel, als sie das Hotel verließ. Und die Promenade erwachte zum Leben: Was bei Tageslicht grelle Farbe und verwittertes Holz gewesen war, verbarg sich jetzt im Glanz der Glühlampenketten, die den Eingang säumten und sich eine lange Strecke die Promenade entlangzogen wie glitzernde Wassertropfen an Spinnenfäden. Daisy hörte auch Musik: ein regelmäßiges, hypnotisches Dröhnen, das in seltsamem Kontrapunkt als Echo von den Häuserwänden zurücktönte. Wie konnten die Menschen bloß hier leben, Nacht für Nacht, mit diesem unentwegten Krach?

Der Bus war pünktlich, und die Fahrt über kurvenreiche Landstraßen und durch unbekannte Dörfer lang genug, dass Daisy ins Dösen verfiel. Der Bus war halbvoll, die Passagiere waren zur Hälfte Teenager und zur Hälfte ältere Leute, manche davon wahrscheinlich auch auf dem Wege ins Theater von Clacton.

Daisy nahm absichtlich von niemandem Notiz. Dafür

war später noch Zeit genug. Hin und wieder schaute sie aus dem Fenster, aber die hereinbrechende Dunkelheit bewirkte, dass sie immer öfter nur ihr eigenes Spiegelbild sah. Und während sie mehr und mehr ins Träumen geriet, wurde dieses Bild manchmal zu einer der Frauen, die sie im Leben verdrängt hatte. Einmal, als sie hinschaute, war die Frau, die ihr entgegenblickte, dünner als sie, und sie trug eine Brille: Deidre – Deidre Irgendwas? Ein anderes Mal war es die verstorbene Daisy Wilson, die sich umwandte und ihrem Blick begegnete, die Augen tief im aufgedunsenen Fleisch eingesunken, das weiße Haar auf dem Kopf zu einem traurigen Überbleibsel der hochtoupierten Haarpracht zusammengerafft, die sie einst so stolz getragen hatte.

Und einmal, als Daisy die Augen aufschlug und in den dunklen Spiegel des Fensters sah, starrte ein junges Mädchen sie an. Ein rothaariges Mädchen in einem Blümchenkleid, die ganze Vorderseite mit etwas Dunklem, Feuchtem und Grässlichem befleckt.

Mit einem jähen Ruck war Daisy hellwach. Ihr Herz raste zum Zerspringen. Sie sog tief den Atem ein und musste sich anstrengen, die Luft an dem Klumpen in ihrer Kehle vorbeizusaugen. Ganz allmählich fand ihr Herz zu seinem gewohnten Rhythmus zurück.

Daisy kannte das Mädchen. Sie kannte das Gesicht, sie kannte sogar das Kleid, doch es war etwas an diesem Mädchen, woran sie nicht denken wollte. Als sie das Foto in der Bibliothek erblickt hatte, hatte sie das Buch zugeschlagen und war gegangen. Jetzt heftete sie den Blick gezielt auf die Lichter außerhalb des Fensters in der Absicht, alle Spuren dieses Mädchens aus ihrer Erinnerung zu löschen.

Jetzt fuhr der Bus nach Clacton hinein. Die Lichter hier waren heller als in Leyston, die Musik war lauter, und überhaupt war alles intensiver. War Leyston der scheue, zurückgezogene Bruder, so war Clacton die ältere, extrovertierte und ziemlich vulgäre Schwester.
Daisy schloss sich blindlings ein paar anderen älteren Passagieren an und verließ den Bus; und wirklich war es nur ein kurzer Weg bis zum Theater. Als sie an der Fassade hinaufblickte, ging ihr auf, dass sie sich gar nicht erkundigt hatte, welches Stück an diesem Abend gespielt wurde. Jetzt sah sie dort oben den Titel und musste unwillkürlich kichern.
Arsen und Spitzenhäubchen.
Wie passend. Wie überaus passend.
Die Zuschauer, die ins Theater strebten, waren zumeist Leute etwa ihres Alters, und in ihrem Kleid und dem Mantel fiel sie in der Menge überhaupt nicht auf. Sie trat an den Kartenschalter und ließ sich ein Billett für den Rang geben. Die besseren Leute pflegten im Rang zu sitzen, hatte sie festgestellt.
Ein paar Minuten ehe sich der Vorhang hob, setzte sie sich auf ihren Platz und blickte sich um. Das Theater war etwa halbvoll, und sie konnte schon jetzt in ihrer Umgebung ein paar potenzielle Kandidatinnen ausmachen. Aber am besten wartete man bis zur Pause und sah dann, was sich ergab.
Das Stück wurde gut gespielt, und die Kulissen waren eine überzeugende Reproduktion einer heruntergekommenen Pension der fünfziger Jahre, doch nach einer Weile merkte Daisy, wie ihre Gedanken abschweiften. Sie kannte keinen der Schauspieler – bestimmt waren sie durch irgendwelche Fernsehserien oder so etwas bekannt, doch sie sah selten fern. Sie

wuselten auf der Bühne herum und brachten die Zuschauer immer wieder mit der Geschichte von zwei alten Damen zum Lachen, die die allein reisenden männlichen Gäste ihrer Pension umbrachten und sie im Keller begruben, doch Daisy fand das alles zu hektisch und zu wenig glaubhaft.

Zwei Reihen vor ihr, ein wenig zur Linken, saß eine Frau. Sie hatte weißes Haar und war recht stämmig. Der Platz links neben ihr war frei, und auf dem rechts neben ihr saß ein Mann, doch er war viel jünger als sie, und sein Kopf war der Person an seiner anderen Seite zugeneigt. Die Frau trug einen Seidenschal um den Hals und war ganz fasziniert von dem Stück, und Daisy war mehr und mehr fasziniert von ihr, je länger die Vorstellung dauerte. Sie musste sie unentwegt ansehen, betrachtete die Linie ihres Halses, die Form ihres Ohrs, beobachtete, wie der Ohrring, den sie trug, im Licht funkelte. Daisy spürte, wie ihr Puls sich beschleunigte: Dies war die Sorte Drama, die ihr gefiel.

Die Pause kam, und Daisy manövrierte sich rasch aus ihrer Reihe heraus und richtete es so ein, dass sie in der Schlange vor der Bar dicht vor ihr zu stehen kam. Sie wollte sichergehen, dass sie gesehen wurde. Es war immer besser, wenn die Beute den ersten Schritt machte und nicht der Räuber.

Daisy kaufte sich zu einem exorbitanten Preis einen kleinen Gin Tonic und setzte sich dann wohlüberlegt ganz in der Nähe an einen Tisch am Fenster, an dem noch ein zweiter Stuhl stand. In der Bar war es unangenehm warm, hier jedoch strich eine kühle Brise von außen herein, angereichert mit dem Duft von Zuckerwatte und heißem Öl vom nahen Strand. Sie legte sich

einen Gesichtsausdruck stiller Resignation zu und blickte gedankenverloren aus dem Fenster.
»Verzeihen Sie, ist dieser Platz besetzt?«
Sie wandte den Kopf. Die Frau, die sie im Visier hatte, stand neben dem leeren Stuhl.
»Nein, ich bin … Nein, bitte sehr.«
Die Frau setzte sich. Sie hielt ein Glas Weißwein in der Hand. Über die Gerüche hinweg, die von draußen hereinkamen, konnte Daisy ihr Parfüm wahrnehmen.
»Mein Name ist Sylvia – Sylvia McDonald. Gefällt Ihnen das Stück?«
»Es ist sehr gut. Ja, *sehr* gut«, erwiderte Daisy. »Ich gehe nicht viel aus, da genieße ich das Theater ganz besonders.«
»Mir geht es genauso. Ich fand die Schauspieler unglaublich gut.«
»Und es ist auch so ein hübsches Theater.«
»Ja, wirklich. Und so bequem gelegen.«
»Wohnen Sie hier in der Nähe?«
»Ich wohne in Leyston«, sagte die Frau. »Ich bin heute Abend mit dem Auto hergefahren. Ich parke gleich hier die Straße runter.«
»Daisy. Daisy Wilson.«
Sie hoben die Gläser und lächelten.
»Mein Mann hat das Theater so geliebt«, sagte Sylvia nach einer Weile.
Daisy blickte sich um. »Ist er …«
»Ich hab ihn verloren, letzten Monat war es neun Jahre her.«
»Das tut mir schrecklich leid.«
»Und Sie?«
»Oh«, sagte Daisy, »ich habe nie geheiratet. Es gab da mal einen Mann, aber …« Sie verstummte und über-

ließ es Sylvia, den Rest der Geschichte zu erraten. »Ich bin gerade nach Leyston gezogen«, fuhr sie fort. »So ein friedlicher Ort.«
»Ja, es kann dort sehr schön sein«, bekräftigte Sylvia.
Es klingelte zum zweiten Akt. Daisy merkte, dass ihr nur wenige Sekunden für ihren nächsten Schachzug blieben. »Es kann aber auch sehr einsam sein«, sagte sie, »wenn man in der Gegend niemanden kennt ...« Sie blickte aus dem Fenster und ließ den Gedanken in der Luft hängen.
»Vielleicht sollten wir uns mal auf eine Tasse Tee treffen«, bot Sylvia an. »Lassen Sie uns was überlegen, wenn das Stück zu Ende ist. Vielleicht könnte ich Sie mitnehmen?«
Daisy trank ihr Glas aus und merkte, dass es in ihrer Hand ein wenig zitterte. Also begann er wieder – der lange Tanz der Freundschaft, Abhängigkeit und letztendlich des Todes. Ihr war, als stünde sie am Rande eines langen Abhanges. Ein Schritt, ein kleiner Schritt nur, und sie hatte sich festgelegt.
»Das wäre wundervoll«, sagte sie.
Daisy bekam vom Rest des Stückes kaum etwas mit. Sie war zu sehr damit beschäftigt, im Kopf ihr eigenes Schauspiel zu proben: ihre Rolle einzuüben, bis Worte und Aussage perfekt waren; zwischen verschiedenen Spielorten für die Szenen zu wählen, bis sie diejenigen fand, die am besten die Stimmung untermalten, die sie heraufbeschwören wollte. Nach dem letzten Vorhang gingen die beiden plaudernd zu Sylvias Wagen, und während der Fahrt plauderten sie weiter. Und als sie vor dem Bahnhof ankamen, wo Daisy abgesetzt werden wollte, hatten sie verabredet, sich am nächsten Tag in dem Café neben dem Postamt zu treffen – es war

das einzige, das Daisy kannte, obgleich sie das lieber nicht zugab. An diesem Abend legte sie sich triumphierend schlafen, und sie schlief wie eine Tote.

Am nächsten Morgen wachte Daisy früh auf. Sie hatte eine Menge zu tun. Nach einem schnellen Frühstück lief sie in der Stadt herum, bis sie einen Wohnungsmakler gefunden hatte, der ihren Vorstellungen entsprach: nicht zu großspurig, aber auch nicht heruntergekommen, einen in einer Seitenstraße, der einheimische Kunden bediente und nicht Urlauber, die eine Wohnung für den Sommer mieten wollten.

Daisy wusste genau, was sie wollte, und lehnte höflich alles ab, was man ihr zeigte, bis der junge Mann, der sie bediente, ihr das Foto eines kleinen Hauses vorlegte, das ein wenig abseits der Stadt nahe an den Klippen lag. Altmodischer Stil, mit einem kleinen Garten dahinter und mit einer Passionsblume, die sich an dem überdachten Vorbau hochrankte und bis zu einem Fenster im ersten Stock hinaufkletterte – es war genau das, wonach sie suchte. Im Obergeschoss wohnte bereits ein ausländisches Mädchen, das am College der Stadt studierte. Das Erdgeschoss war noch zu vermieten. Es war, fand Daisy, während sie das Foto betrachtete, genau das richtige Netz, um die Fliege darin zu fangen, nach der sie suchte. Sie legte Rechnungen vor, die an Daisy Wilsons alte Adresse gerichtet waren, um ihre Identität nachzuweisen, darauf bekam sie einen Satz Schlüssel und zog los, um die Wohnung selbst zu besichtigen, obwohl der junge Mann anbot, sie hinzufahren. Darauf kam es jetzt kaum noch an.

Die Wohnung war ein wenig klein für ihre Zwecke, mit einem Wohnzimmer an der Vorder-, einem Schlafzimmer an der Rückseite und einer Küche mit Essecke an der Seite. Wenigstens hatte sie eine kleine Veranda, wodurch sie weniger unelegant wirkte. In dem Bewusstsein, dass sie ja nicht lange dort wohnen würde, vorausgesetzt, es verlief alles nach Plan, kehrte sie schnurstracks zu dem Makler zurück und hinterlegte die Kaution. Sie hatte noch fast eine Woche das Hotel gebucht, das verschaffte ihr Zeit, einiges an Mobiliar anzuschaffen und die Wohnung so aussehen zu lassen, als wohne sie dort schon geraume Zeit. Bis dahin musste sie es so einrichten, dass Sylvia sie zu sich einlud, nicht umgekehrt.

Auf dem Rückweg vom Makler entdeckte Daisy in den rückwärtigen Straßen drei Läden, die Secondhand-Möbel verkauften und auch lieferten. Sie brauchte Sachen, die benutzt aussahen. Sachen, die sie ebenso gut von irgendwoher mitgebracht haben konnte.

Am Nachmittag trafen sich Daisy und Sylvia auf einen Kaffee. Sie unterhielten sich anderthalb Stunden lang über belanglose Dinge: die Aufführung vom Vorabend, das Wetter, und wie hübsch die Stadt war. Gegen Ende erzählte Sylvia Daisy von ihrem Mann, dass er fünfzehn Jahre lang Mitglied der freiwilligen Seenotrettung gewesen war, ehe der Krebs ihn dahingerafft hatte. Ihre Augen waren blank von ungeweinten Tränen. Daisy riskierte es, ihr sanft die Hand zu tätscheln und ihr ein Papiertaschentuch anzubieten.

Daisy ihrerseits erzählte, dass sie fast drei Jahrzehnte lang Krankenschwester gewesen sei und die Anforderungen des Berufes ihr nie gestattet hatten, jemanden zu finden, mit dem sie sich häuslich niederlassen konnte. Dann griff sie auf Elemente der Geschichte zurück, die sie ursprünglich nach Leyston verschlagen hätten: Sie erzählte Sylvia, ihre Schwester sei krank geworden, und sie sei zu ihr gezogen, um sie während ihrer letzten Tage zu pflegen. Das war ein kalkuliertes Risiko, und Sylvia fragte auch wirklich nach dem Namen der Schwester, doch Daisy erklärte, ihre Schwester sei schon seit Jahren behindert gewesen und hätte kaum jemals das Haus verlassen. Sylvia schien sich mit dieser Erklärung zufriedenzugeben.

Sylvia bestand darauf, Kaffee und Kuchen zu bezahlen. Sie benutzte dazu eine Kreditkarte, was Daisy unermesslich freute. Denn es bedeutete, dass sie solvent war. Es bedeutete, dass sie eine noch attraktivere Kandidatin war, als Daisy zunächst vermutet hatte. Sie verabschiedeten sich freundschaftlich, nachdem sie ihre Adressen ausgetauscht hatten und nachdem Sylvia Daisy für den Nachmittag des übernächsten Tages zu sich zum Tee eingeladen hatte.

Im Hotel setzte sie sich an den Schreibtisch am Fenster. Dann zog sie den Papierstreifen mit der Kreditkartenrechnung aus der Tasche, den sie so geschickt aus Sylvias Handtasche genommen hatte, als Sylvia die Toilette aufsuchte, kurz bevor sie gingen.

Sie nahm ein leeres Blatt Papier und kopierte Sylvias Unterschrift wieder und wieder, zuerst langsam, dann immer schneller, bis sie sie perfekt nachahmen konnte.

An diesem Abend war es Daisy nach Feiern zumute. Statt im Hotel zu essen, ging sie aus, wanderte durch die Stadt und fand ein kleines Restaurant, das einheimische Fische und Meeresfrüchte anbot. Daisy aß Scampis und Pommes frites und genoss es von Herzen. Noch mehr genoss sie die Tatsache, dass sie nicht länger die Leute um sich herum beobachten musste, für den Fall, dass ein lohnendes Objekt auftauchte. Sie hatte ihr Objekt gefunden. Jetzt brauchte sie nur noch weiterzumachen wie gehabt.

Am nächsten Morgen erklärte sie dem Empfangsportier des Hotels, dass sie am Ende der Woche ausziehen werde. Den Rest des Tages klapperte sie verschiedene Secondhand-Läden entlang der Hauptstraße ab, arrangierte die Zulieferung von Möbelstücken und kaufte allerlei Nippsachen, alte Bücher, Besteck, Platten, Teller und Tassen, die sie in einem Einkaufsroller, den sie für fünf Pfund in einem Wohltätigkeitsladen erstanden hatte, per Bus zu ihrer neuen Adresse beförderte.

Als es Abend wurde, war Daisy hungrig, doch statt nach etwas Essbarem Ausschau zu halten, wandten sich ihre Schritte wie von selbst erneut dem Jachthafen zu. Irgendwie hatte die Stille des Wassers sie am Vortag so beruhigt, und sie wollte sich dieses Gefühl erneut verschaffen. Sie brauchte nur wenige Minuten, die Straße wiederzufinden, sie entlangzugehen, bis sie auf den Erdwall und die Eingangspforte zum Jachtclub stieß. Langsam stieg sie die flachen Betonstufen hinauf, und die Anstrengung setzte ihr mehr zu als am Tag zuvor. Oben hob sie den Blick, um ihn über die weite Wasserfläche gleiten zu lassen.

Sie war nicht da. Stattdessen sah sich Daisy einer gewellten Riesenfläche grünlich grauen Schlicks gegenüber. Sie stieg die Stufen auf der anderen Seite des Dammes hinunter und versuchte zu begreifen, was da passiert war. Hatte die Ebbe das Wasser ablaufen lassen? Die Veränderung schien einfach zu dramatisch, um sich in so kurzer Zeit ereignet zu haben, doch das war wohl die einzige Erklärung.

Die Boote, die gestern noch so friedlich im Wasser geschwommen waren, lagen jetzt wie betrunken auf dem Schlick, die Masten in verrückten Winkeln geneigt. Möwen stelzten dazwischen hindurch und pickten an der schlammigen Oberfläche herum. Und Daisy roch plötzlich einen so ekelhaften Fischgestank, dass sie unwillkürlich die Nase rümpfte. Sie trat an den Rand der Kaimauer und blickte hinab in den Schlick. Die Sonne hatte ihn teilweise zu einer harten Kruste gebacken, durchzogen von Rissen, in denen eine unerfreuliche Feuchtigkeit schimmerte. Rostige Dosen, Flaschen, Röhren und nicht identifizierbare Gegenstände mit scharfen Kanten ragten aus dem Schlick hervor, als seien sie Teile von etwas Größerem, dort unten Begrabenen, das sich mühte, sich wieder an Land zu hieven. Kleine Insekten schwirrten über die feuchte Fläche und suchten nach einem Platz, wo sie ihre Eier ablegen konnten. Es war unglaublich, dass etwas so Hässliches durch etwas so Schönes hatte verborgen werden können; dass etwas, das so ekelhaft aussah und roch, unter der reinen, glitzernden Wasserfläche hatte lauern können.

Daisy wandte sich zum Gehen. Sie fühlte sich beschmutzt. Sie würde darauf achten, dass sie nie wieder zum Jachthafen kam, außer bei Flut.

In dieser Nacht träumte Daisy wieder von dem rothaarigen Mädchen. Sie hatte unruhig geschlafen, seit sie zu Bett gegangen war, fernes elektrisches Rasseln von Autoscootern auf dem Kai oder der Lärm von Teenagern, die singend und schreiend die Strandpromenade entlangzogen, hatte sie immer wieder hochschrecken lassen. Als die Zeit verstrich, als die Kneipen und Clubs ihre Türen schlossen und der Kai sich leerte, wurde es auch in ihrem Zimmer stiller, und sie sank tiefer in die Bewusstlosigkeit, wie eine rostige Blechdose in den Schlamm. Gegen Mitternacht nahm sie nichts mehr wahr.

Im Traum befand sich Daisy in einem Esszimmer, das von einem großen Mahagonitisch beherrscht wurde. Vor jedem der Stühle lagen Sets: Korkmatten mit laminierten Bildern von Pflanzen auf der Oberseite. Der Raum selbst war dunkel, abgesehen von den Kandelabern auf dem Tisch, doch Daisy meinte in der Schummrigkeit Vorhänge zu entdecken – weiche, samtartige Vorhänge, die in Schwüngen und Raffungen bis auf den Boden fielen und alle Geräusche dämpften.

Daisy saß an einer Stirnseite des Tisches. Das Bild auf ihrem Platzdeckchen zeigte einen Rhododendronstrauch. Als sie im Zeitlupentempo des Traums, wie unter Wasser, den Kopf nach links wandte, sah sie, dass auf dem Platzdeckchen dort ein Azaleenbusch abgebildet war, und auf dem an ihrer rechten Seite ein Berglorbeer.

»Hast du gewusst«, fragte eine mädchenhafte Stimme vom andern Ende des Tisches, »dass der Honig von Bienen, die Pollen von Rhododendron gesammelt haben, tatsächlich giftig ist? Ich glaube, das habe ich in einem Buch gelesen.«

Daisy blickte auf. Ihr gegenüber saß ein Mädchen. Sie war etwa acht Jahre alt, hatte rotes Haar und trug ein geblümtes Kleid. In dem schweren Mahagonisessel, in dem sie kauerte, wirkte sie zwergenhaft.

»Wie heißt du?«, fragte Daisy.

»Ich weiß es nicht mehr«, erwiderte das Mädchen. »Und du?«

Daisy schüttelte den Kopf. »Ich kann mich auch nicht erinnern. Wo sind wir hier?«

»An meinem geheimen Ort. Gefällt er dir?«
»Ich weiß nicht recht, Liebes. Ich kann ihn gar nicht richtig sehen. Was machen wir hier?«
»Wir veranstalten eine Teeparty. Wir veranstalten hier immer Teepartys.«
Ohne sonderliche Überraschung sah Daisy jetzt auf dem Set vor dem kleinen Mädchen eine Teekanne und zwei Tassen auf Untertassen stehen: kleine Tassen, kleine Untertassen, eher für Puppenstuben geeignet als für Menschen. Mit übertriebener Vorsicht füllte das Mädchen die beiden Tassen mit einer dampfenden braunen Flüssigkeit, glitt dann von ihrem Stuhl herunter, fasste nach einem Tellerchen mit der Tasse darauf und trug es um den Tisch herum dorthin, wo Daisy saß.
»Er ist wunderbar«, sagte sie, als sie die Tasse niedersetzte. »Ich hab ihn selbst gemacht.«
»Und woraus hast du ihn gemacht, Liebes?«, fragte Daisy, als das Mädchen zu ihrem Stuhl zurückkehrte.
»Aus dies und das, ich weiß nicht, was«, antwortete das Mädchen. »So wie ich das immer mache. Du musst ihn trinken.«
»Ich bin gar nicht durstig.«
»Aber du musst.« Es war weniger ein Befehl als eine Feststellung.
Daisy streckte unwillkürlich die Hand nach der Tasse aus. Sie wollte sie zurückreißen, aber ihre Finger legten sich um das warme Porzellan, und sie hob sie an den Mund. »Ich bin wirklich gar nicht …«
»Aber du *musst*. Das ist ein Spiel.«
Daisy spürte, wie der Dampf an ihrer Oberlippe zu Feuchtigkeit wurde. Sie roch etwas Bitteres, Unangenehmes. »Was ist das?«

»Weißt du das nicht?« Das Mädchen grinste einfältig. Daisy spürte die Tasse in ihren Fingern, spürte die zunehmende Hitze, die ihr durch die Haut fuhr. »Es riecht so … irgendwie bekannt.«
»Das ist früher in deinem Garten gewachsen. Überall in deinem Garten ist es gewachsen. Ich hab aus den Beeren ein Getränk gemacht. Weißt du nicht mehr? Der Gärtner hat es ›Belladonna‹ genannt.«
Die Tasse kippte, und die Flüssigkeit rann in Daisys Mund. Sie versuchte, sie auszuspucken, doch was immer ihre Hand verhext hatte, ließ sie jetzt schlucken und noch einmal schlucken.
»Kaninchen können es ruhig fressen«, erklärte das Mädchen altklug, »denen macht es nichts aus. Aber wenn du die Kaninchen isst, dann kannst du vergiftet werden.«
Daisy spürte ein Brennen im Mund, obgleich der Tee gar nicht so heiß gewesen war. Auf ihrer Zunge und ihren Lippen bildeten sich Blasen, und ihre Stirn war plötzlich feucht von Schweiß.
»Anscheinend haben Hexen immer Belladonna genommen, wenn sie nachts zusammen getanzt haben. Dann dachten sie, sie könnten fliegen. Meine Mami sagt, Hexen gibt es gar nicht wirklich, aber ich weiß, es gibt sie doch.«
Daisys Hände setzten die Tasse auf den Tisch zurück und falteten sich ordentlich im Schoß, aber ihre Finger zitterten, und ihre Handflächen waren feucht.
»Römische Frauen haben Belladonna bei ihrem Make-up benutzt, damit ihre Haut richtig weiß aussah.« Das Mädchen beugte sich in ihrem Stuhl vor, die Arme verschränkt, und beobachtete Daisy scharf. »*Deine* Haut sieht jetzt auch richtig weiß aus, aber ich glaube,

das ist kein Make-up. Ich glaube, da wirkt schon die Belladonna.«

Ihre Hände waren völlig taub, und der Raum um sie her verschwamm und war nebelweiß. Sie erkannte gerade noch die Umrisse des Mädchens, doch der Nebel verwandelte ihre feinen Züge in einen Totenkopf, einen rothaarigen Totenkopf, der Daisy wie irrsinnig angrinste.

»Na, wie fühlt sich das an?«, schrie das Mädchen. »Wie fühlt sich das *an?*«

Daisy fuhr senkrecht im Bett hoch. Einen Moment lang spürte sie förmlich noch die Blasen im Mund und das anschwellende Brennen in ihrer Kehle, doch die Laken unter ihren verkrampften Händen waren kühl, und draußen vor dem Fenster konnte sie Wellen hören, die auf den Strand schlugen. Es war nur ein Traum gewesen. Es war nur ein böser Traum gewesen.

Am nächsten Morgen brauchte Daisy länger als gewöhnlich, um sich zu waschen und anzukleiden. Sie fühlte sich alt und müde. Irgendwas an dieser Stadt zehrte an ihrer Kraft. Es war, als habe ihre Ankunft hier alte Geister geweckt, und sie musste versuchen, sie wieder zur Ruhe zu bringen, wenn sie bei Sylvia irgendwelche Fortschritte machen wollte.

Den Vormittag brachte sie damit zu, im Hotel und in der Stadt herumzutrödeln, und nach dem Lunch nahm sie ein Taxi und fuhr zu Sylvias Haus. Auf einem Stadtplan, den sie am Informationskiosk bekommen hatte und der sich als immer nützlicher erwies, hatte sie bereits festgestellt, wo es lag, und sie wusste, dass sie einen Bus nehmen konnte, der sie zehn Gehminuten entfernt absetzte, aber sie wollte frisch dort ankommen. Und außerdem machte es so den Eindruck,

als sei sie es gewohnt, einigermaßen komfortabel zu reisen, was Sylvia gewiss zu schätzen wusste.
Das Haus war hoch gelegen, nahe dem höchsten Punkt der Landzunge, die sich nördlich der Stadt ins Meer hinausschob, und es gehörte zu einer Siedlung, die nach Daisys Einschätzung in den dreißiger Jahren gebaut worden war. Es war wohlproportioniert und weitläufig, aus rotem Backstein gebaut, mit einer Garage und einem kleinen runden Fenster über der Haustür, und stand ein wenig entfernt von seinen Nachbarn und von der Straße zurückgesetzt.
Als Daisy ausstieg und den Fahrer bezahlte, konnte sie kaum den Blick davon losreißen. Von allen Häusern, in denen sie je gelebt hatte – oder hatte leben wollen –, war dies das schönste. Sie würde es genießen, hier zu wohnen, nachdem sie Sylvia aus dem Weg geräumt hatte.
Sylvia wartete bereits an der Haustür. »Ein Taxi«, sagte sie. »Wie extravagant.«
»Den Bus hätte ich nicht ertragen«, erwiderte Daisy und folgte Sylvia ins Haus. »Wie schön haben Sie es hier.«
»Möchten Sie einen Rundgang machen?«
Und Sylvia führte Daisy voller Stolz herum. Das Haus war makellos gehalten, und offensichtlich gab es Zimmer, die Sylvia gar nicht mehr betrat. Die Küche war riesig, mit holzgetäfelten Schränken, und aus Sylvias Schlafzimmer hatte man zwischen den gegenüberliegenden Häusern hindurch Aussicht auf das Meer. Es war einfach perfekt.
Nun ja, nicht ganz perfekt. Nichts von dem Inventar und den Ausstattungsgegenständen würde mehr als höchstens ein paar tausend Pfund bringen. Das Haus

selbst allerdings würde ein ganz schönes Bündel wert sein, wenn Daisy es eines Tages satthatte.
Das Wetter war warm genug, dass sie ihren Tee hinten im Garten trinken konnten. Sylvia hielt ihn wunderbar in Ordnung, und sie brachten einige Zeit damit zu, sich über die verschiedenen Blumen zu unterhalten. Daisy ließ sich besonders über die gepflegte Ligusterhecke aus und über die Winden, die sich hinten am Haus hochrankten.
Sie saßen in ihren Stühlen im Garten hinter dem Haus, und Daisy sagte aufs Geratewohl: »Es scheint so wunderbar still hier. Sie müssen gute Nachbarn haben.«
»Von denen sehe ich wirklich nicht viel«, bestätigte Sylvia. »Dort auf der einen Seite wohnt eine Familie. Die sind sehr viel unterwegs, und wir reden kaum miteinander. Der Mann auf der anderen Seite ist Busfahrer. Ein sehr ruhiger Mensch.«
»Und was ist mit den anderen? Auf der anderen Seite der Straße?«
»Ziemlich viele von denen sind während der letzten paar Jahre neu dazugekommen. Das geschieht heutzutage ja überall. Früher war es doch so, dass die Menschen bei den Nachbarn ein und aus gingen, ihre Hilfe anboten, miteinander Tee getrunken haben, sich Zucker oder Milch geborgt haben. Jetzt bleiben alle streng für sich. Es ist eine Schande.«
»Das stimmt«, bekräftigte Daisy. »Jeder Mensch braucht Freunde. Sonst kann das Leben so furchtbar einsam sein.«
Sie sprachen eine Weile über die Veränderungen, die sie während ihres Lebens miterlebt hatten, und dass die Leute sich heute viel weniger umeinander kümmerten als noch vor zwanzig, dreißig Jahren. Die

Natur der Gesellschaft hatte sich völlig verändert, und sie fühlten sich im Stich gelassen. Ein Teil der Vergangenheit.

Das Gespräch wandte sich anderen Dingen zu. Daisy erwähnte versuchsweise ihre Krampfadern, die ihr das Gehen gelegentlich so schwer machten.

»Ich kenne das«, sagte Sylvia. »Ich habe vor zehn Jahren eine neue Hüfte eingesetzt bekommen, und die andere Hüfte war ein Jahr später dran. Und ich schwöre, die Chirurgen haben eine eingesetzt, die kürzer ist als die andere – aber die hören mir ja nicht zu. ›Ich bin doch schließlich diejenige, die damit herumlaufen muss‹, hab ich ihnen gesagt, ›und an manchen Tagen habe ich das Gefühl, ich laufe im Kreis‹, aber die wollten davon nichts hören. Haben gesagt, das sei unmöglich.« Ihr Gesicht fiel in sich zusammen. »Manchmal kann ich nachts mit diesen Hüften einfach keine bequeme Lage finden. Ich glaube, ich habe keine Nacht mehr ordentlich geschlafen, seit sie mir die Dinger eingesetzt haben.«

»Dagegen sollten Sie was einnehmen«, schlug Daisy vor und witterte ein Schlupfloch, wie eine Katze zuweilen eine Maus wittert, ohne sie bereits zu sehen.

»Oh«, sagte Sylvia, »der Gedanke an Schlaftabletten behagt mir überhaupt nicht.«

»Ich dachte mehr an etwas Pflanzliches«, meinte Daisy beiläufig. »Einen Kräutertee vielleicht. Ich könnte Ihnen einen zusammenstellen. Wenn Sie möchten.«

»Oh Daisy«, sagte Sylvia dankbar, »Sie erschlagen einen ja förmlich mit Ihrer Freundlichkeit.«

10

Es gab ein Gedicht, das Mark Lapslie einmal gelesen hatte, als er im Internet nach den Erfahrungen anderer Menschen mit Synästhesie gesucht hatte. Es stand auf einer Website, die mit einigem Stolz hervorhob, dass es viele Künstler, Dichter und Musiker gab, die an Synästhesie litten, wenngleich dann eingeräumt wurde, dass gerade sie wohl am ehesten ihre Symptome bemerkt und daraus sogar Vorteile gezogen hatten. Das Gedicht stammte von einem französischen Dichter des 19. Jahrhunderts namens Baudelaire, und es war in Lapslies Gedächtnis haftengeblieben. Es beschrieb mit einer Handvoll von Worten etwas, von dem er wünschte, er könne es auch in seinem eigenen Leben erreichen – ein Gespür für die Schönheit und Majestät, die die Synästhesie anscheinend vermitteln konnte.

Denn es gibt Düfte, frisch wie Kinderwangen,
süß wie Oboen, grün wie junges Laub,
verderbte Düfte, üppige, voll Prangen,
wie Weihrauch, Ambra, die zu uns im Staub
den Atemzug des Unbegrenzten bringen,
und unsrer Seele höchste Wonnen singen.

Das Gedicht fiel ihm während der langen Fahrt – unter einem grauen, frühmorgendlichen Himmel – von seinem Häuschen in Saffron Walden zu dem Krankenhaus in der Nähe von Braintree wieder ein, wo er gelegentlich von einem Neurologen untersucht wurde. *Den Atemzug des Unbegrenzten – der Seele höchste Wonnen …* Wenn das doch auch für ihn so wahr und wirklich wäre wie anscheinend für Baudelaire.

Allerdings war Baudelaire ein syphilitischer Opiumsüchtiger mit Alkoholproblemen gewesen, und so fühlte sich Lapslie berechtigt, seine Schwelgereien nicht allzu ernst zu nehmen.

Er parkte seinen Wagen in der Nähe des Krankenhauses und ging durch den Haupteingang. Statt eines Anzuges hatte er Kakihosen, ein einfaches Hemd und ein schweres Leinenjackett gewählt. Er hatte sich für diesen Arzttermin einen Tag freigenommen, um sich außerdem später mit einem alten Freund zu treffen.

Die Eingangshalle war hoch und luftig, von Kübeln mit Farnen gesäumt, mit sanft plätschernden Springbrunnen in der Mitte und Steinbänken ringsherum. Doch nachdem er durch eine Doppeltür an einer Seite der Halle gegangen war, befand er sich alsbald in einem typischen Krankenhaus: Ein Labyrinth aus rechtwinkligen Korridoren, die nach Desinfektionsmittel rochen, Wände und Linoleum im Laufe der Jahrzehnte von rollendem Krankenhausgerät zerschrammt. Das ursprüngliche Gebäude aus den fünfziger Jahren war lediglich genauso hinter einer eindrucksvollen neuen Fassade versteckt worden, wie die Damen zu Baudelaires Zeiten ihre pockennarbigen Gesichter unter dicken Schminkschichten verborgen hatten.

Eine Handvoll Menschen saßen im Wartebereich der neurologischen Ambulanz.

Lapslie setzte sich, wartete mit ihnen auf seinen Termin und gab sich alle Mühe, keinerlei Mutmaßungen

über sie anzustellen. Schließlich war er nicht im Dienst.
Er hatte seine Ankunft zeitlich perfekt abgestimmt, denn innerhalb von fünf Minuten wurde sein Name aufgerufen. Das Sprechzimmer war klein, anonym, mit weißen Wänden, einem Rollwagen, einem Schreibtisch mit Computer darauf und ein paar Stühlen. Es hätte jedes Sprechzimmer in jedem Krankenhaus oder Spital sein können, überall im Land.
Der junge Mann, der am Schreibtisch saß, war Lapslie unbekannt. Er las Informationen auf seinem Bildschirm, als Lapslie eintrat, und streckte die Hand aus, ohne den Blick vom Computer zu wenden. »Hallo. Ich bin Dr. Considine. Ich glaube, ich habe Sie noch nicht untersucht, oder?«
»Mark Lapslie.« Er schüttelte die Hand des Arztes und setzte sich. »Ich bin seit etwa zehn Jahren immer bei Dr. Lombardy gewesen.«
»Dr. Lombardy hat sich vor etwa sechs Monaten zur Ruhe gesetzt. Ein sehr gescheiter Mann. Ein großer Verlust für das Krankenhaus.« Wieder konsultierte er den Computer. »Ich sehe, Sie sind Synästhesiepatient. Wir bekommen hier nicht viele solche Patienten zu sehen – die Häufigkeitsschätzungen schwanken zwischen sechs Menschen pro eine Million und drei von hundert, je nachdem, wie weit man die Grenzen der Symptomatik ausweiten will. Sie gehören anscheinend zu der kleinen Patientengruppe, bei der die Symptome so ausgeprägt sind, dass sie im Alltagsleben Probleme machen. Wann waren Sie zum letzten Mal hier?«
»Vor einem Jahr.«
»Und hat sich Ihr Zustand in der Zeit verändert – ist er schlimmer oder besser geworden?«

»Er ist unverändert.«

»Hmm.« Der Arzt klopfte mit den Fingern auf den Schreibtisch. »Dr. Lombardy hat Ihnen bestimmt gesagt, dass es für Synästhesie keine Behandlung und keine Heilung gibt? Das ist etwas, womit Sie leben müssen.«

Lapslie nickte. »Das hat er mir gesagt. Wir haben aber abgesprochen, dass ich trotzdem so etwa einmal im Jahr wiederkommen soll, um zu erfahren, ob es in der Forschung irgendwelche größeren Fortschritte gibt.«

Dr. Considine schüttelte den Kopf. »Nicht dass ich wüsste. Das ist immer noch weitgehend ein Rätsel. Wir wissen durch die Kernspintomographie des Gehirns zum Beispiel, dass Synästhesiepatienten wie Sie andere Muster der Hirnaktivität zeigen als normale Menschen – in Ermangelung eines besseren Wortes –, aber wir versuchen immer noch, herauszufinden, was der Unterschied bedeutet. Es ist immer noch ein Rätsel.«

»Eins, das meine Karriere und mein Privatleben beeinträchtigt«, antwortete Lapslie bitter. »Es ist einfach, zu sagen, es gibt keine Therapie, aber Sie müssen ja auch nicht damit leben. Meine Karriere ist zum Stillstand gekommen, weil ich nicht unter Menschen gehen kann, wie es die anderen tun. Ich habe mich von meiner Familie getrennt, weil ich den ständigen Geschmack im Mund nicht ertrage, wenn sie um mich ist. Ich kann nicht fernsehen oder ins Kino oder ins Konzert gehen, aus Angst, dass ich mich plötzlich übergeben muss. Labbriges Eigelb und kreidige Tabletten gegen Sodbrennen sind schon schlimm genug, aber ein plötzlicher Schwall von stinkendem Abwasser oder Erbrochenem in der Kehle, das kann einem schon den ganzen Abend verderben.«

»Ich verstehe.« Der Arzt machte sich ein paar Notizen auf einem Block, der vor ihm lag. »Und verzeihen Sie mir die Frage, aber gibt es da vielleicht auch eine Kehrseite der Medaille? Bringt die Synästhesie Ihnen auch Vorteile?«

»Ich hab ein sehr gutes Personengedächtnis – ich habe den Verdacht, das kommt, weil ich ihre Stimmen jeweils mit einem bestimmten Geschmack assoziiere.«

»Das wundert mich jetzt aber – hat meine Stimme auch einen Geschmack?«

Lapslie lachte. »Sie wären überrascht, wie viele Leute mich das fragen, wenn sie von meinem Problem hören. Nein, nicht alle Stimmen rufen einen Geschmack hervor. Ich weiß selbst nicht, ob es mit der Tonhöhe oder dem Timbre oder sonst was zu tun hat. Bei manchen Stimmen passiert es eben, aber bei Ihrer nicht. Tut mir leid.«

»Sonst noch was? Irgendwelche anderen Vorteile?«

Lapslie überlegte kurz. »Merkwürdigerweise«, sagte er dann, »kann ich gewöhnlich merken, wann Leute mich anlügen. Das ist dann so ein ungewöhnlicher Geschmack. Trocken, würzig, aber nicht in der Art wie Curry. Eher wie Muskat. Das hat mir schon bei der Aufklärung von Verbrechen geholfen.« Auf Considines hochgezogene Augenbrauen hin fügte er hinzu: »Ich bin bei der Polizei.«

Considine runzelte die Stirn. »Ich kann ja gerade noch verstehen, dass Geräusche irgendwo im Gehirn falsch umgedeutet werden und zu Geschmacksempfindungen werden, aber Lügen sind doch keine *Geräusche,* dabei geht es doch um den Inhalt, die Bedeutung dessen, was gesagt wird. Das überfordert mich ein bisschen.«

»Ich erkläre mir das so«, sagte Lapslie, »wenn Menschen lügen, dann liegt ein gewisser Stress in ihrer Stimme, der die Art, wie sie sonst klingt, kaum merklich verändert. Irgendwie reagiere ich wohl auf diesen Stress und schmecke ihn.«

»Ich vermute, man hat Sie schon aufgefordert, an Forschungsprojekten teilzunehmen? Überall im Land gibt es jetzt Forschungslabors, die sich für Synästhesie interessieren.«

»Ja, man hat mich schon aufgefordert, und gelegentlich habe ich auch an Experimenten teilgenommen, aber für gewöhnlich läuft es darauf hinaus, dass ich bloß eine hochgejubelte Laborratte bin. Ich will mein Problem verstehen und beherrschen, und das Problem ist, dass die meisten Forscher etwas anderes wollen. Die wollen die Synästhesie als ein Fenster in den Mechanismus des Gehirns benutzen.«

Considine nickte. »Das kann ich Ihnen nachfühlen. Es gibt allerdings psychiatrische Methoden, die Sie ausprobieren könnten, um die Flut der Empfindungen, die Sie haben, besser zu kontrollieren. Kognitive Verhaltenstherapie zum Beispiel könnte Ihnen helfen, die Verbindung zwischen den Stimuli – also bestimmten Geräuschen – und Ihrer üblichen Reaktion darauf abzuschwächen. Die Geschmacksempfindungen könnten unverändert bleiben, aber Ihre Reaktionen könnten sich verändern. Wenn Sie wollen, kann ich Ihnen einen Therapeuten empfehlen.«

Therapie. Lapslie schüttelte den Kopf. Das war nichts für ihn.

»Danke«, sagte er, »aber ich glaube, das Problem sitzt tiefer als das. Die Art des Denkens zu verändern, das würde nichts bringen.«

»Dann werden Sie einfach damit leben müssen.«
»Vielen Dank für Ihre Zeit.«
»Kommen Sie in einem Jahr wieder«, sagte Dr. Considine, als Lapslie aufstand, um zu gehen. »Wer weiß? Vielleicht wissen wir dann wirklich, was Synästhesie ist und wie man sie unterdrücken kann.«
»Wer weiß?«, sagte Lapslie im Gehen.
Es hatte geregnet, während er im Krankenhaus war. Wasserlachen sammelten sich im Rinnstein und in den Dellen der Fahrbahn. Als er vom Krankenhausgelände fuhr, bog er in Richtung der A120 ab, doch eine kleine Stimme in seinem Hinterkopf sagte ihm, dass er hier gar nicht weit von dem Wald außerhalb von Faulkbourne entfernt war, wo man Violet Chambers' Leiche gefunden hatte. Abrupt bog er in einem Kreisverkehr rechts statt links ab und tippte rasch eine neue Zieleingabe in sein Navigationssystem. Er wusste selbst nicht, wieso, doch er wollte sich die Stelle noch einmal anschauen. Sich bei Tag einen Eindruck davon verschaffen anstatt frühmorgens. Wollte den Fundort sehen, wenn sonst niemand dort war, statt dass er von Polizisten und Tatortspezialisten wimmelte.
Er beschleunigte auf der Straße, ließ seine Gedanken schweifen und versuchte zu ergründen, weshalb er das, was von seinem freien Tag noch übrig war, damit zubringen wollte, in einem Mordfall zu ermitteln. Es war so etwas Unbefriedigendes an diesem Verbrechen. Etwas, das vom Üblichen abwich. Er hatte im Laufe der Jahre so viele Morde aufgeklärt, dass er dagegen abgehärtet war – gegen die Anblicke und Gerüche, gegen Gründe und logische Erklärungen –, aber dieser Fall passte irgendwie nicht in die üblichen Raster. Er war in sich zu stilisiert, zu durchorganisiert. Vergiften

war kein Verbrechen aus Leidenschaft, sondern eins der minutiösen Planung. Doch dann dieser Schlag auf den Kopf und das Entsorgen des Giftopfers im Wald, anscheinend noch am Leben. Das deutete auf Eile hin, auf einen Mörder, der in Panik geraten war und das Opfer einfach liegen gelassen hatte. Das beides passte einfach nicht zusammen.

Es sei denn ...

Es sei denn, der Mörder war gestört worden, als er versucht hatte, die Leiche wegzuschaffen. Er hatte sich vielleicht einen Ort ausgesucht, wo er sie deponieren konnte, ohne fürchten zu müssen, dass sie entdeckt wurde, doch dann war auf dem Weg dorthin irgendetwas passiert. Das Gift hatte nicht richtig gewirkt: Die vermeintliche Leiche war wieder zum Leben erwacht.

Lapslie fühlte seinen Puls rasen, als all diese Gedanken in seinem Kopf herumwirbelten. Der Mörder – oder vielmehr an diesem Punkt der potenzielle Täter – biegt in eine einsame Straße ein, um dem Ganzen durch einen schnellen Hieb auf den Hinterkopf mit einem handlichen Gegenstand – Schraubenschlüssel, Hammer – ein Ende zu machen. Aber warum fährt er nicht weiter, nachdem das Opfer nun tot ist? Warum lässt er die Leiche dort liegen?

War er gestört worden? Hatte jemand den Wagen gesehen, der da am Straßenrand parkte, und hatte derjenige gebremst, um zu sehen, ob Hilfe benötigt wurde? Hatte der Mörder die Leiche liegen gelassen, wo sie lag, um sich mit dieser Störung zu befassen?

Die regenschweren Wolken über ihm waren dunkel, doch zu einer Seite hin war blauer Himmel. Die Sonne schien schräg über die Landschaft, beleuchtete sie mit einem seltsam goldenen Glühen vor dem schwarzen

Hintergrund. Es sah eher aus wie eine Bühnenkulisse als wie ein Ort in der wirklichen Welt. Lapslie verdrängte das Problem in den Hinterkopf, wo sein Unterbewusstsein darauf herumkauen konnte, und beschloss, die Geruhsamkeit der Fahrt zu genießen.

Nach einer halben Stunde fuhr er dieselbe von Bäumen gesäumte Straße entlang wie vor ein paar Wochen. Der Regen hatte die Luft vom Staub befreit, und die Blätter leuchteten in geradezu übernatürlichem Glanz auf, wenn die Sonne darauf fiel. Lichtpfeile fielen durch die Lücken zwischen den Bäumen, scharf umrissen durch die Feuchtigkeit der Luft. Er verlangsamte das Tempo, als er an die Kurve kam, wo der Autounfall sich ereignet hatte, fuhr auf den Seitenstreifen und parkte unter den Bäumen, wobei seine Reifen sich tief in den Schlamm wühlten.

Lapslie stieg aus, blieb einen Augenblick stehen und atmete die erdige Feuchtigkeit der Luft ein. Das Team von der Spurensicherung hatte seine Ausrüstung mitgenommen und war verschwunden. Außer einem zertrampelten Stück Waldboden, wo das Zelt gestanden hatte, erinnerten nur noch ein paar gelbe Plastikbandreste an seine Gegenwart.

Er wandte sich um und schaute die Strecke zurück, die er eben entlanggefahren war. Wenn er recht hatte – und es war ja im Augenblick nicht einmal eine Theorie, mehr eine Hypothese –, dann war der Mörder auf dieser Straße unterwegs gewesen, dorthin, wo er die Leiche seines Opfers verschwinden lassen wollte. Aus irgendeinem Grund hatte er angehalten, und sein Opfer – das nicht ganz tot war – hatte die Gelegenheit zu einem Fluchtversuch genutzt. Ein rascher Schlag auf den Hinterkopf, und das Opfer war wirklich tot. Der

Mörder wickelte es in Plastikfolie und ließ es dort, statt dorthin weiterzufahren, wo er die Leiche ursprünglich hatte deponieren wollen.
Erste Frage: Warum hatte der Mörder angehalten? Sofort fielen ihm drei Möglichkeiten ein. Entweder hatte das Opfer Lebenszeichen von sich gegeben und musste rasch erledigt werden, oder es war dort auf der Straße bereits etwas gewesen, das ihn zwang, anzuhalten, oder aber der Wagen hatte eine Panne gehabt. Welche dieser Möglichkeiten war die wahrscheinlichste? Wenn das Opfer Lebenszeichen von sich gegeben hatte, während der Mörder fuhr, dann hätte er kurz anhalten und hart genug zuschlagen können, um die Sache zu erledigen. Weshalb aber die Leiche hier zurücklassen? Warum nicht weiterfahren, zu der Stelle, wo er sie eigentlich hinbringen wollte? Also diese Idee konnte er streichen. Wenn etwas auf der Straße gewesen wäre – ein Auto, das Probleme hatte, vielleicht –, warum dann anhalten? Oder wenn der Mörder zum Anhalten gezwungen worden wäre – durch eine Polizeistreife vielleicht –, warum dann die Leiche genau da abladen, wo andere Leute zugegen waren? Noch einmal – warum nicht einfach weiterfahren?
Nein, je mehr Lapslie darüber nachdachte, desto überzeugter war er, dass der Wagen des Mörders eine Panne gehabt hatte.
Er sah es förmlich vor seinem inneren Auge ablaufen, vor der malerischen Kulisse der dunstigen Straße: Ein einsamer Wagen, achtsam dahinfahrend, darauf bedacht, keine Aufmerksamkeit zu erregen. Eine Reifenpanne vielleicht, oder aus dem Kühler quellender Dampf. Der Wagen hält unvermittelt an. Der Fahrer, eine Schattenfigur, steigt aus und untersucht die Rei-

fen, öffnet die Motorhaube, wo immer das Problem liegt. Unbemerkt öffnet sich die hintere Tür, eine Gestalt kriecht heraus und strebt auf die schützenden Bäume zu. Der Fahrer sieht sie und folgt ihr durchs Farnkraut. Ein Ast wird gepackt und fährt jählings nieder – einmal, zweimal. Der Fahrer geht zum Auto zurück und ruft nach einigem Zaudern den Pannendienst an. Bevor der eintreffen kann, nimmt der Fahrer eine Rolle Plastikfolie hinten aus dem Wagen, wickelt die Leiche hinein und häuft Erde und Farnkraut darauf, so gut es geht, um zu verhindern, dass sie entdeckt wird. Und dann wartet er, bis der Pannendienst auftaucht.

Das war plausibel. Es war zwar nur eine Möglichkeit, aber eine plausible. Und es lief auf die Frage hinaus: Welche Beweise konnte es geben, die sie bestätigten oder ausschlossen?

Lapslie nahm sein Handy aus der Tasche und drückte die Sprachwahltaste. »Emma Bradbury«, sagte er, und das Telefon durchforstete seine Liste nach ihrer Nummer. Augenblicke später meldete sie sich.

»Sir? Ich dachte, Sie hätten heute frei?«

»Stimmt. Aber ich hab mich gelangweilt. Emma, Sie müssen was für mich tun. Ich bin hier am Fundort der Leiche. Und ich möchte, dass Sie überprüfen, ob irgendwelche Notdienste oder Automechaniker zu einem liegengebliebenen Auto hierhergerufen worden sind, sagen wir, in der Zeitspanne vor neun bis elf Monaten. Fragen Sie auch bei der Polizei nach: möglich, dass die Aufzeichnungen über irgendwelche Vorfälle haben. Rufen Sie mich zurück, wenn Sie fündig geworden sind.«

»Mach ich. Aber was soll das denn …«

Er schnitt ihr abrupt das Wort ab, wollte nicht reden, befürchtete irgendwie, wenn er seine Theorie erklärte – seine *Hypothese* –, dann würde das alles zu Staub zusammenfallen, und Emma würde ihn auslachen. Er wollte lieber warten, bis sie mit handfesten Nachweisen zurückrief, so oder so, ehe er ihr erzählte, was er dachte. Und er beschloss, während des Wartens ein wenig im Wald spazieren zu gehen.
Schwammiger Blättermulch gab unter seinen Füßen nach. Ringsumher ertönte leises Knistern des Gestrüpps, das nach dem Regen trocknete oder durch die hastige Betriebsamkeit eines Vogels oder eines Fuchses im Unterholz. Doch der feuchte Blättergeruch, der vom Boden aufstieg, überlagerte jeden anderen Geschmack, der sich sonst vielleicht in Lapslies Mund bemerkbar gemacht hätte. Es gab keinerlei Pfade oder Wege durch das Buschwerk, denen er hätte folgen können. Er musste vorsichtig über umgefallene Bäume steigen und Weißdornbüsche umgehen, um voranzukommen.
Schon bald konnte er weder die Straße noch seinen Wagen sehen. Er hätte sich genauso gut in der Mitte des Waldes befinden können wie an seinem Rand, und wenn er nicht aufpasste, konnte er leicht so weiterwandern, bis er *wirklich* mittendrin war. Es gab keine Möglichkeit, die Richtung zu bestimmen, und obwohl er sich bemühte, sich die Umrisse der Bäume einzuprägen, fand er schließlich, dass sie alle gleich aussahen.
Die Leute redeten immer davon, dass Städte ihre typischen Charaktere hätten, und in seiner Zeit als Detective Sergeant in London hatte er die behaglichen Exzesse der Hauptstadt kennengelernt – eine lächer-

lich geschminkte alte Hure, die es immer noch schaffte, Freier anzuziehen –, hier im Wald jedoch herrschte ein andere Art von Persönlichkeit. Etwas Zeitloses, Dunkles. Was immer es war, der Wald hatte den Mord an Violet Chambers gesehen, und es hatte ihn kaltgelassen, so wie ihn die hundert, tausend, Millionen Tode kaltgelassen hatten, deren Zeuge er im Laufe der Millennien geworden war.

Lapslie kehrte um, verfolgte seinen Weg zurück, so gut es ging. Dieser Baum dort am Rand einer Senke, die Wurzeln durch Stürme oder Tiere freigelegt – er war sicher, er hatte ihn zuvor auf seinem Hinweg gesehen. Die Kletterpflanze, die sich dort schmarotzend um den Stamm einer Eiche wand – sicher, die erkannte er wieder. Und nach zehn Minuten war er wieder bei seinem Wagen angelangt, und es war, als sei der Wald ein Traum gewesen.

Sein Handy klingelte, als er zu seinem Wagen ging: Bruchs 1. Violinkonzert und ein Schwall von Schokoladengeschmack.

»Sir? Emma hier. Ich hab alle Abschleppdienste und Autowerkstätten in der Gegend dort angerufen. Diese Kurve da ist so ’ne Art Unfallschwerpunkt. Da kommen ganz schön viele Wagen ins Schleudern, wenn es nass oder vereist ist.«

»Wie viele?«

»In dem fraglichen Zeitraum gab es …«, sie machte eine Pause und suchte wohl in irgendwelchen Notizen, die sie sich gemacht hatte, »… fünf Zwischenfälle, bei denen jemand gerufen wurde, um einen Wagen zu reparieren oder abzuschleppen. Bei dreien handelte es sich um Familien, ich denke also, die können wir ausschließen. Ein Fahrer musste an Ort und Stelle ins Röhrchen blasen und wurde von der Polizei in Gewahrsam genommen. Sein Wagen wurde beschlagnahmt. Ich glaube, den können wir auch vergessen.« Irgendetwas schlich sich in Emmas Stimme, das Lapslie aufmerken ließ. Es war nicht direkt Muskatgeschmack, doch irgendetwas stimmte da nicht. Sie hielt etwas zurück. »Im letzten Fall war es eine Dame. Alter nicht angegeben. Volvo 740, bronzefarben, heißt es hier. Der Wagen wurde repariert, und sie ist weitergefahren.«

Lapslie dachte einen Augenblick nach. Giftmörder waren häufiger Frauen als Männer, und die Leute, die gegenüber von Violet Chambers' Haus wohnten, hatten angegeben, eine Frau bei ihr ein und aus gehen gesehen zu haben, kurz bevor sie auszog – oder verschwand. Es lohnte sich also, nachzuhaken. »Haben Sie einen Namen?«, fragte er.

»Das wird Ihnen gefallen, Sir. Die Frau hat ihren Namen als Violet Chambers angegeben.«

Na also. Seine Intuition hatte sich ausgezahlt. »Allerdings. Ist ein bisschen zu viel des Zufalls, nicht wahr, dass die reale Violet Chambers hier eine Panne hat, kurz bevor ihre Leiche entdeckt wird. Viel wahrscheinlicher ist doch, dass die Person, die ihre Leiche hier verscharrt hat, auch ihren Namen benutzt hat. Verschaffen Sie sich Kopien des Werkstattberichts, überprüfen Sie die Autonummer und finden Sie heraus, wer der Eigentümer ist. Und schauen Sie für alle Fälle nach, ob die richtige Violet Chambers ein Auto besessen hat.«

»Mach ich. Sonst noch was?«

»Ja. Beantragen Sie unverzüglich allgemeine Unterstützung. Ich will wissen, wo dieser Wagen jetzt ist. Ich rufe Sie später an.«

Er beendete das Gespräch, drückte aber gleich darauf die Wiederwahl, weil ihm noch etwas eingefallen war. Emma meldete sich verwundert. »Boss? Noch was?«
»Ja. Bitte rufen Sie sämtliche Reparaturwerkstätten und Automechaniker an, die Sie im Umkreis von sechzig Kilometern von diesem Wald finden können; so viele wie möglich. Ich will wissen, ob noch irgendjemand anders je mit diesem Wagen zu tun hatte, und wo der sich zu der Zeit befand. Wenn wir Glück haben, können wir die Spur bis dahin verfolgen, wo unser Mörder wohnt. Oder gewohnt hat.«
»Aber es muss in der Gegend Hunderte von Autowerkstätten geben, wenn nicht Tausende. Das kostet …«
»Einen beträchtlichen Teil Ihrer Zeit, ich weiß. Aber denken Sie doch an die Überstunden.«
»Wär's Ihnen möglich, hierfür noch einen Constable anzufordern, Sir?«, fragte sie säuerlich. »Ich könnte Hilfe gebrauchen.«
»Ich werde sehen, was ich tun kann«, sagte Lapslie und brach die Verbindung ab.
Der Himmel wurde schon wieder dunkler, und es lag eine Kälte in der Luft, die weitere Regenfälle ankündigte. Er musste machen, dass er weiterkam, schließlich hatte er noch eine Verabredung in London. Doch er stellte fest, dass er einfach noch nicht gleich wegfahren konnte. Irgendetwas hielt ihn an der Stelle fest, wo er stand. Hier war ein Mensch gestorben, und es gab kein Merkzeichen dafür, kein Schild, nichts, was darauf hinwies.
Vielleicht war das der Lauf der Welt, und das derzeitige menschliche Bedürfnis, Kreuze und Gedenktafeln aufzustellen, war nur der vergebliche Versuch, gegen den Strom zu schwimmen. Der Wald, in dem er stand,

war schon seit Hunderten, vielleicht Tausenden von Jahren hier. Vielleicht war er schon da gewesen, ehe menschliche Wesen in dieser Gegend aufgetaucht waren. Wenn der Tod jedes Menschen, der sich im Laufe der letzten zweitausend oder mehr Jahre in diesen Wäldern ereignet hatte, auch nur durch einen roten Punkt am Boden markiert wäre, gäbe es dann überhaupt noch irgendwelches Grün?

Morbide Gedanken. Er stieg in den Wagen und fuhr los, ließ den Wald und seine Geister hinter sich.

Er ließ den Wagen am Bahnhof Audley End stehen und nahm einen Zug nach London, besorgte sich unterwegs noch rasch ein Sandwich. Die Fahrt dauerte weniger als eine Stunde, und während dieser Zeit schaute er aus dem Fenster auf vorübergleitende Felder und Fabriken und ließ seine Gedanken schweifen. Ohrstöpsel blendeten die Stimmen derer aus, die sich ringsherum unterhielten, und bescherten ihm eine gesegnete Stille. Jedes Mal, wenn er sich dabei ertappte, dass seine Gedanken sich Sonia und den Kindern näherten, hielt er inne und dachte bewusst an etwas anderes. Der Schmerz dieser Wunde pochte schon zur Genüge, es gab keinen Grund, noch weiter darin herumzustochern.

Vom Zug aus rief er DCS Rouses Büro an. Der Superintendent war nicht erreichbar, also hinterließ er eine Nachricht bei seiner Sekretärin, mit der Bitte um zusätzliche Hilfskräfte, um Emma Bradbury bei ihren Ermittlungen zu unterstützen. Viel Hoffnung hatte er nicht – die hohen Tiere schienen nicht geneigt, weitere Hilfe zur Verfügung zu stellen, ungeachtet des Interesses, das DCS Rouse an diesem Fall zeigte. Aber versuchen musste er es.

In Liverpool Street stieg er aus und nahm die U-Bahn, um über den Fluss nach Rotherhide zu kommen. Hier taugten die Ohrstöpsel weniger dazu, das unentwegte Rattern und Keuchen des Zuges durch die Tunnel abzuschotten, und er musste dauernd schlucken, um den Gorgonzolageschmack loszuwerden. Schließlich schob er sich eine Pfefferminzpastille in den Mund, um ihn wenigstens mit etwas anderem zu überdecken.

In Rotherhide verließ er die Station und ging durch kopfsteingepflasterte Gassen zu einem altbekannten Pub am Ufer der Themse. »The Golden Hind« war hoch und schmal und neigte sich ein wenig zur Seite, aus schwarz gewordenem Fachwerk und weiß verputztem Backstein erbaut. Auf den ersten Blick sah es aus wie jede der tausend Kneipen im Pseudo-Tudorstil überall in England, bis einem klarwurde, dass diese hier tatsächlich aus der Tudorzeit stammte. Es war zwar seitdem mancherlei hinzugefügt oder entfernt worden, doch das Haus hatte immer noch das Flair von Dauerhaftigkeit, ganz im Gegensatz zu den umliegenden Gebäuden.

Er trat durch eine schmale Tür ein und blickte sich um. Das Innere war wie die Kollision zwischen drei oder vier Räumen verschiedener Größe auf verschiedenen Ebenen. Dom McGinley saß in einer Ecke, ein halbleeres Glas Guinness vor sich. Er hob Lapslie zum Gruß das Glas entgegen und trank einen Schluck.

»Ein Guinness und ein Lager«, sagte Lapslie zu dem Mann an der Bar. Als er sich mit den beiden Gläsern umdrehte, strebte McGinley gerade von der Tür fort auf einen kleinen Ausgang hinten in der Gaststube zu. Lapslie folgte ihm und fand sich auf einem kurzen Pier

wieder, der etwa sieben Meter in die Themse hineinragte. Ein paar hölzerne Bänke und Tische standen darauf. Außer ihnen war niemand dort.
McGinley ließ sich schwer auf einen Sitz fallen. Lapslie stellte die Gläser auf dem Tisch davor ab, setzte sich auf die harte Holzbank und nahm einen Schluck von seinem Lager. Es war ziemlich geschmacksfrei, und genau deshalb mochte er es.
»Den Dave Finnistaire, den haben sie hier unter uns an die Pfähle gefesselt gefunden«, sagte McGinley schließlich. Lapslies Mund prickelte plötzlich von scharfen Senfgurken, Gewürzzwiebeln und Essiggemüse, und schnell trank er einen weiteren Schluck Bier, um den Geschmack zu überlagern. »Vor fünfzehn Jahren. War nach Ihrer Zeit. An normalen Tagen steigt die Flut nicht besonders hoch. Die schätzen, er ist als Warnung da festgebunden worden. Das Problem war bloß, es war 'ne Sturmflut, und er ist ertrunken. Die schätzen, der hat vielleicht schon 'ne Woche da unten gehangen, ehe es passiert ist.«
»Hat er denn nicht geschrien?«
McGinley schüttelte den Kopf. »Hat er wohl auch versucht, aber nach dem, was die mit seiner Zunge angestellt haben, hat er wohl nicht viel Glück damit gehabt. Na denn, prost.«
»Prost.«
Lapslie blickte in die sinkende Dämmerung. Die Sonne ging unter, irgendwo über dem Zentrum von London, und der Himmel war eine glanzvolle Kulisse übereinanderliegender Häuserreihen, getaucht in Scharlachrot, Orange und Braun. Das Licht brach sich in einem kleinen goldenen Knopf, den McGinley im linken Ohrläppchen trug. Einen Moment lang dachte

Lapslie an andere Synästhesiepatienten, bei denen die Sinne auf andere Weise falsch vernetzt waren als bei ihm, so dass sie Farben sahen, wo er Geschmack spürte. Erlebten sie etwas in dieser Art? Waren das *»unsrer Seele höchste Wonnen«* aus dem Gedicht?

»Ich war erstaunt, als Sie angerufen haben«, sagte McGinley. »Schließlich sind Sie ja schon ein paar Jahre aus Kilburn weg, und wir waren damals nie so richtig das, was man Kumpels nennen könnte.«

»Komisch, dabei waren Sie der Einzige, mit dem ich reden konnte«, sagte Lapslie leise vor sich hin.

»Stimmt – Sie sind mit den Kerlen im Revier nicht klargekommen, was? Sind nie mit denen saufen gegangen.«

»Nicht so wie Sie. Sie haben den Bullen immer Drinks spendiert. Und manchmal auch ein Auto. Für gelegentliche Gefälligkeiten, nehme ich an.«

Zu beiden Seiten des Piers drängten sich alte Speicher und neue Apartmenthäuser unbehaglich aneinander und hoben sich als Schattenrisse gegen den pastellfarbenen Himmel ab. Ein Schlepper pflügte schwerfällig mit klagender Dampfpfeife den Fluss hinunter. Möwen schaukelten auf den Wellen, mit grausamen Hakenschnäbeln und böse glitzernden Augen.

»Man hat's nicht leicht, Mr. Lapslie. Immerhin hab ich immer noch einen Ruf da in Kilburn.«

»Aber ich habe gehört, die Dinge sind ganz schön durcheinandergeraten, seit ich weg bin, nachdem zuerst die Jamaikaner mitgemischt haben, dann die Türken und dann die Albaner, und dann die Türken und die Jamaikaner zusammengearbeitet, und die Albaner sich mit den alten Malteserbanden in Soho zusammengetan haben. Schon möglich, dass Sie immer noch einen Ruf da unten haben, aber bestimmt keinen großen Machtbereich mehr. Wie weit ist der jetzt geschrumpft? Zwei Straßen und ein Stück Brachland?«

»Albaner? Da sind Sie wohl nicht ganz auf dem Laufenden. Inzwischen gibt es über vierhundert verschiedene Banden in London und South East, und alle kämpfen sie um ihr Revier und ein bisschen Respekt. Früher, da gab es vielleicht vier oder fünf Hauptgruppen. Jetzt brauchen Sie einen Computer, um den Durchblick zu behalten.«

»Da kriegen Sie wohl richtig Heimweh nach den Krays, was?«

»Sie haben gut lachen. Das Neueste sind die Muslim Boys – die behaupten, sie gehören zur al-Qaida, aber die wollen den Leuten nur Angst machen. Und gefährlich sind die. Hat mal 'ne Zeit gegeben, da musste man arbeiten, um sich Respekt zu verschaffen. Jetzt ist alles, was man braucht, ein Messer oder 'ne Knarre und die Bereitschaft, jemanden umzubringen, den man gar nicht kennt und von dem man gar nichts weiß.«

»Mein aufrichtiges Mitgefühl, McGinley.«

»Sie haben gesagt, Sie brauchen einen Gefallen. Also, was kann ich tun?«

»Was muss ich im Gegenzug tun?«

McGinley blickte Lapslie über den Rand seiner Brille hinweg an. »Ich könnte vielleicht mal einen Gefallen Ihrerseits gebrauchen, irgendwann.«

Lapslie nickte. »Okay. Also das PRU – das ist eine Abteilung im Justizministerium. Ist Ihnen die bekannt?«

»Kann ich nicht behaupten.«

»Da arbeitet ein Mann namens Geherty. Ist in meinem Territorium aufgetaucht, und es sieht aus, als ob er sich in einen Mordfall einmischt, an dem ich dran bin. Über den will ich mehr wissen.«

McGinley nahm einen tiefen Zug aus seinem Glas. »Ich frag mal rum. Geben Sie mir ein oder zwei Tage.«

Lapslie leerte sein Glas und stand auf. »Rufen Sie mich von einem Münztelefon an«, sagte er. »Es gibt da so ein Gerücht, dass Sie als Verbindungsmann zwischen ein paar von den Hauptbanden fungieren, sich aufs Gebiet der Kriminaldiplomatie begeben haben. Ich würde mich nicht wundern, wenn auch Ihr Handy abgehört wird.«

McGinley nickte. »Warum erzählen Sie mir das?«

»Weil das der Gefallen meinerseits ist«, sagte Lapslie. »Ich mag den Gedanken nicht, dass ich Ihnen was schuldig bin.« Er ging wieder auf den Hintereingang der Bar zu, drehte sich jedoch noch einmal um und blickte über die Themse hinweg. Wie ein Band aus Teer rollte sie dahin in der überhandnehmenden Dunkelheit. »Ich habe gehört, dass Sie es gewesen wären, der Dave Finnistaire unter diesem Pier an die Pfähle gebunden hat«, sagte er. »Ist da was Wahres dran?«

»Nein, Mr. Lapslie«, sagte McGinley. »Aber ich hab vorher seine Zunge in Streifen geschnitten. Kommen Sie gut nach Hause.«

11

Im Laufe der nächsten Wochen trafen sich Daisy und Sylvia zweimal zum Lunch und einmal zu einer Fahrt zu einem Gartencenter in der Nähe von Frinton, damit Sylvia ein paar Pflanzen für ihre Rabatten besorgen konnte. Die Sonne schien aus einem wolkenlosen blauen Himmel, als Sylvia ihren kleinen, aber gut gewarteten Fiat aufmerksam über die kleinen Landstraßen steuerte. Daisy blickte auf die Wiesen hinaus, an denen sie vorüberfuhren. Die gelben Blumen – anscheinend das Einzige, was hier angebaut wurde – schwankten im Wind. Von ihrem überwältigenden Duft, der durch die Fenster hereinströmte, wurde Daisy schwindlig.

Hier im Wagen zu sitzen, das erinnerte Daisy an ihren eigenen Volvo, der still und stumm in einer Nebenstraße in Colchester stand. Sie hatte gar nicht mehr an ihn gedacht, und mittlerweile hatte er womöglich schon Strafzettel verpasst bekommen oder war sogar abgeschleppt worden. Ihn jetzt abzuholen, konnte riskant sein, und angesichts der Tatsache, dass Sylvia selbst einen Wagen besaß, war es auch überflüssig. Bald würde dieser Wagen ihr gehören, und sie sollte den Volvo ruhig in Frieden vor sich hinrosten lassen. Immerhin war er ein Verbindungsglied zu einer Vergangenheit, der sie entkommen wollte. Am besten war es also, ihn einfach stehen zu lassen.

Sylvia parkte umsichtig im Schatten eines großen Baumes draußen vor dem Gartencenter. Gemeinsam gingen sie hinein, und während Sylvia herumschlenderte und nach etwas Passendem für ihre Staudenrabatten Ausschau hielt, ging Daisy zu dem Areal mit jungen Bäumchen. Eine ganze Reihe war ausschließlich den Eiben gewidmet, und Daisy verbrachte eine genüssliche halbe Stunde damit, daran entlangzuwandern, die Unterschiede zwischen der englischen, der kanadischen und der japanischen Variante zu studieren, mit den Händen über die nadelspitzen Blätter und die rotbraune, schilfrige Rinde zu streichen. Was für ein vielseitiger Baum! So robust, so reizvoll, und bei richtiger Anwendung so tödlich, dank des hohen Gehalts an Toxinen in seiner Rinde, seinen Blättern und seinen Samen. Sie sah sich um und entdeckte Sylvia, die einen Einkaufswagen vor sich herschob, der mit allen möglichen kleinen Töpfen vollgepackt war. Flüchtig versank sie in einen Tagtraum, malte sich aus, wie sie Sylvia auf verschiedene Weise die Eibe verabreichen könnte. Allein die Blätter konnten, wenn sie als Beilage zu einem stark gewürzten Dinner gekaut wurden, etwas auslösen, das, wenn sie sich nicht irrte, anaphylaktischer Schock genannt wurde. Andererseits konnte eine langsam gesteigerte Zugabe der pulverisierten Rinde zu Sylvias Essen ihr Herz kontinuierlich so schwächen, dass es schließlich stillstand. Wie köstlich!

Nach einer Weile hatte sie genug von den Eibenbäumchen, und sie machte sich auf die Suche nach Sylvia. Sie fand sie über eine Auslage von Kamillenpflanzen gebeugt, bemüht, die kräftigsten herauszusuchen.

»Riechen die nicht wundervoll?«, fragte sie. »Ich finde die Vorstellung von einem mit Kamillenblüten übersäten Rasen so wunderbar. Die gedeihen nämlich besonders gut, wenn auf ihnen herumgetrampelt wird, wissen Sie.«

Und bei manchen Menschen ist es genauso, dachte Daisy bei sich und sehnte den Tag herbei, an dem sie das Haus im Griff haben und Sylvia nach ihrer Pfeife tanzen würde. In einem Monat? Allerhöchstens in drei, wenn sie nichts überstürzte. »Wird Ihnen von dem Geruch nicht ein bisschen übel?«, fragte sie. »Ich glaube, das ist nicht ganz das Richtige für Ihren Garten. Sehen wir uns doch nach etwas anderem um.«

»Wenn Sie wirklich meinen …« Sylvia schien leicht gekränkt durch Daisys Reaktion.

»Ja, das tue ich. Sie werden es mir noch danken.« Als sie sich zu dem Einkaufswagen umwandte, bemerkte sie die Riesenmenge Pflanzen, die Sylvia schon zusammengesucht hatte. »Sind Sie sicher, dass Sie sich all das leisten können?«, fragte sie.

»Oh ja.« Sylvia lächelte, und die Kränkung schien vergessen. »Mein Mann hat mich sehr gut versorgt zurückgelassen. Die Witwenrente, die ich jeden Monat kriege, ist mehr als das, was ich verdient habe, als ich noch gearbeitet habe. Ich weiß gar nicht, was ich mit all dem Geld machen soll.«

Und das, fand Daisy, war die beste Nachricht der ganzen letzten Woche.

Während Sylvia weiter zwischen den Staudenpflanzen herumschlenderte, ging Daisy zu einer hübschen Auslage von Rhabarberstauden hinüber, die ihre Blätter spreizten und sanft im Sonnenschein nickten. So eine vernachlässigte Pflanze. Wer buk denn heute noch Rhabarberkuchen oder kochte Rhabarbergrütze? Und wusste noch irgendjemand, dass die Stengel zwar köstlich, die Blätter aber hochgiftig waren, wenn sie mitgekocht wurden? Da war Oxalsäure drin, glaubte sie.

Als Daisy sich von dem Rhabarber abwandte, sah sie Sylvia in ein Gespräch mit einem Mann in Blazer und scharf gebügelten Hosen vertieft. Sie diskutierten die verschiedenen Vorzüge von Günselkraut oder Storchschnabel als Bodendecker, und auf Sylvias Gesicht lag ein Ausdruck, der Daisy überhaupt nicht gefiel. Sie lächelte. Mehr als das, sie *strahlte.*

»Oh Daisy«, sagte sie aufgeregt, als Daisy herankam, »das ist Kenneth. Er hat früher mit meinem Mann zusammengearbeitet, vor Jahren. Und hier begegnen wir uns zufällig – ist das zu glauben?«

»Was für ein netter Zufall«, sagte Daisy fröhlich, als Kenneth ihr die Hand gab. Doch sie konnte nicht umhin, zu bemerken, dass er seinen Blick nur flüchtig von Sylvias Gesicht lösen konnte. »Meine Liebe, wir sollten jetzt aber wirklich gehen, wenn wir beizeiten wieder zurück sein wollen.«

»Ich denke, vorher sollten wir noch einen Tee trinken.« Sylvia streckte die Hand aus und berührte flüchtig Kenneths Jackenärmel. »Kenneth und ich haben uns so viel zu erzählen. Wir haben uns ja seit *Jahren* nicht mehr gesehen.«

Widerstrebend ließ Daisy sich zum Café des Gartencenters mitziehen, wo sie dann etwas ertragen musste, was ihr bisweilen vorkam wie eine lange zurückgehaltene, höchst artige Werbung. Kenneth war faszinierend, kein Zweifel, und Sylvia war entsprechend fasziniert. Bei Tee und Kuchen, den Kenneth bezahlte, merkte Daisy, wie ihre Pläne zu bröckeln anfingen. Als die letzte Tasse Tee getrunken, der letzte Löffel Schlagsahne auf die letzten Kuchenbröckchen verteilt

war, hatten Kenneth und Sylvia verabredet, nächste Woche zusammen ins Theater zu gehen. Natürlich wurde Daisy auch eingeladen, und sie nahm an, um nicht kleinlich zu wirken – vielleicht ließ sich an der Situation ja noch etwas retten –, doch im Grunde ihres Herzens wusste sie, dass Sylvia jetzt für sie verloren war. Sie hatte jetzt noch einen Freund, und dadurch würde es umso schwieriger werden, sie von allem Weltgeschehen abzuschotten und von Daisy abhängig zu machen. Vielleicht sogar unmöglich.
Einerseits verlockte es sie, Sylvia und Kenneth einen wundervollen Rhabarberkuchen zu backen, um zu zeigen, dass sie keinen Groll hegte, andererseits hatte es keinen Sinn, ihre Enttäuschung in langfristige Pläne umzumünzen. Nein, sie würde einfach von vorn anfangen müssen.
Nachdem Tee und Kuchen verzehrt waren, trennten sich die drei: Kenneth blieb, um noch ein Mittel gegen Larven aufzutreiben, Sylvia und Daisy setzten sich in den Fiat und fuhren zurück nach Leyston-by-Naze. Diese Fahrt war weitaus anstrengender als die Herfahrt. Einmal blickte Sylvia Daisy von der Seite an und fragte: »Geht's Ihnen nicht gut? Sie sind so still.«
»Ich bin bloß müde«, erwiderte Daisy, und sie wusste nicht recht, ob sie damit den heutigen Tag meinte oder ihr ganzes Leben.
Sylvia setzte Daisy nahe am Bahnhof ab, denn nach einem weiteren Schweigen hatte Daisy gesagt, sie wolle noch etwas einkaufen. Aus Gründen, die sie sich selbst nicht erklären konnte, hatte Daisy bisher gezögert, Sylvia sehen zu lassen, wo sie wohnte. Jetzt war sie froh über ihre Vorsicht. Wenn sie sich entschließen musste, die Brücken hinter sich abzubrechen und neu

zu beginnen, dann war es nur gut, wenn zwischen einem ehemaligen und einem zukünftigen potenziellen Opfer keinerlei Verbindung bestand – selbst wenn diese Verbindung nur Daisys gemietete Unterkunft war.

Als der kleine Fiat davonfuhr, blickte Daisy ihm mit gemischten Gefühlen nach. Einerseits war da der schmerzliche Verlust des Hauses, des Wagens und der wundervollen Rente. Andererseits jedoch war Sylvia sehr willensstark. Sie zu dominieren hätte viel Zeit und Energie gekostet, und Daisy hatte das Gefühl, dass beides bei ihr zunehmend knapp wurde. Irgendetwas trieb sie voran, zwang sie, immer kürzere Pausen zwischen ihren Morden einzulegen. Sylvia würde sich natürlich wundern, wo ihre neue Freundin abgeblieben war, aber sie würde darüber hinwegkommen – mit Kenneths Hilfe. Und sie würde nie erfahren, welch glückhafte Begnadigung ihr zuteil geworden war.

Statt zur Hauptstraße hinunterzugehen, merkte Daisy plötzlich, dass ihre Füße sie in eine ganz andere Richtung trugen – zur anderen Seite der Mole hin, wo die Strandhütten am Hang in geradezu militärisch ausgerichteten Reihen übereinanderstanden, auf den Strand hinunterblickten und darauf warteten, sich in der Feriensaison wie Blüten zu öffnen – Fensterläden und Türen weit aufzusperren, um die Sonnenwärme hereinzulassen.

Von der Straße oberhalb der Hütten blickte Daisy hinunter auf die buntgestrichenen Dächer – Rot, Blau, Grün und Gelb in chaotischem Durcheinander. Gepflasterte Wege wanden sich zwischen den Reihen hindurch, und Steintreppen mit Handläufen aus Stahl-

rohr verbanden sie mit dem Strand. Das alles sah jetzt ziemlich langweilig und traurig aus, aber im Hochsommer würde es hier bestimmt überall von Kindern und Eltern nur so wimmeln und durchdringend nach Sonnenöl riechen.
Behutsam stieg Daisy die nächstgelegene Treppe zum Strand hinunter. Strandgras wuchs an den Rändern der Stufen und aus jeder Ritze: abgehärtete Überlebenskünstler, die noch unter den härtesten Bedingungen fortbestehen würden. Flugsand hatte sich in jeden Spalt und jeden Riss gesetzt. Bei einer oder zwei Hütten waren die Türen eingeschlagen worden, wahrscheinlich von Teenagern, die einen Unterschlupf gesucht hatten, um ihre Zigaretten zu rauchen und ihre unwilligen Mädchen zu betatschen. Als sie die unterste Stufe der Treppe erreichte und vorsichtig auf den nassen Sand darunter trat, spürte sie die Hütten in ihrem Rücken wie eine Last, wie hundert starrende Augen.
Die Flut war im Ablaufen begriffen, und jeder ihrer Schritte quetschte Wasser aus dem Sand, während sie dahinging. Das ablaufende Wasser hatte ein winziges Riffelmuster im Sand hinterlassen, und alle paar Meter lagen zusammengeringelte kleine Sandröhren. Zurückgelassener Auswurf der Köderwürmer auf ihrer Suche nach Fressbarem. Irgendwo unter diesen Sandhäufchen und unter den von der Flut am Strand zurückgelassenen Wasserlachen gab es eine ganze Welt blinden, unbewussten Lebens, das sich wand und wimmelte – etwas, an das die Leute niemals dachten, wenn sie am Strand in der Sonne lagen, um möglichst braun zu werden, wenn sie darauf herumrannten und Volleyball spielten oder sich in die Wogen stürzten.

Sie wussten nichts von dem Grauen, das so dicht unter der Oberfläche lauert.
Zu ihrer Rechten ragte der massige Umriss der Landungsbrücke vor dem Himmel auf und versperrte ihr den Ausblick auf die Seite von Leyston, die sie im Laufe der vergangenen Wochen schon so gut kennengelernt hatte. Einer Laune folgend, schickte sich Daisy an, zwischen den gewaltigen Holzpfählen hindurchzugehen, die die Brücke trugen. Sie würde darunter hindurchgehen und sich an der anderen Seite einen Weg hinauf zur Strandpromenade suchen. Von dort konnte sie dann einen Bus nehmen und zu ihrer Wohnung zurückfahren.
Die massigen Holzpfähle standen jeweils in einer Vertiefung, ausgewaschen von den zurückflutenden Wellen, die um sie herumwirbelten. Das Holz selbst war bis zu einer Höhe von gut zwei Metern mit Algen bewachsen, mit Blasentang und vielem anderen. Moosbewachsene Felsbrocken lagen auf dem von Wasser vollgesogenen Sand verstreut, und Daisys Nase litt unter dem überwältigenden Gestank nach verwesender Vegetation. Sie ging weiter, mied stehende Wasserlachen und vor sich hinrottende Holzstümpfe, die aus dem schlammweichen Sand ragten, und hielt die Luft an, bis sie die andere Seite erreicht hatte.
Dort beruhigten das Panorama des Himmels und der Strandpromenade sie ein wenig, und sie wagte es sogar, ein wenig in Richtung Wasser zu gehen, der ablaufenden Flut nach. Eine kleine Stimme in ihrem Kopf flüsterte ihr zu, sie solle doch die Schuhe ausziehen und eine Weile durchs Wasser waten, doch sie wusste, das hätte lächerlich ausgesehen. Also trabte sie weiter am Strand entlang, vor sich das massive Vorgebirge

der Naze. Es waren auch noch andere Leute am Strand, allein oder paarweise, führten Hunde spazieren oder wanderten einfach vor sich hin. Sie fühlte sich isoliert, verletzlich, aber auch irgendwie anonym. Für jeden auf der Strandpromenade war sie nur eine weitere Gestalt, die über den Sand lief.

Daisy wägte ihre Optionen ab. Das Theater, befand sie zögernd, war kein gutes Jagdrevier, wenn auch bloß wegen der Tatsache, dass Sylvia und Kenneth womöglich begeisterte Theatergänger waren, und Daisy wollte keine gutgemeinte Störung bei ihrer Pirsch. Vielleicht lohnte es sich, einmal den Witwen-Freundschaftskreis zu erkunden. Außerdem konnte sie ja gelegentlich auch an einem Sonntagabend in einer der Kirchen auftauchen. Morgenandachten, fand sie, zogen eine zu große Menschenmenge an. Schlimmer noch, dort kannte man sich untereinander, verkehrte miteinander. Gottesdienste am Sonntagabend dagegen waren mehr etwas für Alleinstehende, für Menschen, die lieber allein beteten als in Gesellschaft. Dort sollte es ihr eigentlich gelingen, ein passendes Opfer zu finden. Das Problem war nur, dass die Sorte Frauen, die dazu neigten, am Sonntagabend zur Kirche zu gehen, auch arm waren wie die Kirchenmäuse – wenn das Wortspiel gestattet war. Schlimmer noch, fast unausweichlich würde der Pfarrer sie bemerken und sie ansprechen, und das Letzte, was sie wollte, war ein wohlmeinender Kirchenmann auf ihrer Schwelle.

Es müsste in der Gegend eigentlich auch Kegelclubs geben, überlegte Daisy. Sie war ziemlich sicher, dass sie während der Busfahrt zu ihrer Wohnung Rasenbowling-Plätze gesehen hatte. Vielleicht sollte sie da mitmachen?

Die hinter ihr stehende Abendsonne malte ihren Schatten auf den Sand, und plötzlich wurde er von einem zweiten Schatten begleitet. Misstrauisch wandte sie den Kopf. Da rannte ein kleines Bündel aus Haaren und Zähnen an ihren Füßen vorbei zum Wasser, schreckte plötzlich zurück und stürmte dann erneut bellend auf die Wellen zu.

»Entschuldigen Sie bitte vielmals«, sagte eine Stimme hinter ihr. »So ist er immer. Muss immer herumrasen, seinen eigenen Schatten jagen. Ich hoffe, er hat Sie nicht erschreckt.«

Daisy drehte sich um. Die Frau hinter ihr trug ein verrücktes Sammelsurium von Kleidungsstücken: Strickstulpen, einen weiten Rock, eine Samtweste über einem Jeanshemd und über dem ganzen Ensemble einen voluminösen Mantel. Ihr Haar, oder was davon unter einem formlosen Hut heraushing, war ziemlich wüst, wurde aber von den Strahlen der Sonne, die tief gegen den Horizont fielen, in Gold verwandelt. Ihr Gesicht, zwar verschattet durch die hinter ihr stehende Sonne, war mehr knittrig als faltig, und ihre Augen waren von verwaschenem Blau. Sie konnte zehn Jahre jünger sein als Daisy, ebenso gut aber auch zehn Jahre älter. Es war eines jener Gesichter, deren Alter man schwer einschätzen konnte. Mit einer Hand umklammerte sie eine Plastiktasche, mit der anderen eine Hundeleine.

»Ich sagte, ich hoffe, er hat Sie nicht erschreckt.«

»Mich kann man nicht erschrecken«, meinte Daisy und starrte die Erscheinung an, die wie eine Antwort auf ihre Gebete dem Sand entstiegen zu sein schien.

»Das ist gut«, sagte die Frau. »Ich heiße Eunice. Eunice Coleman.«

»Daisy Wilson.«
»Und sind Sie zu Besuch in dieser geistig umnachteten Stadt, oder haben Sie das Pech, hier zu wohnen?«
Daisy musste über die Unverblümtheit dieser Frau lächeln. »Ich bin vor kurzem hergezogen.«
»Dann haben Sie mein aufrichtiges Beileid.«
Das kleine Bündel aus Fell und Zähnen, das vorhin vorbeigeflitzt war, schoss plötzlich erneut mit halsbrecherischer Geschwindigkeit über den Strand, verfolgte den Schatten einer der Möwen, die über ihnen in der Luft hingen.
»Das ist Jasper«, erklärte Eunice, »genannt nach Jasper Johns, dem Maler.«
»Ist der berühmt?«, fragte Daisy. »Hab noch nie von ihm gehört.«
Die Frau blickte sie seltsam an. »Sie haben noch nie von Jasper Johns gehört?«
»Nein.«
»Wollen Sie mir etwa sagen, Sie haben auch noch nie von Jackson Pollock gehört?«
»Nein, nie.«
»Joan Miró?«
»Von der auch nicht.«
»Joan Miró war ein Er, keine Sie.« Eunice schüttelte grimmig den Kopf. »Was ist bloß aus der Welt geworden.«
»Sind Sie auch Malerin?«, fragte Daisy und hatte das Gefühl, hier in eine Konversation geraten zu sein, die ihrer Kontrolle entglitt.
»Ich betreibe eine Kunst- und Antiquitäten-Handlung«, sagte Eunice, als ob das dasselbe sei. »Nicht dass die Leute hier sonderlich an Kunst interessiert wären. Aber es bewahrt mich davor, meschugge zu werden.«

»Welche Art Malerei und Kunstgegenstände haben Sie denn?«
Eunice zuckte die Achseln. »Gemälde, die ich mal hier, mal dort aufgelesen habe, ein bisschen Keramik, ein paar Wandbehänge. Nicht diese langweiligen gestickten Dinger; das ist keine Kunst, das ist läppische Stichelei. Ich veranstalte auch Kurse, oder würde es vielmehr tun, wenn irgendjemand interessiert genug wäre, vorbeizukommen. Samt Kaffee und Kuchen. So allerlei jedenfalls. Ich habe eine umgebaute Scheune neben dem Haus, gleich draußen vor der Stadt. Allerdings abseits der ausgetretenen Pfade, abseits der Touristenrouten.«
»Das hört sich ziemlich amüsant an«, bemerkte Daisy mit so viel Überzeugung, wie sie aufbringen konnte. »Sie müssen mir beschreiben, wo das ist.«
»Ich hab eine Karte – hier irgendwo.« Eunice grub in ihrer Tasche herum und brachte ein Bündel Prospekte zum Vorschein. »Hab sie selbst gedruckt.«
Das allerdings sah Daisy auch. Sie waren auf irgendeinem Computer zusammengebastelt worden, zu viele verschiedene Rubriken zu eng zusammengepresst. »Das ist … sehr eindrucksvoll«, sagte sie schließlich.
»Nein, ist es nicht. Das ist ja das Problem. Ich verstehe was von Malerei, ich verstehe was von Keramik, aber von Werbung verstehe ich nichts. Ich weiß nicht, wie die Leute denken, hab keinen Kopf fürs Geschäftliche. Abrechnungen lassen mich einfach kalt. Bilanzen kapiere ich nicht. Ich versteh das ganze Kauderwelsch nicht.«
»Sie brauchen jemanden, der Ihnen hilft.«
Eunice zuckte abermals die Schultern. »Früher hab ich auch immer jemanden gehabt, aber die sind alle abge-

hauen. Ich neige dazu, zu sagen, was ich denke, wissen Sie. Und manche Leute reagieren darauf sauer. Na schön, die wären wir los, sag ich mir jedes Mal. Das Problem ist nur, anscheinend hab ich alle Brücken hinter mir verbrannt. Keiner will mir mehr helfen.«

Hätte Daisy an Gott geglaubt, ihr wäre diese Begegnung wie eine göttliche Fügung erschienen. So aber konnte sie nur denken: Wenn die eine Tür zufällt, öffnet sich eine andere. »Ich suche gerade nach etwas, was ich mit meiner freien Zeit anfangen kann«, sagte sie, ohne nachzudenken. »Vielleicht könnte ich Ihnen aushelfen. Ein paar ordentliche Prospekte entwerfen, in der Stadt ein paar Anzeigen aushängen, all so was.«

»Sind Sie sicher?« Eunice machte ein zweifelndes Gesicht. »Weshalb um Himmels willen sollten Sie das tun?«

»Um mich vor der Langeweile zu bewahren.« Sie betrachtete den Prospekt. »Soll ich morgen mal vorbeikommen? Dann könnten wir darüber reden.«

Ein Lächeln überzog Eunices Gesicht. Auf einmal sah sie zehn Jahre jünger aus. »Das wäre wundervoll. Kaffee und Kuchen stehen bereit. Ich hab immer Kaffee und Kuchen, für alle Fälle. Meistens landet er bei den Vögeln. Der Kuchen, meine ich, nicht der Kaffee. Haha.« Sie stapfte davon, und der Hund lief hinter ihr her. Unter dem ausgefransten Saum ihres Rocks und den Wollstulpen trug sie etwas, was Daisy nur als Elfen-Ballerinas bezeichnen konnte.

Was für eine seltsame Frau. Und doch, welche interessanten Aussichten. Ihr sprunghaft-assoziatives Gerede würde Daisy wahrscheinlich in kurzer Zeit zur Raserei bringen, aber vielleicht war eine kurze Zeit ja auch alles, was sie brauchte. Und wenn ihr der ganze

geschäftliche Kram nicht so lag, dann würde sie es doch nur begrüßen, wenn Daisy diese Dinge übernahm. Und eine Scheune! Daisy wollte ihre Hoffnungen nicht zu sehr hochschrauben – wahrscheinlich war sie von Ratten verseucht und baufällig –, aber diese Art von Grundbesitz war immer sehr gefragt, zwecks Umwandlung in Luxus-Apartments. Und wenn nicht, dann war da immer noch das Grundstück.
Sehr viel glücklicher als vorhin beim Betreten des Strandes, beschloss Daisy, ihre Feststimmung bei einer Tasse Kaffee auszukosten. Aber nicht in dem Café im Postamt. Wenn es der Zufall wollte, saß Eunice jetzt dort. Nein, sie musste sich etwas anderes suchen.

Am nächsten Tag, nach einer traumlosen Nacht, suchte Daisy auf dem Stadtplan, wo sich Eunices Kunst- und Antiquitätenhandlung befand. Der Bus nach Clacton fuhr dicht daran vorüber. Und Daisy machte sich auf den Weg. Natürlich wäre es mit einem Wagen bequemer gewesen. Und nachdem sie nun ihren Volvo mehr oder weniger der Vergangenheit überschrieben, die Aussicht auf Sylvias Fiat aber eingebüßt hatte, notierte sich Daisy als eine Priorität die Anschaffung eines Wagens, den sie benutzen konnte – ein Auto ohne Lebenslauf, der auf sie zurückweisen konnte, falls irgendetwas schiefging. Vielleicht hatte ja Eunice einen Wagen.
Die Busfahrt dauerte etwa eine halbe Stunde, danach blieb noch ein Fußmarsch von zehn Minuten auf einem ausgefahrenen Feldweg. Ein handgeschriebenes Schild, das ziemlich großartig auf das *Kunst- und Antiquitäten-Center* hinwies, war aus seiner Halterung gerutscht und wies nun mehr oder weniger in die Wol-

ken. Doch es war ein herrlicher Tag, und auch hier konnte Daisy das Meer riechen. Das hielt sie für gute Vorzeichen.
Am Ende des Weges stand ein recht vornehmes Haus, wahrscheinlich aus dem vorigen Jahrhundert; fünf Schlafzimmer mindestens, vielleicht auch mehr. Hingerissen betrachtete Daisy es. Was für eine Aussicht, es in eine Frühstückspension umzuwandeln! Nicht in ihre eigene natürlich. Das würde bedeuten, sich niederzulassen, an zu vielen Orten ihren Namen auf Papier schreiben zu müssen. Aber irgendjemand mit einer Vision würde eine Menge Geld für dieses Haus bezahlen.
Neben dem Haus dann eine Scheune: groß, lang, mit einem Schieferdach. Der Eingang war mit einer Neuerung versehen worden, einer Flügeltür aus Holz und Glas, die jetzt weit offen stand, um drinnen für frische Luft zu sorgen.
Daisy ging eifrig darauf zu und streckte den Kopf um den Türpfosten. »Hallo?«
»Hallo. Wer ist da?«
Daisy trat in die Scheune. Drinnen war es überraschend hell und luftig. Sie war mit beträchtlichem Aufwand gestrichen und durch Trennwände unterteilt worden, an denen Gemälde unterschiedlicher Stilrichtungen hingen. Überall standen auf Podesten Keramikgefäße und Skulpturen. Der Boden war mit Korkplatten ausgelegt. Eunice Coleman saß hinter einem L-förmigen Tisch an der Tür. Rechts neben ihr stand eine Ladenkasse. Vor ihr lag ein offenes Buch mit Schwarzweißfotografien, in dem sie geblättert hatte.
»Ich bin's, Daisy. Daisy Wilson.«

Wiedererkennen ließ Eunices Gesicht aufleuchten. Was auch geschah, dachte Daisy beim Eintreten, sie würde nie Probleme damit haben, zu wissen, was in Eunice vorging. Jede Emotion schien sich auf ihrem Gesicht und in ihrer Stimme abzuzeichnen, noch ehe sie sich dessen bewusst war.

»Die Frau vom Strand! Ich habe schon befürchtet, Sie wären bloß höflich gewesen und würden gar nicht kommen.«

»Das würde ich nie tun«, verkündete Daisy tugendhaft. »Wenn ich sage, ich tue etwas, dann tue ich es auch, egal was kommt.«

»Möchten Sie einen Kaffee?«

Eunice hantierte geschäftig in einem kleinen Bereich hinten in der Scheune, wo vier runde Tische und eine Handvoll Stühle sich neben einer Durchreiche drängten, hinter der Daisy eine Kaffeemaschine und ein paar Kuchen unter transparenten Plexiglashauben ausmachen konnte. Sie blickte sich um, während Eunice den Kaffee bereitete. Der äußere Schein trog nicht: Die Gemälde waren schlecht gehängt, und die Skulpturen waren von Staub bedeckt. Und in den Ecken türmten sich Zeitungsstapel und Kartons voller Krimskrams. Eunice gehörte anscheinend zu den Leuten, die Aufräumen nicht bloß für Schwerarbeit hielten, sondern auch für äußerst schwierig, etwa in dem Sinne, wie die Lösung eines Kreuzworträtsels schwierig ist.

Die beiden setzten sich an einen der Tische und unterhielten sich. Oder vielmehr, Eunice redete, und Daisy hörte abwechselnd zu und ließ ihre Gedanken schweifen.

Anscheinend führte Eunice ein sehr freies und unbeschwertes Leben. Als Tochter einer wohlhabenden

Familie aus den Home Counties hatte sie in jungen Jahren am St. Martins College in London studiert und während der folgenden zwanzig Jahre in verschiedenen Kommunen und Gemeinschaften gelebt, hatte sich in Beziehungen hinein- und heraustrudeln lassen, sowohl mit Männern als auch mit Frauen, war einigen Künstlern Muse gewesen, anderen Modell, hatte weiche Drogen genommen und insgesamt genau das müßige und unproduktive Leben geführt, das Daisy so von Grund auf missbilligte, obwohl sie das Eunice nicht sagte. Beim Tod ihres Vaters hatte Eunice eine ganze Menge Geld geerbt, aber anstatt in ihr Elternhaus (oder die »Villa«, wie sie es unbedacht einmal nannte) zurückzukehren, sorgte sie dafür, dass es verkauft wurde, und kaufte sich dann mit einem ihrer vielen Liebhaber ein Haus am Meer in der Gegend von Tendring, in der Absicht, in ländlicher Idylle den Lebensstil einer Bäuerin zu genießen. Das Bauerndasein jedoch erwies sich als harte Arbeit. Ihr Liebhaber machte sich davon, und sie blieb. Seither waren Männer gekommen und gegangen, und diejenigen, die praktisch veranlagt waren, halfen ihr, das Haus und die Scheune einigermaßen instand zu setzen, es in ein Kunst- und Antiquitäten-Center umzugestalten, von dem sie fest glaubte, es werde regelmäßige Besucher anlocken und in absehbarer Zeit zu einem Spiegelbild jener Künstlergemeinschaften werden, denen sie selbst einmal angehört hatte, als sie viel jünger – und viel schöner – gewesen war. Und jetzt war sie allein, abgesehen von gelegentlich vorbeikommenden Touristen.

Als Daisy später fortging, hatte sie Eunice angeboten, ihr zu helfen, das Kunst- und Antiquitäten-Center zu einem gutgehenden Geschäft zu machen. Außerdem hatte sie einen giftigen Hass auf Jasper entwickelt, den Hund, der genauso wenig Verstand zu haben schien wie seine Herrin, aber ohne deren anrührende Gefühlsaufwallungen.

Daisy kam am nächsten Tag wieder und fing an, Abfall und Plunder aus der Scheune zu räumen. Die meisten der Kartons waren voll Verpackungsmaterial oder kuriosen Dingen, die Eunice im Laufe der Jahre angesammelt hatte. Die warf sie kurzerhand weg. Auch die Zeitungen waren alt, sowohl die Lokalzeitungen als auch die überregionalen waren Monate alt, und ein Stapel ganz hinten sogar etliche Jahre. Schon an der Verfärbung und der Beschaffenheit des Papiers erkannte Daisy, wie alt sie waren, denn hier in dieser Scheune war alles, was älter war als ein paar Wochen, vergilbt und steif.

Als Daisy einen Stapel Zeitungen neben der Kasse entsorgte, fiel ihr Blick auf eine Schlagzeile, bei der ihr beinahe das Herz stehenblieb:

Leiche einer Rentnerin im Wald gefunden.

Nach einem raschen Blick auf Eunice, die weltvergessen ein weiteres Buch mit Schwarzweißfotos durchblätterte, beugte Daisy sich über die Zeitung und überflog rasch den Artikel.

Der Leichnam einer achtundsechzigjährigen Frau wurde gestern in einem Wald in der Nähe von Ipswich gefunden. Die Leiche war in Plastikfolie eingewickelt und in einem flachen Grab verscharrt worden.

Nach Aussagen der Polizei wurde die Rentnerin Violet Chambers zufällig entdeckt, als ein Auto dicht bei der

Stelle, wo sie vergraben war, von der Straße abkam. Der Fahrer wurde noch am Unfallort für tot erklärt. Violet Chambers war nicht als vermisst gemeldet, und die Polizei ermittelt derzeit, weshalb ihr Verschwinden zuvor nicht bemerkt worden war. Aus Quellen innerhalb der Gerichtsmedizin wurde berichtet, die Leiche habe ausgesehen, als habe sie bereits mehrere Monate im Wald gelegen.

Die Worte in der Zeitung tanzten vor Daisys Augen. Violet Chambers. Sie hatten Violet Chambers gefunden.
Es war das erste ihrer Opfer, das gefunden worden war. Das erste Glied einer langen Kette aus Beweismaterial. Ein Fehler. Ein einziger Fehler konnte alles verderben.
Sie blickte zu Eunice hinüber. Jetzt würde sie schnell handeln müssen. Sie musste sich hier etablieren, sich festsetzen und dann verschwinden. Sie musste sich in einen Mantel der Ehrbarkeit hüllen.
»Alles in Ordnung?«, fragte Eunice, als sie Daisy ansah. »Sie sehen aus, als hätten Sie was Ekliges geschluckt.«
»Ich nicht«, entgegnete Daisy. »Noch nicht.«

12

Das Problem mit Landkarten war, fand Lapslie, dass sie alles entmystifizierten.

Er saß im Ruheraum des Polizeihauptquartiers in Chelmsford. Vor sich auf dem Schreibtisch hatte er ein Messtischblatt von dem Wald ausgebreitet, in dem Violet Chambers' Leiche entdeckt worden war, und er versuchte, herauszufinden, wohin der Wagen, der den Leichnam abgeladen hatte, wohl hatte fahren wollen.

Der Wald war ihm so unendlich vorgekommen, als er ihn durchstreifte, während er auf Emmas Rückruf wartete. Als dehne er sich noch kilometerweit aus und überzöge die englische Landschaft wie ein dunkler Fleck, uralt und unzugänglich, als gäbe es dort Gegenden, deren Boden noch keines Menschen Fuß je berührt hatte, als könne es dort Monster geben. Jetzt, da er den Wald hier auf der Karte sah, erkannte er, dass er lediglich ein paar Quadratkilometer einnahm und an jeder Seite von Straßen eingegrenzt war, eingesperrt in den Käfig des Fortschritts. So nackt dargestellt auf dem Papier, für alle einsehbar, hatte er seinen Zauber verloren. »Obacht! Hier drohen Drachen«, war auf manch antiker Landkarte zu lesen, der Sinn moderner Karten jedoch bestand einzig darin, alle Verstecke der Drachen auszuradieren und sie jedem Narren mit einem Auto und ein Paar Wanderstiefeln zugänglich zu machen.

Himmel noch mal, wie zynisch er war! Vielleicht war

das durch das Treffen mit Dom McGinley ausgelöst worden. Der Mann hatte bisher nicht zurückgerufen, und Lapslie war sich gar nicht sicher, ob er es tun würde. Sie hatten beide einen gewissen Respekt voreinander, jene Art Respekt, wie ihn die beiden letzten aussterbenden Dinosaurier wahrscheinlich voreinander empfunden hatten, doch das hieß noch nicht, dass McGinley ihm tatsächlich irgendwelche Gefallen tun würde. Es war ein Schuss ins Blaue, aber manchmal trafen die ja.

Genau das war auch der Grund, weshalb Lapslie sich über das Messtischblatt beugte und mit dem Finger die Straße entlangfuhr, an der Violet Chambers' Leiche gefunden worden war. Das Interessante war, dass die Straße mitten durch den Wald führte. Jeder, der eine der großen Städte in der Umgebung ansteuerte, hätte höchstwahrscheinlich eine der breiteren Umgehungsstraßen zu beiden Seiten benutzt. Das waren schnellere Strecken, besser beleuchtet. Die Straße durch den Wald führte eigentlich nirgendwohin, abgesehen von einigen wenigen kleinen Dörfern.

Ein Klopfen an der Tür überschwemmte seinen Mund mit Speckgeschmack. Er blickte auf. Emma Bradbury stand vor der Glastür und hielt ein Blatt Papier in der Hand. Er bedeutete ihr, einzutreten.

»Boss, wir haben einen Durchbruch«, verkündete sie, als die Tür aufschwang, und ihre Worte wurden von dem Stimmengewirr des Großraumbüros unterspült. Der rauchige Speckgeschmack in Lapslies Mund hatte sich noch nicht verzogen, als sich Zitrone von Bradburys Stimme und getrocknetes Blut von dem angestiegenen Geräuschpegel dazugesellten. Und auch noch Erdbeergeschmack – eine bizarre Mixtur von

Geschmäcken, die im realen Leben höchstens ein Kind kreieren konnte, das sein Essen mit dem Nachtisch auf einem Teller zusammenmanscht.

»Großartig«, sagte er, zuckte zusammen und schluckte heftig, um die unvereinbaren Empfindungen loszuwerden. »Was ist passiert? Und machen Sie um Himmels willen die Tür zu – ich genieße hier drinnen gerade ein virtuelles Vier-Gänge-Menü.«

»Tut mir leid.« Sie trat ein und schloss die Tür hinter sich. »Dieser Wagen, der die Reifenpanne hatte – der, von dem wir annehmen, dass er die Leiche von Violet Chambers transportiert hat …«

»Was ist damit?«

»Wir haben ihn gefunden.«

»Wir?«

Sie zog die Schultern hoch. »Na ja, ein Streifenpolizist in Colchester. Der Wagen hat 'ne ziemliche Weile da in der Nähe des Bahnhofs gestanden, legal geparkt, aber niemand hat ihn je von der Stelle bewegt, sah aus, als wäre er einfach stehen gelassen worden. Der Gemeinderat wollte ihn abschleppen lassen, aber dem Polizisten, der da vorbeikam, ist der Rundruf eingefallen, den Sie durchgegeben hatten. Und als klar war, dass wir nach dem Wagen fahnden, hat er angerufen.«

»Guter Mann.« Lapslie lehnte sich im Stuhl zurück. »Colchester ist wie weit entfernt – fünfundzwanzig Kilometer? Okay – ich will ein ganzes Spurensicherungsteam da unten im Einsatz haben. Ich will, dass jeder Zentimeter dieses Wagens untersucht wird, und zwar an Ort und Stelle.«

Bradbury blickte skeptisch drein. »Ich weiß, Sie sind 'ne Weile aus dem Rennen gewesen, Chef, aber es ist eigentlich üblich, verdächtige Fahrzeuge in eine CSI-

Werkstatt zu schleppen, so dass sie unter kontrollierten Bedingungen auseinandergenommen werden können.«

»Vielen Dank, dass Sie mich an die Standardprozedur erinnern, aber hier könnte der Platz, wo der Wagen steht, für die Spurensicherung wichtiger sein als der Wagen selbst. Ich weiß, er steht da schon länger, aber vielleicht gibt es einen Fußabdruck in getrocknetem Matsch, oder es ist etwas aus dem Wagen gefallen, als der Fahrer ausgestiegen ist. Später können wir ihn in eine Werkstatt schleppen, aber zunächst möchte ich, dass das Ganze als Tatort behandelt wird – Wagen, Standort und alles.«

»Okay.« Sie nickte. »Wollen Sie rausfahren und ihn sich ansehen?«

»Ja.«

Bradbury blickte auf ihre Uhr. »Fast Mittagspause. Vielleicht können wir ja unterwegs was essen.«

Lapslie hatte noch immer das bizarre Geschmacksgemisch im Mund, überlagert vom Geschmack von Bradburys Stimme. »Danke«, sagte er säuerlich, »aber ich hab schon gegessen.«

Lapslie bestand darauf, dass sie seinen Wagen nahmen statt Bradburys. Es war zwar gegen das Polizeiprotokoll, dass ein Vorgesetzter jemanden chauffierte, der am Futtertrog weiter hinter ihm rangierte als seinesgleichen, doch das Letzte, was er jetzt brauchte, war der Marmeladengeschmack vom Motorsurren ihres Mondeos zu all dem Zeug, das er bereits im Mund hatte. Überrascht stimmte sie zu.

Während der Fahrt war Bradbury damit beschäftigt, per Handy den Einsatz des Spurensicherungsteams zu arrangieren. Es kostete sie fünf verschiedene Anrufe, jeweils untermauert mit der vielleicht leeren Drohung, Lapslie werde den Detective Chief Superintendent anrufen und ihn dazu veranlassen, ihrer Arbeit Priorität zu verleihen und diesen Fall ganz oben auf ihre Liste zu setzen. Irgendwann schmeckte Lapslie plötzlich ganz schwach Brombeerwein hinten auf der Zunge, und er vermutete, dass Bradbury gerade mit Sean Burrows sprach, dem Einsatzleiter, der damals an den Fundort von Violet Chambers' Leiche im Wald gerufen worden war. Er konzentrierte sich aufs Fahren und bekam nicht alles mit, was Bradbury sagte, aber nach dem harschen Ton zu urteilen, den sie anschlug, machte sie erheblichen Druck, dass dies ein Fall von größter Wichtigkeit sei.

Schließlich schob sie das Handy in die Tasche zurück. »Man hat mich gebeten, Ihnen auszurichten«, begann sie, »dass Sie, indem Sie diesem Fall Vorrang vor dem übrigen Arbeitspensum des CSI einräumen, möglicherweise die Ermittlungen bei zwei weiteren suspekten Todesfällen erheblich gefährden und dass Sie innerhalb der nächsten Stunde mit Anrufen vom DCS rechnen können.«

»So ist das Leben«, seufzte Lapslie. »Eine Wahl zwischen verschiedenen Möglichkeiten, und jede hat unglückliche Konsequenzen. Man muss einfach tun, was einem zu gegebener Zeit als das Beste erscheint. Wann werden die CSI-Leute bei dem Wagen sein?«

»Die waren schon zu einem anderen Tatort unterwegs. Sie drehen jetzt um und fahren nach Colchester. Dieser kleine irische Kläffer meinte, sie wären wohl in einer Stunde da, das ist etwa so lange, wie wir auch brauchen, dort hinzukommen.«

Die Straßen waren ziemlich leer, Emma Bradbury

schien nicht zum Reden aufgelegt, und Lapslie ließ seine Gedanken schweifen.

Er spann die Hypothese aus, dass jemand, den es noch zu identifizieren galt, Violet Chambers getötet und dann ihre Identität angenommen, Postkarten und Weihnachtsgrüße versandt hatte, um die Leute glauben zu machen, Violet sei noch am Leben, während er – oder wahrscheinlich sie – plünderte, was Violet an Geld besessen hatte, und das Haus über einen Makler vermietete. Bradburys Ermittlungen zufolge floss die Miete, die der Makler kassierte, auf ein Sonderkonto unter Violets Namen, von dem wiederum von verschiedenen Orten aus gelegentlich Abhebungen erfolgt waren. Doch soweit Lapslie es beurteilen konnte, reichte das Geld nicht aus, um das Risiko des Mordes an Violet Chambers aufzuwiegen. Vielleicht bei einem Verbrechen aus Leidenschaft oder bei einem Mord aus einer spontanen Überreaktion heraus, aber dies hier trug doch den Stempel sorgfältiger Planung und Durchführung. Wozu also der ganze Aufwand für so wenig Geld?

Lapslie schauderte. Irgendwie steckte hinter diesem Verbrechen mehr, als sie bisher entdeckt hatten. Er hatte das deutliche Gefühl, dass die Leiche im Wald, das vermietete Haus und der verlassene Wagen nur die Spitze des Eisbergs waren. Bei diesem Fall lag noch weit mehr unter der Oberfläche verborgen. Und wie bei einem Eisberg würde es kalt und hart und sehr unerfreulich sein.

Sie trafen weniger als eine Stunde nachdem sie losgefahren waren, in Colchester ein. Bradbury lotste Lapslie durch enge Straßenschluchten aus Häuserwänden, dann wieder durch breitere, modernere Straßen,

flankiert von großen Kaufhäusern, bis sie an die Straße kamen, in der der Wagen abgestellt worden war.
Das Team von der Spurensicherung war schon da. Ihr Einsatzwagen stand dicht neben dem Volvo, und sie waren bereits dabei, das gelbe Plastikzelt aufzustellen, das ihre Arbeit schützen sollte, obwohl Lapslie sehr wohl wusste, dass während all der Zeit, die der Wagen hier verbracht hatte, die meisten Spuren wahrscheinlich vom Wind fortgeweht oder vom Regen davongespült worden waren.
Er schaute sich um, wollte sich einen Eindruck von dem Ort verschaffen. Sie befanden sich in einer breiten Straße, die in beiderlei Richtung in einer Kurve verschwand. An einer Seite waren Geschäfte: ein Blumengeschäft, eine Wäscherei, ein Buchladen und ein paar nicht identifizierbare Ladenfronten, die geschlossen oder mit Brettern vernagelt waren. Ein paar Geschäfte verkauften völlig andere Dinge, als das Firmenschild darüber auswies. Offensichtlich war dies eine Gegend, wo Eigentum schneller von Hand zu Hand ging, als die Schilder beim Auswechseln Schritt halten konnten. Über den Läden gab es zwei Stockwerke mit Mietwohnungen: die Vorhänge selbst mitten am Vormittag geschlossen, die Fenster vor Staub und Dreck starrend. Überlaufrohre ragten in regelmäßigen Abständen aus den Wohnungen wie industrielle Wasserspeier. Unter den meisten der Rohre zeichneten sich grün bemooste Dreiecke ab und zeigten an, wo Wasser jahrelang unaufhörlich herausgetropft oder -geflossen war. Zeitungspapier, vergilbt und zerknittert, flog den Bürgersteig entlang und sammelte sich in Ecken. Kein Mensch weit und breit, und in der Luft eine stumpfe Leblosigkeit, als würde jeder Ton von ihr

aufgesogen, ehe er sich weit von seiner Quelle entfernen konnte. Selbst das Tageslicht schien grau und müde. Es fühlte sich an, als sei das Ende der Welt hier vorzeitig gekommen, und sie sei nicht mit einem Knall verendet, sondern mit einem Wimmern.

»›Bloß welches derbe Tier, ist reif die Zeit erst, schlurft bethlehemwärts, um zur Welt zu kommen?‹«, murmelte Lapslie vor sich hin, als er aus dem Wagen stieg.

»Bitte, Boss?«, fragte Bradbury, während sie an der Beifahrerseite ausstieg.

»W. B. Yeats. Schien mir passend. Ich habe mich bloß gefragt, auf was für einen Menschen wir am Ende von all dem hier stoßen werden.«

Bradbury sah ihn stirnrunzelnd an, sagte aber nichts. Gemeinsam gingen sie auf das Zelt zu, das eben um den kantigen Wagen herum aufgestellt wurde.

Sean Burrows wartete schon auf sie. Er trug Zivil, hielt aber den papierenen Overall bereit, den alle Mitarbeiter vom CSI trugen, wenn sie ihre Ermittlungen durchführten. »Ihnen ist doch wohl klar«, sagte er mit peinigendem Sarkasmus, »dass wir unsere Einsätze strikt auf der Basis ihrer Dringlichkeit absolvieren? Ein abgestelltes Auto, das vielleicht – oder vielleicht auch nicht – mit einem neun Monate zurückliegenden Todesfall in Zusammenhang gebracht werden kann, rangiert auf dieser Liste nicht sehr weit oben.«

»Das haben Sie nicht zu entscheiden«, versetzte Lapslie. »Lassen Sie mich ein paar Gründe aufzählen, weshalb Sie diesen Fall vordringlich erledigen sollten. Erstens: Weil ich ranghöher bin als die Ermittlungsbeamten aller anderen Fälle auf Ihrer Liste. Zweitens: Ich kann Chief Superintendent Rouse veranlassen, Sie anzurufen und die Prioritäten Ihres Arbeitspensums so gründlich neu einzuteilen, dass Ihnen die Ohren bluten. Und drittens: Ich bin der einzige Ermittlungsbeamte, der Sie bei der Arbeit mit Schinkenbrötchen versorgt.«

Burrows starrte ihn eine Weile stumm an. »Es geht doch nichts über ein gesundes Selbstvertrauen«, bemerkte er schließlich. »Und könnten wir diesmal auch ein paar Wurstbrötchen bekommen? Einer von den Jungs ist nämlich Jude. Der musste letztes Mal das Brötchen essen und den Schinken liegen lassen.«

»Weiß er denn nicht, was in der Wurst alles drin ist?«, erkundigte sich Bradbury.

»Er wird nicht fragen, und wir werden's ihm nicht sagen«, erwiderte Burrows. »Das Problem ist bloß, bei Schinken kann er kein Auge zudrücken.«

»Können Sie wohl hier in der Nähe ein Café ausfindig machen und eine ordentliche Portion Tee und Brötchen bestellen?«, wandte Lapslie sich an Bradbury. Sie nickte und ging davon.

Inzwischen war das Zelt aufgestellt, und Lapslie trat hinein. Das trübe Tageslicht wurde durch die transparenten gelben Plastikwände geradezu belebt und tauchte den staubigen, bronzefarbenen Volvo in der Mitte in eine makabre Beleuchtung. Drei von Burrows' Leuten fingen gerade mit der Arbeit an: Ein Mann machte Fotos und nahm Messungen im Wageninneren vor, eine Frau öffnete den Kofferraum, während der dritte die Motorhaube aufklappte, um die Seriennummer am Motorblock festzustellen.

»Irgendwelche Hinweise, wonach wir eigentlich suchen?«, wollte Burrows wissen.

»Nach allem, was uns auf die Spur des Fahrers bringt«, antwortete Lapslie.

»Sie glauben, das hier ist der Wagen, aus dem die Leiche der alten Frau abgekippt worden ist?«

»Bis jetzt ist es jedenfalls der einzige, der in Frage kommt. Und ich habe den Verdacht, die alte Dame da im Wald ist nicht die einzige Leiche, die dieser Wagen gesehen hat.«

Burrows nickte. »Na ja, Volvos, wissen Sie. Reichlich Platz im Kofferraum, kein Mensch beachtet sie, und sie sind echt zuverlässig. Wenn man also Tote umherkarrt, dann ist ein Volvo genau das, was man braucht.«

»Manchmal frage ich mich«, meinte Lapslie, »was eigentlich passieren würde, wenn ihr Jungs mal beschließt, euch selbständig zu machen.«

»Wir reden tatsächlich darüber, eine Mörderberatung zu eröffnen«, bekannte Burrows. »Aber dann müssten wir unser Unternehmen zur Mehrwertsteuer anmelden und all so was, und das ist uns einfach zu lästig.«

Die Frau, die den Kofferraum aufgemacht hatte, winkte ihren Kollegen mit der Kamera herbei. Er stellte sich neben sie und machte Fotos von irgendwas, das sie darin entdeckt hatte, und sein Blitzlicht zuckte grell durch das Zelt. Burrows zog die Stirn kraus und ging zu den beiden hinüber. Er spähte in den Kofferraum und winkte Lapslie, sich ebenfalls zu ihnen zu gesellen.

»Na, was glauben Sie – eine Leiche?«, fragte Burrows ihn.

»Das hätte mir noch gefehlt«, stöhnte Lapslie, während er auf den Wagen zuging. »Noch eine Leiche und immer noch keinen Mörder.«

Als er dem Wagen näher kam, nahm er einen schwachen Geruch nach Blumen und Erde wahr. Zunächst dachte er, es sei eine Synästhesiereaktion auf irgendein leises Geräusch irgendwo draußen, doch als er neben Burrows stand, wurde ihm klar, dass dies ein realer Geruch war und er aus dem Kofferraum des Volvos kam. Der ganze große Gepäckraum war angefüllt mit Zweigen, Blättern und farbenfrohen Blüten, alle sorgfältig mit Blumendraht zusammengebunden.

»Nicht gerade das, was ich erwartet hätte«, meinte Burrows. »Ich lasse das alles zusammenpacken und untersuchen.«

Lapslie sah noch eine Weile zu, wie Burrows' Leute den Volvo mit größter Sorgfalt untersuchten. Sie suchten den Innenraum nach Fingerabdrücken ab, sammelten Härchen und Flusen von den Sitzen. Sie waren, fand Lapslie, wie Käfer, die auf dem Kadaver eines toten Tieres herumkrabbelten und noch die letzten verbliebenen Haut- und Fleischfetzen ablösten. Bestimmt war es Einbildung, doch es kam ihm vor, als schrumpfe der Wagen, während sie daran arbeiteten, so, als ob das Geheimnis, das er in sich barg, ihn aufgebläht hätte. Und ihm fiel ein, dass Violet Chambers' Leiche einen sehr ähnlichen Prozess durchlaufen haben musste: zunächst noch aufgedunsen und fleischig, als man sie im Wald unter der dünnen Erdschicht verscharrt hatte, und dann schrittweise von allem entblößt, was sie menschlich machte, bis sie nur noch ein Bündel aus Knochen, Sehnen und mumifizierter Haut war und die verschiedenen Aasfresser sich davonmachten, zum nächsten Objekt auf ihrer Prioritätenliste.

»Abgesehen vom Kofferraum, in dem eine Schicht Erde liegt, ist der Wagen überraschend sauber«, erklärte Burrows. »Es sieht aus, als sei er systematisch mit dem Staubsauger gereinigt worden, vielleicht durch einen professionellen Reinigungsdienst. Auf dem Lenkrad sind keinerlei Fingerabdrücke. Ich vermute, wer immer da ausgestiegen ist, hat noch mal rasch mit einem feuchten Lappen drübergewischt, ehe er abgehauen ist. Die Außenseite ist außerdem vom Wetter geschrubbt worden. Keine Chance, etwa an den Türgriffen irgendwas festzustellen.«

»Gute Arbeit«, lobte Lapslie. »Machen Sie weiter, und wenn Sie irgendwas finden, rufen Sie mich an.«

»Aber gewiss doch«, sagte der Einsatzleiter, »es ist ja nicht so, als ob ich irgendwas anderes mit meinem Tag anzufangen wüsste.«

Emma Bradbury sprach in ihr Handy, als Lapslie aus dem Zelt kam. Sie winkte ihn heran und klappte das Telefon zu, als er bei ihr war.

»Was ist los?«, wollte er wissen.

»Ich hab's geschafft, einen Streifenpolizisten für die Erkundigungen zu kriegen, die Sie mir aufgetragen haben«, erklärte sie. »Ich meine die Frage, ob irgendein Automechaniker oder eine Werkstatt im Umkreis von sechzig Kilometern um den Wald, wo Violet Chambers' Leiche lag, jemals zu einem Volvo mit diesem Nummernschild gerufen worden ist.«

»Wie haben Sie das denn geschafft? Ich dachte, es gäbe da ein unausgesprochenes Moratorium, was Beihilfe zu dieser Ermittlung betrifft.«

»Ich hab's halt niemandem gesagt«, meinte sie. »Wie auch immer, wie sich herausstellt, ist jemand von einer Werkstatt in Malden vor drei Jahren mal zu einem einsam gelegenen Haus auf dem Lande gerufen worden. Genau dieser Wagen stand dort und wollte nicht anspringen. Der Mechaniker hat festgestellt, dass der Eigentümer versehentlich die Innenbeleuchtung angelassen hatte und die Batterie leer war. Er musste ihn bloß mit einem Starthilfekabel anlassen, und alles war in Ordnung.«

»Wer war der Fahrer?«

»Der Name auf dem Formular ist verschmiert, er kann ihn nicht entziffern. Er erinnert sich aber, dass es eine Frau war, so Mitte sechzig.«

Lapslie überlegte einen Moment. »Gut möglich, dass wer immer Violet Chambers umgebracht hat, an dieser Adresse lebt. Aber wir müssen vorsichtig sein. Benachrichtigen Sie die Zentrale, dass wir dorthin unterwegs sind.« Er stockte kurz. »Wir haben es hier womöglich mit einem Mörder zu tun. Ich glaube, wir brauchen ein bewaffnetes Einsatzkommando.«

Rings um das Zelt hatte die örtliche Polizei mit Plastikbändern, die um Bäume und Lampenpfosten geschlungen und an Überlaufrohren befestigt waren, einen Bereich abgesperrt. Eine kleine Gruppe von Leuten, die in der Gegend wohnten, arbeiteten oder einkauften, hatte sich eingefunden, drängte sich gegen die Absperrung, um besser sehen zu können, was da los war, etwas, das vermutlich interessanter war als alles, was sie sonst erlebten.

Lapslie holte tief Atem. Selbst die Luft hier war apathisch und fade. Kleine Windstöße verfingen sich in Ladeneingängen und wirbelten Staubspiralen auf, die aussahen wie unsichtbare, miteinander kämpfende Tiere. Und das war auch schon das Aufregendste an der ganzen Szene.

Emma sprach im Gehen aufgeregt in ihr Handy. Lapslie hörte gelegentlich ein markiges Wort oder einen unterdrückten Fluch. Endlich klappte sie es zu und wandte sich an Lapslie. »Das mit dem bewaffneten Team wird nichts«, verkündete sie mit finsterem Gesicht. »Angeblich nicht verfügbar. Irgend so ein Anti-Terror-Einsatz in Dagenham. Die Zentrale meint, es könnte einen Tag oder länger dauern, bis sie frei sind, und auch dann besteht keine Garantie, dass wir eins kriegen können. Wollen Sie warten?«

Lapslie schüttelte den Kopf. »Ist Ihnen aufgefallen«, fragte er, »dass wir im Verlauf dieses Falles bei jedem einzelnen Schritt um Unterstützung kämpfen mussten? DCS Rouse hat versucht, Sie von dem Fall abzuziehen, die Polizisten am Tatort wurden abkommandiert, ausgerechnet zu irgendeinem Fußballspiel, irgendjemand hat sich an den Autopsieberichten zu schaffen gemacht, und jeder meiner Anträge auf Verstärkung der Einsatzkräfte wird abgebügelt. Da ist im Hintergrund was im Gange, von dem ich nichts wissen soll, und das gefällt mir nicht.« Er furchte die Stirn. »Nein, ich fahre jetzt zu dieser Adresse, und ich tue es auch ohne bewaffnete Unterstützung. Ich befehle Ihnen nicht, mitzukommen, aber ich könnte Ihre Gesellschaft schon gebrauchen.«

Sie nickte. »Ich bin dabei.«

Bradbury wollte noch etwas sagen, als ihr Handy klingelte. Sie wandte sich ab, um den Anruf anzunehmen, und Lapslie nutzte die Gelegenheit, um von seinem eigenen Handy aus DCS Rouse anzurufen. Rouses Sekretärin meldete sich, und Lapslie sagte: »Hier DCI Lapslie. Ich muss dringend den Chef sprechen.«

»Der ist … in einer Sitzung«, antwortete die Sekretärin nach kaum merklichem Zögern, doch ihre Stimme war getönt von trockenem Gewürz. Sie log. Lapslie hatte plötzlich die Vorstellung, dass Mr. Geherty vom Justizministerium sich über sie beugte und lauschte. Ohne ein weiteres Wort beendete er das Gespräch.

»Ich hab die Adresse durch die Zentrale überprüfen lassen«, sagte Bradbury, als sie ihr Handy zuklappte. »Als Eigentümerin ist eine Rhona McIntyre eingetragen. Keine sonstigen Eintragungen über irgendwelche Vorkommnisse in Verbindung mit dieser Adresse, und auch sonst geben die Datenbanken nichts her – die Steuer wird jedes Jahr gezahlt, keine Hypotheken-Außenstände. Ich hab im Büro jemanden beauftragt, sich um einen Durchsuchungsbefehl zu bemühen, aber …«, sie zuckte die Achseln, »… ich hab irgendwie das Gefühl, es wird da eine unerwartete Verzögerung geben.«

»Gerade lange genug, dass jemand uns dort zuvorkommen kann«, knurrte Lapslie. »Okay – also los. Wir sind ja schon halbwegs da. Und wenn wir den Eindruck haben, dort wird gerade ein Verbrechen begangen, dann können wir ja auch ohne Durchsuchungsbefehl reingehen und die Sache später erklären.«

Schweigend fuhren sie los. Lapslie war froh, Colchester hinter sich zu lassen. Gewiss gab es dort wundervolle historische und pittoreske Stadtviertel zu bewundern, aber diese Straße da hatte etwas an sich, das ihn an einen verprügelten Hund denken ließ, zu erschöpft zum Kämpfen, der sich nur noch ans Existieren klammerte.

Sie nahmen eine andere Strecke stadtauswärts, passierten einen Kreisverkehr nach dem anderen und einen modernistischen Bahnhof aus Glas und Metall. Das war das Problem bei der Architektur heutzutage, dachte Lapslie beim Fahren: Alles war in Teilstücken entworfen, die man zu verschiedenen Gestaltungen zusammensetzen konnte. Es gab keinen Gesamtzusammenhang mehr, keine klare Einheit, keine Struk-

tur. Lediglich diverse aneinandergefügte Versatzstücke, alle einander ähnlich.
Die Fahrt zu dem Bauernhaus dauerte knapp eine Stunde, und Lapslie bemerkte beim Fahren, dass eine ganze Reihe Straßenschilder zu dem Wald zurückwiesen, in dem Violet Chambers' Leiche entdeckt worden war. Je nachdem, woher man kam, bot sich diese Route durch den Wald als die günstigste an, wenn man zu diesem Haus wollte. So wie seiner Vermutung nach der Mörder.
Soweit Lapslie es sagen konnte, gab es zwei Möglichkeiten. Die erste war, dass der Mörder dort wohnte und aus irgendeinem Grund mit der Leiche dort hinwollte. Die andere war, dass der Mörder dort zwar nicht wohnhaft war, aber dennoch die Leiche dort lassen wollte. Die dritte Möglichkeit war, dass das Haus überhaupt nichts mit dem Mord an Violet Chambers zu tun hatte. Doch daran wollte Lapslie gar nicht denken, teils, weil er bei diesem Fall verzweifelt auf einen Durchbruch wartete, vor allem aber, weil er Erdbeeren schmeckte, obwohl das Radio ausgeschaltet war und auch Emma Bradbury schwieg. Ihm stand eine Überraschung bevor, bloß ob sie angenehm oder unangenehm war, das musste sich noch zeigen.
Emmas Handy klingelte. Nach ein paar knappen »Jas« und »Uh-huhs« brach sie die Verbindung ab und wandte sich Lapslie zu. »Überraschung!«, sagte sie. »Der Durchsuchungsbefehl ist abgelehnt worden.«
»Irgendjemand hat was gegen uns«, bemerkte Lapslie bitter.
Die letzten paar hundert Meter führten über einen Fahrweg, an dem nichts darauf hindeutete, dass sich je jemand darum gekümmert hatte, ihn instand zu hal-

ten. Weiß- und Rotdornhecken wucherten zu beiden Seiten. Durch die Lücken dazwischen sah Lapslie Felder, die vollends wieder der Natur anheimgefallen waren. Unkraut und Gras überwucherte alles, was dort vielleicht einmal angepflanzt worden war. Wenn überhaupt noch Menschen in dem Haus lebten, so betrieben sie keine Landwirtschaft mehr. Falls sie es denn jemals getan hatten.

Hinter einer Kurve fanden sie das Haus. Es stand inmitten eines verwilderten Rasens und war aus rotem Backstein gebaut, zwei Stockwerke hoch, mit hohen Fenstern und einem großzügigen Portal mit spitzem Holzdach. An allen Fenstern waren die Vorhänge zugezogen.

Der Wagen hielt vor dem Haus auf der von Moos überwachsenen Auffahrt, zwischen deren Pflastersteinen zähes Unkraut spross. Lapslie ging auf das Portal zu. Zwei Stufen, von vertikalen schwarzen Rissen wie gefrorene Rinnsale durchzogen, führten zur Haustür hinauf. Emma Bradbury war dicht hinter ihm, und sie berührte seine Schulter, noch ehe er den Türklopfer hob.

»Boss«, sagte sie, »schauen Sie mal da rüber.«

Er folgte der Richtung, in die sie zeigte. Neben dem Haus, eingegrenzt durch einen niedrigen Zaun, war ein Garten. Anders als die Zufahrt und die Felder ringsum wirkte er wundervoll gepflegt. Scharlach- und malvenfarbige Blüten öffneten sich vor dem Hintergrund aus leuchtend grünem Blattwerk. Lapslie sah allerlei verschiedene Beeren – rote, blaue, purpurfarbene und schwarze –, die schwer an schwankenden Zweigen hingen.

»Hier ist jemand gewesen«, meinte Emma warnend.

»Dieser Garten ist gepflegt worden, und zwar erst vor kurzem.«
»Als ob derjenige, der hier wohnt, sich weder um die Zufahrt kümmert noch um die Felder; bloß der Garten ist sein ganzer Stolz und seine Freude«, meinte Lapslie. »Also los. Weiter.«
Die Tür war irgendwann in der Vergangenheit grün gestrichen worden, aber Sonne und Regen hatten ihr so zugesetzt, dass der ursprüngliche Farbton kaum noch auszumachen war. Das Holz des Türrahmens zerbröselte an den Kanten. Ein Fenster, kaum einen Meter rechts von der Tür, war weiß von Spinnenweben, sowohl von innen als von außen. Eine der Scheiben wies Sprünge auf.
Er klopfte, einmal, zweimal. Das Echo hallte donnernd durchs Haus, auf der Suche nach jemandem, der vielleicht öffnete. Aber keinerlei Bewegung, kein Laut, nichts. Lapslie klopfte erneut. Die Töne gesellten sich zu dem vorherigen Echo, prallten vor und zurück, rollten von Raum zu Raum, von unten nach oben und wieder zurück. Immer noch nichts.
Lapslie trat zurück, spannte den Körper an und schwang einen Fuß gegen die Tür, traf mit dem Absatz nicht weit unter dem Schloss. Der hölzerne Rahmen splitterte. Er trat noch einmal zu, und die Tür flog auf, wirbelte dabei einen Stoß Briefe wie Schneeflocken gegen die Wand.
»Polizei!«, rief er. »Kommen Sie raus, so dass wir Sie sehen können!«
Keine Bewegung, kein Laut. Gemeinsam traten Lapslie und Bradbury ins Haus.
Ein abgestandener, unangenehmer Geruch hing in der Luft, und Lapslie musste ein Würgen niederkämpfen,

als er weiterging. Die Diele war dunkel, ein verblichener Teppich zog sich darin entlang. Verschiedene Türen gingen von ihr ab. Alle waren geschlossen.
Er ging auf den nächstgelegenen Raum zu – den, dessen Fenster sie rechts neben der Eingangstür gesehen hatten – und stieß die Tür auf. Sie zischelte über den Teppich, als sie aufschwang. Der Geruch nach etwas zutiefst Abstoßendem wurde plötzlich stärker.
Durch das von Spinnenweben verhangene Fenster fiel gedämpftes Licht herein und beleuchtete einen langen, festlich gedeckten Esstisch. Feine Porzellantassen standen an jedem Platz, eine dazu passende Teekanne in der Mitte des Tisches.
Zwölf Menschen saßen still um den Tisch. Sie reagierten nicht auf Lapslies Eintreten: kein Kopfwenden, kein Ausdruck des Erstaunens, überhaupt nichts.
»Polizei«, wiederholte Lapslie. »DCI Lapslie. Wem gehört dieses Haus?«
Niemand regte sich.
Emma Bradbury ging entschlossen zum Fenster hinüber, reckte die Hand und wischte die Spinnenweben fort. Licht flutete herein.
Lapslie fuhr zurück. Emma keuchte auf. »Oh Gott!«, sagte sie tonlos.
Die zwölf Personen, die um den Tisch herumsaßen, waren alle Frauen, und sie waren alle tot. Sie waren in der Reihenfolge ihres Todes gesetzt worden. Die Leiche, die Emma am nächsten saß, war die frischeste, doch das rote, gedunsene Fleisch sackte an den Knochen herab, von Fliegen besudelt, grün und violett und grau. Ihre Augenlider waren vor den leeren Augenhöhlen geschrumpft. Die Leiche neben Lapslie war die älteste: nichts weiter als ein Skelett, dessen Fleisch

nach und nach durch Spinnenweben ersetzt worden war. Sie alle waren zerfallene Relikte von etwas, das vielleicht einmal schön gewesen war.

»Himmel und Hölle, womit haben wir es hier zu tun?«, wisperte Emma.

»›Wir sind nicht außerhalb‹«, murmelte Lapslie leise, »›dies hier *ist* die Hölle.‹«

13

In dieser Nacht, als ihre Zimmerdecke vom Mondlicht gesprenkelt war, das von der See reflektiert wurde, lag Daisy wach. Die Laken unter ihr waren klamm, und sie spürte jede Falte im Leinen an ihrer alten, schrumpligen Haut. Wie immer sie sich auch wälzte oder zusammenrollte, sie konnte die geheime Tür des Schlafes nicht finden.

Es war dieser Zeitungsartikel, der sie quälte. Dieser Bericht über die Entdeckung von Violet Chambers' Leiche. Der erste Fehler, der ihr jemals unterlaufen war, und er würde nicht aufhören, sie zu verfolgen. Das wusste sie.

Der Schock angesichts der Schlagzeile hatte sie in Panik versetzt. Eunice hatte ihr eine Tasse Tee gemacht und bei ihr gesessen, ohne recht zu verstehen, was Daisy in einen solchen Zustand versetzt haben konnte, doch Daisy war wie erfroren, und ihr Verstand wirbelte wieder und wieder im Kreis herum, wie eine Motte, die eine Glühbirne umkreist.

Und im Innern ihres Kopfes wieder dieser schmatzende Knall, als der Ast Violets Kopf traf und die Schädeldecke eindellte. Und das Blut, das das graue Haar verklebte. Und der lange Seufzer, als sie ihren letzten Atemzug tat.

Und während sie die Erinnerungen wieder heraufbeschwor, während sie zurückkehrte in die Zeit, bevor der Ast Violets Schädel zertrümmerte, als sie jene

Landstraße entlanggefahren war, mit Violet Chambers neben sich, auf dem Beifahrersitz zusammengesackt, glitt sie unversehens in den langen, dunklen Tunnel des Schlafes, und die Erinnerungen verwandelten sich verstohlen in Träume.

Die Sonnenstrahlen, die zwischen den Blättern hindurchfielen, malten Muster wie schwarze Spitze aufs Straßenpflaster. Sie hielt ihren Volvo bei einem konstanten Tempo von knapp über fünfzig Stundenkilometern – nicht schnell genug, um Aufmerksamkeit zu erregen, nicht langsam genug, um andere Leute so sehr zu verärgern, dass sie sich sie und ihren Wagen während der kurzen Momente des Überholens einprägten.

Sie hatte Violets leblosen Körper an jenem Morgen noch vor Sonnenaufgang sehr sorgfältig in den Wagen bugsiert, hatte dabei den Rollstuhl benutzt, den sie sich vorsorglich für diesen Zweck besorgt hatte. Glücklicherweise führte die Einfahrt bis dicht an die Haustür, so dass sie die Leiche nicht die Straße entlangkarren musste, wie sie es früher gelegentlich hatte tun müssen. Der kritische Moment kam, wie immer, als sie den Körper aus dem Rollstuhl auf den Beifahrersitz rutschen lassen musste. Doch die heruntergeklappte Armlehne des Rollstuhls, ein bisschen Kraftaufwand und das Vorbeifahren eines geräuschvollen Mülltransporters hatten die Aufgabe leichter gemacht.

Ein kariertes Plaid über Violets Schoß hatte die Illusion vervollständigt, dass sie lediglich schliefe. Ihre Augen waren geschlossen, und ein Stückchen Klebestreifen, quer über das Zahnfleisch gedrückt, sorgte dafür, dass ihr Mund nicht in einem ungeeigneten Moment plötzlich aufklaffte, wenn sie zum Beispiel vor einer Ampel halten mussten. Ein dünnes weißes Baumwollband, in ihren Halsfalten verborgen und hinter der Kopfstütze verknotet, verhinderte, dass ihr der Kopf in auffälliger Weise auf die Brust kippte. Alles in allem, fand Daisy, als sie Violet vom Fahrersitz aus betrachtete, sah sie besser aus als im wirklichen Leben. Ganz bestimmt nicht wie jemand, der vor nur zwölf Stunden eine tödliche Dosis Herbstzeitlose zu sich genommen hatte.

Eine halbe Stunde, nachdem sie den Kuchen gegessen hatte – von Daisy sorgfältig mit etlichen feingeriebenen Herbstzeitlosenwurzeln präpariert –, hatte Violet, während sie hinten im Garten saß, eine Serie von Krampfanfällen erlitten. Daisy hatte mit Behagen zugeschaut, wie weißer Schaum aus Violets Mund gequollen und wie ihre Haut blau angelaufen war. Schweiß rann die tiefen Gesichtsfalten hinab, die ihr immer so ein mürrisches Aussehen verliehen hatten. Ihre Hände krallten sich um die Armlehnen des Liegestuhls, vergruben die Fingernägel mit solcher Kraft darin, dass Daisy später ein Küchenmesser brauchte, um sie herauszustemmen. Und dann, nach einem plötzlichen heftigen Wölben des Rückens, war sie zusammengesackt, der Kopf war vornübergesunken, und mit verschleierten Augen hatte sie ihre letzten flachen Atemzüge getan.

»Von all den Frauen, die ich bisher vergiftet habe«, hatte Daisy zu ihr gesagt, »warst du die arroganteste, die unsensibelste und die unnahbarste. Du denkst wohl, du kannst auf alle herabblicken, bloß weil dein Vater ein großes Haus hatte und nicht für seinen Lebensunterhalt arbeiten musste. Dabei bist du einfach nur ein jämmerliches, irregeführtes altes Weib, das einsam und unbetrauert stirbt. Niemand wird es erfahren, niemanden wird es kümmern, dass du weg bist.«

Vielleicht hatten ja ihre Augenlider geflattert. Daisy würde es nie genau wissen, doch ihr gefiel der Gedanke, dass Violet diese Abschiedsworte sehr wohl gehört und dass sie die unausweichliche Wahrheit darin erkannt hatte, bevor sie starb. Sich mit Violet anzufreunden, war eines der schwierigsten Unterfangen gewesen, die Daisy je zu bewältigen hatte – obwohl sie sich damals Annie nannte. Annie Moberley. Violet war hochnäsig, misstrauisch und snobistisch gewesen, und bloß, weil Daisy – Annie – es hasste, auf halbem Wege aufzugeben, hatte sie durchgehalten. Sie war Violet zuerst in einem Supermarkt begegnet, wo ihr schnell auffiel, dass Violet für eine Person einkaufte und dass sie nicht die billigsten Fleischsorten wählte oder die »Sonderangebote«, die sich Rentner nach Daisys Erfahrung gewöhnlich aussuchten. Als sie sich das dritte oder vierte Mal begegnet waren, plauderten sie miteinander, und bald kam sie mal auf einen Kaffee vorbei. Und wenig später holte sie Violets entzündungshemmende Medikamente beim Arzt ab.

Violet war eine vertrackte Mischung gewesen. Einerseits sehnte sie sich verzweifelt nach menschlichem Kontakt, zugleich aber maßte sie sich an, auf jeden herabzublicken, mit dem sie zusammen war. Für Annie, die automatisch auf alle ihre Opfer herabblickte, gehörten die folgenden paar Monate zu den mühsamsten, an die sie sich erinnern konnte, diese Zeit, in der sie mit Violet um die Vorherrschaft gekämpft hatte, ohne dass Violet überhaupt realisierte, dass ein Kampf stattfand.

Während der Stunden, die Annie damit verbrachte, Violets Leiche durch den frühen Morgen zu fahren, verlor sie sich in Tagträume über die nächsten Monate; wie sie nach und nach alle wertvollen Dinge fortschaffen würde, die sich im Haus befanden, wie sie Violets Konto bei der Bausparkasse bis auf den Grund plündern würde. Und nach kleinen Andeutungen zu urteilen, die Violet gelegentlich entschlüpft waren, war das anscheinend ziemlich gut gefüllt. Sie würde Violets Identität übernehmen, so wie man einen alten Mantel überzieht, würde ihre derzeitige Identität abschütteln und in der Vergangenheit verblassen lassen. Und dann, wenn sie es satthatte, dann würde sie weitermachen, nach einem neuen Opfer Ausschau halten. Obwohl, vielleicht das nächste Mal lieber nach einem weniger hochmütigen. Schon eine ganze Weile hatte Annie nämlich gefunden, dass Violet sie mehr wie eine ehrenamtliche Gesellschafterin behandelte als wie eine Freundin, und gegen Ende sogar wie eine unbezahlte Dienerin statt wie eine Gesellschafterin.

Der Wagen glitt durch Wälder und an Industrieanlagen vorüber, während die Dunkelheit dem Tageslicht wich. Wie lange schon, war ihr kaum bewusst, dann jedoch merkte sie, dass sie sich ihrem Ziel näherte: jenem Ort, wo all ihre Freundinnen gelegentlich zu Besuch kamen und nie wieder gingen.

Ein plötzlicher Knall von unten riss sie aus ihrer Träumerei. Das Lenkrad ruckte in ihren Händen, und der Wagen fing an, auf die Bäume zuzurutschen, gerade als sie auf eine Kurve zusteuerte. Voller Panik trat sie auf die Bremse, und der Wagen kam schleudernd zum Stehen, halb auf der Straße, halb auf dem Grasstreifen.

Mit zitternder Hand drehte Annie den Zündschlüssel. Der Motor erstarb. Stille erfüllte den Wald.
Langsam stieg sie aus dem Wagen, als sie wieder atmen konnte und das Pochen des Blutes in Hals und Schläfen sich ein wenig beruhigt hatte. Der vordere Reifen auf der Seite, wo Violet saß, war platt und hinüber, klebte halb geschmolzen als Spur auf der Straße. Panik überschwemmte sie. Was machte man mit einem platten Reifen? Wahrscheinlich musste man ihn auswechseln, aber wie sollte sie ihn abkriegen? Und wo war der Ersatzreifen verborgen? Gab es überhaupt einen Ersatzreifen im Wagen? Und Werkzeug?
Sie blickte nach vorn, die Straße entlang, wo diese eine Biegung nach rechts machte, und dann zurück in die Richtung, aus der sie gekommen war. Keine anderen Autos, keine anderen Menschen. Sie war allein.
Was also tun? Annie ließ sich gegen die Seite des Wagens sinken und hörte das Klicken und Ticken des Motors, als das erhitzte Metall abkühlte. So etwas war ihr bisher noch nie passiert. So dicht vor ihrem Ziel, dem sicheren Refugium, in dem all ihre Freundinnen endeten, und doch so weit davon entfernt. So furchtbar weit.
Ihr Verstand sagte ihr zwar, dass sie zu Fuß Hilfe holen könnte, doch sie konnte sich nicht erinnern, während der letzten Kilometer ihrer Fahrt Häuser gesehen zu haben, und sie hatte keine Ahnung, wie weit vor ihr die nächste Siedlung liegen konnte. Und sie war alt und erschöpft: Sie würde nicht mehr als ein paar hundert Meter schaffen, bevor sie sich ausruhen musste. Das Nächstbeste war, auf der Straße jemanden anzuhalten, doch das konnte den ganzen Vormittag dauern. Und ob sie nun ging und Hilfe holte oder hier wartete,

bis jemand auftauchte, diejenigen, die ihr zu Hilfe kamen, würden Violet auf dem Beifahrersitz sehen. Und sie würden fragen, ob mit ihr alles in Ordnung sei. Womöglich boten sie ihr einen Schluck Wasser an. Und früher oder später würden sie dann merken, dass sie tot war.

Und dann würde alles anfangen, aufzufasern – jeder sorgfältig verwobene Faden von Annies Leben.

Was immer sie jetzt tat, als Erstes musste sie Violets Leiche loswerden. Sie überlegte kurz, ob sie sie in den Kofferraum des Wagens verfrachten könnte, doch dann verwarf sie den Gedanken. Wahrscheinlich war irgendwo dort drinnen der Ersatzreifen, und wenn nicht der Ersatzreifen, dann irgendwelches Werkzeug oder sonst etwas, das gebraucht wurde. Nein, der Kofferraum war ein zu großes Risiko. Sie musste die Leiche irgendwie in den Wald schleppen, sie eventuell oberflächlich unter Blatt- und Buschwerk begraben und dann später wiederkommen und sie holen. Und das alles, ohne dass sie am Ende aussah, als wäre sie rücklings durchs Unterholz geschleift worden.

Annie nickte vor sich hin: Leiche verstecken, jemanden anhalten, ihn dazu bringen, dass er den Reifen auswechselte, dann, wenn er fort war, die Leiche wieder zurückholen und weiterfahren. Das war der Plan.

Sie stieß sich vom Wagen ab und ging um die Motorhaube herum. Die offene Beifahrertür prägte sich ihrer Wahrnehmung ein, etliche Sekunden lang, ehe sie die Tragweite dessen begriff, was es bedeutete. Und dann sah sie den leeren Beifahrersitz.

Violets Leiche war verschwunden. *Violet* war verschwunden.

Annie blickte wild um sich. Sie war immer noch allein.

Einen dumpfen Augenblick lang war sie überzeugt, Violets Leiche in dem Haus zurückgelassen und sich nur eingebildet zu haben, sie hätte während der letzten Stunden neben ihr gesessen. Dann war sie sich sicher, dass jemand gekommen war und die Leiche aus dem Wagen geholt hatte, während sie abgelenkt war. Es dauerte eine Weile, ehe ihr die Wahrheit dämmerte. Ihr Kuchen war ein Fehlschlag gewesen. Violet hatte noch gelebt, als Daisy sie in den Wagen gesetzt hatte, wenn auch in einer Verfassung, die einem Koma so ähnlich war, dass Annie sich getäuscht und gedacht hatte, sie sei tot. Irgendwie war sie jetzt wieder zu Bewusstsein gekommen und geflohen. War ihr klargeworden, was ihr geschehen war, oder handelte sie rein aus Instinkt – bloß weg von hier, irgendwohin, weg aus der fremden Enge von Annies Volvo?

Aber kam es darauf an? Annie musste sie wiederfinden. Sie finden und sie töten, ein für alle Mal.

Und was immer passierte, nie wieder würde sie Herbstzeitlose verwenden.

Eine schwache Spur zog sich vom Wagen fort in die feuchten Tiefen des Waldes. Annie blickte noch einmal nach beiden Seiten die Straße entlang, bloß für den Fall, dass jemand käme, doch die Straße war leer. Da machte sie sich an die Verfolgung.

Der Waldboden war mit Zweigen und niedrigem Buschwerk bedeckt, das Annie nicht identifizieren konnte. Umgekippte Bäume versperrten ihr den Weg und mussten umgangen werden, aber zerknickte Blumen und zerwühlte Stellen am Boden zeigten ihr, wo Violet sich entlanggeschleppt hatte. Schmeichelndes Licht fiel durch die Kronen der Bäume, und überall war es still. Annie hörte ihre eigenen Schritte durch die Blätter flüstern; fast hörte es sich an, als bahne sie sich den Weg durch dicken Schnee. Und sie roch den tiefen, berauschenden Duft alten Holzes und alten Laubes, das älteste und tiefgründigste Parfüm der Welt. Manchmal summte ein Insekt vorüber, und ein plötzliches Rascheln im Gebüsch zeigte an, wo ein kleines Tier sie gehört hatte und nun die Flucht ergriff.

Doch sie suchte nicht nach kleinen Tieren. Ihre Beute war beträchtlich größer.

Auf einer kleinen Lichtung blieb Annie stehen und lauschte. Irgendwo drüben auf der anderen Seite hörte sie knackende Geräusche, als bahne sich dort jemand Hals über Kopf seinen Weg durch Unterholz und Gebüsch.

Der Atem rasselte in ihrer Kehle, und ihr wurden die Knie weich, doch sie ging weiter. Niedrige Zweige reckten sich nach ihrem Gesicht, während Wurzeln sich verzweifelt um ihre Fußknöchel klammerten, um sie zu Fall zu bringen. Immer wieder musste sie nach einem Baumstamm greifen, um das Gleichgewicht nicht zu verlieren, und die rauhe Borke zerkratzte ihr die Handflächen.

Durch eine Lücke zwischen den Bäumen sah sie eine künstliche Farbe aufblitzen, die sich intensiv gegen das natürliche Grün und Braun des Waldes abhob. Ein helles Rot: genau die Farbe der Strickjacke, die Violet angehabt hatte, als sie starb. Und als sie wieder zum Leben erwachte. Annie ging langsamer, ließ sich Zeit beim Näherkommen, verbarg sich hinter einem großen Busch.

Violet kauerte auf allen vieren neben einer hohen Eiche. Ein Speichelfaden floss ihr aus dem Mund. Sie keuchte – ein harsches, fast mechanisches Geräusch. Die Haut an ihren Händen und Knien war von Schmutz und Blut aus vielen kleinen Kratzern verschmiert, die sie sich bei der Flucht zugezogen hatte. Doch da war sie nun, und ihr waren die Luft, die Zeit und die Alternativen ausgegangen.

Annie bückte sich und hob einen heruntergefallenen Ast vom Waldboden auf. Sie wog ihn in der Hand: Er fühlte sich fast an wie ein Industrieerzeugnis in seiner schweren Dichte – wie ein Stemmeisen oder wie ein Wagenheber. Ihre Hand umschloss ihn perfekt, und einen Moment lang fragte sie sich, warum sie eigentlich immer wieder auf Gift zurückgriff, wo doch Gewalt so verlockend sein konnte.

Doch dann sah sie den Esszimmertisch vor sich, mit all den stummen Gesichtern darum herum, und da wusste sie es wieder.

Violet streckte eine Hand nach dem Eichenstamm aus, um sich abzustützen und aufzustehen. Aus Sorge, sie könnte wieder versuchen zu entkommen, trat Annie einen Schritt hinter dem Gebüsch hervor.

Sie musste ein Geräusch gemacht haben, denn Violet wandte den Kopf und erfasste sie mit einem irren, starren Blick. Ihre Zähne waren wild gefletscht.

Annie trat einen weiteren Schritt vor und schwang locker den Ast an ihrer Seite, bereit, ihn zu benutzen.

»Warum …?«, stammelte Violet; ihr Blick schien zu verschwimmen, wurde aber wieder klar. »Warum haben Sie das *getan?*«

»Weil ich *konnte*«, erwiderte Annie. »Weil ich das schon früher getan habe und es auch wieder tun werde. Weil ich dadurch kriege, was ich will. Und vor allem, weil ich einfach Ihr ewiges Klagen satthatte, Ihr

ständiges höhnisches Gerede über Nachbarn, über alte Freunde, und über mich.«
Sie machte noch zwei Schritte vorwärts und hob den Ast in die Höhe.
Violet drehte sich weg, ein verzweifelter Rückzug in die Freiheit, aber Annie ließ den Ast auf ihren Hinterkopf niederkrachen. Sie wusste eigentlich nicht, was sie erwartet hatte – einen dramatischen Blutschwall vielleicht, oder dass der Schädel unter dem Ast zerbarst wie eine Schnecke im Garten, auf die man trat, dass er die weiche, graue, schwammige Masse darin preisgab –, doch nichts von alledem geschah. Violets Kopf veränderte lediglich seine Form, eine Einbuchtung zeigte sich unter dem spärlichen grauen Haar. Annie musste wieder an die Enteneier denken, die sie als Kind gegessen hatte, hartgekocht, und die Schalen zersprangen unter einem Löffel. Und Violet sackte höchst unelegant mit einem leisen Seufzer auf den Waldboden, und die Luft verließ ein letztes Mal ihre Lunge, auf immer befreit von diesem alten Körper.
Annie setzte sich eine Weile neben sie, um sich auszuruhen, und ließ die gedämpften Laute des Waldes – das sanfte Rascheln des Windes in den Blättern, das Zwitschern der Vögel – Anspannung und Erschöpfung aus ihren Knochen verscheuchen. Dann griff sie hinüber und fühlte Violets Puls, sowohl an ihrem stockdürren Handgelenk als auch an den ledrigen Wülsten ihres Halses, doch da war nichts zu finden. Das Blut in all den vorquellenden violetten Adern stand still.
Leicht schwankend ging Annie zum Wagen zurück, einerseits, um die Plastikfolie zu holen, die sie im Auto aus dem Haus mitgebracht hatte – es war die, auf die sie Violets Leiche gelegt hatte, als sie sie wusch –, doch

andererseits auch, um nachzusehen, ob jemand des Wagens wegen angehalten hatte. Die Straße war leer, war es wahrscheinlich die ganze Zeit gewesen, seit die Reifenpanne passiert war. Sie klappte den Kofferraum auf und holte die graue Plastikplane heraus. Doch dann stockte sie. Was wollte sie eigentlich? In den Wald zurückgehen, Violets Leiche einwickeln und sie vergraben, so gut es ging? Doch der Boden war hart und ohne Schaufel schwer aufzugraben, und wenn sie später wiederkommen und die Leiche holen wollte, wie sollte sie sie finden? Allerhöchstens die Kurve, vor der sie zum Stehen gekommen war, wäre verlässlich wiederzuerkennen. Vielleicht sollte sie Violets Leiche mehr oder weniger den ganzen Weg zurückschleppen und sie dicht beim Straßenrand verscharren. Auf diese Weise war es dann leichter, sie wiederzufinden. Außerdem konnte sie hier hören, wenn jemand anhielt, um ihr zu helfen.

Annie blickte sich um und sah einen verrotteten Baumstamm halb aus der Erde ragen, Opfer eines längst vergangenen Sturms. Sie ging hin und versetzte einem der Äste versuchsweise einen Stoß. Der Stamm kippte leicht zur Seite und gab eine feuchte Vertiefung frei, wo er zuvor gelegen hatte, und darin bleiche weiße Wurzeltriebe. Sie überlegte einen Moment. Wenn sie diesen Stamm aus dem Weg räumen konnte, so würde er etwas Ähnliches hinterlassen wie ein halb ausgehobenes Grab. Sie konnte Violets Leiche in die Plane wickeln, sie herschleppen, in das Grab legen und mit Blättern und Erde bedecken. Das würde genügen, bis sie zurückkommen konnte. Ja, das würde genügen.

Es dauerte zehn Minuten, bis sie den morschen Stamm beiseitegeschafft und ihn so gelagert hatte, als habe er schon immer dort gelegen. Violets Leiche in die Folie einzurollen, sie an den Straßenrand zurückzuschleifen und sie in die Vertiefung zu legen, dauerte weitere fünf Minuten, ebenso der Aufwand, Zweige und Lehm und Blätter über die Plastikfolie zu häufen.

Doch inmitten der Arbeit, als die in Plastik gehüllte Leiche bereits in der Vertiefung im Waldboden lag, aber noch nicht abgedeckt war, hörte Annie weit entfernt Motorengeräusche. Sie hielt inne. Ausgerechnet jetzt war nun der ungeeignetste Zeitpunkt, sich Hilfe anbieten zu lassen. Rasch trat sie in die Dunkelheit des Waldes zurück. Der Wagen kam näher. Sie warf einen Blick auf den Volvo, ob auch die Türen geschlossen waren und die Warnblinkanlage nicht flackerte. Beruhigt zog sie sich noch tiefer in den Wald zurück, bemühte sich, eins zu werden mit den Bäumen. Das Motorengeräusch veränderte sich, als sich der Wagen der Kurve näherte. Einen Moment fürchtete sie, er werde anhalten, weil der Fahrer den Volvo gesehen hatte und nun am Straßenrand parken und sehen wollte, ob jemand Hilfe brauchte, aber wer auch immer darin saß, er schaltete lediglich einen Gang herunter, als die Kurve näherkam. Er fuhr vorüber, der Fahrer nur eine verschwommene Gestalt, und dann veränderte sich das Motorengeräusch wieder, und der Wagen beschleunigte und fuhr davon.

Als sie sicher war, Violets Leiche komplett zugedeckt zu haben, trat Annie zurück und betrachtete prüfend ihr Werk. Abgesehen von einem länglichen Höcker im Waldboden, nicht anders als so viele andere, die sie ringsum sah, gab es keinerlei Anzeichen dafür, dass hier ein menschliches Wesen ruhte. Nicht das geringste Anzeichen.

Annie ging zu ihrem Wagen zurück, saß still auf dem Fahrersitz und ließ sie Welt an sich vorüberziehen. Immer wieder blickte sie zu dem kleinen flachen Hügel hinüber, wo Violet lag, überlegte halb, ob sie sehen würde, wie die Erde sich bewegte oder sich eine Hand aus dem Schlamm schob wie eine fette rosa Spinne, aber nichts geschah. Rein gar nichts.

Nach einer Weile schaltete sie die Warnblinkanlage ein. Das Klicken kam ihr unglaublich laut vor, nachdem sie so lange in der Stille gesessen hatte. Doch vielleicht würde jetzt jemand ihretwegen anhalten.

Sie grub in ihrer Handtasche herum und holte ein Handy heraus. Sie hatte es vor ein paar Jahren in einer Filiale von W. H. Smith in Brent Cross gekauft, nachdem sie sich vorsorglich von dem Verkäufer hatte bestätigen lassen, dass es auf Vorauszahlungsbasis funktionierte und dass sie es in den meisten Supermärkten oder Tankstellen aufladen konnte. Sie hatte vergessen, welche ihrer vielen Identitäten es angeschafft hatte, aber soviel sie wusste, gab es keine Möglichkeit, ihr dadurch auf die Spur zu kommen. Und sie benutzte es nur selten.

Sie wählte die Nummer der Auskunft.

»Guten Morgen«, sagte Annie – Violet – vornehm. »Ich brauche eine Autowerkstatt irgendwo in der Nähe des Thetford Forest. Ich habe eine Panne, wissen Sie.«

»Ich habe hier drei Werkstätten in der Nähe«, sagte die Stimme am anderen Ende der Leitung. »Ich könnte Sie aber auch mit dem Automobilklub verbinden.«

»Könnten Sie mich mit der ersten Werkstatt verbinden, die Sie haben?«, sagte Violet.

Innerhalb einer Minute hatte sie mit einem Mechaniker gesprochen, ihm erklärt, wo sie sich befand, was passiert war, und hatte verabredet, dass er käme und ihren Wagen wieder flottmachte.

Eine halbe Stunde später tauchte der Mechaniker mit einem großen Laster auf. Er war ein ziemlich gewöhnlicher Mensch, einer von der Sorte, mit der Violet nach Möglichkeit jeglichen Umgang vermieden hätte, und ein ununterbrochener Redestrom begleitete denn auch seine Arbeit, als er ihren Reifen wechselte. Als er den Schmutz an ihren Händen bemerkte, fragte er scherzend, was sie denn gemacht hätte. »Ich bin hingefallen«, sagte sie spitz.

Sie zahlte per Scheck – wobei sie selbstverständlich das Scheckbuch und die Scheckkarte benutzte, die sie in der Handtasche gefunden hatte, und unterschrieb mit Violet Chambers' ziemlich blumiger Signatur. Er wartete, bis sie in den Wagen gestiegen und losgefahren war, nur um zu überprüfen, ob der Reifen auch fest saß, und sie musste sich entscheiden, entweder in ihrer ursprünglichen Richtung weiterzufahren – zu ihrem Lieblingsrefugium, wo all ihre Freundinnen auf sie warteten –, oder die weite Heimfahrt anzutreten. Sie wollte schließlich nicht die Leiche exhumieren – die namenlose Leiche, als die sie sie in Gedanken schon betrachtete –, während der Mechaniker zuschaute, aber sie wollte auch nicht wegfahren, wieder umkehren und zurückkommen, um das alles dann zu erledigen. Und ohne die Leiche gab es herzlich wenig Grund, zu ihrem Refugium zu fahren. Zögernd beschloss sie, heimzufahren. Sie konnte ja ein andermal wegen der Leiche wiederkommen.

Die Fahrt dauerte mehrere Stunden, und obwohl der Reifen perfekt hielt, war sie erschöpft, als sie endlich wieder in dem Haus war. In Violets Haus. *Ihr* Haus. Sie machte sich ein bisschen Toast, aß ihn ohne Butter oder Margarine und ging zu Bett. Innerhalb von Sekunden war sie eingeschlafen, und ihr letzter Gedanke war, dass der Leichnam nun ruiniert war. Kaputt. Er würde nicht zu den anderen bei der Teegesellschaft passen. Sie würde ihn einfach dort lassen, wo er war.

Und während die Nacht voranschritt und die Schatten über die Zimmerdecke krochen, schlief Violet.

Und Daisy wachte auf.

Strandluft wehte durchs Fenster herein: Salz, Zuckerwatte und Moder. Der platte Reifen, das Begräbnis im Wald, die Rückfahrt zu Violets Haus – das alles war vor fast einem Jahr geschehen. Neun Monate lang war sie Violet gewesen, während sie Daisy Wilson ausfindig gemacht und sich mit ihr angefreundet hatte. Jetzt *war* sie Daisy Wilson. Und bald würde sie Eunice Coleman sein.

Und um den Teetisch saßen mehr Gäste denn je.

14

Nach vier Stunden im Haus des Todes, wie er es inzwischen in Gedanken nannte, konnte Mark Lapslie nicht mehr. Er ging hinaus; seine Beine fühlten sich windelweich an, als hätte er an einem Geländelauf teilgenommen. Er konnte nicht einmal mehr klar denken. Diese Gesichter – diese zerfallenen, verwesten Gesichter – würden ihn immer in Gedanken verfolgen.

Vier Wagen der örtlichen Polizei und ein Einsatzwagen der Spurensicherung standen vor dem Bauernhaus. Er gehörte nicht zu Sean Burrows' Team, die arbeiteten noch an dem Volvo. Trotzdem hatte Lapslie Burrows auf dessen Handy angerufen, um ihm zu sagen, dass es nicht bloß ein Mordfall war, in dem sie jetzt ermittelten, sondern dreizehn, und dass der Volvo jetzt das wichtigste Beweismittel war, das sie hatten, da er durchaus dazu benutzt worden sein konnte, die Leichen von dort, wo sie getötet worden waren – wo auch immer das gewesen war –, an den Ort zu verfrachten, wohin sie vom Schicksal für den Rest ihres Daseins verdammt waren. In das Haus des Todes.

Als er jetzt an der roten Backsteinfassade des Hauses hinaufblickte, fiel ihm eine Ähnlichkeit mit einem Totenschädel auf, die er zuvor nicht bemerkt hatte. Die oberen Fenster waren dunkle, leere Augenhöhlen, das Portal eine verödete Nasenhöhle, die zwei rissigen Steinstufen darunter die Zahnreihen und der bröckelnde Backstein selbst die Knochen, verwittert im Vorüberfließen der Jahre. Das war natürlich reine Phantasie, doch nach vier Stunden in diesem Haus mit den zwölf Gestalten rings um den Tisch, erstarrt in ihrer nicht endenden Teeparty, würde ihn alles, was er künftig sah, an Totenschädel, Skelette und trockenes, verwesendes Fleisch erinnern.

Emma Bradbury saß auf der Motorhaube seines Autos, einen gestiefelten Fuß auf der Stoßstange. Sie rauchte eine Zigarette.

»Wenn ich das mit Ihrem Wagen machen würde«, meinte er, »würden Sie mich fertigmachen.«

»Sorry, Boss.« Sie richtete sich auf, warf die Zigarette auf den Boden und trat sie mit der Spitze ihres Stiefels aus. »Es ist bloß …«

»Ja. Ich weiß.«

Der Wind war kühl auf seinem Gesicht nach der Stickigkeit im Hause, und er atmete tief, sog ihn in seine Lunge, um den fahlen Todesgeruch des Hauses so weit wie möglich herauszuschwemmen. Die Luft dort drinnen war mit Partikeln geschwängert, die sich von den Leichen gelöst hatten, während sie in langsamem Zerfall zusammensackten. Bei dem Gedanken, dass etwas von ihnen noch in seinem Mund haftete, in seiner Nase, seiner Lunge, dass auch sein Anzug davon überzogen war, fühlte Lapslie sich besudelt.

»Ich brauche eine Dusche«, sprach Emma seine Gedanken aus.

»Ich fühl mich genauso, aber wir müssen hierbleiben und die Ermittlungen überwachen. Das ganze Haus muss untersucht werden. Wir werden Sean Burrows' Leute herbeordern müssen, damit sie das übernehmen, wenn sie mit dem Volvo fertig sind. Und ehrlich gesagt, ich sehe nicht, wie Jane Catherall all diese Autopsien noch vor Weihnachten bewältigen soll. Sie wird Hilfe brauchen.«

Emma wandte sich um und blickte das Haus an. »Ich kann's immer noch nicht glauben«, sagte sie. »Von außen sieht man ihm gar nichts an von dem, was wir da drinnen gefunden haben. Crackschuppen oder Bordelle, die haben meist schon äußerlich etwas an sich, das sie verrät, wenn man weiß, wonach man sucht, aber das hier … Man würde doch so was wie ein Geisterhaus erwarten, mit schiefen Wänden, von Gestrüpp überwuchert – aber das hier sieht einfach nur alt aus. Sieht aus wie das Haus von meiner Oma.«

»Stille Wasser sind tief«, meinte Lapslie und betrachtete das Haus. Tatsächlich hatten die frische Luft und der Sonnenschein die Ähnlichkeit mit einem Totenschädel verscheucht, die er eben gesehen hatte. Es war wieder nur ein Haus. Nur ein gewöhnliches Bauernhaus.

»Bei denen wird es genauso sein wie bei Violet Chambers, was?«, fragte Emma. »Wenn wir rausfinden, wer sie sind, dann werden wir feststellen, dass sie nicht als vermisst gemeldet worden sind. Und soweit es das Sozialamt, die Steuerbehörde oder das Gesundheitswesen betrifft, sind sie auch gar nicht tot. Irgendwo in England laufen sie herum, beantragen Beihilfen und beziehen Einkünfte aus allen möglichen Immobilien. Irgendjemand da draußen gibt sich als sie aus.«

»Sie sind nur Marionetten«, stimmte Lapslie zu. »Und ihr Mörder lässt sie tanzen. Aber ist das hier nicht ein Geniestreich? Das, worüber die meisten Mörder stolpern, ist doch das Beseitigen der Leiche, warum also das Risiko erhöhen, indem man seine Leichen in der

Gegend verstreut? Warum nicht alle zusammen aufbewahren, irgendwo an einem einsamen Ort, wo nie jemand hinkommt, und dann dafür sorgen, dass keiner nach ihnen sucht, indem man ihre Identität am Leben erhält? Die haben garantiert alle keine Angehörigen und keine engen Freunde, genau wie Violet Chambers. Diese Frauen haben einsam gelebt, allein und unbemerkt, bis jemand kam. Jemand, der sich mit ihnen angefreundet, sich in ihr Leben geschlängelt, sie dann umgebracht und ihre Identität übernommen hat.« Er schüttelte den Kopf. »So viele Identitäten, und derjenige, der dahintersteckt, muss sie am Leben halten, weil das Einkommen weiterhin strömt. Die Pensionen, die Renten, die Anlagebeteiligungen. Ganz schön viel zu jonglieren.«

»Wo fangen wir an?«, fragte Emma schlicht.

Lapslie überlegte. »Der Volvo wird 'ne Pleite sein«, meinte er schließlich. »Er hat uns zwar hierhergeführt, und womöglich finden sich auch noch Spuren darin, die ihn mit einem der Leichname hier in Verbindung bringen, aber er ist immer noch auf Violet Chambers zugelassen. Ich glaube, unser Mörder hat ihn einfach adoptiert. Kriegsbeute. Wahrscheinlich macht er das mit jedem Opfer: Reißt sich alles unter den Nagel, was brauchbar ist, und verkauft den Rest. Wenn es in dem Wagen keine Spur von dem Mörder selbst gibt – und ich glaube, dazu ist er zu schlau –, dann ist das eine Sackgasse.«

»Und das Haus?«, fragte Emma und deutete mit dem Kopf hinüber.

»Ganz ähnlich. Es gehört bestimmt einer der Toten. Wahrscheinlich der, die schon am längsten da sitzt. Wie war doch der Name – Rhona McIntyre? Bestimmt

die am Kopf der Tafel. Die Hypothek aufs Haus ist abbezahlt, und der Mörder sorgt bestimmt dafür, dass die Grundsteuer jedes Jahr bezahlt wird. Untadelig.«
»Können wir die Grundsteuerzahlungen prüfen?«
Lapslie zuckte die Schultern. »Wir können, und das werden wir auch tun, aber ich garantiere Ihnen, die wird von einem Konto gezahlt, das einer der anderen Frauen aus der Tischrunde gehört. Ein Kreis, den man nicht durchbrechen kann. Der Mörder benutzt jedes der Konten, um Rechnungen der anderen zu bezahlen, und hebt Beträge ab, wenn er Geld braucht. Selber bezahlt er niemals. Also führt auch keine Spur zu ihm.«
»Sind Sie sicher, dass das alles Frauen sind, Boss? Ein paar von den Leichen sind so verwest, dass man das allein vom Aussehen her schwer sagen kann.«
»Bisher hat das alles mit Frauen zu tun: Violet Chambers, Rhona McIntyre, die Frau, die beim Verlassen von Violets Haus gesehen wurde, die besser erhaltenen Leichen da drin.« Er seufzte. »Meinen Sie nicht auch? Das Gift, die Präzision, die sorgfältige Planung, die Auswahl der Opfer … ich garantiere Ihnen, der Mörder ist auch eine Frau.«
Emma blickte sich um. »Gut. Was jetzt?«
»Jetzt lassen wir die Leute von der Spurensicherung ihre Arbeit machen. Ich telefoniere ein bisschen herum und sorge dafür, dass wir so viele zusätzliche Pathologen zur Aushilfe zugewiesen kriegen wie möglich.« Er runzelte die Stirn. »Wie nennt man eigentlich so eine Gruppe von Leichenbeschauern? ›Notfall-Pathologen‹?« Er schüttelte den Kopf. »Egal. Jedenfalls möchte ich, dass Sie überprüfen, was es mit diesem Haus auf sich hat. Stellen Sie fest, wann Rhona McIn-

tyre zuletzt gesehen worden ist, wie ihr persönlicher Hintergrund war, was mit ihr passiert ist, und vor allem, ob irgendjemand mit ihr zusammen gesehen wurde, bevor sie von der Bildfläche verschwunden ist. Reden Sie mit allen, die in der Nähe wohnen. Fahren Sie ins nächste Dorf und sprechen Sie mit den Gastwirten, Ladenbesitzern, mit sonst wem. Aber besorgen Sie mir Hintergrundinformationen zu Rhona McIntyre.«

»Und wenn ich irgendwann nächste Woche damit fertig bin?«

»Dann können Sie 'ne Pause machen.«

Emma blickte sich um. »Ich hab aber keinen Wagen.«

»Lassen Sie sich von einem von den Streifenpolizisten rumfahren. Dann haben die das Gefühl, nützlich zu sein, und wer weiß? Vielleicht wissen die was über das Haus oder die Eigentümerin.«

»Zufällig«, sagte sie, »habe ich einen Freund hier in der Gegend. Den werd ich mal anrufen.«

Emma ging davon und zog ihr Handy aus der Tasche, und Lapslie blieb eine Weile stehen und blickte sich um. Das Haus lag in einem Tal. An beiden Seiten stieg das Gelände nach und nach an, dunkel und imposant, und verlieh dem Anwesen etwas Klaustrophobisches. Hinter ihm war der Fahrweg, auf dem er hergekommen war, und vor ihm lag … der Garten.

Er ging hinüber zu dem Eingang im Zaun. Der Zaun war gut instand gehalten, verglichen mit dem Rest des Anwesens, und die Anpflanzungen waren, soweit er sehen konnte, nirgendwo auch nur annähernd so verwildert wie die Felder, an denen er auf dem Wege hierher vorübergekommen war. Es sah ganz so aus, als ob derjenige, der das Haus besuchte, nicht bloß Leichen hinterließ.

Er ging durch die Pforte, und ihm war, als sei er durch einen unsichtbaren Vorhang getreten. Das Aroma der Gewächse überfiel ihn wie ein starkes, benebelndes Parfüm. Ihm wurde ein wenig schwindlig, doch er atmete es beglückt ein, tauschte den Gestank nach altem, totem Fleisch gegen die Duftmischung aus Poleiminze, Rittersporn, Fingerhut, Kornrade und zahllosen anderen Blumen, die er aus seiner Kindheit kannte oder von Sonias Bemühungen, in ihrem Garten hinterm Haus Rabatten anzulegen. Hortensien und Hyazinthen, Rhododendron und Gänsefingerkraut – der Garten war ein wahrer Tumult aus Gerüchen und Farben. Auch Büsche und Bäume gab es: Eibe und Pfirsich, Liguster und Eukalyptus. Kleine blaue Blumen hingen neben großen roten, glockenförmige gelbe Blüten wölbten sich über flache rosafarbene. Es war ein Chaos, und dennoch meinte Lapslie, darin fast eine Art Plan zu erkennen. Hier gab es eine Logik, aber nicht die Sorte Logik, die er verstehen konnte. Oder verstehen wollte.
Einen Moment lang blieb er mit geschlossenen Augen stehen, ließ sich mehr von den Gerüchen als von den Bildern leiten.
Für ihn war das – was die Gerüche betraf –, als stünde er inmitten einer Fabrik, mit all dem Rasseln von Maschinen, den lauten Rufen, dem Klicken der Adressiermaschinen und was sonst seinen Geruchssinn mit synästhetischen Signalen überfrachtete. Wenn er den Kopf hin und her wandte, konnte er fast so etwas wie ein Muster ausmachen. Die Pflanzen rechts von der Pforte waren mehr blumig, die links davon würziger, erdiger, reicher im Ton. Vor ihm waren eher medizinische Gerüche. Das war keine willkürliche Unordnung:

Diese Pflanzen waren sorgfältig ausgewählt, um eine Art Geschichte zu erzählen.
Er öffnete die Augen wieder und blickte um sich; dann suchte er sich einen niedrigen Strauch aus, kniete vor ihm nieder und betrachtete ihn genau. Einige der unteren Zweige waren zurückgeschnitten worden: Die Spuren der Gartenschere waren noch zu sehen. Ebenso waren die Wurzeln der Pflanzen in Kompost eingebettet worden. Ja, dieser Garten wurde gepflegt, und zwar regelmäßig.
Einer spontanen Idee folgend, ging er zwischen den Reihen entlang. Als Dr. Catherall erwähnt hatte, dass Violet Chambers durch Kolchizin vergiftet worden sei, gewonnen aus einer Pflanze namens Herbstzeitlose, hatte er in dem Gartenratgeber nachgeschlagen, den Sonia beim Auszug zurückgelassen hatte. Einem einzelnen Stengel entsprossen lange, winklig abstehende Blätter, und im Herbst erschienen rosafarbene, weiße oder purpurne Blüten. Alles an der Pflanze war giftig. Und da, da waren sie auch schon, verborgen zwischen zwei Sorten Pflanzen, die er nicht identifizieren konnte: eine ganze Reihe von Herbstzeitlosen.
Mit plötzlich geschärftem Blick und mit einem kalten Gefühl im Magen sah er sich um. Zwölf Leichen dort im Haus, dazu die, die man im Wald gefunden hatte, und wenigstens eine der Toten war vergiftet worden. War es eine zu vage Vermutung, dass sie *alle* vergiftet worden waren? Und wie standen die Wettchancen, dass sie alle mit Toxinen aus den Pflanzen dieses Gartens vergiftet worden waren?
Das Haus des Todes, und jetzt auch der Garten des Todes. Womit zum Teufel hatte er es hier zu schaffen? Was für ein Mensch nahm es auf sich, einen ganzen

Garten voller Giftpflanzen zu kultivieren? Natürlich musste das alles noch bewiesen werden, aber Lapslie wusste, dass er recht hatte.

»›Das stärkste Gift in dieser Welt aus Cäsars Lorbeerkrone fällt‹«, zitierte er leise und schüttelte den Kopf.

Als er aus dem Garten kam und zu seinem Wagen ging, sah er, dass die Transporter vorgefahren waren, die die Toten in die Pathologie bringen sollten. Eine der Leichen, in grüne Kunststofffolie gehüllt, wurde gerade die Eingangsstufen des Hauses hinuntergetragen. Vermutlich war sie so spröde, dass man bei dem Versuch, sie in einen Leichensack zu schieben, riskiert hätte, sie durchzubrechen.

Ein roter Jaguar fuhr ab. Von seinem Standort aus erkannte Lapslie zwar Emma Bradbury auf dem Beifahrersitz, das Gesicht des Fahrers jedoch konnte er nicht sehen. Vielleicht war es ja derjenige, den sie damals in ihrem Wagen gehabt hatte, als sie im Wald auf Violet Chambers' Leiche gestoßen waren.

In seinem Rückspiegel wurde das Haus des Todes kleiner und kleiner, als Lapslie hinter dem Wagen der Gerichtsmedizin herfuhr, über kurvenreiche Landstraßen, bis sie auf die B101 kamen. Eine halbe Stunde später erreichten sie die Autobahn, die sie zu Jane Catheralls Leichenhalle bringen sollte. Der Leichenwagen fuhr gemächlich – nicht so langsam wie bei einer Beerdigungsprozession, doch er überschritt auch nicht das Tempolimit. Es war, als erkenne der Fahrer an – wenn auch vielleicht kaum bewusst –, dass der Tod sich nicht zur Eile antreiben ließ. Oder vielleicht befürchtete er auch bloß, die Leichen könnten auseinanderfallen, wenn er zu schnell über eine holprige Stelle fuhr.

Lapslie hielt während der ganzen Fahrt mit dem Wagen Schritt. Er hätte beschleunigen und ihn überholen können, dann hätte er eine halbe Stunde vor ihm an der Leichenhalle sein können. Aber wozu? Und er fand, wie vielleicht auch der Fahrer, dass die Leichen dort hinten in dem Transporter einen gewissen Respekt verdienten. Und zumindest ein Geleit.

Schließlich fuhren sie durch Braintrees vertraute Straßen. Lapslie bremste, als der Leichenwagen von der Straße in die unauffällige geteerte Zufahrt abbog, die um die Rückseite der Leichenhalle herumlief. Er selbst stellte seinem Wagen an der Stelle ab, die er inzwischen als seinen gewohnten Parkplatz betrachtete.

Bevor er auf den Summer an der Tür drücken konnte, ließ sich sein Handy vernehmen: Bruchs 1. Violinkonzert.

»Lapslie?«

»Mr. Lapslie! Nett, Ihre Stimme zu hören!«

Er schmeckte Senf und Essig hinten auf der Zunge. »McGinley? Ich dachte schon, Sie würden sich nie melden.«

Er malte sich Dom McGinley aus, wie er den Mann zuletzt gesehen hatte: hingefläzt hinter einem Tisch in der Kneipe, der Bauch unter dem Polohemd vorgewölbt, feixend, mit einem Glas Guinness vor sich.

»Sie haben mich um einen Gefallen gebeten, und als Gegenleistung haben Sie mir einen Gefallen getan, bevor ich was sagen konnte. Also schulde ich Ihnen einen, und ich mag es nicht, wenn ich Leuten was schuldig bin. Ich begleiche meine Schulden möglichst so schnell es geht.«

»Sehr löblich«, erwiderte Lapslie. »Also, was haben Sie für mich?«

»Sie haben nach einem Mann namens Geherty gefragt, vom Justizministerium.«

»Stimmt.« Lapslie dachte wieder an den schwarzen Lexus, der in dem Wald aufgetaucht war, wo man Violet Chambers' Leichnam gefunden hatte, und dann wieder draußen vor der Polizeidienststelle. Er dachte wieder an die beiden Männer, die aus Chief Superintendent Rouses Büro gekommen waren, als er gerade hineinwollte. Sie hatten ihn flüchtig angesehen, als ob sie ihn wiedererkannten. Und er dachte an die Art, wie Jane Catheralls Büro gefilzt und Dateien aus ihrem Computer kopiert worden waren. »Stimmt«, wiederholte er, »das habe ich getan, nicht wahr? Was haben Sie denn gefunden?«

»Hab ein paar Fühler ausgestreckt und ein paar Freunde gefragt, die fürs Justizministerium arbeiten, wer er ist. War gar nicht leicht – der Bursche hält sich bedeckt, aber schließlich hab ich doch Glück gehabt. Er ist stellvertretender Direktor vom PRU.«

»Das wusste ich. Was haben Sie noch?«

»PRU heißt Prisoner Rehabilitation Unit. Das ist 'ne Abteilung, die sich um Langzeithäftlinge in den Gefängnissen Ihrer Majestät kümmert, die – aus welchen Gründen auch immer – sorgfältig wieder in die menschliche Gesellschaft eingegliedert werden müssen, wenn sie entlassen werden.«

»Davon habe ich noch nie gehört.«

»Wundert mich nicht. Ist auch ein exklusiver Verein. Die machen keine Reklame für sich. Myra Hindley hat zu ihrem Klientel gehört, bevor sie an einer Atemwegsinfektion gestorben ist. Anscheinend haben sie sie gerade auf die Entlassung vorbereitet, als sie starb, trotz all der Revisionsverfahren, die sie verloren hatte.

Ian Huntley haben sie auch auf der Liste – den Kerl, der diese beiden Mädchen in Soham gekillt hat. Und Ian Brady und Rosemary West. All die Sträflinge, die dauernd in der Presse erwähnt werden, haben sie in der Mache. Aufgabe vom PRU ist es, dafür zu sorgen, dass die, wenn sie schließlich entlassen werden, sich wieder in die Gesellschaft integrieren können, ohne dass zehn Minuten nachdem sie draußen sind, die *Sun* oder der *Mirror* auf ihrer Türschwelle kampieren.«

»Na wunderbar«, sagte Lapslie. »Ich frage mich ja, ob wohl jemals jemand mit dem Entschluss von der Schule abgeht: ›Ich weiß genau, was ich machen will. Ich will Serienmörder darauf vorbereiten, in eine Gesellschaft entlassen zu werden, die sie von Grund auf hasst.‹«

»He, schließlich tut nicht jeder von uns letzten Endes das, was er eigentlich tun wollte, wissen Sie? Ich wollte Automechaniker werden.«

»Ich bin gerührt. Wirklich. Was haben Sie sonst noch über das PRU rausgefunden?«

»Die verbringen jeweils rund ein Jahr vor der Entlassung ihrer ›Kunden‹ damit, sie auf den neuesten Stand zu bringen, damit sie wissen, wer Premierminister ist und was ein Brot kostet. Sie waren auch diejenigen, die anscheinend für Maxine Carr eine Wohnung gefunden und ihr eine neue Identität verschafft haben. Und einen neuen Freund noch dazu, wie ich hörte. Sie wissen doch, das war Ian Huntleys Freundin, bloß ist die eben freigekommen, lange bevor er jemals dran ist. Und Dennis Nilsen – das war der, der fünfzehn Lover gekillt, ein paar von ihnen gekocht und ihre sterblichen Überreste dann in den Abfluss gestopft hat. Den haben sie auch auf dem Zettel, der kommt in ein oder zwei Jahren für ’ne Haftentlassung auf Bewährung in Frage. Eigentlich müssten die ihn gerade dafür trimmen, denk ich mal.«

»Ich sag’s ja nicht gerne, McGinley, aber Sie haben sich selbst übertroffen.«

»Na ja. Aber nützt Ihnen das was?«

Lapslie überlegte einen Moment. Er konnte keinerlei Bezug zu dem Fall erkennen, an dem er arbeitete. »Kann ich nicht behaupten«, sagte er.

»Dann lassen Sie mich noch was sagen. Als ich so rumgefragt habe, da hab ich so ein, zwei Gerüchte aufgeschnappt. Gewissheit gibt’s nicht, aber es wird geflüstert, Myra Hindley sei gar nicht an einer Infektion gestorben.«

»Was, sie hat sich umgebracht? Aber das gibt auch nicht sonderlich viel her, McGinley.«

»Nein, das Gerücht besagt, dass sie noch lebt und unter falschem Namen aus dem Knast entlassen wurde. Es heißt, sie hockt irgendwo in Wales, unter ständiger Überwachung. Kostet das PRU einen verdammten Haufen Geld, aber das war so ’ne Art Deal zwischen dem Innenminister und dem Rechtsausschuss. Es gab keinen legalen Grund mehr, sie noch länger im Bau zu lassen, aber der öffentliche Aufschrei wäre immens gewesen, wenn man sie entlassen hätte.«

»Wir sind quitt, McGinley. Ich schulde Ihnen nichts, und Sie schulden mir nichts. Verstanden?«

»Die Ironie bei der Sache ist bloß«, meinte McGinley, »wenn die Dinge nur ein klein wenig anders gelaufen wären, wenn Sie mich je drangekriegt hätten, dann wär ich jetzt vielleicht selbst Kunde beim PRU.«

»Ein rührendes Bekenntnis, und ich argwöhne, näher werden Sie einem Geständnis niemals kommen.«

»Lassen Sie uns in Verbindung bleiben, Mr. Lapslie. Sind nur noch verdammt wenige von uns übrig, wissen Sie.«
Und damit verstummte das Handy.
Lapslie blieb stehen, das Telefon in der Hand. Er wusste jetzt mehr als vorher, doch er hatte keine Ahnung, was das alles bedeutete. Wenn das PRU sich eingemischt hatte, dann hieß das, dass sein Fall irgendetwas mit einem Langzeithäftling zu tun hatte, der entweder kurz vor der Entlassung stand oder, was noch wahrscheinlicher war, bereits entlassen war. Aber hieß das auch, dass seine Mörderin »Kundin« des PRU war? Und wenn dem so war, warum erlaubten sie ihr, in der Gegend herumzulaufen und Morde zu begehen?
»›Wo ist die Weisheit hin, die uns entschwand durch Wissen? Wo ist das Wissen hin, das uns entschwand durch Information?‹«, zitierte er leise T. S. Eliot.

Jane Catherall stand in dem großen Autopsiesaal und beaufsichtigte die Lagerung der Leichen. Eine wurde gerade auf dem entferntesten Metalltisch ausgewickelt, drei andere lagen auf Tragen aufgereiht an der gegenüberliegenden Wand des Raumes.
»Wie viele von diesen armen Kreaturen darf ich denn noch erwarten?«, fragte Dr. Catherall und blickte Lapslie unter zusammengezogenen Augenbrauen hervor an.
»Noch zwei Wagenladungen, schätze ich«, antwortete er. »Bei wahrscheinlich vier Leichen pro Ladung.«
»Zwölf Leichen? Außer bei Zugunglücken oder Bränden in Nachtclubs kann ich mir kaum Umstände vorstellen, die mir so viele Leichen auf einmal hier be-

scheren, und in beiden Fällen ist doch die Todesursache weitgehend klar, ehe ich überhaupt anfange. Hier muss ich jede Autopsie strikt nach den Grundprinzipien durchführen.«

»Ich glaube, ich weiß schon, was Sie finden werden.«

Sie zog die Augenbrauen hoch. »Bitte – keine Tipps. Das verdirbt den Spaß.«

Lapslie betrachtete die Leiche auf dem Metalltisch. Anders als die arme Violet Chambers, deren Leichnam in eine Plastikplane gewickelt war und eher verwittert und vertrocknet als verwest ausgesehen hatte, war diese hier größtenteils von Bakterien und Insekten zerfressen worden. Übrig geblieben war ein fleckiges Skelett, an dem noch ledriges Fleisch hing. Die Augen waren verschwunden, der Schädel von einer dünnen, ausgedörrten Hautschicht überspannt, die sich von den verfärbten Zähnen zurückgezogen hatte, so dass die Leiche aussah, als ob sie unablässig schrie.

»Sehen sie alle so aus?«, fragte Dr. Catherall.

»Wenn Sie sie in der richtigen Reihenfolge nebeneinanderlegen«, erklärte Lapslie ihr, »dann könnten Sie ein Foto machen und es dazu benutzen, den Prozess der Verwesung von Anfang bis Ende zu illustrieren.«

»Der Tod ist also zu unterschiedlichen Zeiten eingetreten? Womöglich über einen Zeitraum von mehreren Jahren?« Ihr Gesicht verzog sich zu einem Lächeln. »Ich freue mich richtig darauf.«

Lapslie betrachtete ihre winzige, verbogene Gestalt. »Werden Sie's denn schaffen?«

Einen Moment lang blickte sie geradezu rebellisch drein. »Ich muss ja wohl, oder?«

Lapslie runzelte die Stirn. »Ich habe versucht, ein paar von den Leichen anderen Pathologie-Instituten zuzuweisen, aber man hat mir gesagt, es sei sonst niemand verfügbar.«

Dr. Catherall lächelte und wandte sich ab. Während der nächsten Stunden untersuchte sie die ankommenden Leichen, eine nach der anderen, mit derselben Konzentration und Hingabe, die sie bei der Untersuchung von Violet Chambers gezeigt hatte. Gewebeproben wurden in Plastikbehälter getan, in durchsichtigen Umschlägen versiegelt und zur Laboruntersuchung geschickt. Fotos wurden gemacht, Skizzen angefertigt und Befunde diktiert.

Lapslie, der dabeisaß und ihre Arbeit verfolgte, kam das alles vor wie ein Traum; ein niemals endender, sich ewig wiederholender Traum, in dem immer dieselben Worte gesprochen, dieselben Einschnitte vorgenommen und dieselben Proben entnommen wurden, wobei sich lediglich das Stadium der Verwesung änderte. Es gab Augenblicke, in denen Lapslies Konzentration versagte oder er sogar kurz einschlief, so dass er meinte, Dr. Catherall führe eine einzige lange Obduktion durch, nur dass die Leiche auf dem Tisch jedes Mal, wenn er hinschaute, mehr und mehr verwest war.

Endlich gab sie ein Zeichen, den letzten Leichnam fortzubringen, und kam langsam auf Lapslie zu. Sie sah erschöpft aus.

Nein, dachte er, sie sah regelrecht krank aus.

»Ich stelle fest, dass mein Körper heutzutage viel schneller ermüdet als mein Verstand«, sagte sie, und in ihrer Stimme war die Erschöpfung deutlich zu hören. »So viele Obduktionen im Eiltempo, das war keine angenehme Erfahrung.«

»›Doch muss des Menschen Geisteskraft des Körpers

Herrschaft überschreiten, wozu sonst des Himmels Weiten?‹«, meinte Lapslie.
Dr. Catherall lächelte durch ihre Müdigkeit. »Robert Browning. Wie hübsch.«
»Können Sie mir irgendwas sagen?«
»Es gibt vieles, das ich Ihnen sagen könnte, und das meiste davon würde Sie nicht interessieren. Die entscheidenden Dinge, die Sie wissen möchten, sind doch der ungefähre Zeitpunkt des Todes und die wahrscheinliche Todesursache, und zu beiden dieser Probleme habe ich leider wenig stichhaltige Informationen. Die ungefähre Todeszeit wird bei jedem Fall um etliche Monate mehr oder weniger schwanken. Ich muss dazu noch ein paar Berechnungen anstellen. Was ich Ihnen aber schon sagen kann, ist, dass die Zeiträume zwischen den Todesfällen unterschiedlich sind.«
Er zog die Stirn kraus. »Was meinen Sie damit?«
»Ich meine, zwischen dem jeweiligen Tod der ältesten Leichen scheint ein zeitlicher Abstand von über einem Jahr zu liegen, bei den jüngeren dagegen sind es nur ein paar Monate. Ihr Mörder schlägt immer häufiger zu. Was auch immer der Grund für sein Morden war, es scheint ihm nicht mehr die gleiche Befriedigung zu verschaffen wie früher. Er wird schneller.«
»Befriedigung?«, fragte Lapslie.
Dr. Catherall blickte zu ihm auf. »Oh ja. Man ermordet nicht zwölf Frauen im Laufe mehrerer Jahre in einem einzigen Wutanfall. Man tut es, weil man es will. Weil es ein krankes Bedürfnis erfüllt.« Sie blickte zurück zu den Leichen. »Die Todesursache ist in allen Fällen nicht sofort erkennbar, obwohl ich Gewebeproben zur toxikologischen Untersuchung geschickt habe, aus naheliegenden Gründen.«

»Naheliegende Gründe?«, fragte Lapslie.
Sie blickte ihn scheel an. »Sie haben verabsäumt, es zu erwähnen, aber diese Mordfälle hängen mit dem von Violet Chambers zusammen, nicht wahr?«
»Ich glaube schon«, sagte er. »Aber wie kommen Sie darauf?«
»Zunächst einmal sind es alles ältere Frauen, und das Fehlen einer erkennbaren Todesursache legt Vergiftung als eine Möglichkeit nahe, die zu untersuchen lohnend sein könnte. Und dann natürlich die Finger.«
»Die Finger?«
»Haben Sie das nicht gesehen?« Sie schüttelte den Kopf. »Wie nachlässig von Ihnen. Genau wie bei der armen Violet Chambers sind bei allen Opfern die Finger der rechten Hand abgeschnitten worden, direkt an den Knöcheln.«

15

Die nächsten fünf Tage verbrachte Daisy überwiegend bei Eunice im Kunst- und Antiquitäten-Center und half ihr, die mageren Abrechnungen in Ordnung zu bringen, und in all der Zeit erinnerte sie sich nur an eine Handvoll Besucher, die vorbeikamen. Einer von ihnen war ein einheimischer Künstler gewesen, mager und grauhaarig, in schwarzen Cord gekleidet, der hoffte, seine Sachen bei Eunice ausstellen zu können. Ihm wurde eine herbe Enttäuschung zuteil. Eunice hielt eins seiner Bilder ausgestreckt vor sich hin, drehte es hierhin und dorthin, blinzelte, als ob der Sonnenuntergang über dem Meer, dem der Künstler so bemüht hatte nacheifern wollen, tatsächlich blendende Strahlen aussandte.

»Oh nein«, hatte sie gesagt. »Oh nein, nein, nein. Diese Wellen sind sich alle so gleich. Wellen müssen majestätisch sein, chaotisch, und keine wie die andere, verstehen Sie? Und sie müssen unbemerkbar ineinander übergehen. Diese hier sehen aus, als hätten Sie sie einzeln gemalt, sie dann ausgeschnitten und übereinandergeklebt.« Sie schwieg, drehte das Bild langsam nach links und meinte: »Der Rahmen ist immerhin ganz gut.«

Zwei weitere Besucher waren Leute aus dem Ort, die den Nachlass kürzlich verstorbener Lieben durchforstet und etwas gefunden hatten, das für Daisy wie eine kitschige Porzellanfigur und ein verstaubtes, übermä-

ßig lackiertes Gemälde aussah. Es verblüffte sie, dass Eunice beide Stücke kaufte; das eine für fünfzehn Pfund, das andere für fünfunddreißig. Nachdem die beiden ihr Geld an sich gerafft hatten und fort waren, fragte Daisy Eunice, was sie in den Sachen gesehen hätte. Die Antworten hatten sie überrascht.
Über die Porzellanfigur, die einer Seemöwe ähnelte, mit unnatürlich großem und abnehmbarem Kopf, das Ganze grellgelb bemalt, sagte Eunice: »Das ist, glaube ich, ein Martin-Brothers-Vogel. Hergestellt um 1901 in Southall. Die Martin-Brothers waren berühmt für ihre grotesken Tiere und Fische. Der Sockel ist aus Ebenholz, wenn ich mich nicht irre.«
»Und Sie haben vor, es auszustellen?«
»Nein, ich habe vor, es zu verkaufen.« Eunice schniefte. »Bei einer Auktion bringt dies kleine Ding über fünftausend Pfund.«
»Und diese Frau, die es Ihnen verkauft hat – die hatte keine Ahnung?«
»Mängelausschluss gilt beidseitig, meine Liebe. Wenn die keine Nachforschungen anstellen, kann man nicht mich dafür verantwortlich machen. Nicht vor dem Gesetz.«
Was das Gemälde betraf – eine Jagdszene mit fetten Pferden, die auf streichholzdünnen Beinen über einen Bach torkelten, das ganze Ding bräunlich und glänzend von altem Lack –, so hatte Eunice dem Verkäufer erklärt, es sei ein viktorianisches Massenprodukt und so gut wie nichts wert. Als der Mann fort war, hatte sie es ehrfürchtig vor sich auf den Tresen gelegt und saß versonnen davor, den Kopf in die Hände gestützt.
»Sehr schlecht gemalt«, hatte Daisy gemeint. »Diese Pferde, so unwahrscheinlich topplastig!«

»Das war der Stil der Zeit.« Eunice hatte geseufzt. »Und lassen Sie sich durch den Firnis nicht täuschen. Unter der Oberfläche ist nämlich etwas ziemlich Überraschendes. Das hier ist ein Henry-Alkin-Original. Ich habe Farbdrucke davon gesehen, aber ich hätte nie gedacht, dass ich mal das Original zu sehen bekomme.«

»Und Sie haben vor, es bei einer Auktion zu verkaufen?«

»Nach einer Weile«, hatte Eunice träumerisch gesagt. »Nach einer Weile.«

»Für wie viel?«

»Für mehr als zehntausend Pfund, könnte ich mir vorstellen.« Eunice hatte zu Daisy aufgeblickt, die – so hoffte sie – eine missbilligende Miene aufgesetzt hatte. »Sie glauben doch nicht, dass ich mit *diesem* Laden hier genug verdiene, um meinen Lebensunterhalt zu bestreiten, oder?«

Eunice war also scharfsinniger, als Daisy sie nach ihrem schlampigen, bohemienhaften Äußeren eingeschätzt hatte.

Die übrigen Besucher waren Touristen gewesen, die ihre Autofahrten für eine Tasse Tee und ein Stück Kuchen unterbrachen oder vor dem Regen Schutz suchten, der sie beim Spaziergang überrascht hatte. Die hielten sich dann etwa eine Stunde in der Scheune auf, gingen planlos umher und verschwanden wieder, nahmen aus Gefälligkeit ein paar Postkarten mit und hinterließen den Dunst von feuchten Kleidern und Zigarettenrauch.

Und an jedem einzelnen der fünf Tage, die sie im Kunst- und Antiquitäten-Center zugebracht hatte, war ihr Jasper verhasster geworden als am Tag zuvor.

Jasper war Eunices Ein und Alles. Er war ein kleiner, bissiger Hund undefinierbarer Rasse, und er konnte Daisy nicht ausstehen. Er knurrte sie an, folgte ihr unablässig durch die Scheune und starrte sie mit übergroßen, boshaft glitzernden Augen an. Und er roch wie alte Schmutzwäsche. Seine Miene schien zu sagen: »Ich weiß, wer du bist, altes Weib. *Sie* kannst du täuschen, aber *mich* kannst du nicht täuschen.«

Daisy hatte beschlossen, Jasper so bald wie irgend möglich um die Ecke zu bringen. Eunice konnte warten – Daisy musste vorher noch so viel Information über ihr vergangenes Leben aus ihr herausquetschen, wie sie irgend konnte –, aber dieser Hund musste weg. Betrachten wir es als Testlauf, sagte sie sich. Ein Testlauf, um ein Gift auszuprobieren, mit dem sie seit einiger Zeit liebäugelte, es aber noch nie benutzt hatte.

An jedem Tag der Woche, die sie im Kunst- und Antiquitäten-Center zubrachte, hatte Daisy eine Tüte Aprikosen für sich und Eunice mitgebracht. Unter dem Vorwand, aufzuräumen, hatte sie alle Aprikosenkerne gesammelt, nachdem die Früchte aufgegessen waren, hatte sie jeden Abend mit nach Hause genommen und auf dem Fensterbrett in der Küche zum Trocknen ausgebreitet. Am fünften Abend nahm sie eine Käseraspel, die sie auf dem Heimweg in einem kleinen Küchenladen in Leyston gekauft hatte, und rieb behutsam an der Außenschale der Kerne, bis sie auf einem Stück Küchenpapier einen Haufen grauen Pulvers aufgehäuft hatte. Wenn sie recht hatte, dann enthielt das graue Pulver eine tödliche Dosis Blausäure, doch sie hatte noch nie Aprikosenkerne benutzt, und sie fürchtete, die Dosis falsch eingeschätzt zu haben. Möglich, dass die Aprikosen einen bestimmten Reifegrad erreicht haben mussten, bevor man das Gift gewinnen konnte, oder womöglich mussten die Kerne erhitzt werden, ehe man sie rieb. Zum Glück würde Jasper als Testkandidat agieren. Sie würde ihm jeden Tag ein wenig davon über sein Futter streuen und genau registrieren, wie er reagierte. Wenn er starb – *falls* er starb –, dann brauchte Daisy nichts weiter zu tun, als die Dosis, die sie eingesetzt hatte, in Hinblick auf Eunices Gewicht zu multiplizieren und diese dann in einen Auflauf oder Ähnliches zu mischen. Vielleicht eine Aprikosen-Krümeltorte? Schließlich wäre es ja eine Schande, die Früchte, die sie dafür kaufen musste, zu vergeuden.

Am sechsten Tag machte Daisy eine Pause. Sie brauchte Zeit, um ihre nächsten Schritte zu überdenken, doch noch mehr als das wollte sie, dass Eunice merkte, wie leer ihr Leben war, wenn Daisy nicht da war. Mit der Entschuldigung, sie müsse an den Entwürfen für die Broschüren des Centers arbeiten, blieb sie zu Hause. Doch ehe sie die Scheune verließ, stellte sie die Ruftonlautstärke an Eunices Telefon auf Null. So konnte Eunice zwar problemlos selbst telefonieren, aber wenn irgendjemand versuchte, bei ihr anzurufen, würde Eunice das Telefon nicht hören können. Das war simpel, doch es würde bewirken, dass Eunice sich umso isolierter fühlte, verlassen von ihren wenigen verbliebenen Kontaktpersonen. Und wenn Eunice sich nie meldete, dann würden die Leute nach ein paar Wochen aufhören anzurufen. So einfach war das. Perfekt.

Am nächsten Tag kehrte Daisy zur Scheune zurück. Eunice war überglücklich, sie zu sehen.

»Meine Liebe«, sagte sie, »Sie haben keine Ahnung, wie langweilig es hier ist. Ich bin schier gaga gewor-

den. Dem Himmel sei Dank, dass ich Jasper zur Gesellschaft habe.«
»Ach, übrigens«, sagte Daisy, »ich habe etwas für Jasper mitgebracht. Ich hab mir nämlich gestern ein Hähnchen zum Essen gebraten, und da dachte ich, ihm schmecken vielleicht die Reste. Ist das in Ordnung?«
»Ach, Sie sind so aufmerksam«, sagte Eunice, während Jasper sie von dem Platz neben seiner Herrin aus nur misstrauisch beäugte. »Jasper findet es so schön, wie Sie sich um ihn kümmern.«
Daisy trug ihre Tasche zum Küchenbereich hinten in der Scheune und legte das Hühnerfleisch auf eine Untertasse. Ein durchsichtiges Gelee hatte sich auf den Stückchen gebildet und ließ sie braun und glänzend aussehen. Sie blickte über die Schulter, ob Eunice auch nicht herüberschaute, dann nahm sie eine Plastikdose aus ihrer Tasche, öffnete den Deckel, streute einen Teelöffel grauen Pulvers obendrauf und vermischte es mit dem Gelee. Mit einigem Glück würde Jasper keinerlei Verdacht schöpfen.
Also ging sie wieder nach vorn und setzte die Untertasse neben den Tresen. Der Hund trottete darauf zu und beschnüffelte sie. Er blickte zu Daisy hoch, dann wieder auf das Futter. Wieder schnüffelte er. Dann aber senkte er den Kopf und fraß die Fleischstücke samt Gelee und Gift mit seinem runzligen kleinen Maul.
»Braver Hund«, lobte Daisy.
Um die Mittagszeit machte Daisy Tee. Eunice zog eine Packung Tabletten aus ihrer Tasche, wie sie es immer um diese Zeit getan hatte, solange Daisy schon da war, drückte eine kleine, längliche, rotblaue Pille aus der Plastikpackung, schob sie in den Mund und spülte sie

mit einem Schluck Tee hinunter. Die Packung mit den eingeschweißten Tabletten schien ziemlich aufgebraucht zu sein.

»Ich hoffe, Sie nehmen mir die Frage nicht übel«, meinte Daisy, »aber sind das Vitaminpillen?«

»Leider nein«, erwiderte Eunice. »Ich glaube, das Zeug heißt Atorvastatin. Senkt den Cholesterinspiegel. Verschreibungspflichtig, von meinem Arzt.«

»Muss ganz schön lästig sein, dauernd in die Stadt zu müssen, um sich neue Rezepte zu holen.«

»Ja, ich kann die verdammte Praxis nicht einfach anrufen, um neue Tabletten zu bestellen«, sagte Eunice mit einiger Bitterkeit. »Und ich muss das Wiederholungsrezept jeweils achtundvierzig Stunden zuvor einreichen. Wahrscheinlich hat das alles mit diesem Arzt zu tun, der Hunderte von seinen Patienten getötet hat. Der mit dem Bart und der Brille. Shipwell? Shipston? Ich weiß seinen Namen nicht mehr. Egal, aber es ist so eine Mühe.«

»Vielleicht könnte ich helfen«, sagte Daisy beiläufig, als habe sie das nicht schon die ganze Zeit vorgehabt. »Ich komme an der Arztpraxis und an der Apotheke vorbei, wenn ich nach Hause gehe. Möchten Sie, dass ich Ihr Rezept einreiche und die Tabletten abhole, wenn sie geliefert sind?«

»Das kann ich Ihnen doch nicht zumuten«, wehrte Eunice ab.

»Kein Problem. Es würde mich freuen, wenn ich irgendwie helfen könnte.«

Eunice blickte Daisy nachdenklich an, dann wühlte sie in ihrer Tasche herum und zog ein grünes Rezept heraus. »Die sind fast alle«, sagte sie und tippte mit einem Stift auf die Schachtel, die neben der Kasse lag. »Würden Sie also so lieb sein und das hier für mich einreichen?«

»Nichts lieber als das«, sagte Daisy und meinte es ernst. Eine weitere kleine Machtübernahme in Eunices Leben war erfolgt.

Jasper trottete ein wenig verwirrt in der Scheune herum. Er hustete, als wolle er etwas hochwürgen, und drehte sich um sich selbst. Daisy beschloss insgeheim, ihm bei der nächsten Fütterung die doppelte Dosis zu verpassen. Sie wollte eine schnelle Reaktion, wenn sie es bei Eunice anwandte, keinen langsamen, schleppenden Tod. Die hatte sie zur Genüge erlebt. Und das Letzte, was sie wollte, war eine Eunice, die aus dem Koma erwachte, während Daisy sie zu ihrer letzten Ruhestätte beförderte. Das wäre nicht nur lästig, das wäre eine Katastrophe.

»Meinen Sie, er ist in Ordnung?«, fragte Eunice und musterte Jasper besorgt. »Er sieht aus, als hätte er irgendwas Falsches verschluckt.«

»Wahrscheinlich bloß ein Haarknäuel«, sagte Daisy leichthin. »Morgen geht's ihm bestimmt wieder gut.«

Eunice blickte betrübt auf ihr Telefon neben der Kasse. »Es ist so still gewesen«, meinte sie. »Schon seit einer Ewigkeit keine Anrufe mehr. Ob ich mal jemanden kommen lasse, der sich die Leitung ansieht?«

»Das ist doch immer mal so und mal so. Vielleicht gibt's dafür nächste Woche eine ganze Anrufschwemme. Warten Sie's doch ab und sehen Sie, was passiert.«

»Sie sind ein Schatz«, sagte Eunice, »ich weiß, ich werde manchmal paranoid, aber dann sind immer Sie da und bringen mich wieder zur Vernunft. Ich bin so froh, dass Sie hier sind.«

»Ich werde immer hier sein«, sagte Daisy und schaute nach dem Hund, der immer noch in der Scheune herumlief, als habe er etwas verloren. »Das hier ist mir regelrecht zur zweiten Heimat geworden. Es fühlt sich an, als ob ich wirklich hierhergehöre.«

Daisy trank ihren Tee und betrachtete Eunice. Sie verabscheute diese Frau inzwischen noch mehr als bei ihrer ersten Begegnung. Die sechs Tage, die die beiden gemeinsam verbracht hatten, waren nichts als ein endloser Monolog von Eunice gewesen – über ihr vergangenes Leben, ihre Freunde, ihre Liebhaber, ihre diversen ungewollten Schwangerschaften, die entweder auf natürliche oder auf unnatürliche Weise beendet worden waren, und über die Beziehungen zu ihrer Familie. Daisy hatte von sich selbst kaum etwas preisgegeben, doch das war Eunice gar nicht aufgefallen. Selbst wenn sie Daisy mal eine Frage stellte, wo sie gelebt und was sie mit ihrem Leben angefangen hätte – am Ende redete sie doch regelmäßig wieder über sich selbst. Der Vorteil dabei war, dass Daisy rasch einen guten Überblick über Eunices Leben gewann – die Namen, die Daten, die bedeutungsvollen Momente. Der Nachteil war, dass von all den Frauen, deren Identität Daisy übernommen hatte, Eunices Leben am weitesten von ihren eigenen Erfahrungen entfernt war. Eunice zu werden, das würde gewaltige Anstrengungen kosten.

Ach, aber wenn es passiert war … wenn Eunice tot war und ihren Platz in Daisys Teerunde eingenommen hatte … das würde ein Genuss werden! Daisy ließ die Gedanken schweifen, malte sich Eunice aus, nicht wie sie jetzt aussah, dick und mit Hängebrust, sondern stolz zwischen den anderen am Tische sitzend, auf den

kargen Rest reduziert: die Haut von der Natur zurückgefordert, um in aller Nacktheit zu enthüllen, was darunterlag. Welch eine Augenweide!
Eine winzige Motte der Besorgnis begann, am Gewebe ihrer Selbstsicherheit zu nagen. Violet Chambers' Leiche war in ihrem unauffälligen Grab im Wald entdeckt worden. Daisy war mit Violet auf dem Weg zu ihrer Teegesellschaft gewesen, als ihr Reifen platzte und sie gezwungen war, die Leiche zurückzulassen. Besonders, nachdem sie wieder zum Leben erwacht war und Daisy ihr den Schädel eingeschlagen hatte, um sie an der Flucht zu hindern, wodurch sie ruiniert und damit für die Teerunde unbrauchbar gewesen war. Was sie quälte, war die Frage: Hatte die Polizei irgendwelche Möglichkeiten, ihren Wagen aufzuspüren und herauszufinden, wohin sie verschwunden war? Sie sah selten fern, und schon gar keine Kriminalfilme, doch Daisy war sich vage bewusst, dass der Polizei alle möglichen wissenschaftlichen Techniken zur Verfügung standen, die es früher nicht gegeben hatte. Dinge, die mehr in die Phantasie als in die Realität zu gehören schienen. Konnten sie ihr kleines Versteck entdecken, ihr Paradies, ihr Refugium? Der Gedanke verursachte ihr Unbehagen. Sie schauderte und kratzte sich.
»Geht's Ihnen nicht gut?«, fragte Eunice. »Wenn Sie sich nicht wohlfühlen, dann gehen Sie lieber nach Hause. Ich möchte mir nicht sonst was von Ihnen einfangen.«
Unverblümt bis zur Grobheit, das war Eunice. »Mir war plötzlich, als wandle jemand über meine Gräber«, murmelte Daisy vor sich hin.
Den ganzen Nachmittag über nagte dieser Gedanke an ihr. Polizisten, die alles durchwühlten, was ihr teuer

war: das einzig Konstante während all ihrer wechselnden Identitäten und ständig neuen Wohnorte. Ihr Innerstes. Ihr Zentrum.
Daisy wusste gar nicht mehr, von wem das Haus ursprünglich stammte. Die Identität der Eigentümerin lag im Nebel ihrer Vergangenheit begraben, und die Besitzerin saß, wie Daisy sich verschwommen erinnerte, immer noch am Kopf des Esstisches. Alles, was sie noch wusste, war, dass die Frau es von irgendwoher geerbt hatte und alle Hypotheken getilgt waren. Solange sie die Grundsteuer dafür zahlte – und sie fuhr etwa einmal im Monat vorbei, um die Briefe des Gemeinderats abzuholen, der ihr mitteilte, wie viel zu zahlen war –, so lange, hatte sie angenommen, sei alles sicher. Ungestört. Sie hatte auch vorsorglich etliche Male die Gas- und Stromlieferanten gewechselt, hatte darauf geachtet, nach der letzten Abrechnung keinen neuen Vertrag einzugehen. Auf diese Weise gab es keinen Grund, dass eine technische Störung oder eine undichte Gasleitung für eine Überziehung ihres Kontos sorgen könnte, was schließlich den Gerichtsvollzieher auf den Plan rufen könnte. Das wäre eine Katastrophe gewesen. Tatsächlich hatten bei ihren letzten paar Besuchen – der letzte, mit der Leiche der echten Daisy Wilson im Gepäck, war sechs Monate her – auch nur wenige Briefe auf sie gewartet. Lange Perioden, in welchen in dem Hause nichts geschah, führten wohl dazu, dass die Adresse aus den Listen selbst der zähesten Versandfirmen verschwunden war. Sogar Reader's Digest schickte keine Briefe mehr. Bloß einmal, als sie nach einigem Zögern einen Automechaniker hatte kommen lassen müssen, um ihren Volvo wieder in Gang zu bringen, war diese Isolation gestört worden.

Aber jetzt … Daisy konnte sich nicht auf die Herausforderungen konzentrieren, die vor ihr lagen. Die Möglichkeit, ihre Gäste könnten gestört, ja sogar *entfernt* worden sein, ließ sie angespannt und reizbar werden. Zweimal fauchte sie Jasper an, als er neben ihr stand und hustete.

Sollte sie einen weiteren Besuch riskieren? Das war die Frage. Wenn Eunice schließlich den Aprikosenkernen erlag – vorausgesetzt, sie wirkten ihr Wunder zuerst bei Jasper –, dann musste Daisy die Leiche irgendwo entsorgen. Sie scheute sich vor dem Gedanken, sie einfach in einem Steinbruch oder im Wald zu verscharren oder sie von der Naze ins Wasser zu werfen. Das war nicht nur ungeschickt und eine Drecksarbeit, es war auch ein Risiko. Derart entsorgte Leichen neigten dazu, wieder aufzutauchen. Im buchstäblichen wie im übertragenen Sinne. Tote Fische schwimmen immer oben, wie es so schön hieß. Nein, es war weit sicherer, Tote in einem kontrollierten Umfeld zu deponieren, wo die Gefahr, dass Vorübergehende sie entdeckten, so gering war, dass man sie vergessen konnte. Und außerdem hatte es Daisy immer großes Behagen bereitet, dass alle ihre Opfer, mit Ausnahme der armen Violet, einander Gesellschaft leisteten.

Trotz all dieser Bedenken wollte Daisy nicht das Risiko eines neuerlichen Besuches eingehen. Zu dem Haus zu fahren, um zu sehen, ob die Polizei es ausfindig gemacht hatte, das war, als suche man mit einem brennenden Streichholz nach dem Leck in einer Gasleitung: Die Entdeckung des Schlimmsten würde wahrscheinlich noch schlimmere Konsequenzen nach sich ziehen. Nein, sie würde abwarten, bis Eunice tatsächlich tot war, und dann eine Entscheidung treffen, je nachdem, was in den Zeitungen stand und was ihr Instinkt ihr riet.

»Wollen Sie vielleicht einen Spaziergang machen?«, fragte Eunice. »Ein bisschen frische Luft schnappen? Sie sehen ein bisschen käsig aus.«

»Ja, das wäre schön«, antwortete Daisy. Sie war mit ihrer Buchführung so weit gediehen, wie es möglich war. Sie hatte nicht bloß für Eunice überschaubar gemacht, wohin all ihr Geld floss, sondern auch dafür gesorgt, dass sie selbst über eine Liste aller Kontonummern verfügte und wusste, wo alle relevanten Unterlagen verwahrt waren. Diese Kenntnisse würde sie später brauchen.

»Jasper!«, rief Eunice. »Komm, du Schlafmütze! Gassi gehen!«

Jasper hatte sich in einen Winkel der Scheune verzogen, wo irgendwann in der Vergangenheit mal eine karierte Decke für ihn ausgebreitet worden war. Jetzt war sie zusammengeknüllt und zeichnete seinen Umriss nach. Er lag darin eingekuschelt und rang mit heraushängender Zunge hechelnd nach Luft.

»Der sieht auch ein bisschen käsig aus«, meinte Eunice besorgt. »Ich hoffe, er brütet nicht irgendwas aus. Er ist sehr sensibel, wissen Sie. Eben eine Künstlernatur.«

»Ach, das ist bestimmt nichts weiter«, beruhigte Daisy sie. Ihr war so, als sähe sie im Maul des Hundes eine blaue Verfärbung, wenn er nach Luft japste. Vielleicht hatte sie sich bei der Menge geriebener Aprikosenkerne verschätzt, die nötig war, einen älteren Hund zu töten. In dem Fall hätte sie noch genügend davon übrig, um Eunice mehrmals hintereinander umzubringen. »Wahrscheinlich ist er einfach müde von der dauernden Herumrennerei.« Als ob Jasper je etwas so

Würdeloses täte, als herumzurennen. »Lassen wir ihn doch einfach erst mal liegen und sehen dann später nach ihm.«

Gemeinsam gingen sie hinaus, zuerst den Feldweg entlang zur Straße, wo der Bus Daisy jeden Morgen absetzte und sie am Abend wieder mitnahm, und bogen dann in einen Fußweg ab, der sich zwischen den Feldern dahinzog. Der Himmel war hellblau, und die wenigen kleinen Wolken drifteten in alle Richtungen, begegneten sich im Dahinsegeln und trennten sich wieder. Daisy roch den prickelnden Duft der Blumen, die den Feldrand zu beiden Seiten säumten: Sie waren goldgelb, spindeldürr und schwankten in der Brise, die die Wolken über ihnen umhertrieb.

Eunice schritt kräftig aus und schwang beherzt ihren Spazierstock. Daisy fand es anstrengend, mit ihr Schritt zu halten, doch die körperliche Anstrengung vertrieb ihre Sorgen um das Haus, in dem ihre Opfer bei ihrer ewigen Teegesellschaft saßen.

»Ich kenne alle Spazierwege hier in der Gegend«, erklärte Eunice über die Schulter hinweg. »Einige sind schon seit Jahrhunderten unverändert, vielleicht sogar seit Jahrtausenden. Man sagt, etliche davon seien bereits prähistorische Verbindungswege gewesen. Man kann sich richtig vorstellen, wie römische Soldaten über diese Felder getrampelt sind. Oder vielleicht Druiden.«

Daisy war mehr damit beschäftigt, sich Eunice vorzustellen, im Todeskampf verkrümmt, bläulich anlaufend, während die Blausäure sich durch ihren Körper fraß, also sagte sie im Weitergehen bloß: »Ja, wirklich.« Ihre Schuhe waren nicht gerade ideal für dieses Unterfangen.

Sie stiegen einen sanften Hang hinauf, und oben blieb Eunice stehen und blickte entzückt nach vorn. Daisy hatte es schwer, hinterherzukommen. Doch als auch sie schwer atmend oben angekommen war, blieb ihr die Luft vollends weg.

Vor ihnen lag eine Kirche. Eine alte Kirche aus grauem Sandstein, mit einem vierschrötigen Turm in der Mitte und einem noch älteren, hölzernen Bauwerk am hinteren Ende, weit weg von der großen Doppeltür, durch die man das Innere betrat. Die Kirche stand inmitten eines Friedhofes, durch eine Feldsteinmauer gegen die umliegenden Felder abgegrenzt. Ein Weg führte zu ein paar weit entfernten Gebäuden.

»Die St.-Alkmunds-Kirche«, erklärte Eunice. »Kein Pfarrer mehr, schon seit den siebziger Jahren nicht mehr. Alle vier Wochen kommt mal ein Priester angeradelt, nach einem Turnusplan alter einheimischer Kirchen ohne eigenen Pfarrer, aber der Gottesdienst ist schwach besucht, und es werden immer weniger, weil die Leute hier wegsterben. Aber eine wunderbare Architektur. Hauptsächlich normannischer Einfluss. Wäre ’ne Schande, sie zu verlieren. Schauen Sie mal, dieses hölzerne Ding da am Ende. Ich hab mal irgendwo gelesen, dass das von einer früheren Kirche an dieser Stelle stammt. Angelsächsisch. Ohne Nägel gebaut. Wird anscheinend mit Holzpflöcken zusammengehalten. Gehen wir doch mal näher ran.«

»Lieber nicht«, wehrte Daisy ab, doch Eunice stapfte los.

Wieder betrachtete Daisy die Kirche. Irgendwas an der Art, wie sie dort inmitten der Felder hockte, einsam, aber unbußfertig, war ihr unbehaglich. Es war, als habe sie auf Daisy gewartet. All die Jahre darauf gewartet, dass sie zurückkäme, voller düsterer Gedanken, die in ihrem Herzen moderten.

Eunice hatte jetzt die Feldsteinmauer erreicht und ging auf das Friedhofstor zu. Daisy folgte ihr; sie wusste, dass irgendetwas nicht stimmte.

Der Friedhof war längst von Unkraut und Wildblumen überwuchert worden. Die Grabsteine waren von der Salzluft zerfressen und so dicht von Moos bewachsen, dass sie runden Geröllbrocken ähnelten. Welche Inschriften dort auch immer eingemeißelt gewesen sein mochten, jetzt waren sie nur noch Erosionen im Granit, Gedenkzeilen, die verblichen waren, bis nichts übrig geblieben war als die schwache Erinnerung, dass es hier einmal etwas gegeben hatte, das nun für immer verloren war.

Eunice fuhr mit der Hand über einen Grabstein, der halb zur Seite gekippt war. »Denken Sie doch mal an die Geschichte dieses Ortes«, sagte sie nachdenklich, »wie hier alles immer gleich geblieben ist, während alles ringsum – die Landschaft, das Land, die Welt – sich verändert hat.«

Doch Daisy hörte nicht zu. An der Ecke der Kirche hatte sie einen Grabstein ausgemacht, der flach auf den Boden gelegt war. Sie ging darauf zu, mit widerstrebenden Füßen, aber unfähig, stehen zu bleiben. Vielleicht durch den Schutz der massigen Kirche waren die in den Stein gemeißelten Buchstaben noch fast lesbar.

Madeline Poel stand da, doch das war unmöglich.

Denn bevor sie Daisy Wilson geworden, bevor sie Violet Chambers, bevor sie sonst wer gewesen war, war sie – das wusste sie – Madeline Poel gewesen.

16

Wenn man *eine* tote alte Frau findet, dachte Mark Lapslie verbittert, dann geben sie einem einen Schreibtisch und einen Detective Sergeant; findet man dreizehn, kriegt man einen eigenen Ermittlungsraum und so viel Personal, dass man sich kaum die Namen merken kann. Nicht einmal der DCS hatte es geschafft, das Ausufern dieser Ermittlungen zu verhindern, obwohl es hieß, er habe es mehrfach versucht. Anscheinend hatte er zunächst eingewandt, solange bei diesen Todesfällen nicht vorsätzlicher Mord nachgewiesen sei, könne er auch einer solchen Ermittlung nicht zustimmen, doch dadurch, dass jetzt der Volvo 740 als Verbindung zwischen der Toten im Wald – die zweifelsfrei ermordet worden war – und den Leichen in dem Bauernhaus dienen konnte, wirkten seine Einwände halbherzig und waren von jemandem, der immer noch ein paar Freunde bei Scotland Yard hatte, mit Leichtigkeit beiseitegeschoben worden.

Die Hälfte des Raumes im Chelmsford HQ war mit Schreibtischen vollgestellt, jeder mit eigenem Telefon und Computer bestückt, jedes Telefon mit einem Headset ausgerüstet, jeder Computer mit direktem Zugang zum Polizei-Network. Die andere Hälfte wurde von zwei Weißwandtafeln beherrscht. Die erste war von oben bis unten mit Fotos der Opfer bedeckt, darunter mit Filzstift geschriebene Anmerkungen. Normalerweise verliefen auf solchen Ermittlungstafeln zwischen den Fotos Striche, die Verbindungen anzeigten: durchgehende Linien für nachgewiesene Verbindungen, gestrichelte zwischen denen, bei denen eine Verbindung zwar wahrscheinlich, jedoch nicht bewiesen war. Auf dieser Tafel hier gab es keine einzige Linie. Trotz all der Polizisten, die die Telefone und Computer bedienten, hatte bisher niemand irgendeine Verbindung zwischen den Opfern feststellen können. Keine war mit einer anderen zusammen zur Schule gegangen, keine hatte mit einer anderen in derselben Stadt oder im selben Dorf gewohnt, sie hatten weder dieselben Hobbys gehabt noch dieselben Zeitschriften abonniert. Das Einzige, was sie gemeinsam hatten, war ihr Geschlecht – es waren alles Frauen –, ihr Alter – sie waren alle über sechzig – und eine generelle geographische Eingrenzung. Sie hatten alle im Süden und Westen Englands gelebt. Und dazu natürlich die Tatsache, dass sie alle ermordet und verstümmelt worden waren.

Lapslie stand vor der Tafel mit den Opfern und ignorierte die Flut aus Rost und Salz und Kokosnuss, die seinen Mund jedes Mal überschwemmte, wenn er den Einsatzraum betrat und das Geschnatter der Leute am Telefon oder untereinander hörte, während sie auf ihren Tastaturen herumklapperten. Unentwegt schob er sich Atemfrisch-Pastillen unter die Zunge, um die Melange von Geschmäcken zu überdecken, doch es nützte nichts. Das Problem war psychisch, nicht physisch. Er versuchte, so viel Zeit wie möglich im Ruheraum zuzubringen, aber schließlich musste er den Leuten sein Gesicht zeigen, musste sich ihre Probleme anhören, sie über neue Aspekte des Falles unterrichten und ganz allgemein als Galionsfigur anwesend sein. Emma

Bradbury bemühte sich nach Kräften, ihm die Last von den Schultern zu nehmen, doch er hatte schon seit Tagen permanent Kopfschmerzen, und es fiel ihm schwer, etwas zu essen. Wenn er schon den ganzen Tag über miteinander kollidierende Geschmäcke im Mund hatte, dann war es das Letzte, was er wollte, denen noch weitere hinzuzufügen.

Es machte ihn wahnsinnig. Genau deswegen hatte er ursprünglich Urlaub vom Polizeidienst genommen; deswegen, und weil er sich von Sonia und den Kindern trennen musste.

Lapslie ließ den Blick über die Fotos auf der Tafel gleiten. Er hatte noch nie sonderlich darüber nachgedacht, aber so, wie alle Babys ähnliche Züge aufweisen, so war es auch bei älteren Menschen. Als ob jeder als Einheitsmodell geboren wird und auch genauso stirbt, und nur die kleine Zeitspanne dazwischen gewährt uns die Möglichkeit, uns von den anderen zu unterscheiden. Die Übereinstimmungen waren so viel markanter als die Unterschiede: weißes Haar, Leberflecken auf den Händen, Haut, die unter dem Kinn in faltige Wülste gesackt war, nachgezogene Augenbrauen, Tränensäcke, ausgeblichene, trübe Augenfarben. Irgendetwas sagte Lapslie, dass er ihr Foto, sollte er seine Mörderin jemals erwischen, wahrscheinlich ebenfalls dort würde anheften können, und es würde sich glatt in die Reihen der Übrigen einfügen.

Unter einigen der Fotos standen Namen: Violet Chambers natürlich; Daisy Wilson, Deirdre Fincham, Alice Connell, Rhona McIntyre, Kim Stothard, Wendy Maltravers – alle identifiziert durch medizinische Unterlagen, zahnärztliche Befunde und dazu körperliche Merkmale, die Hinweise lieferten. Nicht jedoch durch

Listen vermisster Personen, die ja sonst für die Identifizierung der meisten Leichen ein entscheidender Faktor waren. Hier waren sie keinerlei Hilfe gewesen. Denn jede dieser toten Frauen war, den aktuellen Erfassungsdaten zufolge, noch durchaus mit von der Partie. Sie beanspruchten Beihilfe, zahlten ihre Grundsteuer, kassierten Miete für die Wohnungen, aus denen sie ausgezogen waren, füllten ihre Steuererklärungen aus und schickten den Nachbarn, die sie zurückgelassen hatten, gelegentlich Post- oder Weihnachtsgrußkarten.

»Alle tot, die eigentlich leben sollten«, murmelte er vor sich hin.

Gab es auf der ersten Tafel keinerlei Verbindungslinien zwischen den Fotos, so wimmelte es dagegen auf der zweiten nur so von Linien, an denen sich kryptische Vermerke entlangzogen. Eine Landkarte finanzieller Arrangements: Abbuchungsverfahren, Daueraufträge, Ein- und Auszahlungen. Jede Schnittstelle auf der Tafel markierte ein Konto bei einer Bank oder einer Bausparkasse, jede Linie zeichnete den Geldtransfer nach. Und in dem ganzen komplexen Finanznetz gab es nichts, um die Spinne in der Mitte zu identifizieren. Es gab kein zentrales Konto, auf das die anderen ihr Geld sickern ließen. Hier und da gab es gepunktete Linien, die von der Landkarte wegführten und Orte markierten, wo von dem einen oder anderen Konto Geld abgehoben worden war – in den meisten Fällen Hunderte von Pfund, manchmal Tausende –, aber niemals an ein und demselben Ort.

Auf der anderen Seite der Tafel war eine Landkarte von Essex angepinnt. Rote Aufkleber zeigten, wo Geldautomaten benutzt worden waren, um Geld von den Konten abzuheben. Es gab jede Menge Aufkleber, aber nichts, was darauf hindeutete, dass die Mörderin an einem bestimmten Ort lebte.

Lapslie wandte sich an eine vorübergehende Polizistin. »Wer ist für die Aktualisierung dieser Tafel zuständig?«, fragte er.

»PC Swinerd, Sir«, antwortete die junge Frau mit rauchiger Stimme.

»Können Sie mir den mal herschicken?«, bat Lapslie. Er war sich nicht ganz sicher, ob er noch wusste, wer PC Swinerd war.

Der Gesuchte erwies sich als ein blonder Bursche mit zurückweichendem Haaransatz. »Sir?«, fragte er beim Herantreten. Seine Stimme war Stachelbeeren mit Sahne.

»Diese Aufkleber – die sind nicht nach einem bestimmten Schema geordnet, oder?«

Swinerd runzelte die Stirn. »Sir?«

»Ich sehe keine Numerierung, die anzeigt, welches die frühesten und welches die letzten Transaktionen gewesen sind.«

»Sir, das Problem dabei war, ich habe die Aufkleber angebracht, während immer noch weiter Informationen eingetrudelt sind. Die Banken sind da nicht sehr kooperativ, und wir müssen uns für das Konto jedes Opfers, das identifiziert worden ist, Vollmachten besorgen. Und bevor nicht alle Transaktionen nachgewiesen sind, wissen wir nicht, welches die allererste oder die allerletzte gewesen ist, also können wir diejenigen dazwischen nicht numerieren.«

»Und sechs Opfer sind noch immer nicht identifiziert?«

»So ist es, Sir.«

Lapslie überlegte einen Moment. »Womöglich finden wir niemals heraus, wer die waren, das ist das Problem. Schreiben Sie doch einfach Nummern auf diese Aufkleber – ›1‹ für die erste, und die höchste Zahl dann für die zuletzt ermittelte Transaktion. Wir können die Nummern ja später ändern, wenn weitere Informationen reinkommen.«
»Sir.« Der PC machte ein skeptisches Gesicht, wahrscheinlich angesichts des Arbeitsaufwandes, der da von ihm verlangt wurde, doch er ging ohne Widerrede davon.
»Ach, noch was«, rief Lapslie ihm nach. »Markieren Sie doch die Orte mit grünen Aufklebern, wo die Wohnhäuser der Opfer standen.«
»Jawohl, Sir«, rief PC Swinerd zurück.
Gerade als der junge Mann davonging, kam Emma Bradbury herein. Ihre Blicke trafen sich, und sie kam auf ihn zu.
»Boss, wir haben vorläufige Autopsieergebnisse von Doktor Catherall. Die hat wirklich alle Register gezogen. Abgesehen von der Verstümmelung der rechten Hand bei sämtlichen Opfern gibt es keine Anzeichen von Gewalteinwirkung, aber der toxikologische Befund deutet darauf hin, dass bei wenigstens fünf der Todesfälle Gift im Spiel war.«
»Bloß bei fünf?«
»Die anderen Leichen sind zu stark verwest. Der Bericht weist darauf hin, dass manche Gifte im Laufe der Zeit abgebaut werden, bis zu einem Punkt, wo sie nicht mehr nachweisbar sind.«
»Und? Was für Gifte haben sie entdeckt?«, fragte er.
Emma konsultierte ihre Liste. »Pyrrolizidines Alkaloid, Taxine, cyanogene Glucoside, ein komplexes

Terpen, das nicht genau identifiziert werden kann. Und Kolchizin natürlich, bei Violet Chambers.«

»Kein Strychnin? Kein Cyanid? Kein Warfarin?«

»Bisher nicht. Keiner von den Klassikern.«

Lapslie überlegte einen Moment, dachte an den Garten gleich neben dem Haus, wo all die Leichen entdeckt worden waren. Den Garten des Todes, wie er ihn insgeheim genannt hatte.

»Fragen Sie noch mal bei Doktor Catherall nach«, sagte er. »Ich möchte wissen, ob irgendeins dieser Toxine aus gewöhnlichen Gartenpflanzen gewonnen werden kann. Erinnern Sie sich? Kolchizin stammt aus der Herbstzeitlose.«

»Klar, Boss, wie könnte ich das vergessen?«

Als sie davonging, schaute Lapslie sich noch einmal im Ermittlungsraum um. Alle schienen emsig beschäftigt. Er ging hinaus, ehe ihn das Geschnatter und Geklapper wieder übermannte.

Als er bei geschlossener Tür im Ruheraum saß, entspannte er sich langsam wieder. Nach und nach formte sich in seiner Vorstellung ein Bild der Mörderin; noch vage und verschwommen, aber unverkennbar. Zum Beispiel war sie geradezu zwanghaft methodisch. Die Art und Weise, wie sie die Finanzen ihrer Opfer handhabte, bewies, dass sie eine komplexe Menge an Fakten gleichzeitig im Kopf behalten konnte, und die Art, wie sie nach jedem Mord Postkarten und Weihnachtsgrüße versandte, deutete darauf hin, dass sie jeweils detaillierte Hintergrundkenntnisse besaß. Sie mordete nicht einfach und zog dann weiter, nein, sie hielt die Räder am Laufen, erhielt all ihre Opfer am Leben. Glaubte sie in gewisser Weise, dass sie nicht wirklich tot waren, wenn sie sie so am Leben erhielt?

Speckgeschmack rieselte über seine Zunge, ehe er das Klopfen an der Tür registrierte. Er wandte den Kopf. Dort stand Emma Bradbury. Er bedeutete ihr, hereinzukommen.

»Dr. Catherall sagt, all diese Gifte können ganz einfach aus einer ausreichenden Menge Pflanzen hergestellt werden. Sie hat immer weiter geredet, und ich konnte nicht schnell genug mitschreiben, aber ich hab doch mitgekriegt, dass einige dieser Pflanzen ganz gewöhnliche Wild- oder Gartengewächse sind, andere dagegen eher ziemlich unbekannt. Spezialisten-Substanzen gewissermaßen.«

»Dann ist dieses Haus, wo die Leichen gefunden wurden, die Operationsbasis unserer Mörderin«, meinte Lapslie grimmig. »Dorthin kehrt sie immer wieder zurück, nicht bloß, um frische Leichen abzuladen, sondern auch, um sich ihr Rohmaterial zu beschaffen. Ich glaube, der Garten ist unsere Mordwaffe.«

»Der Garten?«

»Lassen Sie einen der Leute einen Botaniker kontaktieren. Ich möchte, dass der sich den Garten vornimmt und herausfindet, welche Pflanzen giftig sind, welcher *Teil* davon giftig ist, und um welches Gift es sich handelt.«

Emma sah perplex aus. »Wo sollen wir denn einen Botaniker herkriegen?«

Lapslie zuckte die Schultern. »Eine Universität, ein Gartencenter, egal woher. Fragen Sie meinetwegen Alan Titchmarsh, aber schaffen Sie irgendwie einen Experten in den Garten. Und stellen Sie sicher, dass jemand das Haus überwacht. Ich will, dass jeder, der dort hinkommt, überprüft wird, Postboten und Hausierer eingeschlossen.«

»Gut, Boss. Ach, PC Swinerd hat Sie übrigens gesucht. Er sagt, er ist fertig mit der Übersichtskarte.«

Als Emma gegangen war, holte Lapslie tief Luft und schob sich eine neue Pastille in den Mund, bevor er sein Refugium verließ und wieder in den Einsatzraum trat.

Die Weißwandtafel mit dem Finanz-Spinnengewebe war noch immer umgedreht, so dass die Landkarte zu sehen war. Jetzt jedoch hafteten zwischen den roten Aufklebern grüne, und die roten waren mit Nummern versehen. Lapslie blieb ein Stück entfernt davor stehen, um einen Überblick zu bekommen. Und was zuvor nicht so augenfällig gewesen war, jetzt sah er, dass es jeweils um die grünen Sticker herum Anhäufungen von roten gab. Das war plausibel: Die Mörderin schaffte eine Tote fort und zog für eine Weile in deren Haus, übernahm ihre Identität und musste nun, während sie dort wohnte, von den jeweiligen Konten, die sie kontrollierte, Geld abheben. Vermutlich benutzte sie aus Sicherheitsgründen dazu verschiedene Geldautomaten, aber offensichtlich wollte sie dabei nicht allzu weit fahren. Oder sie konnte vielleicht nicht allzu weit fahren. Was immer der Grund war, sie hielt sich stets im Umkreis von einigen zig Kilometern von ihrem derzeitigen Zuhause.

Eine Anhäufung gab es, die keinen grünen Aufkleber in ihrem Zentrum hatte.

Lapslie trat näher heran und verspürte eine wachsende Erregung. Wenn die Mörderin das Haus ihres letzten Opfers als Basis nutzte, dann zeigte eine Anhäufung roter Aufkleber ohne einen grünen womöglich, wo sich dieses letzte Opfer befand.

Oder befinden würde.

Er kniff die Augen zusammen und entzifferte die Nummern, die auf den roten Aufklebern dieser Anhäufung standen. Es waren alles hohe Zahlen. Rasch überblickte er den Rest der Übersichtskarte. Nirgends sonst waren höhere Nummern. Diese Transaktionen waren also die jüngsten.

Dort war sie! Er hatte seine Mörderin aufgespürt!

Er sah sich die Karte hinter den Stickern genauer an. Östlich und nördlich von London. Die Gegend, die gemeinhin als Tendring Hundreds bekannt war – eine Bezeichnung, die noch im Namen der Gemeindevertretung und der Zeitungen fortlebte. Zusammengedrängt um die Küste herum: Clacton, Frinton, Walton und Leyston.

Er hatte sie! Oder wenigstens wusste er, wo sie war.

Er drehte sich um und schaute in den Raum. »Achtung, alle mal herhören!«, schrie er, den üblichen Tumult übertönend, und zum ersten Mal seit langer Zeit waberte in seinem Mund ein Geschmack auf, der hatte mit sämtlichen bekannten Obst-, Gemüse- oder Fleischsorten nichts zu tun. Der Geschmack seiner eigenen, brüllenden Stimme. »Es sieht ganz so aus, als ob unsere Mörderin sich an der Ostküste aufhält, irgendwo in Essex. Dort haben die jüngsten Finanztransaktionen stattgefunden, aber keins der bisher identifizierten Opfer hat dort gewohnt. Ich brauche eine Liste sämtlicher Hotels und Pensionen entlang dieser Küstenstrecke und im Bereich von, sagen wir, fünfundzwanzig Kilometern landeinwärts, und ich will wissen, ob die für mehr als zwei Wochen Zimmer an eine Frau über sechzig vermietet haben. Und ich will es *sofort* wissen. Bedenken Sie, diese Frau pirscht sich wahrscheinlich schon an ihr nächstes Opfer ran, während Sie hier arbeiten. Sie freundet sich mit ihr an, vereinnahmt ihr Leben und bringt so viel wie möglich darüber in Erfahrung, bevor sie sie vergiftet. Womöglich schüttet sie gerade jetzt dieses Gift in eine Tasse Tee. Wir dürfen keine Zeit verlieren. Also, an die Arbeit!«

Während er brüllte, war Emma Bradbury hereingekommen. Als jetzt jäh wieder Lärm im Einsatzraum losbrach, trat sie zu ihm.

»Es besteht aber doch auch die Möglichkeit, dass eins der noch nicht identifizierten Opfer ein Haus in dieser Gegend besitzt«, sagte sie. »Der Mord könnte schon passiert sein.«

»Und durch einen aberwitzigen Zufall könnte ein Meteorit diese Dienststelle auslöschen«, konterte er, »und trotzdem kommen wir jeden Tag her. Trotzdem leben wir unser Leben. Wir können nicht planen, was geschieht oder was nicht geschieht. Wenn wir Glück haben, finden wir sie. Wenn nicht, dann nicht. So ist das nun mal.«

Sie musterte ihn respektvoll. »Er hat gesagt, Sie geben nie auf«, sagte sie leise, als entschlüpfe ihr ein verborgener Gedanke.

»Wer hat das gesagt?«

Ihr Gesicht verspannte sich plötzlich. »Ach, niemand«, meinte sie, »bloß so ’ne Unterhaltung. Kantinengeschwätz.«

Lapslie blickte sie noch einen Augenblick lang an; er ahnte, dass da etwas im Busch war, war sich jedoch nicht sicher, was das war. »Okay«, sagte er, »legen wir los. Halten Sie das Team auf Trab – ich will einen stündlichen Bericht, wie es mit dieser Liste vorangeht.«

Emma nickte und ging. Noch ehe Lapslie sich in Bewegung setzen konnte, kam einer der PCs aus seinem Team – Swinerd, glaubte er – auf ihn zu.
»Ein Anruf vom Chief Superintendent«, sagte er. »Ob Sie rasch mal zu ihm raufkommen könnten?«
Einem plötzlichen Impuls folgend, ging Lapslie zum Fenster hinüber. Der Einsatzraum lag im fünften Stock, und er blickte auf den Parkplatz hinunter. Der stand voller Wagen, wie Polizeibeamte sie fuhren, wenn sie außer Dienst waren. Sportwagen: Ford Mondeo, Peugeot 406 und Saab 95, alle in unbestimmbaren Farben. Kein Volkswagen, kein Skoda, kein Mini, und schon gar kein Volvo, den Polizisten gewöhnlich als Schlachtschiff bezeichneten. Es war wie auf den Parkplätzen der Autofabriken, die man manchmal vom Zugfenster aus sah; Reihe um Reihe ähnlicher Wagen, die bis zum Horizont reichten.
Und ein schwarzer Lexus, am Ende einer Reihe geparkt. Der Motor lief im Leerlauf; Lapslie sah Auspuffgase aufsteigen.
Er blickte sich im Einsatzraum um; ihm war, als ob er sich auf etwas dubiose Weise verabschiedete. Alle arbeiteten emsig, die Köpfe gesenkt, die Headsets aufgesetzt, bewegten die Lippen, während sie in die Mikrofone sprachen. Niemand sah ihn an.
Unbemerkt verließ er den Raum.
Der Lift zu dem Stockwerk, in dem Rouses Büro lag, brauchte eine Ewigkeit, ehe er kam. Als sich die Tür öffnete, war er leer. Er war froh. Das Letzte, was er wollte, war Small Talk, wenn er zu etwas unterwegs war, von dem er argwöhnte, dass es seine Exekution sein könnte.
Insgeheim hätte er lieber auf den Knopf zum Erdge-

schoss gedrückt, wäre aus dem Lift getreten, durch die Sicherheitstür geschritten, die auf den Parkplatz führte, wäre einfach weitergegangen, um all dies hinter sich zu lassen. Aber das konnte er nicht tun. Er wollte wissen, was los war. Wie Emma gesagt hatte, er gab niemals auf.

Rouses Sekretärin sagte ihm, er könnte gleich hineingehen, doch sein Blick war fest auf den Mann geheftet, der an Rouses Schreibtisch stand. Allein. Der DCS glänzte durch Abwesenheit.

»Detective Chief Inspector Lapslie?«, fragte der Mann. »Bitte kommen Sie herein.« Seine Stimme war wie aufgewühlte Erde, oder wie schimmelndes Laub. Er trug immer noch diesen schwarzen Anzug mit den feinen Nadelstreifen. Sein Haar war sandfarben, glatt aus der Stirn gebürstet, und die Glatze, die sich bereits zeigte, war mit kleinen Sommersprossen übersät.

Lapslie beugte sich zu der Sekretärin hinunter. »Gibt es einen Schlüssel zu diesem Büro?«, fragte er. »Wir müssen eventuell heikles Material auf dem Schreibtisch zurücklassen und für eine Weile verschwinden.«

»Äh – ja«, sagte sie, langte in eine Schublade und förderte einen Sicherheitsschlüssel zutage. Unsicher reichte sie ihn ihm hin.

»Danke.« Er nahm den Schlüssel. »Ich bringe ihn später zurück. Versprochen.« Dann wandte er sich dem Büro zu und sagte: »Mr. Geherty vom Justizministerium, Abteilung Sträflingsrehabilitation, nehme ich an?«

Geherty besaß den Anstand, ein wenig verblüfft dreinzublicken. »Ah, Sie haben Ihre Hausaufgaben gemacht.«

»Ich mag es nicht, wenn man mir nachspioniert. Und ich mag keine Diebe.«

»Wir haben Ihnen nicht nachspioniert, Mr. Lapslie, wir haben Ihre Ermittlungen verfolgt. Ist uns allen eine echte Lektion gewesen. Schade eigentlich, dass sie jetzt zu Ende sind.«

»Sie sind zu Ende, wenn wir die Mörderin gefasst haben«, entgegnete Lapslie.

»Sie sind zu Ende, wenn unser Minister sagt, dass Schluss ist«, erwiderte Geherty. »Und übrigens, wir sind keine Diebe.«

»Sie sind in Doktor Catheralls Institut eingebrochen und haben Dateien aus ihrem Computer entfernt.«

»Wir sind Staatsbeamte, und die Leichenhalle untersteht der Zivilbehörde. Gibt's damit ein Problem? Und ich glaube, Sie werden feststellen, dass in Doktor Catheralls Computer keinerlei Informationsmaterial fehlt. Wir haben es lediglich kopiert und sind dann gegangen. Wir wollen bloß über Ihre Fortschritte unterrichtet sein.«

»Ich bin beeindruckt. Ihre Abteilung beschäftigt sich damit, Serienmörder und andere unerwünschte Personen wieder in die Gesellschaft zu integrieren, wenn sie ihre Strafe abgesessen haben. Heißt das, die Mörderin dieser Frauen ist eine davon? Haben Sie ihr eine neue Identität und eine neue Wohnung verschafft, bloß um dann festzustellen, dass sie in ihre alten Gewohnheiten zurückgefallen ist?«

»Alte Gewohnheiten sind hartnäckig, und man kann einem Hund keine neuen Tricks beibringen. Alles Klischees, aber ein Körnchen Wahrheit steckt drin.« Geherty zuckte die Achseln. »Diese Leute verbringen den Großteil ihres Lebens im Gefängnis, aber wenn ihre Zeit um ist, müssen sie resozialisiert werden. Und darauf bereiten wir sie vor. Wir bringen ihnen bei, in einer Welt zu überleben, die sich weiterentwickelt hat während der zehn, zwanzig oder dreißig Jahre, die vergangen sind, seit sie eingesperrt wurden. Wir besorgen ihnen eine Unterkunft, wir verschaffen ihnen Jobs als Kellner, im Reisebüro oder am Parfümerietresen im Kaufhaus. Und wir kontrollieren sie, versuchen, herauszufinden, ob sie sich tatsächlich verändert haben oder ob noch immer ein Keim des Bösen in ihnen steckt. Manchmal geht das gut, und manchmal geht es schief. So läuft das nun mal. Wenn es schiefgeht, müssen wir den Schlamassel beseitigen.«

»Ein Keim des Bösen«, meinte Lapslie. »Sie geben also nicht der Gesellschaft die Schuld, oder ihrer Erziehung?«

Geherty schüttelte den Kopf. »Oh, ich habe Männern in die Augen gesehen, die mehr Leute umgebracht haben, als ich je kennengelernt habe. Ich habe Frauen in die Augen gesehen, die ihren Opfern mit dem Hammer Zimmermannsnägel in den Schädel getrieben haben. Ich habe Böses gesehen, Mr. Lapslie. Die Gesellschaft ist nicht schuldlos, und ebenso wenig die Erziehung, aber letztendlich sind das nur Katalysatoren. Wenn das Böse nicht von vornherein da wäre, dann hätten sie keinen Ansatzpunkt zum Wirken.«

»Was ich nicht verstehe«, sagte Lapslie, »warum könnt ihr die nicht einfach festnehmen, sie vor Gericht stellen und sie bestrafen, wenn sie für schuldig befunden werden. Wozu all dieses Geheimdienst-Brimborium?«

»Weil einige von ihnen gar nicht entlassen werden sollten«, sagte Geherty und schaute auf seine Uhr. »Sie wissen doch, wie das ist in den Gefängnissen. Es heißt, die Kapazitäten würden einigermaßen ausreichen. In

Wirklichkeit haben wir das Fassungsvermögen schon vor Jahren überschritten. Für jede Person, die in den Knast gesteckt wird, muss eine entlassen werden. Manchmal tun wir das, indem wir die Strafe umwandeln oder den Kriminellen eine bedingte Strafaussetzung gewähren, auch wenn das formal eigentlich gar nicht möglich wäre, aber das löst das Problem nicht im Entferntesten. Der Knackpunkt sind die Lebenslänglichen, die das System aus dem Lot bringen. Die Mörder, die nicht entlassen werden können, entweder, weil es einen öffentlichen Aufschrei gäbe, oder weil irgendwo irgendein Richter gesagt hat, lebenslänglich heißt lebenslänglich, und der Minister entweder nicht intervenieren kann oder will.«

Etwas, das Dom McGinley ihm erzählt hatte, hallte plötzlich in Lapslies Kopf wider. Etwas über diese Mörderin von Kindesbeinen an, diese Myra Hindley, die keineswegs an einem Infekt gestorben sei, sondern unter einer neuen Identität ihr Leben lebte, irgendwo in Wales.

»Also entlassen Sie sie trotzdem«, meinte er bitter.

»Wir müssen. Wir treffen alle Vorsichtsmaßregeln, so gut wir können, aber wie das Leben eben so spielt. Manchmal geht etwas schief.«

»Und meine Mörderin?«

Geherty sah erneut auf seine Uhr. »Mir läuft die Zeit davon.«

»Befriedigen Sie meine Neugierde. Wer ist sie?«

»Sie sind ihr selbst begegnet. Wissen Sie nicht mehr? Sie waren damals dem ACPO zugeteilt, um kriminalpsychologische Persönlichkeitsprofile von Schwerverbrechern zu erstellen. Wir haben auch erwogen, Ihnen einen Job anzubieten, aber Ihre gesundheitliche

Verfassung hat uns davon abgehalten. Sie haben damals etliche Lebenslängliche befragt, um zu sehen, ob es irgendwelche psychologischen Tests gibt, die man anwenden könnte, um vorauszusagen, ob jemand vermutlich zum Mörder wird oder nicht. Sie haben auch sie interviewt.«

In seinem Mund der Geschmack von Litschis, fast unmöglich süß und dekadent, wie etwas, das in Sirup vor sich hingärt ... »Madeline ... Poel?«

»Madeline Poel«, bestätigte Geherty.

»Broadmoor. Wie lange ... zwanzig Jahre her ...« Er erinnerte sich an eine Frau in mittleren Jahren, klein und vogelähnlich. Sie war sehr höflich gewesen, sehr altmodisch, und ihre Stimme hatte nach Litschis geschmeckt. »Das war damals gegen Ende des Zweiten Weltkriegs gewesen. Ihre Großmutter war wahnsinnig geworden und hatte Madelines sämtliche Geschwister umgebracht, im Garten ihres Hauses, hat ihnen mit einer Gartenschere die Finger abgeschnitten und zugeschaut, wie sie verblutet sind. Madeline hatte nur überlebt, weil ihre Mutter aus der Fabrik zurückkam, wo sie gearbeitet hat. Die Polizei wurde gerufen, und während die unterwegs waren, hat Madeline aus ein paar Beeren im Garten für ihre Großmutter ein Getränk zusammengebraut. Sie hat ihrer Großmutter gesagt, es sei Sarsaparille, aber es war etwas Giftiges. Die Großmutter ist gestorben, ehe die Polizei sie mitnehmen konnte. Alle haben geglaubt, es sei ein Versehen gewesen und Madeline hätte bloß helfen wollen, aber während der nächsten paar Jahre hat Madeline sich immer merkwürdiger verhalten, und zehn oder zwölf alte Frauen im Dorf sind auf genau dieselbe Art und Weise gestorben. Es war, als habe sie entschieden, alle alten Frauen seien gefährlich, und sie müsse sie aus dem Weg räumen. Es war die Logik eines Mädchens, das in den Wahnsinn getrieben worden war, als sie zugesehen hatte, wie ihre Familie auf schaurige Weise ermordet wurde, von der Frau, die sie doch behüten sollte. Nach einer Weile hat es dann jemand spitzgekriegt, und sie wurde verhaftet. Man hat sie nach Broadmoor geschickt.« Sein Mund wurde von diesem trockenen, metallischen Geschmack überschwemmt, während seine Stimme lauter wurde. »Vor fünfzehn Jahren ist sie an einer Herzattacke gestorben – so jedenfalls stand das in den Zeitungen –, aber sie ist überhaupt nicht gestorben! Ist es das, was Sie mir sagen wollen? Sie haben sie tatsächlich wieder auf die Gesellschaft *losgelassen?*«

»Weil wir glaubten, sie stelle keine Bedrohung mehr dar. Und weil wir den Platz brauchten.« Geherty sah auf einmal müde aus. »Das war vor meiner Zeit.«

»Das ist keine Entschuldigung.«

»Das ist keine Entschuldigung – das ist eine Erklärung. Ihr Tod war vorgetäuscht – wir haben sogar einen Grabstein aufgestellt, bei einer Kirche in der Gegend, wo sie aufgewachsen war –, und ihr wurde eine neue Identität verpasst. Wir haben ihr in Ipswich einen Job als Kellnerin verschafft und eine hübsche Wohnung dazu. Und wir haben sie observiert – drei Monate lang eingehend, danach mit Unterbrechungen. Und dann, als sie wohl gedacht hat, wir beobachteten sie nicht mehr so genau, ist sie verschwunden. Wie sich herausstellte, hat sie ein paar Monate damit verbracht, sich eine neue Identität zu basteln, und danach ist sie einfach aus der herausgeschlüpft, die wir für sie geschaffen hatten, und in die eingestiegen, die sie sich selbst erschaffen hatte. Und seitdem suchen wir sie.«

»Und ich fahnde jetzt nach ihr. Wir sollten zusammenarbeiten.«

Geherty schüttelte den Kopf. »Der einzige Grund, weshalb Sie nach ihr fahnden, ist, dass wir den Chief Superintendent gebeten haben, Sie zu diesem Fall hinzuzuziehen. Denn Sie haben sie gekannt. Sie haben mit ihr gesprochen. Wenn irgendjemand Einblick hatte, wie sie tickt, dann Sie.«

»Dann lassen Sie mich sie auch schnappen.«

»Sie haben sie lokalisiert. Das ist alles, was wir brauchen. Wenn Sie sie jetzt verhaften, kommt sie vor Gericht, und alles kommt heraus. Wenn wir sie erwischen, verschwindet sie. Für immer.«

»Das ist keine Gerechtigkeit.«

»Nein, aber es ist *gerecht*.«

Lapslie starrte Geherty an. »Das kann ich nicht zulassen«, sagte er.

Geherty nickte. »Darum bitte ich Sie auch nicht«, meinte er. »Ich erteile Ihnen den Befehl. Oder vielmehr, Detective Chief Inspector Rouse nimmt soeben einen Anruf meines Ministers entgegen, der ihm befiehlt, diesem Fall ein Ende zu setzen. Es ist vorbei. Wir übernehmen jetzt.«

»Nur über meine Leiche«, fauchte Lapslie.

»Nein – über die Leiche Ihrer Karriere«, erwiderte Geherty und lächelte.

17

Fühlen Sie sich besser?«, tönte Eunices Stimme aus der Küche.

Daisy saß in Eunices kargem Wohnzimmer, umklammerte eine Tasse Tee, und in ihrem Magen rumorte es. Alles, was sie im Geiste sah, war der Friedhof.

Der Friedhof und der Grabstein.

Der Grabstein mit dem Namen darauf: Madeline Poel.

»Ich … weiß nicht«, erwiderte Daisy.

Es hörte sich für sie an, als käme ihre Stimme aus weiter Ferne. Oder vielleicht aus ferner Vergangenheit. Irgendetwas stimmte nicht mit ihren Ohren: Alles klang so dumpf, so fern, so unwichtig. Ihre Hände zitterten.

»Vielleicht sollte ich lieber den Arzt holen?«

»Nein.« Sie schluckte, versuchte, das Gefühl in ihren Ohren zu mildern, aber es wollte sich nichts ändern. »Nein, es wird schon wieder. Ich glaube, es war bloß die Sonne.«

Daisy wollte nicht an Madeline Poel denken, doch jetzt, wo sie den Namen auf dem Grabstein gesehen hatte, merkte sie, dass sie gar nicht anders konnte. Sie fühlte sich benommen und atemlos, wahrscheinlich so, wie Eunices Hund Jasper sich jetzt fühlte, mit seinem vergifteten Futter. Ungebeten und unwillkommen tauchten jetzt Gesichter vor ihrem geistigen Auge auf. Gesichter und Namen.

So viele Namen.

Vor Daisy Wilson hatte es Violet Chambers gegeben, und vor Violet Chambers hatte es Annie Moberley gegeben, und vor Annie Moberley hatte es Jane Winterbottom gegeben, und vor Jane Winterbottom hatte es Deirdre Fincham gegeben, und vor Deirdre Fincham hatte es Elise Wildersten gegeben, und vor Elise Wildersten hatte es Rhona McIntyre gegeben, und vor Rhona McIntyre hatte es eine Frau gegeben, deren Name jetzt in der Vergangenheit verloren war, und vor ihr eine andere, und davor noch eine andere – sie alle jetzt nur noch Schatten in der Dunkelheit, aber vor ihnen allen, ganz zu Beginn, da hatte es Madeline Poel gegeben.

Daisy saß in dem Sessel in Eunices Wohnzimmer und wiegte sich unablässig vor und zurück. Tee schwappte aus der Tasse auf die Untertasse und von der Untertasse auf den Fußboden, doch sie merkte es nicht. Die Vergangenheit, lange verdrängt, hatte sie im Griff.

»Daisy?« Eunice stand neben ihr. »Daisy, meine Liebe, was ist denn?« Sie nahm Daisy Tasse und Untertasse aus den Händen und stellte sie auf einen Tisch in der Nähe.

»Ich habe früher mal hier gelebt«, sagte Daisy leise. »Das hatte ich ganz vergessen, aber ich habe als Kind hier gelebt. Mein Vater hatte ein Haus in der Nähe der Naze, und ich bin in der Stadt zur Schule gegangen. Als ich jetzt wieder herkam, da fand ich es irgendwie merkwürdig. Ich habe etliche Gebäude wiedererkannt, die Straßen und den Pier und die Kirche. Aber eine Menge Dinge hatten sich auch verändert. Es ist, als könnte ich die Stadt so sehen, wie sie einmal war, und so, wie sie jetzt ist, beides zur gleichen Zeit. Wenn ich den Kopf schräg lege oder die Augen zusammenkneife, dann sehe ich sie sogar gleichzeitig. Ist das nicht seltsam?«

»Daisy, ich glaube, Sie sollten sich hinlegen. Kommen Sie, ich bringe Sie rauf ins Gästezimmer. Sie können heute Nacht hierbleiben.«

Eunice führte Daisy die Treppe hinauf und half ihr, sich auf ein Bett mit weißen Laken und einem blassblauen Federbett niederzulassen. Daisy war so desorientiert, dass sie nichts von dem, was sie sah, wirklich wahrnahm. Eunice zog ihr die Schuhe aus und hob ihre Beine aufs Bett. »Schlafen Sie ein bisschen«, sagte sie. »Wenn Sie aufwachen, fühlen Sie sich bestimmt besser.«

»Meine Handtasche …«, murmelte Daisy.

»Ich hole sie.« Eunice ging nach unten und kam gleich darauf mit Daisys Tasche zurück. Sie stellte sie auf einen Stuhl neben dem Bett, zog die Vorhänge zu und ging.

Daisy tastete umher und griff sich die Tasche vom Stuhl. Sie machte sie auf und kramte darin herum, bis sie fand, was sie gesucht hatte. Und dann, die Gartenschere fest an die Brust gedrückt, legte sie den Kopf wieder aufs Kissen und schlief ein.

Der grüne Rasen war immer noch mit Schatteninseln aus rostfarbenem Blut gesprenkelt, obwohl Madelines Brüder und Schwestern schon vor einiger Zeit fortgebracht worden waren. Weggetragen, schlaff und hilflos, mit herabbaumelnden Händen. Hände, die sonderbar deformiert schienen.

Sie wusste, dass sie sie nicht wiedersehen würde. Auch wenn sie so aussahen, als ob sie schliefen, ihre Augen standen offen und starrten nach oben in die gleißend helle Sonne. Und ihre Augen waren trocken. Trocken und weit aufgerissen.

Die Grashalme waren von dem Blut zu Klumpen zusammengeklebt. Das erinnerte Madeline daran, wie ihre Haare manchmal aussahen, wenn Pflanzensaft von den Bäumen im Garten hineingeraten war: platt gedrückt, klebrig und unmöglich auszubürsten. Sie wusste gar nicht, wie sie den Garten wieder sauber kriegen sollten. Vielleicht mussten sie warten, bis der Regen kam. Doch niemand schien sich um den Garten zu sorgen. Stattdessen drängten sie sich alle um ihre Mutter und ihre Großmutter, standen einfach herum und sagten nichts.

Madeline stand im Schatten eines Busches und fingerte an den reifen roten Beeren herum. Den giftigen Beeren. Immer wieder blickte sie hinüber, dorthin, wo ihre Mutter in den Armen einer Nachbarin schluchzte. Und all die Leute standen im Garten herum, als wüssten sie nicht recht, was sie hier eigentlich sollten. Und niemand kümmerte sich um sie.

Ein Stück entfernt saß ihre Großmutter in einem Rohrstuhl neben dem Tisch. Ein Polizist saß bei ihr, und ein anderer stand hinter ihr. Der Polizist neben ihr stellte ihr Fragen, doch sie antwortete nicht. Sie wickelte nur unentwegt den Rand ihrer Strickjacke zu festen kleinen Spiralen um ihre Finger; ihr Gesicht war eine starre Maske, die etwas Barbarisches verbarg.

Ihre Großmutter hatte etwas Schlimmes getan. Das wusste Madeline, obwohl sie nicht ganz begriff, was das Schlimme war. Ihre Großmutter tat oft schlimme Sachen. Sie schlug Madeline und ihre Brüder und Schwestern, wenn ihre Mutter arbeitete. Madelines Mutter gegenüber tat sie so, als ob sie das nicht täte,

aber sie log. Manchmal drehte sie ihnen die Arme auf den Rücken oder schlug sie mit einem Ast, und dann schrie sie sie an: Wenn sie ihrer Mutter davon erzählten, würde sie sie nur noch härter bestrafen. Und das hatte sie jetzt getan, obwohl sie alle doch nie einer Menschenseele etwas verraten hatten.
Madeline pflückte eine Handvoll Beeren von dem Busch und zerdrückte sie langsam in der Hand. Der Saft lief ihr zwischen den Fingern hindurch, rot und dickflüssig, tropfte auf den Boden, wo er die Grashalme zusammenklebte.
Madeline blickte zu dem Tisch hinüber, wo die Teeparty angerichtet und dann vergessen worden war. Die Tassen standen unbeachtet und verlassen auf dem steifen weißen Tischtuch.
Sie blickte auf ihre fleckigen Hände hinunter.
Vielleicht würde ihre Großmutter gern etwas trinken, dachte sie.

Der Tag wurde zur Nacht, und Träume jagten hintereinander her wie Tiefseefische, die im Vorüberschwimmen das Sediment des Meeresbodens aufwirbelten. Doch als die Nacht voranschritt, setzte sich das Sediment wieder, und die Fische versteckten sich zwischen Felsgestein und Seegras. Und als die Sonne aufging und zudringliche Finger durch die Ritze zwischen den Vorhängen steckte, hatte Daisy Wilson vergessen, wer sie gewesen war, und wusste nur noch, wer sie jetzt war.
Eunice brachte ihr eine Tasse Tee, während sie noch im Bett lag.
»Wie fühlen Sie sich?«, erkundigte sie sich.
»Ich bin schlapp wie nur was. Was ist denn passiert?«

»Sie hatten eine Art Kollaps. Ich glaube, es muss die Strapaze der Wanderung zur Kirche gewesen sein; und dann die Sonne. Sie haben sich überanstrengt. Sie Arme.«

»Sie haben wahrscheinlich recht.« Daisy versuchte sich zu erinnern, was am Vortag geschehen war, doch schon der Versuch machte sie nervös.

»Schaffen Sie ein bisschen Frühstück?«, fragte Eunice.

»Gib der Erkältung zu essen und lass das Fieber hungern«, zitierte Daisy. »Vielleicht eine Tasse Tee und eine Scheibe trockenen Toast. Es tut mir leid, dass ich Ihnen so eine Last bin.«

»Überhaupt nicht«, wehrte Eunice ab, als sie zur Tür ging. »Es ist schön, jemanden hier zu haben. Ich fühlte mich tatsächlich einsam.« Sie blieb stehen und blickte zurück. »Ich lasse das Center heute geschlossen. Ich finde, Sie brauchen Ruhe.«

»Unsinn«, widersprach Daisy. »Gott mildert den Wind dem geschorenen Lamm. Bestimmt wird heute ein ruhiger Tag, und ein bisschen Herumwerkeln gibt mir Zeit zum Gesundwerden.« Sie schwieg eine Weile. »Vielleicht könnte ich heute Morgen erst noch ein bisschen hier liegen bleiben und später zu Ihnen in die Scheune rüberkommen. Ich fühle mich immer noch ein bisschen wackelig.«

Nach dem Frühstück öffnete Eunice das Kunst- und Antiquitäten-Center, und als Daisy sich vergewissert hatte, dass Eunice nicht mehr im Wege war, vertrieb sie sich die Zeit mit einer Bestandsaufnahme der Gegenstände in Eunices Schlafzimmer und im Gästezimmer. Sie hatte längst den Verdacht, dass Eunice eine Tagebuchschreiberin war – ihrer Erfahrung nach führten alle künstlerischen Menschen ein Tagebuch –, und sie fand es innerhalb von Minuten in einer Schublade des Nachtschrankes. Fand *sie*, genauer gesagt, denn es gab zahlreiche Bände, die Jahre zurückreichten. Sie blätterte den jüngsten Band durch und stellte fest, dass dies alles war, was sie brauchte, außer den Finanzunterlagen in der Scheune. Alles, was Eunice dachte, glaubte oder erlebte, stand darin. Jede Erinnerung war zwischen den Seiten des Buches konserviert wie eine gepresste Blume. Jetzt brauchte sie keine Zeit mehr damit zu verschwenden, Informationen aus Eunice herauszuquetschen – hier hatte sie alles. Eunice war für sie einsehbar geworden, in jeder Hinsicht.

Was bedeutete, dass es wirklich keinen Grund gab, Eunice noch länger am Leben zu lassen.

Entschlossen machte Daisy sich auf den Weg und ging von Eunices Haus – bald würde es ihr Haus sein – zur Scheune gleich neben dem Gartenpfad, die das Kunst- und Antiquitäten-Center beherbergte. Ihr war noch ein wenig schwindlig, aber sie hatte etwas zu erledigen, und es hatte keinen Sinn, im Bett herumzutrödeln. Sie musste die Dosis geriebener Aprikosenkerne, die sie in Jaspers Futter tat, erhöhen und sehen, wie lange es dauerte, bis er starb. Auf diese Weise konnte sie die genaue Dosis errechnen, die nötig war, um Eunice zu töten.

Jasper starb drei Tage später.

Er hatte während der zwei Tage, an denen Daisy die Dosis geriebener Aprikosenkerne, die sie über sein Futter streute, mehr und mehr erhöht hatte, an Atemnot und Zuckungen gelitten. Am Morgen des dritten Tages lag er in seinem Korb hinten in der Scheune und wollte oder konnte die Hinterbeine nicht bewegen.

»Armer Schatz«, murmelte Eunice und beugte sich zu ihm herab, um seinen Kopf zu streicheln. »Armer, armer Schatz. Wir rufen den Tierarzt. Ja, das machen wir.«
»Lassen Sie mich das machen«, sagte Daisy. Sie ging ans Telefon und machte viel Aufhebens, als sie mit einer Hand die Tasten drückte, während ihre andere unter dem Telefon das Kabel herauszog. »Hallo?«, sagte sie in die tote Leitung. »Ist das die Tierarztpraxis Tendring? Ich brauche einen dringenden Termin für einen Hund mit Atemproblemen.« Sie schwieg einen Moment sehr eindrucksvoll. »Es *ist* ein Notfall, ganz recht. Nichts vor morgen? Überhaupt nichts?« Sie seufzte. »Na gut. Dann bringen wir ihn eben dann. Der Name ist Jasper. Verzeihung – ja. Ich verstehe. Die Besitzerin heißt Eunice Coleman. C-O-L-E-M-A-N. Ja, danke.« Sie wandte sich mit bedauerndem Gesicht Eunice zu, während sie den Hörer auflegte. »Sie haben vor morgen Nachmittag keine Termine frei. Sie sagen, wir sollen Jasper warm halten und ihm viel Flüssigkeit verabreichen.«
Eunices Augen waren schwer von Tränen. »Ich weiß nicht, was ich ohne Jasper machen sollte. Er ist mein ständiger Begleiter. Er bedeutet mir alles.«
»Alles unter dem Himmel hat seine Zeit«, sagte Daisy. »Wenn es Jaspers Zeit ist, dann können wir nichts tun, als bei ihm zu bleiben und es ihm möglichst leicht zu machen. Und wenn er nicht mehr da ist, dann werde *ich* Ihre ständige Begleiterin sein.« *Bis du an der Reihe bist und stirbst, atemlos und gelähmt,* dachte Daisy, aber sie behielt den Gedanken für sich.
Jasper atmete immer langsamer. Und irgendwann im Laufe des Vormittags, als Eunice gerade herumwuselte

und Decken suchte, um ihn zuzudecken, atmete er gar nicht mehr.
Daisy hingegen tat einen tiefen Seufzer der Erleichterung. Sie hatte das kleine Ungeheuer gehasst. Jeder Hund hat mal Glück, wie es so schön hieß, und das Glück dieses speziellen Hundes war nun eben vorbei. Und jetzt hatte Daisy eine genaue Vorstellung, wie viel von den geriebenen Aprikosenkernen sie brauchte, um Eunice umzubringen. Außerdem sah es so aus, als würde dieser Tod ohne Schweinerei über die Bühne gehen, der Art und Weise nach zu urteilen, wie Jasper einfach davongeglitten war. Kein Erbrechen, kein Durchfall, nichts aufzuwischen. Nach den Problemen, die sie das letzte Mal gehabt hatte, war Daisy dafür dankbar.
Eunice schluchzte untröstlich über Jaspers Leichnam. Wie Daisy gehofft hatte, war Eunice durch den Tod des Hundes in eine Abwärtsspirale des Kummers geraten, durch die sie, wenn Daisy sich nicht völlig täuschte, nur umso abhängiger von dem einzigen Menschen werden würde, den sie noch hatte.
Daisy trug Jaspers Kadaver in einer Holzkiste, die irgendwann einmal von einer Lieferung übrig geblieben war, nach draußen. Sie versprach Eunice, den Leichnam zum Tierarzt zu bringen und dafür zu sorgen, dass er ein anständiges Begräbnis bekam. Tatsächlich jedoch hatte Daisy vor, die Kiste über die nächste Mauer zu werfen, wenn sie ging. Sie wollte mit dem Hund jetzt, wo er tot war, ebenso wenig zu tun haben wie vorher, als er noch am Leben gewesen war.
Eunice verbrachte den Rest des Tages in ihrem Haus hinter der Scheune, wo sie sich hingelegt hatte. Daisy schloss das Kunst- und Antiquitäten-Center und ge-

sellte sich zu ihr. Während Eunice schlief, verbrachte Daisy die Zeit damit, die Schubladen zu durchsuchen und Fotos anzusehen. Aus allem würde sie Kapital zu schlagen wissen.

Später schaute sie nach Eunice. Die Frau schlief noch immer, schnarchte mit einem Geräusch wie Luftblasen, die sich ihren Weg durch Schlamm bahnen. Daisy setzte sich eine Weile auf einen Stuhl neben dem Bett und betrachtete Eunices Gesicht: Verinnerlichte jede Falte, jede Pore, jede Haarsträhne, jeden Leberfleck. Im Schlaf lockerten sich Eunices Muskeln, die Schwerkraft zog das weiche Gewebe abwärts, so dass es aussah, als glitte das Fleisch langsam von dem Schädel darunter herab und zerliefe auf dem Kissen. Ihr Gesicht war trocken und zu stark gepudert. Die Haut um die geschminkten Lippen war von abertausend haarfeinen vertikalen Rissen durchzogen, wie winzige Messerschnitte. Die Zeichen des Alters. Die Zeichen dafür, dass das Fleisch begann, aufzugeben.

Daisy übte eine Weile, ihren Mund in dieselbe Form zu ziehen wie Eunices; die Unterlippe vorgeschoben, die Mundwinkel nach unten gezogen, die Lippen leicht geöffnet. Nicht dass sie sich der Täuschung hingab, sie werde nach und nach selbst wie Eunice aussehen, wenn sie einmal deren Identität übernommen hatte; es war mehr, dass sie sich das Gesicht dieser Frau einprägen wollte, solange sie es noch konnte. Wenn sie dann Eunice *wurde,* wenn sie Eunice *war,* dann wollte sie anders sein als Daisy, als Violet und all die, die vorher kamen. Und um das zu erreichen, so hatte sie herausgefunden, war es am besten, das Gesicht in Erinnerung zu behalten und niemals in einen Spiegel zu blicken.

Später stand sie auf und ging in die Küche hinunter. Die Kaffeemaschine, die so herausfordernd auf der Marmorfläche stand, machte ihr Angst, doch sie musste mit ihr fertig werden. Sie fürchtete nämlich, dass die geriebenen Aprikosenkerne einen bitteren Geschmack hatten, und den musste sie irgendwie kaschieren. Starker Kaffee schien eine gute Idee zu sein.
Sie nahm ihren ganzen Mut zusammen, trat an das Gerät heran und zog versuchsweise den Glaskrug von der runden metallenen Heizplatte. Es ging überraschend leicht. Mutig geworden, erkundete Daisy das trichterartige Gebilde über dem Platz für den Glaskrug. Oben daran war ein Deckel, der nach dem Aufklappen eine Öffnung freigab, wo vermutlich das Wasser hineinkam. Darunter war ein bauchiges Ding, das herausschnellte, als Daisy an einem Griff zog, und einen Plastikfilter zutage förderte, noch feucht vom letzten Abspülen. Also – Wasser oben hinein, Kaffeepulver in den Filter und den Glaskrug unten drunter. Kühn geworden, nachdem sie herausgefunden hatte, wie die Kaffeemaschine funktionierte, füllte Daisy den Glaskrug mit Wasser und goss es oben in die Maschine. Dann öffnete sie ein paar Schranktüren und fand bald eine Porzellandose mit einem Korkdeckel, in der Kaffeepulver und ein Plastiklöffel waren. Ehe sie den Kaffee in den Filter füllte, langte sie in ihre Handtasche und holte eine Plastikdose heraus, die sie mitgebracht hatte. Ein Löffel Kaffee, dann ein Löffel gemahlener Aprikosenkerne, dann wieder ein Löffel Kaffee, dann ein Löffel gemahlener Aprikosenkerne. Der Filter war halbvoll, und da Daisy unsicher war, wie viel Pulver für einen starken Kaffee nötig war, tat sie auf gut Glück noch einen Löffel von beidem hinzu.

Dann drückte sie die Filterhalterung in die Maschine zurück und suchte ein wenig herum, bevor sie den Knopf am Sockel der Maschine fand. Als sie ihn drückte, leuchtete er bernsteinfarben auf. Augenblicke später hörte sie das Zischen von Dampf irgendwo aus dem Inneren, und dann ein beruhigendes *Plopp-plopp-plopp.* Kaffee tröpfelte in dünnem Rinnsal in den Glaskrug. Kaffee und noch etwas anderes.

Die Küche füllte sich mit dem reichen, würzigen Aroma frischen Kaffees, untermischt mit einem anderen – trockener und bitterer. Daisy schnupperte, dann trat sie hastig zurück. Sie hatte nicht daran gedacht, aber was, wenn nun die Ausdünstungen der Aprikosenkerne gefährlich waren? Das wäre die ultimative Ironie – durch ihr eigenes Gift getötet zu werden!

Daisy blieb zehn Minuten im vorderen Zimmer, bis das Geräusch der Kaffeemaschine verstummt war. Als sie sicher war, dass nichts mehr aus der Maschine herauskam, ging sie in die Küche zurück, hielt dabei die ganze Zeit die Luft an, und öffnete das Fenster hinter dem Ausguss. Ein paar Minuten würden sämtliche Dünste gründlich wegblasen.

Daisy nahm den Krug von der Heizplatte, wobei sich ein letztes Kaffeerinnsal aus dem Filter darüber löste. Es fiel auf die heiße Platte, zischte dort einen Moment, während es verschmorte, und hinterließ eine schwache, getrocknete Schliere.

Ein öliger Film bedeckte die Oberfläche des Kaffees und reflektierte das Sonnenlicht vom Küchenfenster her in trüben Regenbogenfarben. Daisy schwenkte den Krug sacht und hoffte, es unterzumischen, aber das Öl kreiste lediglich, wie etwas Lebendiges.

Daisy goss einen Becher Kaffee für Eunice ein – lieber

einen Becher statt einer Tasse, denn sie wollte, dass die Dosis so hoch wie möglich war. Sie überlegte, ob sie Milch hinzugeben sollte, aber sie wollte das Gift nicht weiter verdünnen. Eunice nahm ihren Kaffee immer mal so und mal so; manchmal mit Milch, manchmal ohne, je nachdem, wie sie sich fühlte. Aber immer mit Zucker, also rührte Daisy behutsam zwei große Löffel davon in das Getränk.

Sie stellte den Becher auf ein Tablett und wollte es gerade hinauftragen, da fiel es ihr ein: Kekse! Wenn Eunice zu ihrem Kaffee ein paar Kekse aß, würde das vielleicht einen möglichen Nachgeschmack der Aprikosenkerne überdecken.

Als sie ins Schlafzimmer kam, saß Eunice aufrecht im Bett. Sie sah ein wenig munterer aus als zuvor.

»Sie sind ein Schatz«, sagte sie zu Daisy. »Ich weiß wirklich nicht, was ich ohne Sie machen sollte. Jetzt, wo der arme Jasper nicht mehr ist, weiß ich gar nicht, wie ich weiterleben soll. Er hat mir die Kraft gegeben, weiterzumachen.«

»Überlassen Sie alles mir«, erwiderte Daisy. »Lassen Sie mich Ihre Kraft sein. So, jetzt trinken Sie Ihren Kaffee, und dann schlafen Sie noch ein bisschen. Ich schaue dann später nach Ihnen.«

Daisy beobachtete sie eine Weile, aber Eunice lehnte nur ihren Kopf gegen das Bettgestell und schloss die Augen. Daisy wollte sie nicht drängen, den Kaffee zu trinken; so wie sie Eunice mittlerweile kannte, wusste sie, dass diese Frau nur immer halsstarriger wurde, wenn sie sich herumkommandiert fühlte. Sie musste den Kaffee selbst trinken wollen.

Daisy ließ sie allein und schlenderte zu dem hinteren Schlafzimmer, wo Eunice ihre Kleider an einer langen metallenen Kleiderstange aufbewahrte, die sie früher einmal mit einem zigeunerhaften Muster aus roten und gelben Blumen auf glänzend schwarzem Grund bemalt hatte.

An einer Wand lehnte ein hoher Spiegel. Daisy strich mit den Händen an den Kleidern entlang: Rüschenblusen, lange Röcke, Kaftane und alles Mögliche, was Daisy als »Künstlerklamotten« bezeichnete. Doch sie würde sich daran gewöhnen müssen. Wenn sie Eunice Coleman wurde, dann musste sie solche Sachen tragen. Nicht weil jemand sie für Eunice halten sollte, sondern weil sie Eunice *werden* wollte, und Eunice trug nun mal andere Kleider als Daisy, genauso, wie sie sich auch anders bewegte und anders redete. So einfach war das.

Nach einer halben Stunde ging Daisy und schaute nach Eunice. Sie schlief wieder, atmete schwer durch den Mund. Der Kaffeebecher war leer.

Einem spontanen Einfall folgend, ging Daisy in das hintere Schlafzimmer zurück. Sie suchte sich ein paar Kleidungsstücke aus dem Regal aus, von denen sie meinte, sie könnten ihr passen, hielt sie sich an und betrachtete sich im Spiegel.

Sie blickte zur Tür. Es war riskant, doch sie wollte wissen, wie sie darin aussah. Sie wollte üben, Eunice zu sein.

Rasch zog sie sich aus und stieg in die neuen Sachen. Sie waren ein bisschen zu weit, aber sie konnte sie ja enger machen. Und außerdem trugen Künstlernaturen ja lockere Kleidung, nicht wahr?

Daisy fühlte sich in Eunices Kleidern ein wenig kribbelig, solange die andere Frau noch im Hause war. Leise schlich sie den Flur entlang und äugte durch die angelehnte Schlafzimmertür, um die Fortschritte des Giftes zu überprüfen.

Das Bett war leer.

Daisy hastete ins Zimmer, sah auf der anderen Seite des Bettes nach, denn womöglich war Eunice herausgefallen und lag nun verborgen dahinter. Aber da war niemand. Eunice war verschwunden.

Unten schrillte die Türklingel.

18

Mark Lapslie stand in Superintendent Rouses Büro und starrte in die sanften braunen Augen von Martin Geherty. Der Ausdruck auf Gehertys Gesicht war gelassen, fast analysierend, während er seinerseits Lapslie betrachtete.

Lapslie fragte sich, wo DCS Rouse geblieben war. Geherty vereinnahmte hier Rouses Büro, als ob es ihm gehörte. Und in Anbetracht seiner ranghöheren Position im Justizministerium war es ja vielleicht auch so. Doch was immer der Grund war – Rouse war nicht zur Stelle, um seinem Untergebenen beizustehen. Offenbar hatte er einen Entschluss gefasst, wie man am besten die schlüpfrige Beförderungsleiter erklimmt. Und nicht zum ersten Mal in seiner Karriere war Lapslie auf sich allein gestellt.

»Wir lassen Ihnen keine Wahl, DCI Lapslie«, sagte Geherty mit verblüffender Freundlichkeit. »Sie können die Ermittlungen jetzt aus eigenem Entschluss einstellen, oder sie können von jemand anderem eingestellt werden, aber in jedem Fall übernehmen wir jetzt, und wir werden Madeline Poel selbst zur Strecke bringen.«

»Und wie kommen Sie auf den Gedanken, Sie könnten meine Ermittlungen einstellen lassen?«, fragte Lapslie, obwohl er die Antwort bereits wusste.

»Sie stehen bereits in dem Ruf, psychisch labil zu sein, durch Ihren neurologischen Befund. Wir können Sie aus medizinischen Gründen suspendieren lassen. Alle Ermittlungsergebnisse, die Sie erzielt haben, werden einfach … verlorengehen. Irgendwo falsch abgelegt. So was passiert andauernd.«

Lapslie trat ans Fenster und starrte hinaus. Tief unten wartete noch immer der schwarze Lexus ungeduldig im Leerlauf. »Sie haben es von Anfang an so eingefädelt, dass ich auf diesen Fall angesetzt werde, stimmt's?«

Er sah Geherty nicken, gespiegelt in der Fensterscheibe von Rouses Büro. »Stimmt. Unser Psychologe hat eine Liste von Schlüsselelementen für jede Art von Verbrechen erstellt, das Madeline Poel möglicherweise verüben könnte. Ausgehend von ihrer Vorgeschichte und ihrem Geisteszustand, vermutete er, dass sie wahrscheinlich alte Frauen ermorden würde, die sie an ihre Großmutter erinnerten, vermutlich mit Gift – wobei sie irgendwas Natürliches benutzen würde, wie Beeren oder Pilze –, in Anbetracht der Tatsache, dass sie als Erstes ihre Großmutter auf diese Weise umgebracht hat. Ebenso hat er angenommen, dass sie sie irgendwie verstümmeln würde, wahrscheinlich, indem sie ihnen die Finger abschneidet, ihnen dasselbe antut, was ihre Großmutter mit ihren Brüdern und Schwestern gemacht hatte. Außerdem bestand eine hohe Wahrscheinlichkeit, dass sie ständig ihre Identität wechseln würde – dass sie weiter und weiter davonlaufen würde vor dem Kind, das diese grauenhaften Dinge gesehen hatte, und auch vor dem Wissen, dass sie auf entsetzliche Art und Weise die Verbrechen ihrer Großmutter wiederholte. Aufgrund dieses Persönlichkeitsprofils haben wir den Polizeicomputer darauf programmiert, Ihren Namen auszuwerfen, falls irgendein Verbrechen gemeldet würde, auf das mindestens eines dieser Kriterien zutraf. Wir wollten, dass Sie mit den Ermittlungen beauftragt werden.«

»Warum? Bloß damit Sie sie mir im letzten Moment wieder entziehen können?«

»Nein – weil Sie die besten Chancen hatten, sie für uns ausfindig zu machen. Sie sind Madeline Poel tatsächlich begegnet. Sie haben mit ihr gesprochen.«

»Genau wie Ihr Psychologe.«

Geherty zuckte die Schultern. »Aber der konnte sich nicht an den Ermittlungen beteiligen, ohne den ganzen Sachverhalt auffliegen zu lassen. Sie waren die einzige Person, die nach Madeline Poel fahnden konnte, ohne *zu wissen*, dass er nach ihr suchte.«

»Und trotzdem haben Sie dauernd versucht, mich zu stoppen – haben mir meine Hilfsmittel entzogen, mir alles so schwer wie möglich gemacht. Entweder wollten Sie, dass ich sie finde, oder Sie wollten es nicht.«

»Wir wollten, dass Sie sie finden, aber nur Sie. Wir wollten nicht, dass der ganze Polizeiapparat sich auf sie stürzt, wo immer sie sich auch versteckt. Wir mussten dafür sorgen, dass Sie knapp gehalten werden – gerade eben genug Hilfsmittel bekommen, um sie zu finden, nicht aber, vor uns an sie ranzukommen.«

»Das ist doch Wahnsinn«, sagte Lapslie ruhig.

»Willkommen in meiner Welt.«

Lapslie wandte sich vom Fenster weg und sah Geherty an. »Ziemlich prekäre Angelegenheit für Sie, was? Zuerst bereiten Sie heimlich Mörder auf ihre Entlassung in eine ahnungslose Gesellschaft vor, und wenn die dann ihre alten Gewohnheiten wieder aufnehmen, müssen Sie ihre Verbrechen vertuschen, und dann … ja, was dann? Sie haben ja bereits ihren Tod vorgetäuscht und neue Identitäten für sie konstruiert, also können Sie sie nicht einfach erneut verhaften und vor Gericht stellen. Das würde Ihre Machenschaften offenlegen. Bringen Sie am Ende sie um, bloß damit dieses ganze Gefangenen-Rehabilitations-Programm nicht publik wird? Ist das *richtig?* Ist das *gerecht?*«

Geherty zuckte die Achseln. »Zum Glück ist es nie so weit gekommen. Es gibt Orte, wo wir sie hinschaffen können, wenn sie wieder in ihre alten Gewohnheiten zurückfallen. Die US-Regierung lässt uns zum Beispiel gern ein oder zwei Leute mehr auf das Insassenregister eines dieser halblegalen Internierungscenter setzen, die sie unterhalten, solange wir jedes Mal ein Auge zudrücken, wenn ihre Gefangenentransportmaschinen zum Auftanken auf unseren Flughäfen zwischenlanden. Das ist … praktisch.«

»Und es ist schlimm.«

»Nein«, sagte Geherty geduldig. »Was *Sie* tun, ist schlimm. Was wir tun, ist pragmatisch. Wenn bekannt wird, dass wir bewusst Mörder mit neuer Identität auf die Gesellschaft loslassen, nachdem wir ihren Tod fingiert haben, würde die Regierung stürzen. Der derzeitige Minister sowie sämtliche Innenminister der vergangenen zwanzig Jahre würden vor Gericht zitiert werden, um Rechenschaft für ihr Handeln abzulegen. Die Auswirkungen kann man sich überhaupt nicht vorstellen, sowohl politisch als auch gesellschaftlich. Man darf nicht zulassen, dass das geschieht.«

»›Lasst Gerechtigkeit walten, selbst, wenn der Himmel einstürzt‹«, zitierte Lapslie leise.

Geherty schürzte die Lippen – das erste Anzeichen starker Emotionen, das Lapslie an ihm bemerkte. »Ich habe in Oxford Altphilologie studiert, Mr. Lapslie. Ich kann zu jedem Anlass und zu jeder Meinung passende Zitate finden. Und Sie vergeuden hier Zeit, die ich darauf verwenden könnte, Madeline Poel dingfest zu machen.«

»Was ist mit den dreizehn Frauen, die sie bereits umgebracht hat? Und was mit der Frau, an die sie sich vermutlich gerade heranpirscht? Haben die nichts verdient?«

Geherty machte eine knappe Kopfbewegung, als wolle er eine Fliege verscheuchen. »Die sind tot, und sie hatten keine Familie und keine engen Freunde. Es ist niemand mehr da, um einen Schlusspunkt zu setzen. Und Madeline Poel wird von uns für das bestraft werden, was sie getan hat. Was denn sonst?«

»Allein die Tatsache, dass Sie diese Frage stellen, beweist, dass Sie nicht qualifiziert sind, sie zu beantworten«, erwiderte Lapslie.

Geherty schob die Hand in seine Jackentasche und zog ein Blatt Papier heraus, zweimal zu einem langen Rechteck gefaltet. »Das hier ist ein Schreiben von DCS Rouse an Sie, mit dem er Ihnen die Verantwortung für diesen Fall entzieht.« Er hielt es Lapslie hin.

»Es tritt nicht in Kraft, bevor ich es gelesen habe«, versetzte Lapslie und machte kehrt, um das Büro zu verlassen.

»Seien Sie doch nicht blöd«, fauchte Geherty. »Wenn ich Ihnen jetzt nachlaufen muss – da draußen sind Dutzende von Zeugen, die sehen werden, wie ich Ihnen dieses Schreiben aushändige.«

»Der erste Schritt ist immer der schwerste«, bemerkte Lapslie, verließ das Büro und machte die Tür hinter sich zu. Rasch drehte er sich um und schloss sie mit dem Schlüssel ab, den er sich von Rouses Sekretärin hatte geben lassen.

Die Türklinke klappte nach unten, als Geherty die Tür öffnen wollte, klappte erneut, ungestümer. Lapslie hörte das Schloss quietschen, als Geherty sich mit vollem Gewicht dagegen warf. Er fluchte oder schrie nicht, bot nur stumm seine ganze Kraft auf, um die Tür aufzubrechen.
DCS Rouses Sekretärin saß an ihrem Schreibtisch und sah all dem mit offenem Mund zu.
»Ich weiß nicht, wie der in dieses Gebäude gekommen ist«, erklärte Lapslie ihr ernst, »aber wir müssen ihn da drin lassen, bis die Pfleger von der Psychiatrie da sind.« Er beugte sich vor, nahm den Hörer von ihrem Telefon und drückte die Taste, von der er wusste, dass sie ihn mit Rouses Büro verband. Hinter der zugesperrten Tür, die wütend vibrierte, begann das Telefon zu läuten. »Lassen Sie es klingeln, bis er sich meldet«, fuhr er fort, »und dann legen Sie den Hörer neben den Apparat. Ich will die Leitung blockieren.« Als er den Ausdruck in den Augen der Sekretärin sah, fügte er hinzu: »Er ist dafür bekannt, dass er von den Telefonen wichtiger Personen obszöne Anrufe tätigt. Versuchen Sie, nicht hinzuhören – es würde Sie bloß aus der Fassung bringen. Ich hole Hilfe.«
Rasch ging er davon und nahm den Schlüssel mit.
Als er in die Eingangshalle kam, trat gerade Emma Bradbury aus dem Lift.
»Boss, ich hab Sie gesucht.«
»Was gibt's?«
»Die Liste älterer Frauen, die im Küstenbereich von Essex allein unterwegs sind, die, die Sie angefordert haben, ist da – von den Hotels und Wohnungsvermittlungen und allen, bei denen wir sonst noch nachgefragt haben. Die Auskünfte kommen per Fax und E-Mail

oder telefonisch. Ich hab die Liste von einem der PCs auf die Namen der Toten hin überprüfen lassen, während sie immer länger wurde, und einer davon ist ihm sofort aufgefallen: Daisy Wilson. Sie hat angeblich vor zwei Monaten in Leyston-by-Naze eine Wohnung gemietet, obwohl sie tot auf einem Seziertisch in Doktor Catheralls Leichenhalle liegt.«

Lapslie nickte. »Dort ist sie aufgewachsen. Da hat alles angefangen. Was hat sie veranlasst, dorthin zurückzukehren?«

Emma sah ihn an, als habe er soeben ein Kaninchen aus dem Hut gezaubert. »Woher wissen Sie, dass sie dort aufgewachsen ist?«

»Keine Zeit für Erklärungen. Ich fahre jetzt dorthin. Geben Sie mir per SMS die Adresse durch, kümmern Sie sich um den ganzen Kleinkram, der noch zu erledigen ist, und dann treffen wir uns in Leyston-by-Naze. Und sagen Sie niemandem, wo ich hinfahre und warum.«

Als Emma Bradbury wegging, hastete Lapslie aus dem Gebäude zu seinem Wagen. Er schätzte, dass ihm nicht mehr als fünf Minuten blieben, um vom Parkplatz herunterzukommen, ehe es Geherty gelang, sich aus Rouses Büro zu befreien, oder ehe Rouse zurückkam und befahl, die Tür aufzubrechen. Als er seinen Wagen erreichte, warf er Rouses Büroschlüssel weg, startete durch und raste vom Parkplatz. Mit einer Hand programmierte er das Navigationssystem auf Leyston-by-Naze, mit der anderen steuerte er. Sein Handy klingelte während der nächsten Viertelstunde acht oder neun Mal, doch er achtete nicht darauf. Schließlich, als er auf der A12 ostwärts fuhr, meldete es mit einem Piepen eine SMS, und er schmeckte bittere

Schokolade. Das war wohl Emma Bradbury, die ihm Daisy Wilsons Adresse durchgab. Oder DCS Rouse, der ihn feuerte. Wie auch immer, er fuhr weiter. Die SMS hatte Zeit, bis er seinem Ziel näher war. Solange er noch glaubte, einen Beruf zu haben, musste er Madeline Poel finden.

Er behielt während des Fahrens den Rückspiegel im Auge, vage darauf gefasst, einen schwarzen Lexus zu erblicken, der ihm auf den Fersen war, doch die Wagen hinter ihm waren anonym und gestaltlos und verschwammen zu einem allgemeinen dunstigen Panorama. Seine Gedanken jagten zwischen zwei Polen hin und her. Der eine war Martin Geherty, der hoffentlich noch in Rouses Büro festsaß, der andere war dieses eine Gespräch, das er vor langer Zeit mit Madeline Poel geführt hatte.

Er konnte sich kaum noch an sie erinnern. Damals hatte er an seinem Master in forensischer Psychologie gearbeitet und war vom Polizeidienst freigestellt gewesen. Seine These lautete, dass es bei krimineller Veranlagung bestimmte grundlegende Persönlichkeitsmerkmale gibt, die sich durch einen simplen Fragenkatalog erfassen lassen. Deshalb sprach er mit so vielen Kriminellen, wie er konnte, um zu ergründen und zu bestimmen, was genau sie waren. Dabei war seine Synästhesie sehr hilfreich gewesen, obwohl er das in seiner Abschlussarbeit niemals zugegeben hätte. Es gab nämlich bestimmte prägnante Geschmacksempfindungen, die immer wieder auftraten, wenn er die Stimmen von Verbrechern hörte, etwa so wie essenzielle Duftnoten im Parfüm.

Madeline Poel war klein und höflich gewesen, erinnerte er sich, doch sie hatte über das, was an jenem Tag bei der Teeparty geschehen war, nicht reden wollen. Sie war als Borderline-Psychopathin diagnostiziert worden, mit einer Punktzahl von zweiunddreißig auf der überarbeiteten Psychopathie-Checkliste von Hare. Die Frau hatte ihm tatsächlich Tee angeboten, erinnerte er sich, obwohl der Tisch des Vernehmungszimmers völlig leer gewesen war. Als er ja sagte, bloß um zu sehen, was passierte, goss sie ihm aus einer unsichtbaren Kanne Tee in eine unsichtbare Tasse und fügte dann unsichtbare Milch und unsichtbaren Zucker hinzu. Die ganze Zeit über beobachtete er sie, wartete darauf, dass ihr klarwurde, was sie da tat, aber sie fuhr mit der Charade fort, fragte ihn sogar, warum er denn nicht trinke.

Als er später in der Zeitung las, sie sei an einer Herzattacke gestorben, war er zugleich erleichtert und traurig gewesen. Erleichtert, weil er, während er mit ihr sprach, gespürt hatte, dass sie niemals fähig sein würde, in der Gesellschaft normal zu funktionieren. Traurig, weil sie bei alledem so freundlich und gesprächig gewesen war. Und weil sie ihm Tee angeboten hatte.

»Alle tot, die eigentlich leben sollten«, flüsterte er vor sich hin, »und die, die leben, *sollten* eigentlich tot sein.«

Colchester kam und ging, der Wagen fuhr weiter. Wegweiser von Clacton und Frinton huschten vorüber. Der Wagen kreischte mit der geringsten Abweichung von einer Geraden, die Lapslie hinbekam, um Kreisverkehrsinseln herum. Die Landschaft war flach und in großartige Farben gehüllt – das Braun der gepflügten Erde, das Grün der Felder, die brachlagen, um sich auf natürliche Weise zu regenerieren, und das aufreizende Gelb blühender Rapsfelder. Nahe dem Horizont war der Himmel von tieferem Blau, reflek-

tierte das unsichtbare Meer. Er stieß auf Traktoren, überholte sie auf gerader Strecke, wenn ihm nichts entgegenkam. Hinweisschilder auf Walton-on-the-Naze, zum Sportzentrum, zum Kai, zur Seepromenade flitzten vorüber, und dann lag nur noch Leyston vor ihm: das Ende des Landes, das Ende der Spur.
Lapslie hielt in einer Parkbucht und nahm sich sein Handy vor. Etliche Voicemails warteten auf ihn, aber er ignorierte sie zugunsten der einzigen SMS, von Emma. Es war eine Adresse in Leyston-by-Naze, gefolgt von einer schlichten Botschaft: *Hier herrscht Weltuntergang. Nicht ans Handy gehen!*
Das Navigationssystem lotste ihn am Bahnhof vorbei und einen Hügel hinab in Richtung Stadtzentrum. Plötzlich war rechts neben ihm nichts mehr, außer einem niedrigen Steinwall und dem gebieterischen Meer dahinter, doch dann kamen wieder Häuser, und er rollte in die Stadt hinunter, vorüber an einer Teestube, einer Spielhalle und einem Fischrestaurant, dann weiter durch die Hauptstraße mit ihrem Gemisch aus Fleischern, Bäckern und Zeitungshändlern, dazwischen Tattooschuppen und Läden, die Schwimmringe, Wasserbälle und Zuckerwatte feilboten. Er bremste an einer Ampel und hörte Sand unter den Rädern knirschen. Dann verlor sich die Hauptstraße zwischen Fish-and-Chips-Buden und Pubs, und er merkte, dass er jetzt in ein anderes Leyston-by-Naze geriet: vorbei an einem langen Erholungspark und Hinweisschildern zum Jachthafen. Die Straße verlief nun auf gleicher Höhe mit der Strandpromenade, parallel zu ihr, der Landspitze entgegen, dem bedrohlich aufragenden Brocken der Naze, einem zerklüfteten Felskoloss, der die Stadt überragte. Dieser Bereich, der vom Stadtzen-

trum wegführte, war vorwiegend Wohngegend, mit freistehenden, wettergegerbten Häusern, von der Straße abgeschirmt durch Gärten, in denen harte, kaktusähnliche Pflanzen wuchsen, die dem Sand und den Stürmen trotzen konnten, und bewohnt von pensionierten und wettergegerbten Leuten, die in ihrer relativen Abgeschiedenheit schwelgten.
Das Navigationssystem führte ihn auf eine Straße im Schatten der Naze, die einen Halbkreis beschrieb und gemächlich in Richtung Stadt zurückführte. Eine kühle Brise wehte vom Meer her und nahm der Hitze des Nachmittags das Bleierne. Er parkte gleich am Anfang der Straße. Das Haus lag an einer Straßenecke: ein weißgetünchter, doppelstöckiger Bau mit bleigefassten Fenstern und an der Seite emporrankendem Efeu. Lapslie ging darauf zu und war sich durchaus darüber im Klaren, dass er wenigstens Emma Bradbury bei sich haben sollte, besser noch ein ganzes bewaffnetes Einsatzkommando, aber ihm war genauso klar, dass ihm diese Option nicht mehr offenstand. Er war auf sich allein gestellt und versuchte, einen Sachverhalt aufzuklären, allen Umständen zum Trotz.
Die beiden Haustüren, Seite an Seite geschmiegt, deuteten darauf hin, dass das Haus in zwei Wohnungen aufgeteilt war – eine oben, eine unten. An der Klingel für die obere Wohnung stand ein Name, der ihm nichts sagte. Also musste die Erdgeschosswohnung Madeline Poel gehören, die sich als Daisy Wilson ausgab.
Er klingelte und wartete.
Als sich nichts rührte, holte er ein kleines Werkzeug aus der Tasche, eine Art Schweizer Messer, Überlebensmesser genannt, das ihm einmal vor Jahren von Dom McGinley empfohlen worden war, blickte um

sich, um sicherzugehen, dass ihn niemand von der Straße her beobachtete, und benutzte eins der ausklappbaren Werkzeuge, um sich Zugang zu der Wohnung zu verschaffen. Dies hier, dachte er, war nur der Zuckerguss auf dem Kuchen, soweit es seine Karriere betraf. Und wenn es hart auf hart kam, konnte er immer noch behaupten, er habe gedacht, es sei ein Verbrechen im Gange – was ja wahrscheinlich auch der Fall war. Irgendwo.

Schon aus der Totenstille in der Diele konnte er schließen, dass die Wohnung menschenleer war. Er ging in das vordere Zimmer. Dort waren alle möglichen Besitztümer verstreut – eine Wolljacke, eine Schale mit Blütenblättern, Lokalzeitungen –, doch irgendwie ließ ihn das alles an eine Theaterkulisse denken, die auf den Auftritt der Schauspieler wartete. Das ganze Zeug hier waren Requisiten, bereitgestellt als Zutaten zu einer Theateraufführung. Es war nicht echt.

Nachdem er sich rasch in der Wohnung umgesehen hatte, um sicher zu sein, dass Daisy Wilson nicht im Schlafzimmer schlief oder draußen im Garten war, durchsuchte er sie methodisch, ohne irgendetwas zu verändern. Obwohl er allerlei Post fand, adressiert an Daisy Wilson, entdeckte er nichts, wo Madeline Poel erwähnt wurde, und auch nichts, das eins der anderen Opfer erwähnte. Wenn Madeline – oder Daisy, die sie jetzt war – irgendwelche Trophäen bewahrte, oder auch nur die Unterlagen, die sie brauchte, um dem Rest der Welt gegenüber zwölf frühere Opfer fiktiv am Leben zu halten, musste sie das alles irgendwo anders versteckt haben. In dieser Wohnung jedenfalls war es mit Sicherheit nicht.

Doch er fand einen Stapel Werbebroschüren für ein

Kunst- und Antiquitäten-Center in der Umgebung von Leyston, das von jemandem namens Eunice Coleman betrieben wurde. Aus irgendeinem Grund interessierte sich Daisy Wilson dafür, und für ihn war es ein Ort mehr, wo er es versuchen konnte, wenn er sie ausfindig machen wollte. Womöglich war sie jetzt ja Eunice Coleman.

Laut dem Navigationssystem in seinem Wagen lag das Kunst-Center etwa zwanzig Minuten entfernt. Er manövrierte sich aus seinem Parkplatz und beschleunigte die Straße hinunter, zurück in Richtung Stadtzentrum von Leyston.

Er fand es, an einem schlammigen Fahrweg gelegen. Zwei Gebäude kamen in Sicht: ein trauriges, scheunenartiges Gebilde, wahrscheinlich dieses Kunst- und Antiquitäten-Center selbst, und etwa hundert Meter davon entfernt ein eindrucksvolles Bauernhaus aus rotem Backstein.

Lapslie schaltete die Zündung aus und stieg aus dem Wagen. Der Ventilator des Motors lief ein paar Sekunden weiter, störte die ländliche Stille und verstummte dann. Die einzigen Geräusche waren das Ticken des abkühlenden Motors und das Singen der Vögel.

Eunice Coleman hatte es verdient, zu erfahren, dass sie in Gefahr war, und sie wusste vielleicht, wo Madeline Poel – die sich jetzt natürlich Daisy Wilson nannte – zu finden war. Vielleicht war Daisy sogar selbst hier, und Lapslie konnte sich keine Begleitumstände vorstellen, die ihn daran hindern konnten, sie ohne Hilfe festzunehmen. Letzten Endes war sie schließlich nur eine alte Frau.

Er ging zu der Scheune hinüber. Jetzt, mitten am Nachmittag, sollte das Kunst-Center laut dem Schild

an der Tür eigentlich geöffnet sein, doch es war geschlossen. Für alle Fälle klopfte er laut gegen die Tür, spähte durch das verschmierte Glas, aber es war niemand da. Also wandte er sich dem Haus zu.
Lapslie läutete an der Tür und wartete. Gerade als er noch einmal läuten wollte, ging sie auf. Eine Frau blickte ihn fragend an. Sie trug eine Samtweste über einer Rüschenbluse und einen lilafarbenen Rock mit fransenbesetztem Saum, der den Boden streifte.
»Mrs. Coleman? Mrs. Eunice Coleman?«
Sie nickte. »Genau die«, erwiderte sie. »Kann ich Ihnen helfen?«
Er wartete auf den Geschmack von Litschis, aber da war nichts, allerhöchstens ein Hauch, doch das war vielleicht Einbildung. War dies dieselbe Frau, die ihm im Vernehmungsraum in Broadmoor eine unsichtbare Tasse Tee eingeschenkt hatte? Sie war gealtert, und ihr Haar war anders. Möglich, dass sie es war, es konnte aber auch Eunice Coleman sein. Er war sich nicht sicher.
»Detective Inspector Lapslie«, sagte er. »Ich muss mit Ihnen reden. Ich suche nach einer Frau namens Daisy Wilson.«
Sie lächelte. »Daisy ist gerade nicht hier«, sagte sie. »Aber ich glaube, Sie sollten lieber reinkommen. Ich habe gerade eine Kanne Kaffee gemacht – möchten Sie einen?«
Lapslie trat ins Haus. Schatten umhüllten ihn. Ein Geruch nach Erbrochenem waberte durch die Diele, doch er wusste nicht, woher er kam. Vielleicht lag Eunice oben im Sterben. Vielleicht war es aber auch Eunice, die da vor ihm den Korridor entlangging. Er wusste es einfach nicht.

Sie führte ihn in einen vollgestopften Raum, in dem Sofas und Sessel mit niedrigen Tischen und Kübelpflanzen um Platz kämpften. »Bitte, machen Sie's sich bequem«, sagte sie. »Ich brauche bloß eine Minute. Tut mir übrigens leid, dass ich ein bisschen verschlafen bin – ich habe heute Nachmittag so ein merkwürdiges Nickerchen gemacht.«

Sie verschwand, in Richtung Küche, wie er vermutete. Er horchte auf irgendwelche Bewegungen anderswo im Haus, doch es war nichts zu hören. Noch immer war er sich nicht sicher, und er konnte es sich nicht leisten, sich zu irren.

Die Frau, die sich Eunice Coleman nannte, trat mit einer Kaffeekanne und zwei Tassen auf einem Tablett wieder ins Zimmer. Sie schien sich zu wundern, dass er immer noch aufrecht dastand. »Sie machen mich nervös«, sagte sie, stellte das Tablett auf einen Beistelltisch und deutete auf das Sofa. Er setzte sich, und während sie zwei Tassen Kaffee eingoss, blickte er sich um. An den Wänden hingen Bilder unterschiedlicher Art, ein paar waren Landschaften, andere Porträts oder abstrakte Kunst, und sämtliche Sessel waren mit gestickten Überwürfen bedeckt. Offensichtlich nahm Eunice ihre Kunstobjekte mit nach Hause.

»Milch?« Immer noch diese verdammte Unsicherheit. Schmeckte ihre Stimme nun nach Litschis, oder hoffte er bloß zu sehr, dass sie es täte?

»Bitte.«

»Zucker nehmen Sie sich ruhig selbst.« Sie stellte die Tasse auf einen anderen Tisch in seiner Reichweite, dann setzte sie sich in einen Armsessel, die eigene Tasse in der Hand. »Also, was kann ich für Sie tun, Detective Chief Inspector Lapslie?«, fragte sie.

»Es geht um Daisy Wilson ...«, begann er und beobachtete die Tasse in ihrer Hand. Sie zitterte nicht.

»Springlebendig, das liebe Ding«, sagte sie. »Ja, sie hilft mir in der Galerie aus. Ich glaube, sie ist gerade zur Apotheke gegangen. Was wollten Sie denn von ihr?«

»Ich muss ihr ein paar Fragen stellen.« Er hob die Tasse an die Lippen, hielt jedoch inne und beobachtete ihr Gesicht.

»Was denn für Fragen?«

»Fragen über ein paar Frauen, die sie vielleicht kennt.«

»Vielleicht könnte ich Ihnen helfen. Daisy spricht zwar nicht viel über ihre Freundinnen, aber vielleicht hat sie ja ihre Namen mal erwähnt.«

»Hat sie je eine Wendy Maltravers erwähnt?«

»Nein.«

»Violet Chambers?«

»Ich glaube nicht. Übrigens – lassen Sie Ihren Kaffee nicht kalt werden.«

»Alice Connell, Rhona McIntyre, Deirdre Fincham, Kim Stothard ...?«

»Daran würde ich mich ganz bestimmt erinnern, das sind ja sehr besondere Namen.«

Er setzte die Tasse an den Mund. Der Dampf kitzelte seine Haut. Irgendetwas Scharfes, Würziges war darin. Seine Lippen fühlten sich heiß und geschwollen an. Eunice Coleman beobachtete ihn unverwandt. Sie hatte von ihrem Kaffee auch noch nichts getrunken.

»Und was ist mit Madeline Poel?«, fragte er bedächtig und sah, wie ihre Hand zuckte und Kaffee in ihren Schoß schwappte.

19

Der plötzliche heiße Schwall auf ihrem Bein versetzte ihr einen Schock und ließ sie erneut zusammenzucken. Die Tasse landete scheppernd auf dem Teller. »Oje«, seufzte sie automatisch, »›es steht viel auf der Kippe zwischen Tasse und Lippe‹, wie es so schön heißt. Ich gehe und hole ein Geschirrhandtuch. Bin gleich wieder da.«

Sie stand auf, zögerte einen Moment, dann stellte sie Tasse und Untertasse auf das Tablett und ging hinaus in die Küche. »Ich glaube nicht, dass Daisy jemals eine Madeline Poel erwähnt hat«, rief sie dabei dem Polizisten zu, der da in Eunices Wohnzimmer saß. »Nein, ich glaube, die hat sie nie erwähnt. Waren sie Freundinnen?«

In der Küche angelangt, stützte sie sich einen Augenblick auf eine der Arbeitsplatten, bemüht, ihre Fassung wiederzugewinnen. Wer immer dieser Mann von der Polizei war – und er kam ihr merkwürdig bekannt vor, als wären sie sich schon einmal unter anderen Umständen begegnet –, er wusste zu viel. Er kannte Namen, von denen selbst Daisy glaubte, sie hätte sie vergessen.

Einschließlich den von Madeline Poel.

Während sie an sich herumwischte, ging sie im Geiste fieberhaft alles durch, was er gesagt hatte, und suchte nach einer Erklärung, wie er sie gefunden hatte. Die einzige Möglichkeit war, dass er die Werbebroschüren für das Kunst- und Antiquitäten-Center in ihrer Wohnung entdeckt hatte, und das bedeutete, dass sie keinen Zufluchtsort mehr hatte. Ihr sicherer Hafen war ruiniert, kontaminiert. Sie konnte nie wieder dorthin zurück. Das Einzige, was sie jetzt noch vor der Verhaftung rettete, war, dass der Polizist sie für Eunice Coleman hielt. Doch vielleicht war er sich auch nur nicht sicher, ob sie Eunice war oder nicht, und wollte es herausfinden. Wie auch immer, sie musste mitspielen und aus Eunices Haus verschwinden, sobald sie irgend konnte.

Doch wohin sollte sie gehen? Selbst ihr besonderes Refugium war jetzt verloren, ihr Garten mit den schönen Düften und Blumen. Sie musste davon ausgehen, dass die Polizei Bescheid wusste, obwohl sie sich beim besten Willen nicht vorstellen konnte, wie sie es herausgefunden hatten. Und das hieß, sie hatten auch ihre kleine Teeparty entdeckt.

Alles verloren, alles dahin.

Schwarze Verzweiflung drohte sie zu überwältigen. Sie lehnte sich gegen den Kühlschrank, als ihre Beine unter ihr nachzugeben drohten. Ihr Herz raste, und sie hörte ihren Atem in der Brust rasseln. Das ganze komplexe Netz aus Konten bei Banken und Bausparkassen nützte ihr jetzt nichts mehr. All das Geld, all die Sicherheit, all die Identitäten – alles dahin, fortgespült von der Flut der Ereignisse.

Sie musste stark sein. Sie musste voranschreiten. Sie hatte ja auch nicht erwarten können, dass ihr Glück ewig dauerte: »Der Krug geht so lange zum Brunnen, bis er bricht«, hieß es nicht so? Sie hatte schon einmal mit nichts angefangen; das konnte sie wieder tun. Sie würde den Gürtel enger schnallen müssen, es würde

eine Zeitlang schwer sein, doch sie würde überleben. Schließlich folgt auf jeden Sturm Ruhe …
Während sie die vertrauten alten Sprichwörter heraufbeschwor, spürte Daisy, wie ihr Herz langsamer wurde und ihr Atem sich annähernd normalisierte. Dieser Polizist würde nicht lange ein Problem sein: In dem Moment, wo er ihren Namen erwähnt hatte – nun ja, Daisy Wilsons Namen –, hatte sie gewusst, dass sie ihn dazu bringen musste, ins Haus zu kommen und etwas von dem Kaffee zu trinken, den sie so sorgfältig für Eunice aufgebrüht hatte. Mit einigem Glück würde er ins Koma fallen, bevor er die Tasse ausgetrunken hatte, und innerhalb einer Stunde tot sein.
Dabei fiel ihr ein – wo war Eunice? Trotz der Dosis Cyanid, die Daisy ihr verpasst hatte, war sie nicht mehr oben in ihrem Schlafzimmer gewesen. Als Daisy die Türglocke hörte, hatte sie entsetzliche Angst gehabt, Eunice könnte die Treppe hinuntergetappt sein und in einer Art Delirium die Tür geöffnet haben, doch es fehlte jede Spur von ihr. Wo konnte sie bloß stecken?
Aber das musste warten. Eins nach dem anderen: Erst musste sie sich den Polizisten vom Halse schaffen.
Sie zog die Besteckschublade auf und nahm ein Fleischermesser aus dem Plastikeinsatz, in dem es steckte: ein langgestrecktes graues Metalldreieck, das zu einer rasierklingenscharfen Spitze auslief. Der Gedanken, ein Messer zu benutzen, gefiel ihr nicht sonderlich, doch es war eine brauchbare Rückversicherung. Nur für alle Fälle.
Sie trat aus der Küche und hielt lässig ein Geschirrtuch in der Hand, unter dem das Messer verborgen war. »Wie ungeschickt von mir«, sagte sie, »ich muss mich entschuldigen.«

Der Polizist hielt eine leere Tasse in der Hand. Er musterte sie mit leichtem Stirnrunzeln, zwei Falten bildeten sich zwischen seinen Augenbrauen.
»Oh«, sagte sie übertrieben eifrig, »Sie trinken aber schnell. Möchten Sie noch eine Tasse?«
»Nein ... nein danke«, sagte er. Sie bemerkte mit Vergnügen, dass seine Hand ein wenig zitterte, und auf seiner Stirn lag eine feine Schweißschicht. »Der Kaffee ist mir ein bisschen ... ein bisschen zu stark. Danke, mir reicht diese eine Tasse.«
»Wie Sie wünschen«, meinte sie und setzte sich. Ja, eine Tasse reichte. Sie hatte das ja bei Jasper ausprobiert, und dann noch einmal bei Eunice – wo immer sie jetzt stecken mochte. Ein Mann war natürlich eine unbekannte Größe – sie hatte außer Frauen noch nie jemanden vergiftet –, doch sie glaubte nicht, dass der Unterschied an Größe und Geschlecht die Dinge um mehr als ein paar Minuten verzögern würde. Und wenn doch, nun, sie hatte ja noch das Messer.
Der Polizist stellte seine Tasse auf dem Tisch neben sich ab. Er verschätzte sich mit dem Abstand, fuchtelte ein bisschen herum und knallte die Untertasse hart auf die Glasur des Tisches. »Ich glaube, ich sollte jetzt ... gehen ...«, sagte er. »Vielleicht könnte ich ja wiederkommen, wenn Daisy Wilson hier ist.« Er versuchte aufzustehen, doch er konnte anscheinend seine Bewegungen nicht koordinieren. Seine Hände rutschten von den Armlehnen, er kippte seitwärts und richtete sich langsam wieder auf. »Was ist denn los?«, fragte er undeutlich.
»Wahrscheinlich spüren Sie gerade, wie Ihr Magen rebelliert«, erwiderte sie. Sie lehnte sich in ihrem Sessel zurück und legte das umwickelte Messer in ihren

Schoß. »Das ist Ihr Verdauungssystem, das die cyanogenen Glykoside aus den Aprikosenkernen zu Cyanwasserstoff hydrolisiert. Auch Blausäure genannt, wenn Ihnen das besser gefällt. Sie werden sich zunehmend müder fühlen, wenn die Cyanide durch Ihren Körper geschwemmt werden, und es könnte auch sein, dass Sie anfangen, sich zu übergeben, obwohl ich das wirklich nicht hoffen will. Ist so eine lästige Angelegenheit, diese Aufwischerei. Aber das ist das Problem bei Gift – anscheinend will der Körper es partout ausstoßen, obwohl es dazu gewöhnlich zu spät ist.«

»Aprikosen?«, fragte der Polizist.

»Aprikosenkerne«, korrigierte sie ihn. »Ich habe sie zerrieben und mit dem Kaffeepulver vermischt. Ich hatte gehofft, die Bitterkeit des Kaffees würde einen möglichen Nebengeschmack kaschieren. *Konnten* Sie denn etwas schmecken? Das wüsste ich wirklich gern. Möglich, dass ich diese Methode irgendwann wieder einmal anwenden möchte. Bei einer anderen alten Frau.«

Mit einem Ruck wollte er aus seinem Sessel hochfahren, und Daisy ließ das Geschirrhandtuch zur Seite gleiten, damit der Polizist sah, dass sie ein Messer in der Hand hielt. Die Klinge blitzte im Licht. »Ich schlage vor, Sie bleiben schön sitzen, während das Gift sich ans Werk macht. Wenn Sie versuchen, aufzustehen, muss ich Sie erstechen, und das wäre doch ein Jammer.«

»Madeline«, sagte er, »Madeline Poel.«

»Nein.« Sie schüttelte energisch den Kopf. »Es gibt keine Madeline Poel. Ich bin Daisy Wilson, genauso, wie ich vorher Violet Chambers war, und als Nächstes werde ich Eunice Coleman sein. Madeline ist längst weg.«

»Sie werden zu diesen Personen? Sie übernehmen ihre Identitäten?«

»Ich war schon immer gut darin, andere nachzuahmen. Ich genieße es, Leute zu beobachten, hinter ihre kleinen Schwächen und Gewohnheiten zu kommen. Und das hat sich im Laufe der Jahre ja auch ausgezahlt.«

»Aber Sie tun das nicht des Geldes wegen, nicht wahr?«

»Das Geld ist eine angenehme Zutat«, bekannte sie fast widerstrebend. »Es sorgt dafür, dass ich es behaglich habe.« Sie beugte sich vor. »Übrigens – wie fühlen Sie sich? Zittern Ihre Glieder schon? Können Sie die Trockenheit im Mund fühlen?«

»Aber reich sind Sie nicht, und Sie werden auch niemals reich sein. Sie haben sich alte Damen ausgesucht, die niemand vermisst, aber Sie haben sich auch solche ausgesucht, die nur wenig Geld haben. Nichts zu Auffälliges.«

»Ich kann eben Protzerei nicht leiden«, sagte sie. »Sie müssen doch jetzt Beschwerden in den Eingeweiden verspüren. Das wird noch schlimmer. Viel schlimmer. Wie gesagt, das Saubermachen wird lästig sein, aber der Zweck heiligt die Mittel.«

»Aber das Geld ist Ihnen gar nicht so wichtig«, beharrte er. »Sie tun es um der Behaglichkeit willen, gewiss, aber Sie hätten doch bei jeder Etappe aufhören können. Sie hätten aufhören können, als Sie Rhona waren, oder Deirdre, oder Kim, oder Violet, oder Daisy. Was ist es, was Sie immer weiter angetrieben hat?«

Daisy wandte den Blick von ihm ab. Seine Fragen beunruhigten sie. Es wäre ihr lieber gewesen, er wäre in aller Stille gestorben, oder höchstens mit ein bisschen Stöhnen und Japsen.

»Gewohnheit, nehme ich an«, sagte sie leichthin. »Ich glaube, jetzt dröhnt Ihnen wohl der Kopf? Ich werde es genießen, Sie sterben zu sehen.«

»Vor was sind Sie davongelaufen?«

»Vor gar nichts. Ich wollte bloß in Sicherheit sein.« Sie hob das Messer und zeigte damit auf ihn. »Wir sind uns schon einmal begegnet, stimmt's? Vor langer Zeit. Da habe ich Ihnen auch Tee angeboten.«

»Vor was laufen Sie davon?«

Urplötzlich schnellte ihr Arm vor, stieß mit dem Messer den kleinen Tisch um, so dass ihr vergessener Kaffee durchs Zimmer spritzte. *»Vor meiner Großmutter!«*, schrie sie, und die Worte quollen aus ihr heraus wie ein Sturzbach, kollidierten beinahe miteinander. »Ich bin vor meiner *Großmutter* davongelaufen und vor dem, was sie mir angetan hat, was sie meinen Geschwistern getan hat. Aber sie hat mich immer verfolgt. Immer, wenn ich dachte, ich sei ihr entkommen, hab ich mich umgedreht, und dann hab ich sie als Spiegelung gesehen oder ihr Bild aus den Augenwinkeln bemerkt. Ich musste einfach immer weiterlaufen. Ich musste weg von ihr, und von dem, was sie getan hat!«

»Und was *Sie* getan haben«, sagte der Polizist. »Sie haben sie getötet. Sie haben sie vergiftet.«

»Sie hatte es verdient. Immer hat sie uns gepiesackt. Und dann ... und dann ...« Plötzlich strömten ihr Tränen über die Wangen, als sie sich wieder an den Garten erinnerte, an die Hitze, und wie die kleine Kate geschrien und geschrien hatte, als die Klingen der Gartenschere zusammenklappten und der Daumen abfiel und einen dicken Blutfaden hinter sich herzog.

»Und hier sind Sie nun wieder. In Leyston, wo alles anfing. Wo Madeline geboren wurde.«

»Man bekommt, was man verdient«, sagte sie gedehnt. »So heißt es doch, stimmt's? Früher hab ich das nie wirklich begriffen, aber es ist wahr.«

»Und Eunice? Die echte Eunice Coleman? Haben Sie die auch umgebracht? Haben Sie an ihr auch diese bizarre Vergeltung praktiziert, die Sie während all dieser Jahre an Ihrer Großmutter geübt haben?«

»Sie ist irgendwo da oben; im Koma, so wie Sie demnächst auch. Sie hat es geschafft, aus dem Schlafzimmer zu stolpern. Ich nehme an, sie ist im Badezimmer, oder im Gästezimmer. Wenn ich mit Ihnen fertig bin, schaue ich nach ihr.«

Der Polizist richtete sich in seinem Sessel auf. Sein Gesicht verlor die Schlaffheit, die Ausdruckslosigkeit. »Wir haben Ihr Haus entdeckt«, sagte er. »Wir nehmen uns gerade Ihren Garten vor. Ich fürchte, die Damen von Ihrer Teeparty sind alle heimgegangen. Es ist vorbei, Madeline. Sie sind festgenommen, wegen des Mordes an Daisy Wilson, Wendy Maltravers, Rhona McIntyre, Violet Chambers, Alice Connell, Kim Stothard, Deirdre Finchan und sechs weiterer, bisher nicht identifizierter Frauen, und außerdem wegen des Mordversuchs an Eunice Coleman.«

Daisy starrte den Polizisten entgeistert an. »Aber – der Kaffee? Sie haben ihn doch getrunken!«

»Ich habe ihn weggegossen«, entgegnete er ungeduldig, »in einen Ihrer Pflanzenkübel. Einen von *Eunices* Pflanzenkübeln.«

»Nein!«, schrie sie und stürzte sich mit erhobenem Messer auf ihn. Er packte ihren Arm, als sie sich mit dem ganzen Körper gegen ihn warf, und stieß sie zurück, das Messer noch immer im Griff. Sie taumelte rückwärts, prallte unterhalb der Knie gegen den Sitz des Sessels und saß plötzlich gezwungenermaßen wieder darin. »Nein!«, sagte sie wieder; Verdrängen hatte die Wut abgelöst.

»Wir gehen jetzt nach oben«, sagte er. »Vielleicht ist Eunice Coleman noch am Leben.«

Er packte ihre Handgelenke, zerrte sie aus dem Sessel hoch und stieß sie vor sich her die Treppe hinauf ins Obergeschoss. Sie wand sich in seinem Griff, doch sie hatte keine Kraft mehr. Sie spürte förmlich, wie ihre Knochen unter seinem Griff zerbröselten. Seine rohe Männlichkeit überwältigte sie, machte sie hilflos, als er ihr das Messer abnahm und es quer durch die Diele warf. Alles, was sie gewesen war, hatte sie in fremde Identitäten investiert. Sie hatte nichts mehr, womit sie kämpfen konnte.

Der Polizist ging zur Frontseite des Hauses, auf das Schlafzimmer zu, wo Daisy Eunice sterbend zurückgelassen hatte. Er zog Daisy hinter sich her, stieß die Tür auf und blickte sich um, doch sie wusste schon, dass er nichts finden würde.

Er zog sie hinter sich her in den nächsten Raum, das Gästezimmer, aber das war ebenfalls leer. Das Badezimmer war am Ende des Korridors, und er stieß mit einer Hand die Tür auf, während die andere Daisys Handgelenk festhielt. In dem Moment, als er die Tür öffnete, roch Daisy den sauren Gestank von frisch Erbrochenem.

Eunice lag zusammengekrümmt im Bad. Ihr Gesicht glänzte von Schweiß. Blut tröpfelte ihr von den Lippen, wo sie hineingebissen hatte. Daisy konnte das Miasma von Verwesung und Tod förmlich sehen, wie es aus jeder Pore, jeder Öffnung ihres Körpers aufstieg.

»Sie bleiben hier«, befahl der Polizist und stieß Daisy auf den Toilettensitz. Dann ging er zu Eunice hinüber, fühlte ihren Puls und drehte sie rasch in die Seitenlage, damit sie, wenn sie wieder erbrach, nicht daran erstickte. Nicht dass es noch viel nützte. Daisy hatte genug alten Frauen beim Sterben zugesehen, um zu wissen, dass Eunice nicht mehr zu helfen war. Wie ein von Muscheln überkrustetes Rettungsboot, das ein schräges Slipdock hinuntergleitet, in ein kaltes, dunkles Meer – man konnte sie nicht zurückrufen. Bei der Reise in den Tod gab es keine Umkehr, wenn man sie einmal angetreten hatte.

Der Polizist hatte ein Handy aus der Jacke gezogen und forderte einen Krankenwagen und Verstärkung an. Während er abgelenkt war, schlüpfte sie leise aus dem Badezimmer in den Korridor.

Jetzt gab es keinen Ausweg mehr für sie.

Nein, sie irrte sich. Einen Fluchtweg gab es noch, falls sie sich traute, ihn einzuschlagen.

Geräuschlos, aber hastig stieg Daisy die Treppe in die Diele hinunter. Sie warf einen sehnsüchtigen Blick auf die Haustür, aber wo sollte sie denn hin? Sie hatte kein Auto, und die Polizei würde sich kaum überanstrengen müssen, um sie zu schnappen, wenn sie unten an der Straße auf den Bus wartete. Nein, sie würde sich nicht selbst entwürdigen, indem sie auf so eine Weise davonrannte!

Stattdessen wandte sich Daisy um und ging in die Küche.

Der Kaffeekrug stand noch genau da, wo sie ihn zurückgelassen hatte, auf der Heizplatte, halb gefüllt mit schwarzer, dampfender Flüssigkeit.

Sie fasste ihn, hob ihn am Griff heraus. Das Gewicht

des Glaskrugs brachte sie fast aus dem Gleichgewicht, sie musste sich mit der anderen Hand an der Arbeitsfläche festhalten, um nicht hinzufallen.
Einen Moment lang erwog sie, den Kaffee in einen Becher zu gießen, einen Schuss Milch und Zucker hineinzugeben, so, wie sie es gern hatte, und ihn dann langsam zu trinken, auf zivilisierte Weise. Doch ihr war, als höre sie derbe Schritte die Treppe herunterpoltern. Da setzte sie den Glaskrug an die Lippen und stürzte den Kaffee in großen Schlucken hinunter, neigte den Krug stärker und stärker. Dampf waberte ihr um den Kopf, Schweißperlen standen ihr auf der Stirn. Das Glas verbrannte ihr die Lippen, und das Gebräu verbrühte ihr den Schlund, aber sie hörte nicht auf. Sie spürte eine aufflammende Hitze im Magen, die sich im ganzen Bauch ausbreitete. Ihr Mund war wund und voller Blasen, und der Kaffee zerfraß ihr die Kehle wie Säure, während er in ihren Körper rann.
Jemand schlug ihr den Krug aus der Hand, und irgendwo in der Ferne hörte Daisy ihn gegen die Wand krachen, doch ihre Welt war jetzt erfüllt von dem Feuer in ihren Eingeweiden. Sie fiel vornüber, versuchte krampfhaft, das Würgen zu unterdrücken, aber die Hitze des Kaffees hatte ihr den Hals zugeschnürt, und sie konnte kaum atmen.
Hände griffen von hinten nach ihr und legten sie auf den Küchenboden. Tränen trübten ihre Augen. Jemand redete eindringlich auf sie ein, aber die Worte glitten an ihr vorbei.
Ihr war, als läge sie schon sehr lange hier, obwohl sie kaum noch ein Zeitgefühl hatte. Der Schmerz wütete durch ihren Leib und sandte seine Tentakel an Armen und Beinen entlang. Schauer rüttelten ihren Körper.

Fetzen unverständlichen Geredes streiften sie: »Die Frau oben ist tot, Boss …« »Wo zum Teufel bleibt der Krankenwagen …?« »DCS Rouse kriegt im Präsidium Zustände …!« Doch das war alles so fern, so abstrakt. Real war allein die Pforte vor ihr. Eine Hecke säumte zu beiden Seiten den Zaun, aber durch die Lücken darin sah sie Blumen in allen Farben. Verzückt strebte sie darauf zu, und es wunderte sie nicht, dass die Pforte von selbst aufschwang, als sie näher kam. Ein Pfad führte durch den Garten, und eifrig ging sie ihn entlang. Zu ihrer Linken war ein Beet hellblauer Kubalilien, die von giftigen Glykosiden nur so troffen; zur Rechten reckte Vogelmilch die winzigen weißen Hände zum Himmel, angefüllt mit tödlichem Convallatoxin und Convallosid. Dahinter erkannte Daisy eine Fülle von Drachenwurz mit seinen roten Beeren und den Wurzeln, prallvoll mit todbringenden Kalziumoxalatraphiden. Und um das alles herum die ovalen grünen Blätter der Brechwurzelpflanzen, Quelle der Droge Emetin, die Wochen zum Töten brauchte, wenn man genug davon verabreichte, und Jahre, um sich davon zu erholen, wenn man zu wenig nahm.

»Ich *werde* ihr entkommen«, sagte sie entschlossen. »Ich *werde* …« Und als ihre Beine nachgaben und sie zwischen den Pflanzen, inmitten der schönen, wunderschönen Gewächse zu Boden fallen ließen, da reckten diese ihre Stengel und umhüllten ihren sterblichen Leib mit ihren unsterblichen Blättern und Blüten. Und endlich, ans Herz ihrer geliebten Pflanzen gebettet, fand sie den Frieden, nach dem sie sich all die langen Jahre gesehnt hatte.

Danksagung

Mein herzlicher Dank gilt: Andrew Lane für Rat und Hilfe; John Catherall, der mir gestattete, einige seiner körperlichen Merkmale zu entlehnen; Robert Kirkby, dem unermüdlichen Vermittler; Nic Cheetham, der an mich glaubte; und der nicht kleinzukriegenden Gillian Holmes, meiner langmütigen Lektorin. Ebenso Sylvia Clarke, Eve Wilson und Iris Cannon, die mich auf verschiedene Weise lehrten, wie man schreibt, und – noch wichtiger – wie man nicht schreibt.

Steve Mosby

Der 50/50-Killer

Thriller

John Mercer, ein altgedienter Detective, gerät in die Fallstricke eines perfiden Serienkillers. Der unbekannte »50/50-Killer« hat es auf junge Paare abgesehen. Eiskalt quält und manipuliert er sie eine Nacht lang, um die Liebe zwischen ihnen zu zerstören. Nur wer den anderen verrät, sieht den Morgen heraufdämmern …

»Eines der Thriller-Highlights des Jahres!«
Krimi-Couch.de

»Ein Schocker mit Gänsehaut-Garantie.«
Siegener Zeitung

Knaur Taschenbuch Verlag